수필향기

청색시대 제26집
수필향기

•
인쇄일 · 2020. 6. 15.
발행일 · 2020. 6. 20.
지은이 · 현대수필문인회
편집위원 · 조재은 오차숙 노정숙 권현옥 김상미
　　　　　유정림 김산옥 장영숙 김호은

펴낸이 | 이형식
펴낸곳 | 도서출판 문학관
등록일자 | 1988. 1. 11
등록번호 | 제10-184호
주소 | 04089 서울시 마포구 독막로 28길 34
전화 | (02)718-6810, (02)717-0840
팩스 | (02)706-2225
E-mail | mhkbook@hanmail.net

copyright ⓒ 현대수필문인회 2020
copyright ⓒ munhakkwan. Inc. 2020 Printed in Korea

값 · 18,000원

ISBN 978-89-7077-604-0　　03810

이 책의 저작권은 저자와 도서출판 문학관이 소유합니다.
한국 내에서 보호를 받는 저작물이므로 무단 전재와 무단 복제를 금합니다.
※ 파본은 바꿔드립니다.

수필향기

청색시대 제26집 · 현대수필문인회

문학관books

| 책을 내며 | 〈청색시대 26집〉

수필향기

김산옥(현대수필문인회 회장)

　느닷없이…
　세상은 총성 없는 전쟁을 치르고 있습니다. 밤낮없이 고생하는 봉사자, 소방관, 의료진들… 생계곤란을 겪는 많은 분들…. 코로나바이러스–19로 인해 세상은 온통 회색빛입니다. 눈물 나게 안타까운 나날입니다.
　그래도… 봄은 오고, 꽃은 피고, 열매 맺고 있습니다.
　어쩌면… 우리는 이런 어려움을 계기로 다시 한 번 우뚝 설 수 있는 기회가 될지도 모릅니다. 미처 돌아보지 못한 나를 뒤돌아보게 되고, 아무렇지도 않게 살아온 소소한 일상이 얼마나 소중한가도 알게 되고, 서로 마주보며 정담을 나누던 만남이 얼마나 고마운 일인가도 알게 되었습니다.

그럼에도 불구하고… 수필향기 『청색시대』가 26집을 맞았습니다. 변함없이 청색시대를 사랑하는 회원님들 덕분입니다. 그저 감사할 따름입니다.

이번 청색시대 『수필향기』는 대표작으로 엮었습니다. 『현대수필』 문인들 수필향기를 듬뿍 담아보았습니다. 각 편마다 다른 향기가 날 것입니다.

청색시대 『수필향기』가 나오기까지 묵묵히 지켜봐 주신 윤재천 교수님, 애써주신 편집위원, 「현대수필문인회」 회원, 출판사 〈문학관〉에 고마움을 전합니다.

수필을 사랑하는 모든 분들께 수필향기로 위로합니다.

| 축하의 글 |

변화의 흐름에 향기를 뿜어내는 사람들

윤재천(한국수필학회 회장, 전 중앙대 교수)

　수필문학의 생명은 삶의 무게를 지니고 있는 중후함에 있다.
　삶을 관조하는 안목으로 선택된 소재를 응시하며 자기만의 언어를 통해 피력할 때 바람직한 글이 된다.
　평범한 소재라 해도 그 핵심을 문학적으로 표현하며 독특한 철학으로 무장될 때 독창성 있는 글이 된다. 서정수필의 바탕이 되고 있는 정신을 중요하게 생각하면서도, 베이컨 - 서구의 지성수필과 합류하는 글을 쓸 때 보다 격조 높은 수필이 된다.
　시는 은유나 이미지, 소설은 플롯의 작중인물을 통해 글이 형성된다면, 수필은 그 기법이 비교적 자유롭다는 것이 특징이다. 하지만, 미학적 문제를 간과해선 곤란하기 때문에 백지 앞에 마주하는 순간 문학성이 있는 글을 쓰려고 노력해야 한다.
　미학적 문제는 문학과는 분리될 수 없는 중요한 본질이다.

버지니아 울프가 제시했듯, 예로부터 명작들은 그 어떤 '갈증'과 '결핍'이 뿌리가 되었음을 명심해야 한다. 그 시대의 결핍이 그 시대에 맞는 것을 창조하며 발명해 내듯, 글을 쓰는 사람도 무의식 속에 무언가를 채우려는 정체불명의 욕구가 꿈틀대야 한다.

팝 아트의 선구자 엔디 워홀의 작품처럼, 그 꿈틀거림은 늘 새로운 것으로 전환되어야 하며, 그 자체가 그 시대를 대변하는 메신저가 되어야 한다. 그런 의미에서, 공감할 수 있는 소재를 선택해 문학적으로 형성화하며 독자와 일체감을 이뤄갈 때 향기 있는 글로 나타난다.

눈에 보이는 실상을 부각하면서도, 남과 다른 사유를 통에 보이지 않는 곳에도 시선을 돌리며 낯섦의 철학과 마주해야 한다. 사실을 전하는 일에만 급급하지 말고, 그에 근간이 되는 정신을 중요하게 생각하며, 내면의 문제를 해결하기 위한 장치에 대해서도 고민해야 한다.

그 모든 것을 간과하지 않고 글을 쓰는 문학회가 '현대수필문학회'라고 생각한다. 2020년 - 스물여섯 번째 발간되는 「청색시대」는 113명의 작가가 향기를 내뿜으며 동참하고 있다. 이는 문인회 회장을 비롯한 임원진, 그리고 회원 상호간에 머리를 맞대고 노력한 산물이다.

겨울을 극복하며 견뎌낸 복수초가 얼음을 뚫고 꽃을 피워내듯, 회원들의 향기 밴 글쓰기 열정은 이번 발간되는 「청색시대」를 통해서 느끼게 한다.

앞으로도 더욱 문학의 향기 나는 글을 쓰는 문인회가 되기를 바라며, 제26집 『수필향기』 발간을 진심으로 축하한다.

| 차 례 |

책을 내며 … 4
축하의 글 … 6

1 뽕뽕다리 위에서

강명숙　　작 약 … 17
강은소　　1월, 해오름달 … 21
고계자　　얼라이브 뮤지엄Alive museum … 26
구향미　　반얀트리 … 30
권정남　　잠시, 쉼표로 살다 … 32
권현옥　　뽕뽕다리 위에서 … 38
금련화　　함양 상림숲 어느 나무의 이야기를 들어 보세요 … 41
김계옥　　킬리만자로의 표범 … 44
우암 김괴경　띠 중에 고양이가 없네요 … 48
김국애　　남산에서 만난 외국인 … 52
김낙효　　간절함의 온도 … 55
김남순　　귀 향 … 60
김덕임　　망초꽃 … 63
김동식　　사진 한 장 … 68
김동신　　소소한 행복 … 72
김미자(매강)　금전수 … 76
김산옥　　콩 … 79

2 인생길에서

김상미	아름다운 도전 … 85
김선아	엄마와 함께한 오후 … 89
김선인	경계에 서는 날 … 92
김선희	파벽破壁 … 97
김소현	특별한 그녀들의 운명 … 101
김수금	열아홉 살 꽃 … 106
김수민	어머니(일기초抄) … 109
김숙희	말씨, 말의 씨앗 … 114
김순택	꿈 … 119
김익회	인생길에서 … 123
김인채	슈뢰딩거의 커피 타임 … 125
김재숙	보이지 않는 손 … 128
김정수	뜨거운 심장을 받다 … 132
김한석	물러나야 할 때 … 135
김현찬	멀고도 가까운 길 … 139
김호은	창 문 … 143
남홍숙	그냥 좋은 친구가 되렴 … 146

3 뜻밖의 선물

노정숙	댄스, 댄스	153
류문수	퉁점골 아래 동막골	156
문두리	서해 바닷가에서	161
문만재	빈 방	164
문화란	매화 비의 계절	166
박가화	낮 잠	171
박복임	뜻밖의 선물	175
박영의	불당佛堂 밖 벽화	180
박인목	에헴과 빵	184
박하영	코로나가 준 선물	188
박현경	사과의 진짜 문제	193
청암 방효필	스님의 주례사	198
배소희	일상의 소중함 속에서	203
백경희	중 발	207
서강홍	눈眼	211
서용선	제주 공 할아버지와 사굴이야기	215
서원방	두 마음	218

4 전 환

손재하	니캐라 영감	⋯ 225
송혜영	전 환	⋯ 229
신정균	이별연습	⋯ 233
염희영	추억은 언제나	⋯ 238
오차숙	아무르와 디그니타스	⋯ 243
왕옥현	밥	⋯ 248
우명식	세상에서 가장 따뜻한 이름	⋯ 252
유경식	부치지 못한 편지	⋯ 257
유정림	얼 굴	⋯ 260
윤영자	첫 전시회를 갖는 화가님께	⋯ 264
윤혜숙	철학하는 우물 안 개구리	⋯ 266
성산 이갑세	솔향기松香	⋯ 270
이문숙	빨래를 헹구며	⋯ 272
이선옥	자장매慈藏梅	⋯ 277
이송자	삶의 즐거움, 가곡	⋯ 281
이영미	별일 없이 살기	⋯ 284
(채홍) 이영숙	다붓한 사랑초처럼	⋯ 287

5 소소한 일상이 행복이다

이영자	소녀의 기도	⋯ 293
이장춘	뒷모습	⋯ 296
이주영	봉순이	⋯ 299
이지우	분해자가 있기에	⋯ 303
이혜숙	3월이 오고 뱀이 눈 뜨면	⋯ 307
이희복	작은 친절의 인연	⋯ 313
이희태	예수 천년	⋯ 317
인민아	고향 사람들	⋯ 321
임남순	맷돌호박	⋯ 326
임미리	소소한 일상이 행복이다	⋯ 330
임성일	나는 눈물을 흘리고 있다	⋯ 335
임우재	우리 가족의 QR코드	⋯ 340
임윤교	냇 돌	⋯ 344
임지윤	헌신처럼 버려라	⋯ 349
임충빈	잘 사는 것이란	⋯ 351
임혜자	내 주변의 인생 고수들	⋯ 354

6 봄이다

장기오	가출家出과 출가出家	… 361
장영숙	어쩌다 잃어버린 봄	… 368
장정자	한강 반포 나들목	… 372
문정 장지섭	사과와 이정표	… 375
전효택	내로남불	… 380
정근식	명 함	… 384
정보연	어젯밤 이야기	… 388
정인호	수필이 읽히는 이유	… 391
정일주	수구초심首丘初心	… 394
정재윤	삼총사	… 398
정정숙	아쿠아로빅에서 희망을	… 402
정정애	상관리의 가을	… 406
조계환	노보시비르스크의 악몽	… 410
조영숙	연약할 때 우리 주님을…	… 414
조용자	돈으로 갚자	… 416
조윤희	봄이다	… 419

7 치열하게, 황홀하게 지다

조인순	감자와 고구마	… 423
조재은	치열하게, 황홀하게 지다	… 426
조후미	앎과 삶의 나이테	… 430
조흥원	'국민의례' 폐지론	… 433
최옥영	비만효과	… 440
최이안	인간의 천적	… 442
최재남	익어감에 대하여	… 446
최정아	자연이라는 여백	… 450
추선희	청록靑綠 방향	… 454
한경화	어떻게 보상하실 거예요	… 458
한기정	하산 길 2	… 463
현정원	헝겊엄마	… 468
홍애자	'굿 셰퍼드'에 나타난 신화적 코드와 국가주의	… 474

1

뽕뽕다리 위에서

뿅뿅다리
위에서

작 약

강명숙
mazuwang@hanmail.net

 봄이 만개할 즈음, 어머니의 정원도 만개했다. 겨우내 시간을 품고 봄이 오기만을 기다렸을 작약 꽃봉오리가 절정의 꽃망울을 터트리며, 겹겹이 쌓여있던 꽃잎들이 화려한 열정을 피워 올렸다. 어머니는 활짝 핀 작약이 꼭 연꽃등 같다며, 사월 초파일에 절이나 가야 구경할 수 있는 연등을 봄철 내내 볼 수 있다고 좋아하셨다. 문풍지를 새로 바르는 날이면, 밀가루 풀을 먹여 빳빳하게 날 선 흰색 광목천 위에 말려두었던 작약 꽃잎 서너 개를 넣어 장식으로 활용하기도 하였다.

 작약은 꽃의 생김새와 색상, 꽃술이 모란과 매우 흡사하여 모란으로 착각하기가 쉽다. 모란은 우아하고 화려해서 꽃 중의 왕인 화왕花王으로 불린다. 모란의 풍성한 꽃잎은 부귀영화를 상징하는 의미로, 부귀화富貴花라는 별칭과 함께 부귀라는 꽃말을 갖고 있다. 이러한 이유로 문벌이 높은 부잣집 안방과 대청마루에 모란을 그린 병풍을 두었고, 양반가 지체 높은 부인이 거주하는 안채의 정원을 꾸밀 때도 모란은 빠지지 않았다.

 작약은 궁중이나 양반가에서 귀한 대접을 받아온 모란과는 달리 서민들로부터 사랑받아온 꽃이다. 굵고 탐스럽게 내리는 눈을 함박눈이라 하고, 환하게 웃는 웃음을 함박웃음이라고 하듯 작약은 꽃잎이 크고 넉넉해서 함박꽃으로도 불린다. 낮 동안 함박꽃처럼 활짝 꽃을 피웠다가 해가 지면 살포시 꽃봉오리를 접어 수줍음이라는 소박하면서도 예쁜 꽃말을 갖게 된 것일까.
 작약은 모란을 시기하지 않고 자신이 꽃을 피울 시기를 기다릴 줄 아는 꽃이다. 화왕인 모란 다음으로 아름다운 꽃이라 하여 사월 무렵에 꽃을 피우는 모란보다 앞서서 피지 않고, 모란이 지고 난 오뉴월에야 비로소 꽃을 피운다. 영랑은 모란이 뚝뚝 지는 상실의 아픔을 시로 노래했지만, 모란이 지고 나야 작약이 꽃을 피우니 아름다운 모순이다.
 작약은 향기로 기억되는 꽃이다. 꽃멀미가 나던 시절이 지나가도 빨갛게 꽃물이 든 문풍지를 볼 때마다 작약꽃 향기로 가득했던 봄날의 정원을 떠올리곤 했다. 얼었던 꽃밭은 땅이 녹기 시작하면서 활기를 띠기 시작했다. 어머니는 흙을 갈아엎고 잔돌을 골라내고 싸구려 모종을 사다 심었다. 그리고는 세상과 담을 쌓듯 돌을 어슷어슷하게 기대어 너른 마당과 꽃밭 사이에 경계를 만들었다. 바쁜 농사철에도 틈날 때마다 어머니는 꽃밭 안에 갇혀 모종을 솎아내고 잡풀을 뽑거나 잔가지를 정리하면서 시간을 보냈다. 어머니의 부지런함 덕분에 계절이 바뀔 때마다 작약, 접시꽃, 부용, 봉숭아, 나팔꽃, 맨드라미가 정원을 가득 물들이며 꽃향기를 뿜어냈다.

 향기로 기억되는 봄날의 정원이 어머니에게 외로운 섬은 아니었을까. 활짝 핀 작약처럼 어머니의 삶도 평탄했다면 좋았으련만 당신의 삶은 눈물의 연속이었다. 호된 시집살이의 서러움과 자식 셋을 떠나보내고 가슴에 묻어버린 남모를 아픔, 남의 빚을 대신 갚느라 늘 빠듯했던 살림살이의 고달픔까지. 부모를 일찍 여의고 외삼촌의 구박을 견디다 못해 젊음과 맞바꾼 현실은 녹록지 않았다.
 찾아갈 친정조차 없으니 어머니가 하소연하거나 따로 마음 둘 곳도 없었을 게다. 부귀영화를 상징한다는 속설을 믿고 작약 대신 모란을 정성껏 가꿨다면 어머니의 삶이 조금이라도 나아졌을까. 그렇게라도 그 섬에 갇혀 힘겨운 현실을 잊고 싶었을 어머니⋯. 그 순간만큼은 작약꽃같이 함박웃음을 웃던 열여덟 살 순애 씨가 거기 있었으리라. 어머니는 그렇게 정원이라는 작은 섬 안에 스스로 갇힌 사람이 되었다.

　칠십 평생 꽃밭을 가꾸던 어머니는 작약이 피기 전 사월, 끝내 당신의 봄을 누리지 못한 채 먼 길을 떠났다. 봄이 열두 해 지는 동안 정원의 꽃들도 졌다. 어머니의 긴 부재에도 작약은 알뿌리를 내리고 해마다 꽃대를 피워 올렸다.
　인생을 시작하는 계절이 봄이라면 작약을 닮고 싶다. 어김없이 찾아올 봄날을 알기에 서둘러 피는 모란을 시기하지 않는 작약처럼 인생의 봄을 맞고 싶다. 어머니가 미처 누리지 못한 인생의 봄이 늦게라도 찾아와준다면 작약처럼 향기 나는 사람으로 살고 싶다.

1월, 해오름달

강은소
eunsoo38@hanmail.net

가끔 궁금할 때가 있다.

하늘을 나는 새의 꿈은 무엇일까. 흰머리수리Bald Eagle 한 마리가 길 위 전깃줄에 앉아 꼼짝 않더니, 순간 발을 뒤로 차며 활짝 편 날개로 높이 올라 빙글빙글 맴돌다 어디론가 사라진다. 커다란 저 날개는 새를 높이 더 멀리 날게 하는 힘의 원천이다. 새는 들판을 지나 산을 넘고 호수를 건너 바다를 만나고 어느 날엔 미지의 섬에 닿는다. 사철 때때 꽃이 피고 밤마다 별빛이 쏟아져 내리는 청정무구한 그 섬. 새는 그곳에 꿈의 둥지를 틀고 아름다운 노래를 영원한 전설로 남긴다.

해오름달, 한 해의 새로운 하늘이 열리는 아침이다.

새 해가 뜨고 다가오는 시간을 위해 얼어붙은 몸을 녹이고 닫힌 마음의 창문을 연다. 창밖 멀리 날아가는 새들을 보며 새벽에 만난 흰머리수리를 다시 떠올려 본다. 머리와 꼬리는 흰색의 깃털로 덮여 있고 기역으로 꼬부라진 노란색 부리와 날카로운 발톱을 가진 맹금류다. 아메리카 인디언들은 샛노란 홍채가 주는 묘한 기운에 범접할 수 없는 그를 오랫동안 신성시하며 숭배의 대상으로 여겼다. 언제부턴가 흰머리수리 한 마리가 빙빙 주변을 돌며 말을 걸어온다.

 호수공원을 돌 때마다 그를 만난다. 출발지점으로 돌아올 때즈음, 지친 발걸음이 지루하다고 느낄 때쯤 기슭의 가장 높은 나뭇가지에 앉아 아래를 살피는 그를 발견한다. 어떨 땐 새끼들과 물놀이하던 어미 오리의 모성본능 때문에 물속 먹잇감을 포기하고 물러서는 그를 만나기도 한다. 섣부른 오해로 야단법석인 오리에게 베푸는 큰 새의 깊은 너그러움을 배운다. 흰머리수리는 절대 새끼 오리를 탐낸 것이 아니라 수면에 어른대는 물고기를 노린 것이라 믿는다.

 물가 잔디밭에서 맞닥뜨린 진풍경 하나. 어른 팔뚝만 한 몸통에 내장이 다 드러난 채 생피 흘리는 물고기를 뜯고 있는 흰머리수리. 그 부리 앞에서 까마귀 수십 마리가 넌지시, 한 점이라도 뜯어보겠다는 조바심에 옆 눈짓으로 때를 기다린다. 아랑곳없던 그가 어느 정도 배가 부른지 훌쩍 허공으로 오른다. 틈새를 놓칠세라, 혹여 자기들 득템 먹이에 그가 다시 내려앉을까 경계를 하는 와중, 서로 뒤엉켜 겨우 한 점 얻은 살점을 몰래 숨겨놓고 다시 달려드는, 잔머리 지수 높은 까마귀들의 난장이다. 까마귀를 위한 배려일까. 흰머리수리는 난장판 위를 천천히 돌다 먼 하늘로 사라진다.

썰물 때, 후미진 만의 갯벌과 자갈밭을 두리번거리며 갈매기와 어울려 산책을 즐기는 흰머리수리를 본다. 그의 걸음걸이는 웃음이 절로 나게 한다. 덩치 큰 새가 발을 한쪽씩 덤벅 더엄벅 떼는데 양쪽 어깨가 번갈아 기우는 모습이 사나운 날짐승이라는 생각을 잊게 한다. 작은 새들 또한 크게 개의치 않고 여유를 즐긴다. 그러다 먹거리를 먼저 발견한 새가 한입 맛을 보고 자리를 뜨면 지나는 다른 새가 또 맛을 본다. 각기 여기저기 널려 있을 먹을거리를 찾으려 할 뿐 먹거리로 싸우려 드는 새는 보이지 않는다. 자연이 소리 없이 보여주는 공생의 멋이다.

우연히 또 한 마리의 독수리 '블로도론'을 만났다. 블로도론은 북유럽 고대 시가에 언급되는 종교적인 처형의식이며 영어로 '피의 독수리(Blood Eagle)'라 일컫는다. 명예와 수치심을 중요한 근거로 법을 다스리던 바이킹에게는 가장 극형의 처벌이며 왕이나 귀족에게도 예외는 없다. 이 처벌이 정말로 이루어졌던 것인지 아니면 고대 문헌 속 은유적인 묘사였는지의 논쟁은 여전히 남아 있으나, 블로도론은 바이킹 문화를 이해하는 중요한 포인트 중 하나로 다가온다.

TV드라마 '바이킹스'는 적나라한 피의 독수리를 보여준다. 카테카트 출신의 전설적인 영웅 라그나르는 배신을 조장하며 자기에게 도전한 고타랜드의 우두머리 보그 백작을 피의 독수리로 처형해 그들의 신 오딘의 제물로 바친다. 라그나르는 자신이 집행자가 되어 보그의 양팔을 벌려 묶은 채로 무릎을 꿇어앉게 한 뒤, 날카로운 도구로 등을 가르고 척추에서 갈비뼈를 떼어내 양방향으로 벌린 다음 날개 모양을 만들고 그 칼날로 허파까지 끄집어낸다. 벗겨진 등가죽과 벌어진 갈비뼈는 한 쌍의 날개를 이루어 뼈와 허파가 늘어진 독수리의 형상, 마침내 피의 독수리가 된다.

　북유럽 신화는 전한다. 피의 독수리가 침묵으로 고통을 이겨낸다면 전사자의 영혼을 받아들이는 신의 전당, 발할라에 들어갈 수 있으나, 고통을 못 이겨 비명을 지르거나 소리를 낸다면 결코 그 통로로 들어갈 수 없다고 한다. 명예와 수치심을 다스리는 바이킹의 용감무쌍함을 강조한 이야기다.

　보그 백작은 피를 철철 흘리며 완전히 숨이 멎을 때까지 비명 한번 지르지 않는다. 그는 강인한 바이킹 전사로 죽음을 마주한다. 결국, 죽음에 이르러 더불어 살아가야 하는 세상 이치를 간과했던 자신의 부족함과 잘못을 깨닫지만, 라그나르 앞에서 솔직히 시인하는 용기 있는 전사의 모습으로 고통과 피의 강을 조용히 건너간다. 이제 그의 영혼은 전사자들의 낙원, 신의 전당에 들어 영원한 안식을 누릴 것이다.

오늘은 흰머리와 피의 독수리, 두 마리 새가 어깨를 맞대고 날아오르는 꿈을 꾼다. 떠오르는 해는 어두운 시간의 티끌조차 흔적 없이 걷어내고, 비익比翼의 날갯짓은 우리가 꿈꾸는 참세상 그 문을 향한다.

얼라이브 뮤지엄 Alive museum

고계자
kyeja819@hanmail.net

한 남자를 무심코 바라본다. 컵 형태의 작은 용기에 물을 붓고 있다. 철철 넘치듯이 생동감이 있다. 가까이 가 보고 너무 놀랐다. 컵라면에 물이 가득한 것이다. 한국의 신辛라면. 방금 뜨거운 물이 끓어오르는 것 같다. 4분 후에는 맛있는 라면이 되어 우리들의 허기를 채워줄 것이다.

베트남 여행지 하노이에서, 전혀 생각하지 않은 얼라이브 박물관을 관람하게 되었다. 그곳에서 신라면을 보았다. 자랑스럽게 소리치고 싶었다. 우리 국력의 부산물인 경제력이 이렇게 감동으로 다가올 수 있구나 하고. 금방 끓여서 우리의 배고픔을 행복으로 바꾸는 辛라면, 그 그림이 너무 아름답다.

라면은 1971년 일본에서 발명했지만 현재는 한국을 비롯한 세계 각지에서 쉽게 찾을 수 있다. 용기에 라면스프와 뜨거운 물을 붓고 3~4분 기다리면 된다. 그림 속의 찌그러진 주전자와 쉽게 연상되어 마음속에 쓸쓸한 만찬을 떠올리게 한다.

다시금 발걸음을 옮기니 종교화와 같은 엄숙함을 지닌 '이삭줍기'가 나타난다. 밀레의 대표작으로 가을 수수밭을 배경으로 떨어진 이삭을 줍고 있는 세 여인들의 모습을 그린 것이다. 원작에서는 삶의 무게를 짊어지고 있는 것 같이 허리를 숙여 일하는 세 여인과 말 뒤에 앉아 감시하고 있는 관리인의 모습을 표현했다. 그러나 이 그림도 모두 생동生動하는 느낌이 강하다. 방금 이삭을 줍고 땀을 훔치는 여인이 생각나고 눈을 부라리며 세 여인을 쳐다보는 관리인의 표정도 너무 리얼하다. 문득 베트남 여인들의 굴곡진 삶과 애한이 느껴지는 것은 나만의 생각일까. 오른쪽 여인의 원경선이 멀리 벗어나면서도 허리를 굽혀 일하는 사람과 연결되어 자꾸만 쳐다보았다. 지금 이삭을 줍고 있는 것 같다.

박수근 화백은 12세에 밀레의 만종을 보다 화가를 꿈꾸어 그림을 그리기 시작했다고 한다. 거친 화강암의 표면이 연상되는 마티에르 기법과 굵고 단순한 검은 선으로, 그는 길거리 지나는 사람이나 빨래터 등 한국적인 정서를 소박하고 집약적으로 그려냈다. 밀레의 그림에서 박수근의 화풍이 떠오르며 잔잔한 감동이 인다.

오른쪽으로 고개를 돌리니 피아노의 모습이 들어온다.

반주 악기 류트 17C 울림통의 모양 때문에 매춘이라는 음탕한 이미지를 떠올리게 나타냈다. 작품 속 악보는 베네치오발행 자크 아르카델트의 사랑의 노래이다. 그 작품 속에서 사랑의 노래가 흐르고 여인의 강렬한 섹시함을 느낀다면 나만의 이기적인 감상일까.

주위에 있는 모든 작품들이 다 주인공이 되어 화랑 안을 꽉 채운다. 나도 그 속에 동화되어 간다. 살아 움직이는 여인이 되어 사색하고 노래하고 고뇌에 빠진다. 그러나 모든 작품 중 단연 압권은 신辛라면이다.

아주 오래된 이야기이다. 결혼한 후 아무 요리도 할 줄 모르는 신부는 라면을 끓이라는 남편의 청을 받았다. 그는 술에 취해 들어와 꼭 라면을 먹겠다는 것이다. 물을 끓여 라면과 스프를 넣고 열심히 요리(?)를 했다. 달걀까지 넣어서. 그런데 냄비의 라면을 그릇에 부으면서 사고는 일어났다. 그만 쏟은 것이다. 남편은 허벅지와 다리에 화상을 입었고 신부는 어쩔 줄 몰라 같이 병원으로 달려갔다. 데인 흔적은 오래 남아 지금까지도 그이의 다리를 차지하고 있다. 상처를 입은 그의 몸을 볼 때마다 철없고 부주의한 신부는 많이 미안하다.

얼라이브 뮤지엄에서의 라면의 생경한 모습은 어쩌면 나의 삶의 일부분인지 모른다. 생활과 경제를 모르고 무작정 필리아philia

적 사랑으로 우정을 내세워 부부가 되어 에로스eros적인 사랑의 변신을 바랐던 나의 삶의 태도가 너무나 당돌했다. 부딪혀서 소리가 나고 깨어지기도 하면서, 쌓아올린 벅찬 환희와 감동을 맛보면서 인생의 무게는 항상 나의 어깨를 무겁게 짓누르곤 했다. 조용한 시냇물이 흘러 격랑을 만나고, 이제 우리는 다시 뜨겁고 맛있는 라면의 상태가 되어 허기진 마음을 충족시키고 삶의 윤택함을 가지고 싶다. 얼라이브 뮤지엄의 환영이 내 인생의 삶 속으로 스며들고 있다.

반얀트리

구향미
luna5424@hanmail.net

아침을 깨우는 새들은 따로 있는 걸까. 청아한 목소리로 그만 일어나 함께 놀자고 부르는 듯하고 오후에 우는 새는 묵직하게 "꾸우욱~~꾹꾹" 단조롭게 반복한다. 아침 햇살 속으로 날아온 작고 푸른색 날개를 가진 새는 내 가까이에 자리잡고 "찌르르~~찌르르" 소리를 낸다. 새소리를 곁에서 들어본 것은 처음이다.

정자에 비스듬히 누워 바라보는 반얀트리는 크기를 가늠할 수 없을 만큼 크다. 살짝 불어온 바람에 늘어진 가지들의 흔들림을 보고 있으니 바흐의 무반주 첼로 소리가 눈에 보이고 센 바람이 흔들고 가면 콘트라베이스 소리가 보인다. 듣지 않아도 보이는 선율. 작은 연못에서 넘쳐흐르는 작은 물소리에서는 소나타가 보인다.

지난밤, 쉬임 없이 비바람 몰아치더니 새벽녘 새소리에 창가에

서니 노란 꽃비가 내린다. 수영장 푸른 물 위로 떨어진 꽃잎과 나뭇잎들. 그 아름다운 모습에 처연한 느낌이 드는 건 왜일까. 때때로 아름다움을 느낄 때 슬픔도 함께 느낀다. 기쁨도 슬픔도 한 줄기라는 생각이다. 좋은 음악을 들을 때나 책을 읽다가도 그러하고 그림이나 조각 등 좋은 작품을 만나면 가슴이 뭉클해지기 일쑤다. 어린이들이 보는 만화 영화를 보고도 자주 눈물 흘리곤 한다.

 아들이 여섯 살 때 함께 '라이언 킹' 비디오를 보다 말없이 화장지를 건네는 그때 눈물이 '후두둑' 떨어진다. 이쯤에서 울 거라는 걸 알고 있는 어린 아들과의 추억이 스쳐 지나간다.

 사람들과 어울려 웃고 소소한 이야기 나누는 것도 좋고 가족과 함께하는 시간은 더할 수 없이 소중하다. 함께 시간을 보내고 있지만 깊은 침묵으로 오직, 빛과 바람과 소리로 맞아주는 자연 속에 안기면 온전한 나를 만나게 된다. 조금 더 시간이 흐르면 그 공간에 나는 없다. 모든 존재와 함께 있으므로.

 또, 비가 내린다. 반얀트리 꽃잎이 비와 함께 푸른 물 위로 떨어진다. 바라보는 동안 기쁨과 슬픔이 섞인 묘한 감정에 사로잡힌다. 자연과 한 호흡으로 한껏 받아들여서일까. 벽에 죽은 척하고 붙어 있던 새끼 도마뱀을 보고 놀라지도 않았고 손발을 쫙 펴고 납작 붙어 있는 모습이 사랑스럽다. 자연 속에서 좋은 기운을 받아 두려움도 물러갔나 보다.

잠시, 쉼표로 살다

권정남
ayahuri@daum.net

 눈만 뜨면 바쁘게 돌아가는 세상이다. 현대인들한테 바쁘다는 말은 이미 일상처럼 되었고 가족들도 한자리에 모이기 힘든 경우가 많아졌다. 이런 세상에 살아가다가 조금이라도 한가해지면 왠지 세상 속에서 이탈된 느낌이 든다. 살면서 일부러 고요한 시간을 갖거나 잠시라도 쉼표 같은 시간에 젖어들기는 정말 쉽지가 않다.

 지난 두 달 동안 나는 본의 아니게 병원과 집안에서만 생활을 해야 했다. 몸은 갇혀있지만 마음은 오히려 자유롭고 허공을 비상하는 느낌이었다. 우연히 아파트 계단을 내려오다가 살짝 넘어졌다. 큰 통증은 없는데 걷기가 불편하고 다리가 부었다. 병원에서 진찰한 결과 무릎 연골을 싸고 있는 반월판에 손상이 가서 관절경 수술을 해야 한다고 의사 선생님께서 말씀하셔서 수술을 했다. 수술 후 더운 여름 무릎재활이 지루하게 느껴졌다. 주변에 있는 연세 드신 분들이 뼈를 다쳤거나 관절 노화로 수술하는 걸 보았지만 남의 일이려니 하고 무심히 넘겼던 일들이 나에게도 닥쳐왔다.

어느 지인이 그랬다. 육십이 넘으면 우리 몸의 관절이 오래 쓴 헌 행주나 걸레 또는 폐타이어 같다고 했다. 조금만 부딪치거나 넘어지면 골절骨節에 손상이 간다고 하니 그런 것 같기도 하다. 하물며 기계도 육십 년 쓰고 나면 고장이 나는데 인간의 몸인들 오죽하랴. 평소에 나는 '마당발' 혹은 '권길동'으로 불렸다. 누가 오라고는 안 했는데도 갈 데가 많았다. 내 스스로 일을 만들어 쉴 사이 없이 바쁘게 쫓아다녔다. 그런 내가 이 더운 여름에 오른쪽 다리를 깁스하고 꼼짝없이 두 달 동안 갇혀있으려니 말이 아니었다. 넘어진 김에 쉬어 간다는 말이 있듯이 내 삶에 있어 잠시 쉬어 가는 쉼표의 시간이라고 생각하자. 평소에 나는 피할 수 없으면 즐기라는 말을 가장 좋아한다. 그렇듯이 현실을 긍정적으로 받아들이며 외부와 차단된 이 많은 시간들을 혼자서 무엇을 할까 하고 생각하니 할 일이 너무 많았다.

'그래 맞아, 이곳은 병실이 아니야. 그동안 내가 너무 바쁘게 살았으므로 잠시 나를 쉬게 하는 휴식 공간이야' 하고 생각했다. 수술하고 깁스한 다리가 불편했지만 그동안 다리 덕분에 얼마나 잘 쫓아다녔던가 하고 생각을 바꾸니 그 또한 감사했다. 의사 선생님

처방대로 약 먹고 열심히 재활하면 나아지겠지. 두 사람이 쓰는 병실이지만 옆 침대에 환자가 없어 독방을 쓰고 있었다. 병실 창을 열면 7월 녹음이 우거진 산이 보였다. 밤이면 달이 창으로 들어와 나를 들여다보는 것이었다. 오랜만에 만나는 달이 반가웠다. 낮이면 가지를 늘어뜨린 아름드리 소나무 위 까치 두 마리와 친구가 되어 서로 인사를 나누기도 한다. 그리고 남는 시간에는 커피를 마시며 그동안 미루고 읽지 못했던 책들을 줄을 그어가며 읽는다. 병원에서는 시간마다 내 몸 상태를 체크해 주고 세끼 밥을 갖다 주니 이보다 더한 호사가 또 어디 있을까. 모든 직원들이 친절하게 대해주니 이곳 또한 나에게 휴양지였다.

휠체어를 타고 병원 복도에서 엘리베이터를 타던가 내릴 때 누군가 그림자처럼 뒤에서 밀어 주고 간다. 몸이 불편한 사람을 도와주려는 그들의 측은지심에 감동을 받는다. 병원 건물 삼층 밖으로 나가면 환자들을 위해 만들어 놓은 야외정원이 있다. 7월인데도 흰 구름이 가을 하늘처럼 높이 떠가고 구절초와 비비추 등 이름 모를 야생화가 정원 가득 피어있고 매실이나 대추나무 같은 과실수들의 열매가 윤기를 내며 매달려 있다. 또한 공작단풍은 붉은 이파리를 치렁치렁 머릿결처럼 흘리고 서 있다. 휠체어를 타고 아침이면 싱그러운 공기를 마시며 산책을 하고 해질녘이면 노을을 배경으로 먼 산이 회색 실루엣이 되어 내려오는 걸 바라보노라면 왠지 마음이 공허해지기도 한다. 하지만 3층 야외정원 산책로는 내 마음을 후련하게 해주고 고정관념에 갇혀있던 내 사고를 확 트이게 해준다. 저만치 산책하는 환자들과 눈인사하고 아름다운 경치들을 스마트폰에 담는다.

　보름 동안 내 마음의 호사를 누렸던 병원 아니, 휴양지를 떠나야 했다. 그동안 정들었던 크고 작은 이별이 아쉬움으로 남았다. 병원에서 주는 목발을 선물처럼 받아가지고 속초 집으로 왔다. 마치 나 혼자 먼 여행에서 돌아온 듯 집이 낯설었다. 남편이 휠체어를 대여해 놓아 집안에서 불편 없이 밀고 다니며 소소한 일을 했다. 남편이 출퇴근하며 밥하고 빨래를 해주니 고맙기도 하고 미안했다. 하루 종일 집에 있으니 지인들이 심심하지 않느냐고 전화가 왔지만 심심할 여가가 없었다. 언제 내가 이렇게 고요히 있었던 적이 있었는가. 저만치 영랑호수가 시시각각 다른 빛깔로 눈에 들어와 내 가슴을 쓰다듬어 주었다. 멀리 불탄 산을 보니 가슴이 심히 아렸지만 스스로 집안에 갇혀 호사를 누리고 있다. 그러고 보니 그동안 밀린 글과 청탁받은 원고를 쓰며 장편 소설과 시집, 수필집 등 여러 권을 읽고 음악을 들었다. 다리가 불편해서 밖으로 못 나간 두 달 동안의 시간들이 오히려 내 영혼의 쉼표였으며 생산적인 시간이 되었다. 나이 들어가면서 중요한 것이 건강과 돈이라면 혼자서 즐길 수 있는 취미가 있어야 됨을 절실히 느꼈다. 글을 쓰고 책을 읽고 음악 듣는 일이 주변에 사람이 열 명 있는 것보다 더 나를 즐겁고 행복하게 해주었다.

깁스는 풀었지만 재활이 문제였다. 집안에서 다리꺾기와 스트레칭 찜질을 계속했다. 근육을 이십여 일 쓰지 않은 다리라 걷지 못하고 목발을 짚고 집 안을 다녔다. 어깻죽지가 아팠지만 참았다. 목발은 내가 디뎌야 할 지점을 먼저 안내해주고 정확히 짚어준다. 내 살아온 삶을 돌아보니 많은 사람들이 내 삶의 울타리였고 목발이 되어 내가 가야 할 곳과 해야 될 무수한 일들을 미리미리 짚어주지 않았던가. 나는 목발을 딛고 걸으며 스스로 겸손해졌다.

며칠 전부터 창밖 방충망에 흰나비 한 마리가 붙어서 미동도 없이 거실을 들여다보며 휠체어를 타고 목발 짚고 다니는 나를 지켜보고 있는 것이었다. 흰나비의 훈기가 내 몸에 번져왔다. 병원에 있을 때 창가에서 매일 나를 들여다보던 소나무 위 까치한테도 같은 느낌을 받았다. 어릴 적 내가 신열을 앓고 있을 때 밤새껏 나를 지켜보시던 할머니 눈빛도 그랬다. 장맛비를 맞으면서도 나비는 방충망에 매달려서 내가 성큼성큼 걸어서 밖으로 나가길 바라는 듯 나를 고요히 지켜보고 있었다. 나는 그런 나비가 고마워서 서로 바라보며 마음 교류를 했다. 고요하고 잔잔한 가운데 커다란 울림이 왔다. 그렇게 며칠 동안 나를 지켜보던 나비가 내가 목발을 놓고 천천히 일어서서 창가로 다가가자 가벼운 목례로 작별인사를 하고는 허공으로 날아갔다. 그렇다, 말없이 누군가를 지켜보는 보이지 않는 힘이 때론 바다를 들어 올리고 산을 움직이게 하기도 하고 삶에 지쳐있는 사람들한테 힘을 실어주는 소중한 일을 하기도 한다.

바쁘게 살아가다가도 한 번쯤은 쉼표 같은 시간이 필요함을 절실하게 느꼈다. 스스로 내면을 들여다보며 영혼의 울림에 귀 기울이는 시간이었기 때문일 것이다. 다리를 다쳐서 본의 아니게 병원과 집안에서 근 두 달 동안 지냈지만 자유로운 영혼이 되어 날갯짓하며 스스로 단단해지는 여문 시간을 보냈다. 땅을 딛고 걷는다는 사실이 이렇게 고맙고 감사할 줄 몰랐다. 우리 몸속에 미세한 세포 하나라도 소중하지 않은 것이 없다. 그리고 평범한 일상이 주는 행복을 그동안 미처 느끼지 못하고 살아왔다. 한동안 잠시 쉼표로 살았던 시간 속에서 지난날을 반추해 보며 스스로 겸허해짐을 느꼈다.

뽕뽕다리 위에서

권현옥
doonguri@hanmail.net

 가문 천川은 얕았다.
 회룡포 마을을 휘감는 물길은 멀리서도 순해보였다.
 모래사장과 물이 반 반, 모래를 적신 곳이 어디부터인지 모르게 물이 얕았다. 뽕뽕다리 위에서 간신히 물이 보인 건 순식간에 몸을 꺾는 송사리 때문이었다. 물은 귀엽도록 작은 춤을 추고 있었다.
 뽕뽕다리에 올라 몇 걸음 걸었을 때 반짝이는 뭔가를 보았다. 따라가지 못한 눈길을 남기고 두어 발짝 떼자 너무나 작은, 존재를 알리는 송사리 떼가 보였다. 또 한 발짝 떼자 그것보다 더 자란, 신통하게 이만큼이라도 자랐다는 듯 몸태가 드러나는 송사리가 놀고 있었다. 미세하지만 여러 마리가 몰려 있어서 차이가 보였다.

그러고 보니 물의 깊이가 아주 조금씩 깊어지고 있음을 알린 건 송사리의 크기뿐이 아니었다. 뚜렷이 보이는 바닥의 돌멩이까지의 거리감도 햇살을 받아 한몫했다.

어찌 아는 걸까. 제게 맞는 두께의 물살을, 동료와의 어울림을. 그리고 햇살의 참견을.

나는 뽕뽕다리 중간에 서 있었다. 걸어온 만큼과 다시 걸어가야 할 만큼의 대칭의 지점에서 햇살이 내 등을 만질 때 웃음이 나왔다. 그 중 큰 놈들이 여기 다 모였구나 하면서. 다시 얕아지는 물의 깊이와 서서히 작아지는 무리의 송사리, 바닥까지의 투명성, 물에 적시었는지 아닌지 모를 모래와의 경계를 보며 이 단순한 사실이 너무도 신기해졌다. 생뚱맞게도 마트의 조기가 생각났다.

조기두름 앞에 선 내 눈은 정확한 비교를 위해 심각하게 집중한 적이 있다. 조기두름이 그만그만한 것 같은데 가격대별로 진열된 것을 보면 나는 내 나름 가격과 크기를 잘 가늠하여 만족할 선택을 해야 했다. 완전히 내 선택을 칭찬하기 위한 집중인데 그런 행운은 매번 없었다. 아주 미묘한 차이로 가격이 나뉜 조기두름. 사람이나 기계의 세심한 분류가 신기했었는데 송사리 떼도 그렇게 끼리끼리 알아서 모여 살다니 기특하고도 다행이란 생각이 들었다.

살기 위해서 최적점을 찾은 것, 제가 감당할 수 있는 물살에서 어울리며 방향을 트는 송사리가 빛나보였다.

드론이나 헬리콥터가 아니면 계곡의 줄기를 알 수 없듯 뽕뽕다리가 아니면 알 수 없었을 일. 물살을 가르고 걸어갔다면 내 종아리는 송사리를 몰아내는 일만 했을 텐데 물 위로 가깝게 놓인 뽕뽕다리가 있어 행운이었다.
　내가 책을 읽고 글을 쓰는 이유도 그럴 것이다. 분주하고 질퍽한 삶에 들어가 그것을 헤쳐 나가기 위함이 아니라 뽕뽕다리 위에서처럼 작은 것이라도 가깝게 들여다보기 위함 같았다.

함양 상림숲 어느 나무의 이야기를 들어 보세요

금련화
cathymija@hanmail.net

 천 년도 더 전이랍니다. 통일신라 진성여왕 때, 이곳에 태수로 와 있던 최치원이란 분이 홍수를 막기 위해 만들어 놓은 이 나라 최초의 인공 숲이라 했습니다. 당시 어떤 나무들을 심었을까요. 고을의 모든 사람들은 손이 가는 대로 주변의 나무들을 모아들여 심기 시작했겠지요. 큰 나무, 작은 나무, 튼튼한 나무, 약한 나무 할 것 없이. 소나무, 은행나무, 단풍나무, 생강나무, 서어나무, 느티나무, 눈에 보이는 대로 모아다 심었겠지요.

 인간에게 생로병사가 있듯, 나무에게도 생로병사가 있겠지요. 그 숲 속에도 사랑이 싹트고, 서로 주고받은 징표로 꽃도 피고 열매도 맺고, 죽기도 하고, 살기도 했겠지요. 지독한 사랑은 때로 한 몸으로 엉켜 연리지 나무가 되기도 했답니다. 지금 이 숲에는 수

많은 사람들의 발길을 잡는 느티나무와 서어나무의 지독했던 사랑의 징표, 한 몸이 되어 살고 있는 연리지 나무가 그 대표 격인 셈입니다.

정희성이란 시인이 있어요. 그분의 시 가운데 '그리운 나무'란 시가 있지요.

중략

사랑하는 나무에게도 갈 수 없어
나무는 저리도 속절없이 꽃이 피고
벌 나비 불러 그 맘 대신 전하는 기라.

이 숲에서도 눈물겹도록 서러운 사랑이 있답니다. 때로는 그리워도 갈 수 없어 먼발치에서 가슴앓이만 하는 사랑도 있지요. 시인의 노래처럼 벌 나비라도 불러 마음을 전할 수 있다면 얼마나 좋을까요.

그저 가지만 뻗어 가리키며 사모하는 마음을 전하는 나무도 있지요. 부딪히며 어루만지며, 받아들이며, 내치며, 화해하며, 위로하며, 숲은 자라고 열매 맺고, 병들고 죽고를 되풀이하며 오늘, 천년까지 버티고 있습니다. 이 푸르고 울창하고 싱그러운 숲에 뭔 사연이 그리 많으냐고요? 많죠. 인간 수명 100년 안에 얼마나 기막힌 사연들이 들어 있습니까. 나무요? 보통 활엽수는 길면 400년(1,000년 된 은행나무와 느티나무도 있다고는 하더군요), 척박한 땅에 심겨졌던 저희의 1대 조상들은 이미 그 몸을 다 땅에 묻어 저희의 양분으로 돌려주셨답니다. 저도 400여 년이 되어 갑니다. 이미 이곳저곳에서 어서 땅으로 돌아오라는 신호가 옵니다.

제 몸을 통해, 많은 새 식구들을 만들었으니 이제 떠나도 여한은 없습니다. 제 몸이 좋은 흙이 되는 영양분으로 된다면 이 숲을 만드신 최치원 선생에게도 부끄럽지 않은 한 몫을 한 것이겠지요. 양반 곳이란 함양의 좋은 토질 속에 한평생 행복했습니다. 저희 숲 식구들을 바라보며 행복해하셨던 오고가는 분들에게도 저희는 성심껏 감사를 전했습니다. 저희 선조들의 가르침대로 저희들의 잎들을 살짝 비비기도 하고, 비추는 햇살 속에서 방긋거리며 웃기도 하고, 바람결에 고운 향내를 뿜어내기도 하면서. 물론 우리들의 후손들에게도 열심히 보여줍니다. 서로가 돌보며 사는 건 이런 거라고, 나누며 사는 것, 아낌없이 기쁘게 사랑하며 산다는 건 이런 거라고. 따듯한 온기를 갖고 가자고 지금도 속삭입니다.

킬리만자로의 표범

김계옥
kok62@hanmail.net

킬리만자로, 황량한 언덕에 나무 한 그루가 서 있다.
무슨 나무인지 모른다. 한 그루의 나무가 그곳에 서 있을 뿐이다. 나무는 아무 도움이 되지 못한다. 숨으려 해도 몸을 숨길 수가 없다. 목을 매려 해도 맬 수 없다. 아무 쓸모없는 나무다. '항상 마지막 순간을 기다리고 있는' 고도Gddot를 기다린다. 기다리는 동안 무엇을 하느냐. "목이나 매고 말까." 거기서 떨어진 물에서 '만다라르고' 풀이 자라서 꽃이 핀다.

2019년 4월 19일, 수필교실에서 회원들의 서울대 견학은 참으로 뜻이 있고 의미가 깊었다. 규장각, 박물관, 자하연 연못, 현대미술관을 관람했다. 관악산 정상은 큰 바위기둥을 세워놓은 갓 모습의 산이다. 벼슬 관冠을 쓰고 우뚝 서 있는 632m, 관악산은 바위산이며 골骨산이다. 미네르바의 원천, 뮤즈의 시원, 아카데믹한 지상의 전당에는 봄꽃이 흐드러지게 피었다. 꽃눈이 펄펄 휘날리고 꽃보라가 하얀 눈바다에서 파도치고 있다.

 10년 전 대학 동창들과 한 달에 한 번씩 관악산을 산행했다. 국기봉까지 올라갔다. 일 년에 한 번씩 시산제도 지냈다. 그 동창들이 지금은 투병 중이기도 하고 모두 사정이 있다. 나비 같이 날아가고 다람쥐 같이 올라가던 여자 동창들도 아픈 데가 생겨서 산행모임은 해산됐다.

 올라가는 것도 때가 있는 모양이다. 인간은 저마다 십자가를 지고 있다. 잠깐 사는 동안에, 잠깐 동안에…. 날개 치는 소리가 들린다. 나뭇잎 소리 같다. 삶을 지배하는 것이 고통이라고. 고뇌하면서 산다. 고뇌란 인간 존재의 핵심, 핵심에 다가가기 위한 통로다. 고뇌의 이유도 모르는데 기다림과 투쟁한다. '아무것도 아닌 것에 매달리는 인간들.'

 킬리만자로(5,895m)는 어디에 있는가. 아프리카 탄자니아에 있다. 아프리카 대륙에서 제일 높은 산, 세계에서 제일 큰 화산, 아프리카는 적도의 나라. 일 년 동안 여름인데 산꼭대기에는 만년설로 뒤덮여있다. 멀리 보이는 태초의 빙벽은 경이로운 장관이다. 험준한 봉우리, 대협곡, 계곡과 암벽들은 1,000m 이상 솟아있는 절벽을 이루고 있다. 열대나라에도 절대 녹지 않는 눈과 얼음이 빙원 같이 쌓여있다는 사실이 신비하다. 눈이 쌓인 정상에서 저 멀리 거대한 원시 빙벽, 끝없이 펼쳐진 킬리만자로의 웅장한 모습, 우후르피크는 '자유'라는 뜻이다. 그 자유는 원초적인 자유다.

　우후르피크 정상까지 올라가는 길은 평원이 넓게 펼쳐져 있다. 표범이 얼어 죽었다는 킬리만자로에 꽃이 피었다. 꽃은 왜 피었을까.
　바윗덩어리들 틈새에서, 화산 돌들 틈새에서, 풀숲에서, 메마른 모래 속에서. 길바닥에 꽃이 피어 있다. 관목 숲을 벗어나 황량한 벌판을 지나는데 자이언트 세네시아가 드문드문 서 있다. 세네시아는 나무도 아니다. 꽃도 아니다. 거대한 선인장이다. 하얀 에버레스팅 – 영혼의 꽃이라는 다양한 고산 식물도 여기저기 피어있다.
　표범이 그 높은 곳에서 무엇을 찾고 있었는가. 아무도 말해주지 않는다. 표범은 내려오기 싫어서 죽었다. 누구인들 삶이 고달프고 무겁지 않으랴. 누구인들 번민과 고뇌의 십자가를 지고 가야 할 길이 있지 않으랴. 킬리만자로 꼭대기 우후르피크는 항상 영하 20도가 오르내리는 곳이다.
　표범은 추위를 싫어하며 고산증이 있어서 올라가지 않는다. 동물은 본능에 따라 행동한다. 킬리만자로 서쪽 봉우리 가까운 곳에 말라서 얼어붙은 표범의 시체 하나가 나둥그러져 있다 – 레오

파드. 표범이 무엇을 찾아 그 높은 곳에 올라갔을까. 아무도 그 이유를 알지 못한다.

왜 그곳에 올라갔을까. 저 높은 곳을 향하여… 신을 만나려고… 사랑을 찾아서… '무無' – 없음, '0' – 조금도 없는…을 깨닫고, '만다라르고' 꽃을 피우려고….

나는 그날, 복잡하고 사나운 심정이 마그마처럼 뿌글뿌글 끓어서 꺼지지 않았다. 내가 관악산 정상을 오르고 싶은 심정이나 표범 한 마리가 킬리만자로 정상을 향해 올라간 심정은 같을 것이다. 고요, 쓸쓸함, 적막. 나는 아직 적막에 길들여지지 않았다. 고독이라는 절대 차원, 형이상학적 심상心想의 보좌에 앉을 줄을 모른다. 인간도 짐승도 감당할 수 없다. 표범도 고고하게 얼어 죽었다. 헤밍웨이도 장총으로 극단적 선택을 했다.

높게 올라간 자는 반드시 내려와야 한다. 그것이 사는 것이다.

* 만다라르고 ; 가지과의 식물

띠 중에 고양이가 없네요

우암 김괴경
songdok27@naver.com

　우리 아파트 아래층에 사는 인사 잘하는 초등학교 4학년 학생을 2020년 설 휴가 중에 '엘리베이터'에서 만났다. "할아버지 새해 복 많이 받으세요. 여기서 세배 드립니다, 절은 올라가서 드리겠습니다."
　"세배는 여기서 했는데 올라오지 않아도 돼." "띠 중에 쥐는 있고?" 그러면서 엘리베이터를 뛰어나간다. 오후에 올라와 공손히 절을 하더니 "고양이는 왜 없어요?" "이 녀석 어려운 질문을 하네. 세뱃돈 먼저 받고." 만 원짜리 한 장을 꺼내 주면서 '설화'에서 보아 두었던 얘기를 해 주었다.
　"우리나라는 중국의 영향을 많이 받고 불교의 영향권에 있었단다. 세 가지 설이 있는데, 십이지의 열두 동물의 유래와 관련하여 전해 오는 이야기가 있는데 얘기가 좀 길어. 편히 앉거라."

첫째, 석가(불교를 창시한 석가모니)가 이 세상을 하직할 때에 모든 동물들을 다 불렀는데 열두 동물만이 하직 인사를 하기 위해 모였다고 한다. 석가는 동물들이 도착한 순서에 따라 그들의 이름을 각 해年마다 붙여 주었다. 쥐가 가장 먼저 도착하였고, 다음에 소가 왔다. 그리고 뒤이어 호랑이, 토끼, 용, 뱀, 말, 양, 원숭이, 닭, 개, 돼지가 각각 도착하였다. 이것이 오늘날의 12가지가 된 것이다.

두 번째, 대세지보살大勢至菩薩(아미타불의 오른편에 있는 지혜의 문을 관장하는 보살)이다. 하루는 석가가 대세지보살을 불러 천국으로 통하는 열두 개 문의 수문장을 지상의 동물 중에서 선정하여 1년씩 돌아가면서 당직을 세우도록 했다. 이에 대세지보살은 열두 동물을 선정하고 그들의 서열을 정하기 위해서 모두 불러 모았다. 열두 동물 중 고양이는 모든 동물의 무술 스승이므로 제일 앞자리에 앉혔다. 그리고 순서대로 소, 범, 토끼, 용, 뱀, 말, 양, 원숭이, 닭, 돼지, 개를 앉혔다.

대세지보살은 열두 동물의 서열을 정한 후 석가여래에게 훈계를 청하려고 맞이하러 갔다. 석가를 기다리던 고양이는 갑자기 뒤가 마려워 참다 견딜 수 없어 잠시 으슥한데 가서 뒤를 보려고 자리를 비웠다. 공교롭게도 이때 석가가 왕림하셨다. 석가가 소집된 동물들을 살펴보니 한 동물이 부족했다. 어찌 된 영문인지를 몰라 물어보니 마침 고양이를 따라 구경 온 생쥐가 쪼르르 달려 나와 석가에게 말했다. "자신은 고양이 친구인데 고양이는 수문장의 일이 힘들고 번거로워서 수문장이 싫다 하여 고향으로 돌아갔다"고 거짓말을 했다. 이에 석가는 쥐에게 어쩔 수 없으니 네가 고양이 대신 수문장을 맡으라고 했다. 한번 뱉은 말은 다시 주워 담을 수 없으므로 마침내 쥐를 포함한 열두 동물이 천국의 수문장이 되었다. 뒤늦게 이 사실을 안 고양이는 간교한 쥐에게 원한을 품고 영원토록 쥐를 잡으러 다니며, 이때부터 고양이와 쥐는 천적 사이가 되었다.

세 번째, 아득한 옛날에 하느님이 뭇짐승들을 소집하고 "정월 초하룻날 아침 나한테 세배하러 와라. 빨리 오면 일등상을 주고 12등까지는 입상하기로 한다"라고 했다. 달리기 경주라면 소는 자신이 없다. 말이나 개나 호랑이에게는 어림도 없고 돼지 토끼에게도 이길 가망이 없다. 소는 워낙 '소걸음'이 늦어 남보다 일찍 출발해야겠다고 생각했다.

이리하여 우직한 소는 남들이 다 잠든 그믐날 밤에 길을 떠났다. 눈치 빠른 쥐가 이것을 보고 잽싸게 소 등에 올라탔다. 드디어 소는 동이 틀 무렵에 하느님 궁전 앞에 도착했다. 문이 열리는 순간, 쥐가 재빨리 한발 앞으로 뛰어내려 소보다 먼저 문안에 들어와서 소를 제치고 1등이 되었다. 천 리를 쉬지 않고 달리는 호랑이는 3등이 되었고 달리기에 자신이 있는 토끼는 도중에 낮잠을 자는 바람에 4등이 되고 그 뒤를 이어 용, 뱀, 말, 양, 원숭이, 닭,

개, 돼지 차례로 골인했다.

"그런데 아버지한테 물어보지 않고? 왜?" "아버지는 젊어서 잘 모르실 것 같아서요, 창피하지 않게 해 드리려고요." "참 어린놈이 효자네."

참고: 천간天干: 갑甲, 을乙, 병丙, 정丁, 무戊, 기己 경庚, 신辛, 임任, 계癸.

지지地支: 자子, 축丑, 인寅, 묘卯, 진辰, 사巳, 오午, 미未, 신申, 유酉, 술戌, 해亥.

남산에서 만난 외국인

김국애
gukae8589@daum.net

　남산 문학의 집 여섯 번째 수업시간인데 오늘 처음으로 택시를 탔다. 몸도 피곤했지만 사실은 6월의 녹음 짙은 남산의 아름다운 산자락을 다시 한 번 보고 싶기도 했기 때문이었다. 나는 내 옆의 도어를 조금 열었다. 비록 차창 속에서 보는 풍경이지만 가까운 곳에서 상큼한 공기와 아름다운 풍경을 보는 순간 순식간에 내 속이 후련했다. 오늘 택시를 탄 것은 참 가치 있는 선택이었다는 생각에 한층 마음이 뿌듯했다. 남산을 넘어 퇴계로를 향해 비탈길을 내려가는데 때마침 건장한 서양 청년이 손을 흔들며 허겁지겁 쫓아왔다. 가까이 택시 곁으로 왔다가 내가 타고 있는 것을 보더니 난감한 듯, 한 손에 책과 서류인지, 무겁게 들고 안절부절 다급한 표정이었다.

우선 나는 그에게 따뜻한 미소를 보였다. 안심하라는 의미였을 것이다. 나는 기사에게 저분 좀 태워 드렸으면 좋겠다고 하니 고객이 계신데 안 된다고 했다. 여긴 차가 없는 곳인데 저분이 모르는 걸 보니 한국에 사는 이가 아니네요. 염려마시고 세워주세요 부탁했더니 못마땅한 표정으로 차를 세웠다. 그는 서툰 말씨로 감사합니다. 이어서 탱큐를 연발하며 어디까지 가느냐? 묻는 내게 충무로라고 대답했다.

나는 잠시 후 내릴 테니 잘 가시라고 말을 건넸다. 잠시 후에 내가 내리려는데 그는 그 짧은 틈에 기사더러 I wil do pay라고 내가 카드를 꺼내니 아예 반쯤 일어서며 마담 no no!! 나는 아니라고 해도 이번에는 기사까지도 그냥 내리시라고 거긴 한나절 서 있어도 차 안 서는 곳이라고 했다.

뜻밖의 일에 당황했지만 고마움과 미안함에 그저 손을 흔들어주며 한국에서 좋은 시간되길 바란다는 인사를 했다. 그는 택시가 가는 동안 내내 창틀 쪽으로 고개를 내밀며 내게 손을 흔들었다. 나 또한 그에게 손을 흔들어 주었다. 한국에 머무는 동안 행여 불친절이나 불이익을 당한 일이 있었을지라도, 오늘 모든 일이 잘 풀려서 우리나라 대한민국이 좋은 나라, 사람 우선이라는 인간애가 넘치는 아름다운 나라로 기억해 달라는, 간절한 내 마음을 함께 담아 손을 흔들어 주었다.

그가 어떤 일을 하는지, 어느 나라에서 왔는지, 좀전에 무슨 일로 그리 다급하고 당황했는지, 나는 아는 바가 없고 또한 알 수도 없었지만 타국에서 그에게 급한 상황이 생겼으며 그는 선한 사람이었다. 그에게 내가 보낸 따뜻한 마음만큼 나그네의 여행길이 형통하리라는 믿음이 가는 신사 같았다. 누구든지 우리나라에 살다 가든 잠시 여행자의 신분이든 자신의 고국에 돌아가서라도 내내 대한민국 우리나라를 잊지 못하는 사람이었음 좋겠다. 무엇인지 좋은 인연과 아름다운 추억을 가졌으면 좋겠다. 그것은 곧 세계 방방곡곡에서 우리나라를 축복하는 천사들의 합창 같은 메아리가 되어 온 세상으로 퍼져 나갈 것이기 때문이다.

  오늘 남산 문학의 집을 향해 불시에 내가 탔던 택시는 나보다는 그 외국 신사의 필요를 위해 준비된 것이 확실했다. 내일은 내게 또 어떤 일이 준비될까?

간절함의 온도

김낙효
queenjoa@naver.com

어느 날 페이스북으로 제자에게서 연락이 왔다. B대학에서 교양 필수 글쓰기 강의 때 만났던 J였다. 커다란 첼로 케이스를 메고 다녔던 학생이었다. 처음 자기소개를 할 때, 단지 첼로를 하고 싶어 과를 옮기면서 있었던 경험담을 너무나 진솔하게 털어놓았던 그였기에 생생하게 기억이 떠오른다.

어려서 첼로를 조금 배워 좋아는 했지만, 부모님의 권유와 미래를 위해 관광학부에 진학을 했단다. 꿈에 부푼 대학생활을 시작한 지 얼마 후, 그는 교정에서 악기를 메고 다니는 학생을 보고서 가슴이 꽉 막혔다. 자신도 좋아하는 첼로를 하고 싶은 마음이 울컥하고 솟구치더니, 그 찬란하던 봄빛이 사라지고 아무것도 보이는 게 없었다.

오직 첼로를 하고 싶은 생각만 간절할 뿐이었다. 사랑하는 사람을 눈앞에 두고 사랑한다는 말도 못하는 것처럼 가슴만 바짝바짝 타들어갔다. 급기야 입학한 지 2주 후부터는 매사에 의욕이 없어지고 밥도 제대로 먹을 수 없고, 학교도 끝나면 바로 집에 와서 첼로만 연주를 했다고 한다.

평소에 J는 어머니와 대화가 잘 통했고, 첼로도 어머니 덕분에 배우게 되었다고 했다. 대학에 들어간 지 얼마 후부터 뭔가 이상하다고 느낀 J의 어머니가 자리를 마련하여 아들의 고민을 들었다.

"네가 첼로가 하고 싶어 식음을 전폐할 정도라면 좋아하는 것을 해야지. 이러다가 아들 잡겠다."

다시 첼로를 하는 쪽으로 전향을 하고 얼마동안만 도와주는 대신, 다시는 부모님에게 도움을 요청하지 않기로 했다. 그렇게 간절함과 환희 속에서 한 학기를 보내던 어느 날 '전과轉科'라는 공지문이 눈에 띄었다. 무작정 음악학부 학과장을 찾아갔다.

드디어 전과 시험 날, 실기를 보러 가서야 악보는 다 외워서 연주하는 것이며, 더구나 반주자까지 동반해야 하는 것임을 알게 되었다. 차례가 되기 전 악기도 미리 꺼내어 준비하고 있다가 들어가야 하는데 무대에 올라가서야 주섬주섬 꺼냈고, 클래식을 해야 하는데 영화음악을 선정하는 등 좌충우돌이었다. 그렇게 온갖 우여곡절을 겪은 끝에 J는 마침내 9월 학기부터 그토록 꿈꾸던 첼로를 하게 되었다.

이야기를 듣던 학생들은 솔직하고 당당함에 박수를 보냈고, 짧은 곡 하나 부탁한다고 환호성을 질렀다. 다른 학생들이 짧게 "저는 누굽니다" 정도로 간단히 끝내는 데 비해 긴 시간을 차지했지만 그의 극적인 경험담을 가슴 졸이며 들었다.

첼로 연주는 학기 중간쯤에 듣게 되었다. J는 짧게 새로운 체험을 이야기하고, 중후한 음색의 첼로 연주를 들려주었다. 잠깐이지만 마음이 부드럽고 편안한 느낌이 들었다. 새로운 경험은 오케스트라 연습 때 다른 학생들은 모두 아는 것을 J만 모르는 게 너무 많아, 본인만 딴 나라에서 온 외계인 같다고 했다. 제대로 따라 갈 수 있을지 걱정이라며, 학기 초의 당당함보다는 살짝 떨리는 목소리에서 스무 살의 절박함이 묻어났다.

나는 J의 어깨를 툭 치며 말했다.

"와! J, 넌 멋진 첼리스트야. 그 도전과 용기가 놀랍다. 우선 좋아하는 것을 하게 된 것은 행운이고, 오케스트라에서는 따라 갈 선배들이 있으니 노력만 하면 네 역할을 해내는 것은 시간문제야. 너는 할 수 있어. 정말 대단하다!"

그것이 그에게 큰 자신감을 주었고, 이렇게 페이스북으로 선생님께 연락까지 할 수 있게 되었다는 것이다.

예나 지금이나 자기가 하고 싶은 것을 하며, 다른 사람으로부터 인정받기를 바라는 것은 인지상정인 것 같다. 공자도 "아는 것은 좋아하는 것만 못하고, 좋아하는 것은 즐기는 것만 못하다(知之

者不如好之者, 好之者不如樂之者)" 하여, 호학好學을 높이 여겼으며 스스로도 배우는 것을 좋아하고 그 즐거움도 자주 언급해 왔다.

초楚나라 대부 격인 섭 땅의 현령 섭공이 자로에게 물었다.

"자네 스승 공자는 어떤 분이신가?"

자로는 제자로서 스승에 대해 어떻게 설명을 해야 할지 망설이다가 대답을 못하였다. 이를 들은 공자는 대뜸, "너는 어찌 이렇게 말하지 않았느냐? '그의 사람 됨은 분발하면 밥 먹는 것도 잊으며, 즐거움에 빠지면 근심도 잊은 채, 장차 늙음이 다가올 것도 알지 못하는 분'(其爲人也, 發憤忘食, 樂以忘憂, 不知老之將至)이라고 말이다."

자신감과 서운함이 함께 묻어나는, 공자의 인간미 넘치는 여리고 순진한 요구가 도리어 가슴에 와 닿는 대목이다.

자신이 좋아하는 것에 집중하면 밥 먹는 것조차 잊어버릴 정도니. 그렇게 몰입을 한다면 세상에 이루지 못할 일이 없겠다는 생각이 든다. 또 그 즐거움에 빠지면 세상 근심을 다 잊어버릴 정도의 경지에 이를 수 있음을 공자가 알려주고 있다. 어쩌면 공자가 성공한 이유도 그 좋아하는 것을 붙들고 늘어졌기 때문이 아니겠는가. 그것은 바로 공부에 대한 간절함[好學]이었을 것이다. 그러한 간절함의 온도는 열정으로, 그 열정은 에너지로, 그 에너지는 결국 꿈을 이루는 원동력이 되었을 것이리라.

공자는 73세까지 살았으니 당시로 보면 천수를 누린 셈이다. 아마 그 비결이 자로에게 한 말 속에 있는 것으로 보인다. 자신이 좋아하는 일에 몰입하다 보면 저절로 한 분야에서 최고가 될 수 있을 것이며, 기쁨 속에서 시간 가는 줄도 모르고 즐겁게 살다 보면 건강과 장수는 나란히 가는 것이 아닐까?

  J는 필수 과목의 학점을 받기 위해서 내 수업을 선택했을 것이다. 그런데 그것이 인연이 되어 나와 계속 페이스북 친구로 지내고 있다. 30분 정도 연주해야 하는 실기 과목을 위해 이미 한 학기 전 방학 때 다 외워낼 정도로 독하게 연습을 했노라고 격의 없이 자신의 근황을 알려오곤 하였다. 어느 날 보니 그는 다른 음대로 다시 편입을 하였고, 수석으로 졸업 연주를 한다는 멋진 포스터도 올라 있었다. 아이돌 가수 뺨칠 외모에다가 수석으로 졸업 연주를 해서 그런지, 댓글이 수십 개 달리고 팬미팅도 해야겠다는 댓글이 주렁주렁 달려있었다.

  오랜만에 페이스북에 들어가 보았다. 십 년이 넘은 듯하다. 모교향악단에서 근무한다는 두 줄의 소개와, 클로즈업된 얼굴 사진이 환하게 웃고 있었다.

귀 향

김남순
nsk3518@hanmail.net

오래 전 '실향민의 밤'이란 시를 읽은 적이 있다. 유감스럽게도 그 시의 내용을 기억하지 못한다.

'아in 서울' 5년.
어머니 돌아가신 뒤 성묘 차 내려가는 귀향 길.
그 시제가 떠오르면서 음미해 보고 싶지만 시인의 이름조차 알 수 없다. 월례행사처럼 빈번하게 들락거린다 해서 고향에 대한 목마름이 해소되는 것은 아니다. 유년기 천진한 추억부터 성인이 된 뒤의 희로애락에 얽힌 사연은 라이프 스타일이 되어 시시때때로 도회지 생활의 적응을 어렵게 만든다.
이사 온 첫 해는 아침에 눈을 뜨면 제일 먼저 거실 창을 통해 대모산 봉우리가 선명하게 보이면 가슴을 쓸어내렸다. 미세먼지

탓으로 산꼭대기가 잘 안 보이는 날은 가슴이 답답해져 오면서 숨이 막혀오는 자신을 발견하곤 했는데. 어느 세월에 나도 모르게 적응해 버렸지만, 정신적 차원은 그렇지 못하다. 불쑥불쑥 고향으로 돌아가야 할 것 같은, 거의 평생을 살다시피 한 그곳을 왜 떠나왔는지 새삼 스스로에게 질문을 던진다.

고향에 대한 에피소드는 많지만 내 경우는 절실하지 않았다.
유학을 위한 학창시절 빼고는 고향 어머니 품속에서 반세기도 넘는 세월을 향유한 탓이리라.
이것이 소설이라면 해피엔딩으로 끝나고 싶지만 현실은 그럴 수가 없다.
은퇴 후의 상경.
여유와 위안과 새로운 도약의 리타이어retire를 기대했지만, 서울이란 도시는 물리적 정신적 모험과 도전과 용기를 요구해 온다. 때때로 혼자 고립되어 버린 피폐한 느낌. 학창시절 친구들은 이제라도 서울로 온 게 잘 됐단다.
교수로 대학에서 30년 넘게 근무한 탓인지 소도시라 그런지 귀향길엔 심심찮게 얼굴도 희미한 제자들의 정겨운 인사를 받는다. 익명성이 특징인 대도시에서 그것도 겨우 5년을 채워가는 서울생활에선 기대할 수 없는 일이다.
아, 내 젊은 날의 열정과 흔적이 고향에선 있을 수가 있구나.

처녀로 도미해서 미국 뉴욕 맨해튼에 정착한 후배가 있다.

멋진 남편과 자녀들을 엘리트로 키워 전문직으로 출세시킨 성공한 재미교포다. 그러나 사흘이 멀다 하고 교류하는 카카오톡 내용은 고국에 대한 그리움이 절절히 배어있다. 요즘은 역이민의 경우도 많지만 이 후배 경우는 그럴 것 같진 않다. 동료 교수들도 은퇴 후 고향을 떠나 자녀가 있는 서울로 온 경우를 많이 보고 있으니까.

혼자 고소하며 생각한다.

나의 귀향이야 물리적으론 몇 시간이면 해결되지만.

고국을 떠나 사는 실향민의 그리움은 어떨 것일지.

그래도 비행기 수십 시간으로 해결될 수 있는 귀향은 다행이리라.

돌아갈 수 없는 실향민의 한도 있을 터이니….

문제는 마음의 고향이다.

내가 발 딛고 사는 그곳이 고향이기를.

망초꽃

김덕임
dn77777@hanmail.net

　바람결 따라 파도처럼 일렁이는 꽃길을 걷는다. 망초꽃이다. 잡초라고만 여겼던 망초꽃이 마음을 붙든다. '화해'라는 꽃말을 가진 꽃이 엄마를 닮았다.

　고향에 계셨던 엄마는 언제부터인가 막내딸인 우리 집에 오고 싶어 하셨다. 특별한 일은 없어도 분주했던 나는 이런저런 핑계로 기회를 만들지 않았다. 둘째가라면 서러워할 극진한 오빠부부와 다른 형제들이 있어서 엄마에 대한 걱정은 지우고 살았다. 그런데 어느 순간부터 전화기 너머 엄마의 목소리에서 평소에 느껴지던 따스함이 사라졌다.
　"오냐! 잘 있다. 걱정마라."
　조용한 어조였지만, 무언가 아프게 가슴을 찔렀다. 몹시 노여워

하고 있다는 증거였다. 급하지 않은 일정들은 한 달 정도 뒤로 미루고 엄마를 모셔오기로 했다. 이 기회에 오빠부부에게도 엄마 걱정에서 벗어날 수 있는 시간을 주고 싶었다. 아니 그보다는 내가 평생 후회하며 살게 될지도 모른다는 생각이 더 강하게 자리했다. 말벗도 하며 함께 지내면 좋을 것 같아서 이모도 모셔왔다.

시집온 지 사흘 만에 낯선 여자를 들였던 이모부는 이모에게 평생 한을 뼛속 깊이 남겼다. 엄마는 다른 여자에게 남편을 빼앗기고 살았던 이모의 아픔들이 어떤 말로 튀어나올지 몰라 늘 노심초사하셨다. 혹시라도 자식들에게 당신 동생이 책잡히지 않을까 하는 염려는 엄마의 자존심이었고, 그런 언니가 자신을 무시한다고 생각하는 이모였다. 두 분이 만나면 의견 충돌이 있었다. 서로 그리워하고 애틋해 하면서도 만나면 뭔가 어긋나 불협화음을 내곤 했다.

"니 엄니는 요샛말로 하믄 농대를 나왔고, 나는 법대를 나와서 생각하는 것이 안 맞는단 말여."

이모는 엄마에 대한 섭섭함을 이런 식으로 돌리곤 하셨다. 서로 성격이 잘 맞지 않았던 두 분이었지만 이번에는 별로 부딪히지 않고 사이좋게 지내셨다.

"산골짝에서 형제라곤 언니와 나, 둘이 의지하며 살다가 언니 시집가고 나 혼자 남아 어찌나 슬펐는지 몰라."

두 분의 추억을 들으며 언제나 엄마인 줄만 알았던 나의 엄마나 이모에게도 고왔던 어린 시절이 있었다는 것을 새삼 깨달았다. 구부러진 허리에 하얀 머리, 작은 눈, 그 얼굴의 주름살 너머로 햇살처럼 반짝이는 소녀의 모습이 스쳐 지나갔다.

오랜만에 만난 자매는 밤을 새우며 이야기꽃을 피우다가 새벽녘에야 잠이 들곤 했다. 침대에서 머리를 맞대고 두 손을 마주 잡은 채 잠이 든 모습은 같은 나무였고 한 가지였다.

"이제 우리 또 볼 수 있을까? 살아서는 마지막일지도 몰라."

사흘을 함께 지내다 헤어지는 자매의 눈동자에 알 수 없는 서글픔이 어리었다. 엄마는 동생이 보고 싶어서 그렇게도 우리 집에 오고 싶어 하셨던 것은 아닐까. 어쩌면 서로 마지막이 될지도 모를 이별과 또 다른 만남을 준비하고 있었던 것인가. 엄마와 말동무 하면서 같이 계셔주길 바랐지만, 이모는 조카사위가 어려웠던지 기어이 당신의 집으로 가셨다.

욕실에서 엄마의 등을 밀면서 너무도 작아진 엄마를 보았다. 항상 당당하던 엄마가 자신의 몸 하나 이기지 못하고 시들어가는 풀꽃 같았다. 사는 것이 바쁘고 힘들다며 나는 엄마에게 무엇을 해 드렸던가. 어떤 생각을 하며 살아왔는가. 새삼 오빠나 언니, 다른 형제들에게도 미안함과 고마움이 밀려왔다.

엄마가 좋아하는 것은 무엇이든 같이 하고 싶었다. 돗자리와 도시락을 준비하여 공원, 바닷가 등을 찾아다녔다. 몸을 제대로 이기지 못하셨지만, 자동차 안에서 멀리 보이는 풍경을 감상하고 바람 쐬는 것을 좋아하셨다. 젊어서 좋아하셨던 영화관도 갔다. 오랜만에 느긋하게 느껴보는 엄마의 향기가 포근해서 행복하면서도 가슴이 아려왔다.

 그런 와중에도 문득문득 좋은 기억보다는 생각하고 싶지 않은 지난날들이 스멀거리며 기어 나와 고개를 내밀었다. 아들과 딸의 구별이 뚜렷이 양분되었던 그 시절, 딸이기에 감내해야 했던 어린 시절의 서러운 기억이다. 아들 생일날은 떡을 쪄서 시루째 윗목에 갖다놓고 참기름으로 종재기 불을 켜서 복을 빌어주고, 딸들 생일은 미역국 한 번 챙겨주지 않았다. 사람들이 있건 없건 회초리를 들었고, 이유도 모르고 맞아야 했던 회초리보다는 사람들 앞에서 수치스러웠던 기억이 몽실거리며 올라왔다. 그때마다 나도 모르게 볼멘소리가 툭툭 튀어나왔다.

 자식들을 위해 살아오신 부모님의 희생을 아파하는 내가, 잦은 병치레로 근심하게 했던 것은 제쳐두고 서러웠던 기억을 떠올리는 것은 또 뭐란 말인가. 나 또한 고집 세고 자기주장이 확실했던 내 딸에게 훨씬 더 많은 회초리를 들면서 키우지 않았던가.

 엄마와 함께했던 한 달간의 시간은 과거 속으로 흘러갔다. 광주에 내려와 가족들과 함께 승촌보 가는 길 영산강에는 별들이 내려와 낮잠을 자는 듯 은빛으로 출렁인다.

 늪지를 따라 길게 이어지는 갈대숲 사이에서 이름 모를 꽃들이 바람 따라 춤을 춘다. 그중 유난히도 하얗게 물결치는 망초꽃에서 엄마의 모습이 보인다. 망초꽃은 은빛 햇살 아래에서 하늘거리며 나비처럼 날고 있다.

사진 한 장

김동식
markdskim@nate.com

　사람이라고는 단둘뿐, 가로수 길이 한산하다. 이쪽으로 오고 있는 몸집 큰 사내의 걸음걸이가 한가하다. 늘어뜨린 팔, 젖혀진 윗옷, 걸음걸이의 폭이 이를 말하고 있다. 눈길이 길 건너에 머물러 있는 걸 보면 이쪽으로 오고 있는 거 같지는 않다.
　또 한 사람은 간이의자에 앉아 있다. 두 손을 모으고 있는 품이 단정하다. 구부정한 어깨와 담배를 문 옆모습이 나이를 짐작케 한다. 70 안팎의 노신사. 검정 모자와 검은 정장에 흰 셔츠를 받쳐 입은 모습으로 보아 긴한 외출에서 돌아오다 잠시 쉬고 있는 것처럼 보인다. 혀를 살짝 내밀고 그의 옆에 엎드려 있는 검은 털북숭이를 보면 그렇지 않은 듯도 싶고. 가벼운 산책길이라 짐작하는 게 틀림없을 것 같다.
　이 사진을 발견한 건 내가 가끔 가는 식당에서였다. 한쪽 벽이 온통 흑백 사진으로 덮여 있었다. 늘 무심히 지나치다가 어느 하루 마음먹고 살펴보기로 했다. 서른 장 남짓의 사진들이 모두 예술성을 갖춘 작품들이라는 주인의 설명이 있었다.

오른쪽 한 귀퉁이에 자리한 이 사진이 눈길을 끌었다. 사진 정중앙에 놓인 와인 잔이 유별나게 분위기를 주도하고 있다. 위스키나 맥주잔이 놓였다면 노인의 품위가 어떻게 보였을까. '이렇게 한가하게 앉아 있는 거 외엔 별다른 일정이 없소'라고 말하는 것 같기도 하다. 잔에 담긴 술의 양으로 보아 한 모금쯤 입에 댔을까, 나머지를 원샷으로 비우고 금세 자리를 뜰 기세가 아니다.

와인을 무척 아껴 마시는 듯 보이는 장면도 인상적이다. 소주나 맥주 마시듯 와인을 마시는 우리의 속도감과는 사뭇 대조적이다. 집에서도 가끔 와인을 마시지만 근사한 안주가 마련되었을 때이다. 빈 테이블 위에 덩그러니 놓인 와인 잔 하나, 저 상황이 멋으로 다가오는 이유가 무엇일까.

이 사진이 내 마음을 끌어당긴 또 다른 포인트가 있다. 이 노신사가 던지는 시선이다. 탁자 너머의 어느 지점을 응시하고 있는 시선, 무엇을 의식적으로 보고 있는 것 같지 않다. 탐구하고 있는 눈초리도 아니고 무언가를 얻어내려는 그런 날카로움이 서린 눈빛도 아니다. '멍때리기' 표정, 바로 그거다. 언젠가부터 멍때리기에 대한 동경 비슷한 게 있었다.

일을 떠난 지 한참되었는데도 몸과 마음이 밖을 떠돈다. 집에 있으면 무슨 죄를 짓고 있는 것 같기도 하다. 등산, 바둑, 골프 모임에 학교나 직장 모임, 요즈음엔 문학 모임까지. 재미있고 유익해서 나가는 모임도 있지만 체면이나 권유를 뿌리치지 못해 나가는 모임도 있다. 모두 부지런함, 바빠야 함이 미덕이던 세월을 산 탓이다.

언젠가부터 모임이 있을 때, 나 스스로 만든 '모임 수칙'을 되뇌며 간다. 말을 줄이고 목소리를 낮출 것, 농담이라도 상대의 마음에 걸릴 법한 표현은 삼갈 것, 시사 토론은 가급적 피할 것 등이다. 대수롭지 않은 언사로 인해 모임에 싸늘한 바람이 이는 경우를 종종 겪기 때문이다.

혼자만의 시간, 모임의 수칙 따위에서 완전 자유로워지는 저런 시간에 대한 동경이 늘 마음 한구석에 내재되어 왔는데 그 현장을 한 장의 사진으로 접한 것이다. 주인의 양해를 얻어 카피를 만들어 갖고 왔다. 책상, 책장, 침대 탁자, 눈에 잘 뜨이는 곳에 세워 놓았다.

사람들은 의사 결정을 할 때 효율성이나 가치를 판단 기준으로 삼는다. 지금까지는 이런저런 모임 참여가 더 생산적이고 유익성이 높다고 판단해왔다. 이젠 그런 관성적 판단에서 벗어나 '나 홀로'의 가치를 재평가할 때가 되었다.

좋은 영화나 공연, 전시회가 있다는 얘기를 듣고도 혼자 갈 엄두를 못 내어 지나치곤 한다. 예술의 전당 월간 프로그램을 늘 받으면서도 같이 갈 사람이 없어 못 나서는 소극성에 갇혀 있다. 가고 싶은 곳, 보고 싶은 것들을 혼자라는 핑계로 미루는 일은 지양하려 한다. 혹 그것이 한적한 카페 한구석에 앉아 한나절 멍때리고 싶은 충동이라 할지라도 말이다. 사진의 주인공, '나 홀로' 씨에게 건배를.

주; 이 사진의 주인공 이름은 자크 프레베르(Jacques Prevert)이다. 시인이며 시나리오 작가, 영화 제작자이기도 하다. 불후의 샹송 '고엽'의 작사자다. 그가 쓴 시나리오를 영화화한(1946년) '밤의 문에서 이브 몽땅이 불러 히트한 곡이다. 1977년 77세 나이로 세상을 떠났으니 이 사진은 대략 50전쯤의 것으로 추정된다.

소소한 행복

김동신
kimindang@naver.com

　여수에서 생활한 지도 벌써 삼 년째다.
　여수는 365개의 작은 섬으로 둘러싸여 있고 지리산도 가깝다. 일상에서 벗어나 가벼운 여행을 하거나 등반을 하는 기회가 많아서 좋다. 가깝게는 돌산대교를 지나 향일암 근처에 있는 찻집에서 차 한 잔의 여유를 즐기거나 여객선을 타고 가까운 섬을 둘러보거나 멀리는 제주도까지 여행을 하면서 바다 물결의 흔들림을 느껴보곤 한다. 또한 하동과 구례와 가까워 지리산의 산책길 같은 산길을 오르면서 소소한 행복을 즐긴다.
　오늘도 가을 햇살이 좋다.
　간단한 준비물을 챙겨들고 집을 나선다. 내비게이션을 켜고 구례로 향한다. 구례 톨게이트를 지나 국도로 들어서자 섬진강과 들녘이 보인다. 벼와 곡물들이 가을 햇살 아래 알알이 익어가고 담장 위로 감과 대추들은 빨갛게 반짝인다. 그 뒤로 섬진강을 따라 사성암으로 향하는 자전거 길이 보인다. 지금처럼 햇살이 좋은 가을날에는 자전거를 타고 섬진강줄기를 타고 올라가고 싶은 곳이다. 봄에는 섬진강 벚꽃으로도 유명한 곳이다. 가을 들녘의 풍요로움을 보면서 자동차 전용도로를 따라 노고단으로 향한다. 이 길을 지날 때마다 대학시절의 추억이 떠오른다.

친구들과 3박 4일 동안 지리산을 종주한 적이 있었다. 화엄사에서 출발하여 천왕봉까지 횡단했다. 화엄사에서 무거운 배낭을 메고 노고단을 향해 5시간 남짓 올라갔다. 노고단 산장에서 야영을 하고 반야봉 토끼봉을 거쳐 마지막으로 천왕봉까지 올라 일출을 보았다. 뭘 기대하고 일출을 본 것은 아니었지만 자연과 동화되는 시간을 즐겼던 것 같다. 천왕봉 일출을 보고 온 뒤 짐을 가볍게 하려고 마지막 남은 꽁치 통조림을 넣고 라면을 끓였다. 비린내가 많이 난 꽁치 라면을 먹고 하산하는 동안 몸에서 열이 오르기 시작했다. 집에 돌아오자마자 고열과 설사에 몸살까지 겹쳐 심하게 앓아 누워버렸다. 그 뒤로 산을 오른 것은 오랜 시간이 흐른 뒤였다. 꽁치 통조림과 고된 산행 신고식은 스냅사진처럼 스쳐 지나간다.

노고단에 오르니 많은 사람들로 북적인다. 당연히 주차장이 만원이다. 주차공간을 찾지 못하고 두리번거리고 있는데, 주차안내원이 텅 빈 장애인 주차구역에다 잠깐이라도 주차를 하라고 한다. 위법이라면서 남편이 망설인다. 마침 봉고차가 출차를 한 자리에 주차를 하고 천천히 노고단 천제단을 향해 올라갔다. 산책로처럼 잘 닦아진 산길을 따라 1시간 정도 걷다 보니 노고단 산장이 보인다. 산장 매점에서 초코파이 2개를 900원에 사서 하나씩 먹고 노고단 천제단으로 향했다. 20분 정도 올라가니 천제단으로 향하는 통제소가 보인다. 그곳에서 입장 허락을 받고 300미터 정도 올라갔다.

 탐방로 옆으로 물매화가 수줍게 피어 있고 흰 구절초들이 가을바람에 흔들거리고 있다. 그 위로 언뜻 보면 소나무 같지만 한국 특산종인 구상나무 한 구루가 서 있다. 잎에 난 흰 점들과 남쪽으로 힘차게 뻗은 가지들의 자태에서 귀티가 난다. 노고단의 혼과 얼이 담겨 있는 듯 그 모습을 한참 바라보았다. 그 앞에 안내판에는 지리산을 통제하기 전 모습과 현재의 모습의 사진들이 지리산의 변화되는 모습을 보여주고 있다. 쓰레기를 버리지 않는 것만으로도 산 모습은 전혀 달랐다. 황폐화되어 갔던 노고단의 모습이 나무들로 울창해진 모습으로 변해가고 있었다. 자연은 사람을 보호, 사람은 자연을 보호로 상생의 모습을 보여준다.

 천제단으로 올라갈수록 이슬안개가 짙게 깔리면서 안개비로 변해가고 있다. 구름 속을 걷고 있는 느낌이다. 짙게 깔린 운무 아래로 산봉우리들이 빼꼼하게 나와 있다. 자연의 고요함이 온 대지를 가득 채우고 있다. 아무것도 손에 잡히지 않는 허공을 향해 손을 내밀어 본다. 사진이라도 남기고픈 등산객들이 서로 품앗이를 하며 사진을 찍어준다. 우리 부부도 노고단 돌비석 앞에서 인증

샷을 날려본다.

  노고단 돌비석 뒤로 돌탑이 우뚝 솟아 있다. 신라 화랑들이 수련하면서 쌓았던 돌탑인데 오랜 세월 속에 무너지면서 흩어지자 1928년에 복원되었다고 한다. 화랑들은 노고단을 오르면서 나라와 백성의 안녕을 기원하기 위해, 지리산 노고할미와 천지신명께 재를 지내기 위한 돌탑과 단을 세웠다고 한다. 이런 명소를 선조와 후손들이 왔다 갔지만 기원하는 바람은 다르지 않았을까. 모두 바람처럼 왔다가 바람처럼 갔겠지만 그때마다 바람에 흔들리는 구절초들만이 배웅을 해주었을 것이다. '자연의 품에서 우리는 하나'라고 하고 있는 것만 같다.

  산책로 같은 등산길을 따라 부모와 함께 온 아이들이 재잘거리며 올라오고 그 옆으로는 귀여운 여자아이가 아장아장 내려간다. 아이들을 보면서 등산객들이 웃는 얼굴로 덕담을 해 주고 있다. 좀 더 내려오자 평지에는 유모차를 밀고 가는 부부도 보이고 큰 우산을 받쳐 든 연인의 모습도 보인다.

  지리산은 극기 같은 수련이나 나라 번영 기원 등의 무거운 짐을 벗어 던지고 생활 속의 친근함으로 우리 곁에 있다. 노고단을 찾은 이들이 상쾌한 기분으로 가정이나 사회로 돌아가면 사랑의 온도가 영점 일이라도 높아지지 않을까 기원해본다.

  오늘도 웃음 바이러스들이 산 공기를 타고 우주로 퍼져 나가고 있다.

금전수

김미자(매강)
k-mija@hanmail.net

'돈나무'로도 불리는 금전수는 부자 되라는 의미가 있어 집들이 하거나 개업할 때 잘 나가는 인기 품목이다.

주말이면 사무실에 가서 화초를 관리하는데, 개업 때 들어온 금전수가 환경이 열악함에도 꿋꿋하게 잘 자랐다. 같은 날 들어온 값비싼 나무들은 3년도 못 채우고 죽었는데 금전수만은 윤기가 흐르고 화분이 비좁을 정도로 새끼를 치며 쑥쑥 자랐다. 돈을 많이 불러올 것 같았고, 사무실 분위기까지 돋보이게 해서 고마웠다.

다른 나무들이 노랗게 떡잎 질 때, 화분들을 엎어 반이나 차지한 스티로폼을 꺼내고 흙으로 채워주며 정성을 다했는데도 직원들의 관심이 부족해서인지, 환경 때문이었는지 시름시름 앓다가 떠나버렸다. 비싼 화초들이 죽어 나갈 때 아깝기도 하고, 피붙이를 떠나보내는 것처럼 속이 쓰렸다.

자리만 차지하고 있는 빈 화분들은 음지식물인 스파트필름, 스킨답서스, 테이블야자 등으로 채우고, 집에서 10년 이상 키운 관음죽과 세이브릿치와 홍콩야자를 사무실로 옮겼다.

화초들이 건재한지 궁금하여 사무실에 갔더니 그날따라 금전수가 반기며 큰집으로 옮겨달라고 보채는 듯 보였다. 여백이 없을 정도로 여기저기서 새순이 나오고 있었다. 마침 비어 있는 큰 화분이 있어 옮기는 작업을 했다. 모자라는 흙은 꽃집에서 사다가 빽빽했던 금전수를 나눠 심었다. 속이 다 후련했다. 잘 살아주기를 기대하며 뿌듯한 마음으로 돌아왔다.

일주일도 안 됐는데 금전수가 썩어서 모두 주저앉았다는 남편의 말이 믿어지지 않았다. 버리겠다는 걸 모두 뽑아서 가져오라고 했다. 밑동이 썩고 있는 한아름이나 되는 금전수를 받아 자식인 양 가슴에 안았다. 뻐근하니 통증이 느껴졌다.

죽은 이유가 뭘까. 영양이 과했나. 물을 너무 줬나, 날씨 탓인가. 아니다 모두 내 탓이다. 인간적인 생각으로 큰 집이 좋을 것 같아서 옮겨준 게 화근이었을 것이다.

썩어가는 줄기를 잘라내고 살아주길 간절히 바라며 물로 채운 크리스털 용기에 담아 빛이 드는 거실에 두었다. 이파리는 여전히 싱싱하게 보였다. 몸체가 훤히 보이는 물속의 금전수를 매일 들여다보다가 어느 날부터인가 무심히 눈길만 주었다.

한 달쯤 되었을 때, 잘라낸 밑동에서 파 뿌리처럼 흰 뿌리가 나오기 시작했다. 하나가 아니고 여기저기서 보란 듯이. 살아줘서 고맙다는 말이 절로 나왔다. 살릴 수 있겠다는 희망이 생겼다. 정성 들여 물도 갈아주고 보살피며 또 한 달이 지났다.

아, 이렇게 경이로울 수가….

생명의 신비가 한눈에 보였다. 흰 뿌리가 작은 알뿌리를 만들며 잘린 부분엔 두터운 막으로 코팅까지 했다. 알뿌리가 좀 더 도톰해지길 기다렸다가 큰 화분 두 개에 나누어 심었다. 한 달이 다 되어가는데 아직 이상 징후는 보이지 않는다.

나의 불찰로 인해 죽었던 금전수를 살렸으니 결자해지結者解之한 셈이다. 금전수들이 뿌리 내리고 이전처럼 자손을 번성시키며 잘 살아주길 바라며 날마다 들여다보고 있다.

콩

김산옥
s2k2y@hanmail.net

나는 순덕이 아줌마 발자국 소리를 들으며 자란다.

양구 대암산 깊은 계곡을 흐르는 두타연 일급수를 먹고, 부지런한 농부 발자국 소리를 들으며 키가 큰다. 때때로 찾아와 보듬어주는 넉넉한 순덕이 아줌마 사랑을 먹으면 한여름 불볕더위도 견딜 수 있다.

나는 대암산이 붉게 물들 즈음, 순덕이 아줌마 입꼬리가 귀에 걸리도록 통통하게 살이 오른다. 내 작은 몸은 땅의 온기와, 햇볕과 달빛, 산소와 비, 바람과 농부의 땀으로 완성이 된다. 온 우주가 담겨진다.

대암산 아래 넓은 벌판에 희끗희끗 서리꽃이 피면, 나는 순덕이 아줌마 곡간에 둥지를 튼다. 봄, 여름, 가을이 총총히 내 곁을 지나가는 동안, 나도 분주했다. 싹을 틔우고, 꽃을 피우고, 제때 열매 맺기 위해 숨 가쁘게 달려왔다. 이제 고단함을 내려놓고 잠시 침묵의 시간을 보낸다.

 초겨울 짧은 볕이 창가에 드리우자, 순덕이 아줌마는 우리를 벅벅 문질러 목욕을 시킨다. 아궁이에는 불꽃이 활활 타오르고, 가마솥에는 물이 설설 끓어난다. 아줌마는 일초의 망설임도 없이 가마솥 끓는 물에 우리를 와르르 쏟아 붓는다. 지금부터 우리는 아주 뜨거운 맛을 보아야 한다. 화탕지옥 같은 고통을 서너 시간 견뎌내야 한다. 이것은 내가 무엇이 되기 위한 첫 번째 의식이자 혹독한 과정이다.

 순덕이 아줌마는 우리를 비벼도 보고 씹어보기도 한다. 우리가 무엇이 되기 위한 중요한 가늠이다. 비릿한 비린내가 가시고 손가락으로 비벼 뭉그러질 때쯤, 드디어 불꽃이 잦아들고 우리는 퉁퉁 부은 몸을 서로 기대며 한소끔 더 뜸들이 선잠을 잔다.

 드디어 화산 같은 김을 토해내며 솥뚜껑이 열린다.

 우리는 몸이 식기 전에 방망이질을 당해야 하는 또 하나의 아픈 의식을 거쳐야 한다. 포대자루 속에서 힘 센 농부에게 지지 밟히기도 하고, 온몸이 형체도 없이 뭉그러지도록 매를 맞아야 한다. 이제 '나'라는 한 알은 없어지고, '우리'라는 한 덩어리가 될 차례다.

 순덕이 아줌마는 우리를 뭉쳐서 덩어리로 만들어 낸다. 그녀의 투박한 손바닥이 수도 없이 온몸을 토닥여 준다. 그동안의 고통을 위로하듯 어루만진다. 못생긴 덩어리로 다시 태어난 나는, 대암산 푸른 바람이 불어오는 처마 끝에 박쥐처럼 내걸린다. 햇빛과 바람은 속속들이 젖어있는 내 몸에 물기를 거둬낸다. 한동안 처마 끝에 풍경처럼 매달려서 그렇게 흠뻑 외로움에 젖는다.

가뭄에 논바닥 갈라지듯 내 몸에 실금이 갈 즈음, 순덕 아줌마는 뜨거운 아랫목에 짚으로 요를 깔아 우리를 포개 눕힌다. 깊은 잠을 자라고 포대기를 꼭꼭 눌러 덮어준다. 온몸에서 열꽃이 필 때까지 족히 몇 주 동안은 납죽 엎드려 있어야 한다.

음력 설이 지났다.

순덕이 아줌마는 우리를 조근조근 흔들어 깨운다. 제대로 열꽃이 피었다며 입가에 웃음꽃이 가득하다. 온 집안에 꼬릿꼬릿한 냄새가 떠돌아도 그저 좋아한다.

나는 알고 있다. 이제 훌훌 털고 길 떠나야 한다는 것을.

나는 어느 택배기사 어깨 힘을 빌려 안양에 사는 허름한 집 아주머니 댁으로 왔다. 그녀는 양자를 들이듯 어색하고 반가운 얼굴로 우리를 맞는다. 얼른 흐르는 물에 내 못생기고 지저분한 몸을 샅샅이 닦는다.

입춘이 지난 도시의 날씨는 미세먼지와 함께 칙칙하고 까칠하다. 탁한 공기가 윙윙거리는 도시의 옥상에서 벌거벗고 누워 있자니 울컥 눈물이 난다. 대암산 맑고 푸른 공기가 한없이 그립다. 마을마다 계곡마다 꽃잔치 준비하고 있을 아늑한 그곳, 내가 자란 그 텃밭에는 꽃다지, 달래, 냉이가 고개를 밀고 올라와 아지랑이와 속삭이고 있겠지. 텃밭에 다시 뿌리를 내리는 씨앗이 되고 싶었던 꿈은 사라지고, 이 낯선 곳에 누워 있으려니 슬픔이 안개처럼 밀려온다.

무심한 바람은 어느 결에 내 몸의 물기를 털어낸다. 도시 아주머니는 몇 번이고 내 몸을 뒤집으며 슬픈 내 마음을 매만진다. 사춘기 맞은 자식 달래듯 말없이 그렇게 어루만진다.

오늘은 십이지十二支 중 말午날. 음력 정월 10일. 손 없는 날.

햇살이 쏟아지는 허름한 집 옥상에서 도시 아주머니는 분주하다. 봄바람에 흙먼지를 뽀얗게 뒤집어 쓴 항아리마다 물행주 치고, 넓은 대야에 생수를 붓고 서해바다 천일염을 찰방찰방 풀어헤친다.

시어머니 적부터 내려왔다는 커다란 항아리 속에는 서해 바닷물이 농도 짙은 짠 내를 풍기며 나를 기다린다. 나는 파란 하늘과 흰 구름이 풍당 빠져 있는 작은 우주 속에 고요히 잠겨서 40일간 도시 아줌마의 발자국 소리를 들으며 단꿈을 꿀 것이다.

봄볕이 촘촘히 내리쬐는 옥상에서 긴 침묵이 끝나면, 나는 당당하게 된장으로 태어나, 도시 아주머니의 밥상에서 자랑스러운 무엇이 될 것이다.

2

인생길에서

인생
길에서

아름다운 도전

김상미
seabird59@hanmail.net

　무엇이 사람을 살게 할까. 몸을 마음대로 움직일 수 없을 때 사람은 절망한다. 남과 같지 않다는 소외감은 쉽게 수렁에 빠지게 한다. 무너질 수밖에 없는 고통 속에서 삶의 의욕을 일으켜 세우는 힘은 무엇일까. 그것은 가족과 이웃의 관심과 사랑뿐만 아니라 스스로 상황을 이겨내려는 도전이리라. 건강한 정신으로 생각을 전환하고 피나는 노력을 한다면 절망의 늪에서 빠져 나올 수 있다. 그래서 사람은 위대하고 아름답다.

　오랜만에 선희 씨를 찾았다. 태어날 때부터 온몸이 뒤틀려 자신의 힘으로는 아무것도 할 수 없다. 손가락이 바람개비처럼 제각각 벌어지고 손목은 더 가늘어져 있었다. 1급 장애를 가진 그녀는 말을 하려면 팔과 다리, 얼굴이 저절로 흔들리고 아랫입술은 풍선처럼 부풀어 빛깔이 변했다. 한곳을 응시해도 눈동자는 서로 다른 곳을 향하는 그녀가 공부를 하고 있다. 중학교 검정고시를 패스하고 고등학교 검정고시를 네 번째 도전하여 합격했다. 살고자 하는 굳은 의지에 아낌없는 박수를 보냈다. 자신의 삶을 개척하며 느리게 한 걸음씩 앞으로 나아가는 선희 씨는 천형과도 같은 장애 앞에서 도전정신으로 맞서고 있다. 장애가 선희 씨를 빛나게 하는지도 모른다.

얼마 전부터 선희 씨는 글쓰기 공부에 빠졌다. 몸은 그녀의 행동을 제한하지만 생각은 자유분방한 호기심으로 가득하다. 상상력을 동원하여 써내는 글 속에는 선희 씨의 거짓 없는 영혼이 담겨져 있다. 언제나 읽고 쓰는 하루가 멈춰버린 시간을 의미 있게 한다. 솔직하고 진술한 말에 마음을 빼앗기듯 선희 씨의 글 속에는 진솔함과 간절함이 배어있어 감동이다. 닫힌 행복의 문 앞에서 주저하지 않고 도전하여 다른 행복의 문을 힘차게 열고 있는 중이다. 순수한 열정은 우리를 감동하게 한다. 장애를 딛고 스포츠정신에 도전하는 사람들을 보면 나도 모르게 응원박수를 보내곤 한다.

2018년 겨울 평창에서 패럴림픽이 열렸다. 많은 나라에서 참가한 장애 선수들의 열정은 비장애인보다 뜨거웠다. 불굴의 의지로 장애를 뛰어넘어 최선을 다하는 그들의 땀방울은 감동의 눈물과 범벅되어 있었다. 선천적 장애를 갖고 태어난 사람도 있지만 후천적 장애를 입고 도전하는 사람들도 많았다. 절망적인 상황을 뛰어 넘어 국가대표 선수가 되기까지 얼마나 많은 고난의 시간을 건너야 했을까. 가족의 사랑과 이웃의 도움이 선수의 의지와 하나가 되어 만든 눈물의 드라마였다. 패럴림픽은 어떤 절망에서도 일어서야 하는 이유를 깨닫게 해주었다.

장애를 통하여 감춰진 자신의 능력을 찾아내기도 한다. 사흘만 볼 수 있기를 소망하던 헬렌 켈러가 기억난다. 그녀는 세상과 단절되어 있었다. 눈도 보이지 않고 귀도 들리지 않는 어둠 속에 있는 그녀를 설리반 선생님이 발견했다. 사랑으로 손을 잡아 준 선생님을 만난 후 그녀 속에서 들끓던 분노와 설움이 잦아들었다. 그러나 암흑의 세상을 무너뜨리기까지 견뎌야 했던 삶은 처절했다. 진정한 사랑이 닫혀있던 마음의 문을 열었다. 설리반 선생님은 텅 비어 있는 마음 그릇에 무엇을 담아야 할지 알았던 것이다. 무너진 사람의 마음 중심을 세우는 것은 도전정신 만한 게 있을까.

나는 친구를 잃고 골방에 버려진 책처럼 지낸 적이 있다. 왜 비는 오는지, 바람은 부는지, 햇살에 반짝이는 푸른 나뭇잎조차 무채색으로 보였다. 심장이 뻥 뚫린 듯 숨쉬기조차 버거웠다. 머릿속이 구멍 난 것처럼 허무가 들락거렸다. 수시로 솟는 눈물, 사무치는 그리움은 바닥에 내쳐진 한 마리 벌레처럼 무기력증에 시달리게 했다, 세상은 온통 바람이 드나드는 길이었다. 한 사람의 죽음이 이렇게 가슴을 텅 비게 한다는 사실을 전혀 몰랐다. 친구가 떠난 후, 정신적 장애를 딛고 일어서고자 무엇에든 도전했다.

세상이라는 무대에서 의연하게 살아내기 위해 도전을 게을리할 수가 없다. 그러나 장애라는 어둠을 살라먹고 도전하는 사람들을 보면 나는 부끄러워진다.

로봇다리 수영선수 김세진은 두 다리와 오른손이 없다. 자원봉사 하던 양어머니에 의해 입양된 그는 두 다리의 뼈를 여섯 번이나 깎는 고통을 겪으며 의족으로 일어서 걷기까지 피나는 재활치료를 했다. 마라톤을 완주하고 죽음을 각오한 수영에 도전하며 한국을 대표하는 장애인 수영선수로 우뚝 섰다. 정신적 장애가 얼마나 힘든 삶을 하게 하는지 장애를 겪는 사람은 안다. 법륜 스님은 "이미 일어난 일을 상처로 간직해서 빚으로 만드느냐, 경험으로 간직해서 자산으로 만드느냐는 자기 자신에게 달려 있다"고 했다. 내가 다른 사람이 될 수 없듯 다른 사람 또한 내가 될 수 없다. 위기 앞에서 스스로 걸음을 떼야 한다. 걸림돌은 디딤돌이 되어 새로운 길을 내고 아름다운 도전을 하게 한다.

인생을 할퀴며 지나가는 바람에도 선희 씨는 글을 쓰며 꿈을 키우고 있다. 문예창작교실에서 세상의 향기를 문자로 배달하고 있다. 도전하는 삶은 누군가의 가슴에 희망 나무를 심는 일이다.

엄마와 함께한 오후

김선아
ksaaa57@hanmail.net

　엄마 머리를 처음 깎던 날 바람도 없고 햇볕도 따뜻했다. 그늘진 뜰팡에 의자를 놓고 엄마 목에 보자기를 둘렀다. 허리가 아파서 오래 앉아 계시지를 못하므로 빠른 시간 내에 잘라야 한다. 애들 머리를 자를 때보다 더 긴장되었다.

　내 기억 속의 엄마는 항상 쪽진 머리를 했다. 단아한 모습이 보기 좋았다. 엄마가 팔십 대 초반이었을 때 머리를 자르는 것이 어떠냐고 조심스럽게 여쭤봤을 때도 부모님께 물려받은 것이라는 생각에선지 자르지 않겠다고 하셨다. 그러나 허리가 아파서 거동도 불편해지고 머리를 감는 것도 힘든 데다, 머리를 땋아서 쪽지는 것도 힘에 부치셨던 모양이다. 엄마가 머리를 땋아서 쪽지는 모습은 성스러워 보이기까지 했었다. 그런데도 손질할 힘이 없어서 머리를 짧게 자르셨다고 했다. 속상하시냐고 했더니 어쩔 수 없지 않느냐고 하시면서 아쉬움을 감추셨다.

머리에 물을 뿌리고 빗질을 하고 머리카락을 잡아 자르기 시작했다. 앞과 뒤는 빠르게 했다. 위쪽도 무난히 끝내고 마지막 옆쪽을 잘라야 할 차례였다. 귀를 덮은 머리카락을 자를 때 귀가 다칠까 봐 조심하느라 시간이 많이 걸렸다. 엄마도 힘들어하는 모습이 보였다. 너무 긴장한 탓인지 엄마를 본 순간 머리카락과 함께 귀를 살짝 건드렸나 보다. 약간의 피가 보였다. 아프다고 하시는데 죄송했다. 얼른 피를 닦고 마무리를 하였다.

내가 뒷정리를 하는 동안 엄마는 긴 머리에 비하면 감을 것도 없는 머리를 감으신 후 방으로 들어가셨다. 엄마의 굽은 등 뒤로 지는 석양이 걸렸다.

엄마의 젊은 시절이 생각난다. 힘이 넘쳐 나던, 거칠 것이 없던 청년시절도 있었고, 베도 짜고 산에 가서 나무해서 머리에 이고 오던 시절도 있었다. 산 사람의 입도 궁한데 일 년이면 이십 여 차례의 제사를 모시며 뒷동산에 누워있는 조상들의 시선으로부터 자유로울 수 없었던 일생이었다.

종가의 종부로 산다는 것은 모든 것을 인내하는 것이다. 하고 싶은 말도 참아야 하고 오는 손님에게는 집에 먹을 것이 없어도 대접해야 했다. 엄마 대신 일가들에게 엄마의 고충을 말하려 해도 엄마는 당신이 하겠다고 나를 말리셨다. 엄마는 당당하게 말하고 경위를 따져 얻고자 하는 것을 얻으셨다. 종부로서 당당한 위엄이 있었다. 그렇지만 논밭 일에 손톱이 다 닳을 만큼 일에 치여 지내셨다. 그런 엄마의 모습이 내 마음을 애잔하게 했다.

미장원에 가는 것조차 힘들게 되었을 때, 엄마의 부탁으로 두세 달에 한 번씩 머리를 깎아드렸다. 엄마는 머리카락을 내게 맡길 때마다 옛날이야기를 하셨다. 나는 엄마의 시간여행에 귀를 기울이며 엄마의 지혜를 배웠다.

서울에 사는 언니 집으로 거처를 옮기기 전 두어 해 동안 나는 엄마의 머리를 마음껏 만질 수 있었다. 다소곳이 머리를 숙이고 있는 엄마의 모습이 어릴 적 내 모습 같아서 피식 웃음이 났다. 듬성듬성 나 있는 흰머리를 보며 "뽑을까" 하고 여쭸더니 "그것도 제 일을 하려고 나왔으니 그냥 두라"고 하셨다. 엄마가 살아온 생을 알기 때문에 엄마에게 '제 일'에 대해 물어 볼 수 없었다. 짧은 순간이나마 나에게 '제 일'은 무엇인가 하는 생각이 스쳤다. 엄마가 우리 가족들을 위해 했던 것처럼 나도 잘 할 수 있을까? 엄마가 나에게 던져준 화두 같다.

거울을 본다. 흰 머리카락이 곳곳에 숨어서 나를 일깨운다. 머리가 긴 목덜미 쪽으로 손이 자꾸 간다. 벌써 이렇게 되었나? 지는 노을이 처연하다.

경계에 서는 날

김선인
sikimnz@hanmail.net

'경계'라는 말처럼 많은 뜻을 내포한 말이 흔하지는 않을 것이다. 지리적, 학문적, 정신적인 면에서나 또는 삶속에서 이것에서 저것으로 옮겨가는 중 양쪽이 확연하게 나누어지는 선이다.

아침에 눈을 떠 침실에서 거실로 나올 때 현관을 벗어나 밖으로 나갈 때도 하나의 경계를 넘는다 말할 수 있다. 입학을 하고 취직을 하며 결혼을 하는 것, 또 자식을 낳는 것 모두 그렇지 않은 것으로부터 그런 것으로 상황이 옮겨가니 경계를 넘는 것이다. 불신에서 믿음으로, 미움이나 무관심에서 사랑으로, 역경에서 벗어나 신앙을 가지는 것 역시 중요한 경계를 넘는 것이다. 더 말하자면 경제학이 음악의 이론을 도입하거나 정치학에서 물리학을 접목시키는 것도 마찬가지다. 이렇듯 경계라는 단어는 끝없이 다의적이다.

인간은 매순간 경계를 넘나드는 선택을 해야 하고 그 속에서 자신의 본 모습을 찾거나 확인해 나간다. 삶이 곧 경계이고 경계가 곧 삶의 알맹이기 때문이다.

 플라톤은 『국가』에서 동굴의 비유를 들어 말하고 있다. 사람들은 동굴 안에 들어서 입구를 등진 채 사슬에 묶여 뒤를 돌아볼 수 없다. 돌아서 있으니 동굴 벽만 바라볼 수밖에 없는 것이다. 입구에 장작불이 피워지면 어두운 벽면에 그림자가 생긴다. 사람들은 그 그림자를 보고 그것이 바깥의 전부라고 판단한다. 어느 날 한 사람이 족쇄를 풀고 동굴 밖으로 나가서야 세상을 알게 되었다. 지금까지 실재라고 믿었던 것이 그림자에 불과하다는 것을 비로소 알게 된다. 동굴에서 동굴 밖으로 경계를 넘어야 궁극적으로 존재하는 것 – 실재를 볼 수 있다는 것을 말하고 있다.
 오랜 세월 동안 일 년에 4개월 이상 여행을 계속해 왔다. 나는 나를 벗어나 나를 둘러싼 익숙한 것으로부터 다른 세계로 넘어가는 일을 무시로 반복하고 있던 셈이다. 가는 곳마다 같은 상황은 물론 같은 계절이나 같은 사람들이 아니다. 낯선 곳에 팽개치듯 나는 그 경계를 뚫고 가는 것에 익숙해진 도구가 점점 되어갔다. 동네 슈퍼마켓을 가거나 목욕탕을 가듯이 여행 중에 나타나는 숱한 낯선 장소는 오히려 흥미를 부추기거나 그 경계를 수월하게 넘나드는 준비를 철저하게 갖추게 하였다. 무의식이 되레 의식을 앞질러 가기도 했으니 어떤 일은 필요에 따라 최적화가 되기도 했다. 대부분의 여행은 예정대로 진행이 되지만 예측하지 못한 역풍을 맞을 때도 있다. 그렇다고 벽만 바라보는 동굴 생활을 되풀이할 수는 없지 않는가. 나에게 여행은 동굴 밖 미지의 세계로 나가 궁극적으로 존재하는 그 실재를 찾아 부딪치는 삶의 과정이었다.

동굴 밖으로 나가 발견한 실재는 무엇이었을까. 놀랍게도 사랑이었다. 여행하면서 만난 수많은 천사들을 보며 세상이 붉은 사랑으로 채워져 있음을 알았다. 내가 짧지 않은 시간 동안 여행을 계속할 수 있었던 것도 부지불식간 많은 사랑을 받았기 때문이다. 사랑이야말로 조화와 질서를 만드는 가장 깊은 원천임을 매 순간 실감했다.

『사자의 서』에서 고대 이집트인들은 영원한 세계로 들어가기 전에 마아트를 알고 있었는지, 또는 실천했는지를 질문 받는다고 한다. '마아트Maat'란 우리가 살면서 반드시 해야 할 생각과 말 그리고 행동을 뜻한다. 고대 이집트인들에게 구원이란 살면서 얼마나 위대했느냐가 아니라 자신에게 맡겨진 미션을 얼마나 깨닫고 노력했으며 얼마만큼 최선을 다했느냐는 것이다.

나에게 맡겨진 마아트는 무엇이었겠는가. 지금까지 감당 못할 사랑을 받으며 살아왔으므로 그 가치를 안 이상 돌려주는 일이 나에게 맡겨진 마아트라고 단정했다.

5년 전부터 실천할 수 있는 일을 찾아 골똘했다. 한 가지 방법으로 여행봉사를 시작한 것이다. 매년 친구와 가족을 안내해서 여행을 다니고 있다. 이 일 또한 함께 경계를 넘는 일이라 여긴다. 여행에 필요한 모든 것을 정하고 예약하고 안내하는 일이다. 알다시피 자유여행에서는 갖가지 예상치 못한 사태가 발생한다. 그동안 쌓인 노하우로 돌발 상황에 대한 대처능력을 길렀다. 여행 중 변수를 만나게 되면 그런 역할이 두드러지게 마련이다. 미지의 장소에서 일정기간 살아야 하고 길잡이를 하며 먼저 익힌 낯선 도시의 체취를 무리 없이 전달해주고 싶기 때문이다. 두리번거리는 그들에게 감각을 총동원해서 다른 세상의 새로운 면을 보여주고 싶었다. 생존과 즐거움을 추구하는 일이란 그만큼 지불해야 할 몫이 있기 마련이다. 비바람을 맞으며 고생을 감수할 때도 있고 곤경에 처해 아슬아슬할 때도 있다. 아는 사람 하나 없이 그 모든 일을 해결해 나가야 하는 경우 비로소 경계의 만만치 않은 면모를 실감하기도 했다. 하지만 난 그런 것을 두려워하지 않았다. 오히려 즐기고 보람이 있었다. 사선을 많이 넘어 본 자의 특유의 감각과 기질이 아직 살아있기 때문이다. 그 예상치 못한 일들을 순조롭게 해결하면서 지금까지도 다행히 이어오고 있다. 무보수로 일했으므로 즐거움이 두 배로 컸다.

　삶과 죽음의 경계에 서는 것은 엄숙한 순간이다. 돌아올 수 없는 다리를 건너게 된다. 언제부터인가 그 경계가 자주 떠오른다. 그때 웃음으로 과거를 회상할 수 있기를 간절한 마음으로 바란다. 다른 사람들이 한때 즐거웠고 행복했다면 나의 마아트의 일부는 실천이 된 것일까. 언젠가는 나도 떠날 것이다. 그때 여행을 같이 했던 동료들이 같이 찍었던 사진들을 돌아보며 여행을 통해 기쁜 순간들이 많았다고 기억해준다면 더 바랄 나위가 없겠다. 나 또한 경계 너머 다른 세상에서 소리 없이 웃고 있을 것이다.

파벽破壁

김선희
yunwonfamily@naver.com

3월의 까칠한 바람 속에서 봄 방울이 조금씩 색을 넓힌다.

극장 밖으로 쏟아지는 사람들의 틈에 섞여 나오자, 눈앞에 펼쳐지는 네온의 불빛은 조여지고 긴장했던 마음을 한 가닥 풀어주어 조금 느슨해지기는 하지만 아픔 같기도, 슬픔 같기도 한 커다란 돌덩이가 가슴을 짓누르는 기분이다.

"선셋 대로SUNSET AVENUE" 흑백 영화의 제목이다.

무성 영화시대에 여신처럼 영화계에 군림했고 미모와 연기력으로 한 시대를 풍미했던 여배우 노마는 천연색 필름이 돌아가는 새로운 시대에는 설 땅을 찾지 못하고 관객으로부터 잊혀진 배우이지만, 그는 아직도 자신의 미모나 연기를 대신할 수 있는 사람은 아무도 없고, 그가 눈을 찡긋만 해도 모든 남자들은 감격한다고 믿는다.

그녀의 집은 높은 담과 커다란 수영장, 정원이 잘 가꾸어진 웅장한 대저택으로 부富의 상징인 로스엔젤리스의 선셋 대로변에 위치한다. 음산하고 비밀스런 이 저택에 시나리오 작가를 꿈꾸는 가난한 청년이 일자리를 찾아 등장하고 늙은 여배우와 집사의 얽히고설킨 감정의 타래들이 긴장의 끈을 늦추지 않고 관객을 몰아간다.

지난날의 영광된 세월과 오늘의 소외되고 잊힌 시간을 분별하지 못하는 늙은 여배우는 젊은 청년에게 다가간다. 가난한 그를 물질로 잡아보려고 최고급 의상과 소지품들을 선물하고 골동품 같은 지난날의 명품 자동차로 거리를 드라이브 하면서 사람들의 시선이 자기를 우러러본다고 착각한다. 가버린 젊음을 불러 오려고 얼굴을 성형하고 두꺼운 팩을 괴물처럼 뒤집어쓰면서 안간힘을 다하는 모습은 처절하기까지 하다.

청년은 이 집을 떠나 젊고 발랄한 연인에게로 달려가고 싶지만 번번이 노마에 의해서 좌절되고 조금씩 길들여진다. 집사는 노마가 병적으로 과거의 영광에 사로잡혀 있다는 것을 알면서도 그의 망상을 방해하지 않고 여인의 상상이 실제인 양 꾸며서 욕구를 채워 준다. 그렇게 해서라도 그녀의 행복을 지켜주는 것이 한평생 짝사랑한 자기의 마지막 봉사라고 생각한다.

결국 젊은이는 어울리지 않는 어색한 부富를 벗어 던지고, 올 때처럼 낡은 버버리 코트의 깃을 세우고 저택을 나간다. 지켜보던 여인이 이층 난간에 서서 수영장 길을 따라가는 그의 등을 향해서 방아쇠를 당긴다.

탕, 탕. 총성과 함께 젊은이는 수영장으로 굴러 떨어지고 팔과 다리를 큰 대大자를 그리면서 물 위에 둥둥 떠 있다. 오만하고 카리스마 넘치는 침착한 여인은, 네가 감히 나를 떠나, 나는 영원한 너희들의 여신이야 하는 표정으로 무심히 시체를 바라본다.

날카로운 총소리,

넓은 수영장에 떠 있는 남자와 권총을 든 서릿발처럼 차가운 여자의 얼굴, 오늘의 시간 속에 어제의 세월을 철벽처럼 두르고 내일의 햇살을 거부한 대저택의 암울한 조감도를 거센 물결처럼 뒤흔들어 놓으면서 담벽의 한구석을 와르르 무너뜨린다.

부서진 틈새로 들어오는 바람과 햇살이 저택에 감돌던 어둡고 비밀스런 공기를 희석하고 들어냄으로써 타르처럼 가라앉은 끈끈하고 칙칙한 검은 망령을 밀어내고 밝은 햇살이 미소처럼 스며든다.

담과 벽 속에 자신을 가두고 살아가는 한 시대를 이끌었던 대여배우. 그녀에게는 과거의 영광스러운 세월이 높은 담이고 두꺼운 벽이었는지도 모른다. 그것은 자존심이고 자기도취라는 최면이 아닐까. 자존심, 세월, 늙는다는 것….

어두운 밤을 달리는 버스에 앉아 영화와 자신을 혼동해 가면서 생각에 잠긴다. 집으로 올라가는 언덕길을 걸으면서 한 달 전쯤에 직장 동료가 소개해준 키가 크고, 돈도 없고, 조금 촌스러워 보이는 남자를 떠올리고 전화를 걸기로 결심한다.
　34살, 그때에는 결혼 적령기가 훨씬 지났지만 아직도 백마 탄 왕자를 찾던 부질없는 환상을 접고 현실을 바라보기로 한다.

　남편과는 오랜 세월 아옹다옹 살아가면서 곧잘 이런 말을 한다.
　오~을~드 미스, 내가 구제해 준 줄이나 아는지.
　나는 응수한다.
　마지막 기차였어. 선셋 대로가 다행인지나 아는지.

　깨진 담벼락 사이로 이끼가 끼고 바람에 날린 씨앗이 내려앉아 나무를 키운다. 그 사이로 계절을 실은 바람이 찾아오고 온갖 벌레와 새들이 들락거린다.

　부서져서 더 아름답지 않은가.

특별한 그녀들의 운명
- 소설 『세 여자』를 읽고

김소현
cardinale@hanmail.net

   1925년 어느 여름날, 단발머리 세 여자가 경성 어느 개울에 발을 담그고 깔깔대며 물장구를 치고 있었다. 그 중 이마가 반듯하고 콧날이 오똑한 여자가 스물다섯의 주세죽이고, 또 한 여자는 스물넷의 허정숙이다. 다른 한 여자는 스물둘의 고명자. 햇볕을 받아 발그레하게 물든 뺨이 청순해 보이는 그녀들은 앞으로 다가올 운명을 모르는 듯 발랄하기만 하다.

   조선희 소설 『세 여자』는 주인공들의 사진이 나오는 펙트를 기반으로 한 소설이다. 1920년에서 1950년, 일제 강점기와 해방, 한국전쟁을 겪으며 치열하게 살다간 한국 공산주의 혁명가들인 주세죽, 허정숙, 고명자 세 여인의 일대기가 상해와 연안, 블라디보스토크와 모스크바를 배경으로 펼쳐진다. 사실에 의거한 이야기를 작가가 서사를 가미해 내레이션 형식으로 풀어나갔다. 제목이 '세 남자'라면 읽었을까. 나와 다른 시대를 산 여인들의 삶이 궁금했다.

  1920년 경 상해와 모스크바는 나라를 빼앗긴 조선의 젊은이들에게 매혹의 도시였다. 주세죽은 함흥에서 여고 재학 중 3·1만세운동에 가담하여 경찰의 감시를 받다가, 임시정부가 들어선 그곳 상해로 유학길에 오른다. 쇼팽과 리스트를 좋아하던 피아니스트인 그녀는 음악교사를 꿈꾸며 공부하지만, 허정숙을 만나 사회주의연구소에서 함께 활동하며 운명이 바뀐다. 그곳에서 영시를 낭독하는 열정의 낭만파, 당대의 정치 거물 박헌영을 만나고 그와 결혼 후 그를 뒷바라지하며 온갖 풍파를 겪는다. 부부는 정치범으로 피신 다니느라 딸을 모스크바 고아원에 맡긴다.

  이후 일본경찰의 주 타겟이었던 헌영이 감옥에 가고 많은 시간이 흐른다. 세죽은 고명자의 연인 김단야와 활동하다가 자연스럽게 부부의 연을 맺는데, 김단야가 실종되고 그와의 사이에서 낳은 아들도 숨지는 불행을 겪는다. 그녀도 스탈린 체제하에 정치범으로 체포돼 모스크바 외곽 크질오르다 수용소에 갇힌다. 그녀는 모스크바에서 무용가로 성공한 딸에게 불륜녀라는 오해를 받으면서도 딸에게 피해가 갈 것이 두려워 사실을 말하지 못한다. 서로 안부 편지만 주고받으며 수용소에서 여생을 보내던 어느 날, 딸 부부의 초대로 모스크바로 오다가 폐렴에 걸려 병원에서 파란만

장한 일생을 마감한다.

　허정숙은 배화여고 졸업 후 미국 유학을 권유하는 변호사 아버지의 말을 듣지 않고 상해로 떠난다. 유복한 집안 환경에 자유분방하고 솔직 담대한 성격의 그녀는 연애스타일도 그러해서 세 번의 결혼과 이부異父자식을 셋 낳고 거침없는 활동을 이어간다. 중일전쟁 당시 홍군으로 활약하며 모택동과도 잘 지내고 훗날 김일성에게 신망을 받은 그녀는 승승장구하지만, 박헌영과 함께 숙청 대상이 되어 감옥에 갇힌다. 그러나 자식들의 안녕을 위해 김일성에 협조하고 북한에서 보기 드문 최고의 인텔리 여성으로 90세까지 살았다 한다. 역사의 격동기에 고문에 의해, 또는 가족의 안녕을 위해 전향하고 또 전향하던 인사들이 한둘이었겠는가.

　고명자는 양갓집 외동딸로 조용하고 다소곳한 성격의 이화학당 학생이었다. 톨스토이를 읽으며 조용히 살던 그녀는 어느 날 학교에 붙은 벽보를 보고 두 여자를 찾아간다. 몸종을 대동하고 다니는 규수인 그녀가 주세죽과 허정숙을 만나 사회주의에 물들면서 운명이 바뀐다. 함께 활동하던 김단야를 만나 둘은 연인 사이로 발전하지만 단야는 시골에 처자식이 있는 유부남이다. 김단야가 중국으로 피신한 뒤 잡히고, 감옥에 간 그녀는 고문을 당하고 갖은 고초를 겪다가 전향서를 쓰고 풀려난다. 이후 그녀는 오매불망 김단야를 기다리지만 둘은 끝내 만나지 못한다. 그녀는 경성에서 여운형을 좇아 활동하다가 먹지도 입지도 못하는 피폐한 생활 끝에 조용히 숨진다.

 눈에서 멀어지면 마음도 멀어진다는 말은 그 시절에도 통용되던 진리인가. 투사이기 전에 그들도 피 끓는 남자이고 여자였기에, 동지가 남편이 되고 연인이 되고 그러다가 친구의 연인과 부부가 되는 장난 같은 운명을 겪는다. 시, 음악, 문학을 좋아하던 젊은 남녀들은 마르크스와 레닌에 빠지면서 공산주의자가 된다. 요즘 같으면 그저 청순하고 예쁜 스무 살 단발머리 세 여자는 역사의 흐름 속에서 지난한 삶을 살다가 스러져버린다.(허정숙 제외) 스러진다는 표현밖에는 할 수 없는 고단한 삶과 외로운 죽음, 스스로 자초한 운명이다.

 이념이란 얼마나 무서운가. 마르크스와 레닌을 추종하지 않았다면 음대생이었던 주세죽은 박헌영의 아내가 아닌, 평범한 음악 교사로 살았을지 모른다. 지금 내가 듣고 있는 음악을 그녀도 들으며…. 유복한 집안의 외동딸 고명자는 순탄하게 살았다면 좋은 집안에 시집가서 조신한 마님으로 살았을 것이다. 나는 그 중 허정숙 캐릭터에 매력을 느꼈다. 그녀는 5개 국어를 구사하고 1988년까지 공식 석상에 모습을 드러낸, 북한 사회에서 보기 드문 인텔리였다 한다. 소설 속 인물이 나와 같은 하늘 아래 살고 있었다고 생각하니 특별한 감회가 일렁였다.

 운명이란 타고난다 하지만 그 운명도 시대를 따라다니는 건 아넌가 하는 생각이 든다. 아니면 의지를 따라가는 건가. 책에는 김구, 안중근, 윤봉길 같은 친숙한 이름들이 이웃집 아저씨들처럼 특별하지 않게 등장한다. 지금 우리가 영웅으로 여기는 그들도 세 여인에게는 동지일 뿐이었다.

  마지막 장을 덮는데 알 수 없는 채무감으로 가슴이 먹먹하다. 창가로 가 밖을 바라본다. 봄기운에 새 움을 틔우느라 바쁜 나무들이 눈에 띈다. 매화는 꽃샘바람을 견디고 있다. 그 모습이 도도하면서도 애처로워 보인다. 어쩐지 세 여인을 닮은 듯하다. 옛 중국에서는 추위를 견디며 향기를 자아내는 매화를 하나의 정신으로 보았다는데, 공산주의자 이전에 독립투사들이었던 그녀들에게도 봄은 있었을까 생각하니 마음 한쪽이 눅눅해진다.

열아홉 살 꽃

김수금
skkim8661@daum.net

산언저리에 열아홉 살 봄 처녀의 수줍은 얼굴빛이 물들었다.
노란 개나리는 도도한 자태의 줄기를 뻗어 봄기운을 실어 주고, 진달래 향취가 아름다운 마력으로 사람 혼을 눈짓한다.
벚꽃은 어찌하랴. 이 가슴을 온통 하얀 사랑에 눈 멀게 하더니, 백짓장처럼 차갑게 홀연히 날아갔다. 그 길을 난들 어이 알기나 할까. 신이 창조한 섭리를 감히 미물 같은 인생이 그 뜻을 분별할 수는 없다. 고귀한 인생도 낙엽처럼 흙으로 돌아가는 이치가 아니던가. 척박하고 응고된 심연의 깊이에 한 줌의 모란도 꽃을 피우더니, 그 순결도 빛을 잃은 채 바람결에 뒹굴고 있다.
봄에 피는 꽃들도 춘화현상의 혹한을 거쳐 아름다운 꽃을 피운다. 꽃잎 한 잎, 한 잎이 피기까지 인고의 목마름 속에 생명체의 씨앗이 싹을 틔우는 것이 오묘하고 신비롭다. 혹독한 추위를 이겨내기 위한 몸부림을 겪지 않으면, 어찌 고결한 꽃 한 송이 앞에서 탄성을 지를 수 있으랴!

　주어진 삶도 춘화현상과 같은 역경과 고난의 파도를 거쳐야, 성숙되어 가는 삶의 의미를 깨닫게 한다. 이 세상에 의미 없는 인생은 없다. 누구든지 각자의 삶은 소중하고 존귀한 신분을 가진 존재들이다.

　인생의 연륜은 사랑을 쌓아가는 과정이다. 그 원천은 샘물이 솟듯 맑은 심성에서 우러나온다. 내가 먼저 사랑을 베푸는 자는 그 영혼도 해맑은 아름다움을 지니고 있다. 고여 있는 물보다 흘러내리게 하는 사랑은, 그 영혼의 가치와 빛깔이 풍요롭다. 더 깊은 유연의 세계를 그려내고, 세상을 바라보는 시야도 넓게 심오하게 펼쳐진다. 사랑은 천상의 환희로 노래한다. 조건 없이 주는 사랑은 참되고 위대하다.

　박금숙 시인의 '사랑도 봄처럼'을 읊어 본다.

　만물이 자라는 모습 제각기 달라도/ 마주보며 입김 불어주는/ 연푸른 봄의 숲처럼 싱그러운 사랑이었으면 좋겠습니다.
　나무와 꽃, 햇볕과 바람/ 제 빛 지니고 어우러져도/ 있는 듯 없는 듯 봄빛 수채화 같은/ 은은한 사랑이었으면 좋겠습니다. (중략)

위 시구처럼 우리의 가슴에 자연을 닮은 싱그럽고 은은하게 피어난 사랑을 갈망하고 있는 것은 아닐까. 진정, 만물에서 우러나오는 진실은 세상을 밝히는 빛이며, 숭고함이다.

어느덧, 세월의 풍상을 입은 채 세속의 틀에 박혀 순수함을 놓아 버렸다. 의도된 삶의 방식일까. 사랑도, 인간미도, 애틋한 정이 퇴색된 오늘이다.
열아홉 살 꽃도 화창한 봄날을 노래했으리.
순수한 사랑을 꿈꾸면서….

어머니(일기초抄)

김수민
a80104805@gmail.com

- 어머니의 기일忌日

오늘은 나를 낳으신 어머니의 기일忌日이다. 다음 날은 내 생일이고…. 내가 만 세 살이 되기 하루 전날, 미군 폭격기들의 엄청난 공습으로 오사카의 우리 집 방공호에서 폭음에 놀라 어머니는 내 동생을 사산死産하고 돌아가셨다는 얘기를 세월이 한참 지난 후에 형들로부터 전해 들었다. 4월은 라일락 꽃 향기가 멀리까지 퍼지는 아름다운 계절이지만 내게는 한 맺힌 '잔인한 달'이다. 그래서 슬픈 조그만 보라색 꽃들을 잊어버릴 수가 없다. 자식들은 모두 해외에 내보내 놓고, 일흔이 넘은 아내는 얼굴도 못 본 시어머니 제사상을, 혼자 하루 종일 한마디 불평도 없이 깔끔하게 차려 주었다. 아마도 형들 두 분은 병석에 누워계셔서 셋째인 내가 어머니의 제사를 모시는 마음을 아내는 말없이 동의하는 탓이리라. 절차대로 써 놓은 지방을 붙인 후 초에 불을 붙이고, 술을 올리고, 음복하는 차례가 되어 꿇어 엎드렸다. 나는 좀처럼 일어날 수가 없었다. 오래되어 빛바랜 사진 속의 어머니가 두 형들을 옆에 세우고, 어린 나를 유모차에 태운 채 희미하게 웃음 짓고 있는 모습이 떠올랐다. 그리고 그렇게도 보고 싶어 먼 하늘만 쳐다보면서 혼자 울며 지새던 어린 시절…. 내 어깨가 흔들렸다. 옆에 앉은 아내가 내 등을 어루만지며, 슬며시 손수건을 건네주었다.

'산산이 부서진 이름이여! / 허공 중에 헤어진 이름이여! / 부르다가 내가 죽을 이름이여!'

· 어느 아버지의 감동적인 이야기

지난 5월초 어느 날, 서현 수필 반 선배 문우 한 분이 〈어느 아버지의 감동적인 이야기〉라는 동화 같은 기막힌 실화를 카톡 채팅 방에 올려주었다. TV 동화에서 한 번 소개한 적이 있는 얘기의 후편이라 했다. 사실 아버지는 작중 화자이며 조연일 뿐 4년 전에 사별한 어머니를 그리는 아들 혁수의 눈물겨운 얘기다. 세 꼭지의 일화 중에 너무도 가슴 저리게 감동을 주는 마지막 한 꼭지만 줄여서 소개한다.

혁수는 4년 전에 어머니를 여의고, 7살이 되어 유치원에서 한글을 배우기 시작하면서 매일 무엇을 열심히 쓰는 것을 아버지는 보았다. 일 년쯤 지나 초등학교 1학년 말, 크리스마스 때였다. 그 지역의 우체국 지방 분국에서 항의 전화를 혁수 아버지가 받았다. 이 바쁜 시기에 수신인도 우표도 붙이지 않은 편지 300여 통을 혁수가 우체통에 넣었다는 것이다. 아버지는 혁수에게 매를 들었으나 아이는 매를 맞으며 변명도 않고 "잘못했다"는 말만 되풀이했다. 우체국에서 편지 뭉치를 받아와서, 누구에게 보낸 것이냐고 물었더니, 아들은 엄마에게 보내는 편지였다고 대답하자 아버지는 그만 울컥하고 말았다. 그는 혁수에게 앞으로 엄마에게 보내는 편지는 불에 태우면 하늘나라에 있는 엄마가 받아본다고 얘기해 주고, 편지들을 태우려고 나왔다가 그 중 하나를 뜯어 읽기 시작했다.

"보고 싶은 엄마에게

엄마, 지난주에 우리 유치원에서 재롱잔치 했어. 근데 난 엄마가 없어서 가지 않았어. 아빠한테 말하면 엄마 생각날까 봐 말하지 않았어. 아빠가 날 막 찾는 소리에 그냥 혼자서 재미있게 노는 척 했어. 그래서 아빠가 날 마구 때렸는데 얘기하면 아빠가 울까 봐 절대로 얘기 안 했어. 나 매일 아빠가 엄마 생각하면서 우는 것 봤어. 근데 나는 이제 엄마 얼굴이 생각 안 나. 보고 싶은 사람 사진, 가슴에 품고 자면 그 사람이 꿈에 나타난다고 아빠가 그랬어. 그러니까 엄마 내 꿈에 한 번만 나타나. 그렇게 해줄 수 있지? 약속해야 돼."

나는 이 편지를 열 번도 더 읽으며 글을 쓰고 있는데, 아내가 서재로 들어서며 나를 불렀다. 고개를 돌릴 수가 없었다. 이 얘기를 내게서 들은 아내는 조용히 방에서 나가 주었다.

'설움에 겹도록 부르노라 / 설움에 겹도록 부르노라.
부르는 소리는 비껴가지만 / 하늘과 땅 사이가 너무 넓구나.'

· 이중섭의 「돌아오지 않는 강」 연작

화가 이중섭의 역동적인 황소를 그린 여러 유화 작품이나, 담뱃갑 속의 은박지를 긁어 그린 은지 화와 엽서 속에 그려 넣은 그림들을 여러 도록이나 자료에서 볼 때마다 가족을 향한 그 절절한 사랑과 그리움을 보아온 터이지만, 최근에 덕수궁 국립미술관에서 전시되고 있는 「이중섭, 백 년의 신화」전에서 만큼 광범위하게 수집된 그의 그림들은 보지 못했다. 그 중에서도 처음 본 그림은 그의 생애 마지막 해에 그린 「돌아오지 않는 강」 연작 네 점이었다. 눈이 펑펑 내리는 날 먹을 것을 머리에 이고 돌아오는 여인(어머니)을 기다리며 창밖을 내다보는 사람(아이)이 여인을 보지 못하고 기다리는 그림이다. 세 점은 흑백을 주조로 그려졌고, 다른 한 점만 채색이 밝다. 한두 사람은 그것이 아내를 기다리는(그리워하는) 풍경이라 하였으나, 누가 보아도 검정 치마에 흰 저고리를 입고 양동이를 인 사람은 그의 일본인 부인이 아니라 어머니로 보이고, 창틀에 기대어 기다리는 사람은 어른이 아닌 어린 아이로 보인다. 따라서 이 그림은 그의 병들고 지친 삶의 마지막에 북(원산)에 두고 온 어머니를 그리워하는 모습이라 생각된다. 정신의학 박사 김동화의 에세이에 의하면, 「황소」 시리즈 그림도 한국 농촌의 전형적 풍토와 젊은 기상을 그린 것이라고는 하나, 아주 어릴 적에 부친을 여의고 집안을 다스리며 자신을 사랑한 어머니를 상징한다고 분석하고 있다.

'선 채로 이 자리에 돌이 되어도 / 부르다가 내가 죽을 이름이여! 「그리운」 어머니여! / 「그리운」 어머니여!'

주 1) 소월의 시, 『초혼』 변용.
주 2) 김동화, 「이중섭의 생애와 그림이 보여주는 애절한 사연들」, 『이중섭 100년의 신화 도록』에 수록

말씨, 말의 씨앗

김숙희
gmyis@hanmail.net

 갇혀 지내는 봄 내내 에밀레종 종소리가 들렸다. 우한 폐렴, 그 코로나-19로 모든 것이 멈췄다.
 하나님의 진노 앞에서 바벨탑이 맥없이 무너지듯 우리의 야심 찬 계획과 모든 일정이 한낱 바이러스 앞에서 '얼음'이 된 것이다.
 별것도 아닌 일상들이 얼마나 고마운 순간이었는지 절감하며, 하찮은 것 같았던 그날들을 그리워하면서 사람들은 저마다 고치를 짓고, 그 안에 갇혀 무인도가 되어 간다.
 저녁 굶은 아이의 대장을 빠져나온 기생충이 식도를 향해 치달아 오르듯 기어이 탄식이 입 밖으로 터져 나온다.
 '그렇게 말하는 게 아니었어! 정말 그건 아니었어.'

 봉덕 어미 입방정 그것이 문제였어

죄인이네, 재앙이네 그 농담도 문제였지
한 번도 경험하지 못한 나라
그 또한 문제였어.

울리잖는 봉덕사종, 스님 시름 깊어가듯
섣부른 잔망 떨다 뼈아프게 후회할 때
명자꽃 부르튼 입술,
말이 씨앗 된다고….

시 한 편을 써 놓고 이젠 흔적조차 없을 봉덕 어미를 나무란다. 봉덕사종을 만들기 위해 놋그릇 시주를 받으러 다니던 스님께 '우린 가난해서 놋그릇이 없으니 우리 딸 봉덕이나 줄까요?'
그럴 일 전혀 없다는 듯, 귀한 딸을 안고 입방정을 떨다가 기어이 자식을 시주했다는 설화, 종이 울릴 때마다 '에밀레~' 하고 어미를 원망한다는….

문재인 씨가 19대 대통령으로 당선되고 얼마 안 있어 '문죄인'이란 말이 떠돌더니 다시 '문재앙'이란 말이 회자되기 시작했다. 완벽하지 않은 인간은 누구나 죄인이니 '죄인'은 그렇다 쳐도 '재앙'이란 말은 정말 내키지 않았고, 어쩐지 섬뜩하기조차 했다. '재앙'은 고스란히 우리가 함께 감당해야 할 몫인데 왜 하필 '재앙'이라고 할까?

때맞추어 '한 번도 경험하지 못한 나라를 보여주겠다'는 대통령의 말이 들려왔다.

사람에겐 예감이라는 게 있다. 또 할 말과 해선 안 될 말이 있다. 이 두 말은 어쩐지 불안을 예감케 했고, 도리질해서 넘겨버리기엔 불가분의 인과성이 보였다.

설마 그런 일이야 있겠느냐고 짐짓 웃어버리기도 했지만 '우한폐렴'은 불과 며칠 만에 우리나라 '코로나 19'가 되었고, 세계의 코로나바이러스로, 지칠 줄 모르고 천방지축 널을 뛰었다.

말은 씨앗이 된다.

어린 시절, 선생님 놀이를 하며 자란 나는 교사가 되었고, '신랑각시'라고 친구들이 놀려대던 여덟 살 때 만난 첫사랑 동갑내기와 결혼해서 어느새 40년을 살아가고 있다. 울보 공주 평강이 바보 온달에게 당연한 듯이 시집간 것처럼 그렇게.

내겐, 지금 생각해도 참 미안한 친구 둘이 있다. 초등학교 2학년 때까지 남자애들과 곧잘 소꿉놀이하던 시절, 늘 남자 셋에 여자는 나 하나였다. 그때만 해도 여자들은 동생 돌보랴, 청소하랴, 엄마 일손 돕다 보면 놀 시간이 없던 시절이었다. 그 남자 셋 중 하나는 의사를 시키고, 나머지 두 친구는 언제나 나무꾼과 일꾼을 시켰는데 정말 공교롭게도 하나는 연대 의대를 가고 둘은 중학교도 못 다닌 채로 아직도 고향을 지키고 있다. 그래서 늘 미안하다. 그땐 말이 씨앗 된다는 뜻조차 모를 나이였으니 달리 방법도 없었지만 그렇더라도 그 두 친구를 나무꾼과 일꾼으로 붙박이처럼 자리매김한 것은 두고두고 미안하다. 하다못해 면서기나 이장이라도 시킬 걸 하는 아쉬움이 내내 남아 있는 것이다.

어느 교수님께서 말씀하셨다.
우리나라가 빨리 발전하지 못한 것은 애국가 가사와 자녀들에 대한 욕 때문이라고.
냇물이 강물이 되고, 강물이 다시 바다가 되는 진취적이고 발전적인 노랫말이 참 아쉽다고 하셨다. 동해 물이 마르고 백두산이 다 닳아버린다는 부정적이고 절망적인 애국가, 빌어먹을 x, 염병할 x, 우라질 x처럼 증오와 저주, 파멸이 담긴 욕 대신 잘 될 x, 부자가 될 x, 건강할 x이라고 축복하는 욕을 했더라면 지금과는 전혀 다른 나라가 되어 있을 것이라며 개탄하셨다.

학생들을 만나면 90도로 허리를 굽혀 먼저 공손히 인사를 하시던 초등학교 교장 선생님이 계셨다. 그분 눈에는 학생들이 위대한 학자와 과학자, 정치가와 예술가들로 존경받을 인물들이 될 것이기에 당신이 먼저 존경을 담아 인사하는 것이라고 하시던. 이야말로 아름답고 훌륭한 말의 씨앗, 그 본이 아닐까?

코로나 19 사태가 가져온 유빙의 시간 속에서 '땡!' 하고 '얼음'이 풀릴 날을 우리는 고대한다. 아름답고 힘이 되는 말, 그 희망의 씨앗을 오늘도 고르고 가리며….

꿈

김순택
soontaekkim@hanmail.net

  우리 모두 꿈을 꾼다.

  현실의 꿈은 희망을 뜻한다. 잠자면서 꾸는 꿈은 무의식의 세계를 헤매는 것을 말한다. 잠자면서 꾼 꿈들을 얘기하고 싶다. 나는 평생을 총천연색 꿈을 꾸었다. 언젠가 신경과 의사에게 총천연색 꿈을 꾸었다고 이야기했다가 "살다가 별 소리 다 듣는다. 천연색 꿈꾼다는 사람 생전 처음 보네" 하는 핀잔을 들었다.

  오월 중순 고향 들녘의 강 제방과 사과 과수원 사이의 모래 길을 맨발로 타박타박 걸으니 감촉이 정말 좋다. 사과밭 울타리를 타고 올라간 덩굴장미가 빨간 꽃송이들을 곱게 달고 늘어져 있다. 철조망 사이로 보이는 사과나무에는 매실 알만큼 자란 열매가 귀엽게도 달려 있다.

난 휘파람을 불며 강가 모래사장을 지나 얕은 강물 속을 찰박찰박 거닐다가 강 언덕에 우뚝 우뚝 서 있는 미루나무 밑에서 뛰어 논다. 흰 구름이 두둥실 떠 있는 파란 하늘 아래 푸른 잔디 동산이 펼쳐진 산기슭에서 동무들과 소를 풀어 놓고 삘기를 뽑아 먹는다.

아름다운 꽃뱀 한 마리가 푸른 날개를 달고 우리 키 높이로 날아다닌다. 꽃뱀은 종달새나 멧새처럼 우리와 어울려 노는 정다운 동무일 뿐이다. 아이들이 갑자기 "늑대다!"라고 소리쳐 계곡 건너편을 바라보니 검회색늑대 다섯 마리가 귀를 쫑긋 세우고 우리를 향해 달려온다. 우리는 얼른 팔 나래를 저어 하늘로 높이 솟아올라 시원한 맞바람을 맞으며 독수리처럼 산 위를 활공비행으로 빙빙 돈다. 늑대들은 우리가 놀던 곳에서 킁킁 냄새를 맡기도 하고 우리들을 올려다보기도 하며 서 있다. 우리들은 아무런 두려움 없이 늑대를 내려다보며 재미있게 이야기를 한다.

"야, 저 중간에 있는 수놈이 제일 크다."

"그래, 맞아."

"우리 저놈을 한번 골려주자."

나는 독수리처럼 급강하하면서 손 나래로 수늑대의 대가리를 후려친다. 동무들도 전투기 편대처럼 급강하하여 수늑대의 대가리를 연이어 후려치고 하늘로 다시 솟아오른다. 기가 죽은 수늑대는 앞발로 대가리를 몇 번 비비더니 무리를 데리고 계곡 너머로 사라진다. 늑대는 우리의 적수가 아니다. 산 위를 몇 바퀴 더 날아 돌고 잔디밭에 내려앉아 삘기를 한 움큼씩 뽑아 쥐고 까먹는다.

 냇가로 가서 바지를 둥둥 걷어붙이고 붕어를 몰다가 물밖으로 나와 키가 무릎까지 자란 보리밭 골에 쉬를 하는데 좀 찝찝하다. 어쩐지 편하게 술술 나오질 않는다.
 어머니께서 "아이고, 다 큰 놈이 와이카노?" 하시는 소리에 깜짝 놀라 깼다. 엉덩이와 방바닥을 적신 오줌으로 신나던 꿈은 산산조각 나버렸다.

 60년이 훨씬 더 지난 어릴 적에 꾸었던 이런 꿈들은 아무리 시간이 흘러도 잊히지 않는다. 성인이 되어 가족이 생기고 생활이 빡빡해지고부터는 이런 꿈은 아무리 꾸고 싶어도 꾸어지지 않았다. 절벽에 매달려 살려고 발버둥치고, 도둑놈과 대판 싸움을 벌이고 깨고 나면 엉덩이에 오줌 대신 등에 식은땀이 배는 꿈들을 자주 꾸었다. 현실 세계의 모든 사물과 현상들은 어린 시절처럼 아름다운 꿈을 더 이상 나에게 주지 않았다.

 인간은 생로병사의 과정을 거쳐 소멸되는 존재이다. 즐거운 시간은 꿈같이 흐르고 콤플렉스 상황을 가지면 가질수록 그 과정이 힘들고 길게 느껴지기만 할 뿐이다.

정직하라.
용서하라.
사랑하라.

  이런 선의 길로 가라는 선인들의 주문은, 우리들에게 생을 즐겁게 만드는 토대를 다지라고 하는 말이리라. 지난 일들을 돌이켜 보면 내 할 일을 다 하고 기다리다 보니 인생의 큰 고비는 시간이 해결해 주었고 정작 내가 해결한 것은 극히 사소하고 작은 것들뿐이었다. 이제부터라도 큰 걱정은 머리에서 지우고 즐거움의 토대를 쌓으며 모든 것은 시간에 맡겨야겠다. 아들 딸 손자들 걱정, 우리 부부의 노후 문제 등은 가불해서 걱정해봐야 답이 안 나오는 문제들이다. 준비는 잘하되 걱정을 털어 버려야겠다. 아름다운 저녁놀 같은 인생의 노을을 만들어 주위를 곱게 물들여야 할 때가 아닌가. 즐거운 마음으로 어릴 때 꾸었던 총천연색 꿈을 되찾아 나설 때도 되었다. 창공에 높이 떠서 기류를 타고 부드러운 날갯짓을 다시 한 번 해봐야 할 때가 되었다.

인생길에서

김익회
ikhoikim@hanmail.net

그럼에도 불구하고

    그럼에도 불구하고 감사합니다.
    그럼에도 불구하고 용서합니다.
    그럼에도 불구하고 신뢰합니다.
    그럼에도 불구하고 시작합니다.
    그럼에도 불구하고 정진합니다.

해야겠습니다.

    나이 많아도 해야겠습니다.
    힘들어도 해야겠습니다.

무시당해도 해야겠습니다.
부족해도 해야겠습니다.
나가라 해도 해야겠습니다.

때문입니다.

내가 아픈 것은 불평하기 때문입니다.
내가 비참한 것은 비교하기 때문입니다.
내가 낮아지는 것은 교만하기 때문입니다.
내가 고독한 것은 사랑이 없기 때문입니다.
내가 가난한 것은 욕심이 많기 때문입니다.

슈뢰딩거의 커피 타임

김인채
ickim326@naver.com

'슈뢰딩거의 고양이'라. 내 이름을 상호로 붙여 놓은 카페를 보고 들어서서, 먹이로 한 마리를 불러 앉힌다.

네가 나와의 인연을 어찌 알겠느냐마는, 너의 지적인 모습과 자존심, 도도한 걸음걸이 이런 것들로 인간의 대역으로 그 문제의 자리에 세웠어. 자기의 운명을 모른 채 잘난 척 살아가는 모습은 인간과도 닮았거든. 너를 사고事故실험 대상으로 삼았다고 비난도 받았지만, 그것으로 학대받거나 죽은 고양이는 단 한 마리도 없어. 아인슈타인이나 나는 이론으로만 물리학을 하거든. 이런 실험은 머리로만 하는 거야.

극소량의 핵물질이 분열하게 되어 지렛대라도 건드리게 되면, 끝에 달린 망치가 독 가스통을 쳐서 부술 수도 있게, 과정마다 확

률을 계산해 놓았어. 고양이의 생사를, 상자를 열지 않고 추측해 보는 인간의 사고思考실험이야. 인간을 테스트하는 거지.

 뚜껑을 열면, 고양이가 죽어 있거나 살아있을 두 경우에다, 양자역학에서는 '죽어 있거나 동시에 살아 있거나' 한, 즉 '중첩'을 하나 더 넣어 세 가지 경우로 추측하는 거야. 결과는 물론 생과 사, 둘 중의 하나로 나타나는데, 그것은 '중첩'이 '관찰'하는 순간 '붕괴' 하기 때문이란다. 이 역학의 특성을 잘 대변하고 있는 충격적인 용어들이야.

 '의식으로 관측'하는 순간에야 상황이 확정(환원)된다는 이 어처구니없는 이론에, 달은 쳐다보지 않아도 있는 것이라고 열변하던 아인슈타인은 끝내 패배자가 되었어. 이 놀라운 용어들을 이해하지 못하는 부류의 인간은, 머지않아 과학을 아는 인종과는 분리되어 도태될 거라고 유발 할라리가 말했지. 과학에 관심을 가지기를 강력히 당부한 것이지만.

 나의 이 장치는 한 편의 시詩야. 난해한 추상화를 감상하듯, 앞날의 세상을 상상해 보자는 제시이지. 이것이 투 스릿 테스트two slit test와 함께 '아름다운 과학 실험'으로 뽑힌 이유를 알겠지? 이것이 양자역학의 모순을 공격하기 위한 것이라는 주장이 있었지만, 그것이 일부 사실이더라도, 노벨상급의 과학적 이론뿐만 아니라 미래의 삶에 대한 다양한 해석을 품고 있어.

 그런데 말이야, 인간이 과학의 정밀성과 완벽성을 갖추어 가면서, 그만큼 지구적인 '자아自我'가 줄어든다면, 인간 냄새가 줄어든다면, 그것이 바람직한 발전일까? 내가 떠난 지 반세기가 지난 지금의 인간들은 어떻게 변하여 있는지 궁금해서 시간을 넘어 나들이跳躍한 거야.

주인은 '슈뢰딩거'가 와도 모르고, 고양이 종種 이름쯤으로 아는 객들은 먹이를 사서 쥐잡기를 잊은 고양이를 먹인다. 과학의 그림자는 어디에도 찾아볼 수 없지만, 내게는 모두가 파동으로 이어져 있는 것이 보여. 바위가 쉬지 않고 내보내는 신호에 반응하면 자연과도 인연이 되는 것이지. 세상에는 관계없는 거라곤 아무것도 없어. 모두 같은 원료元素로 만들어진 것이지. 서로의 신호를 감지하여 융합이 늘어나는 것이 지구적인 우리를 지키는 일이지.

너도 짝사랑하는 암고양이를 주시하여, 사랑과 미움이 동시에 존재하는 갈림길에 있는 상황을 붕괴시켜버리고 네 차지로 확정해 보시지. '얽힘'도 풀고, '도약'도 하고…. 고양이가 눈을 슬며시 뜬다.

힘든 모양이군. 설명을 들을수록 더 혼란스러워졌다면 지극히 정상이야. 너와의 관계가 아름답게 남아 있어 반가웠어. 둘이서만 한 이야기이니 질문에 시달리지는 않겠군.

혼자 커피잔을 비운다.

보이지 않는 손

김재숙
kjs502@hanmail.net

그녀는 겨우 94년생이다.

나이보다 더 많은 사연을 간직한 그녀지만 그래도 얼굴엔 앳됨이 남아있다. 살포시 웃을 때는 덧니가 예쁘다. 시설생활이 처음이라 이것저것 요구사항이 많은 그녀, 계속 규정에 대해 설명해도 소귀에 경 읽기다. 아직 적응되지 않아서일 것이다. 그러면서 또 다른 거주인들의 이 말 저 말에 다 반응하며, 속상해 하고 눈물 흘리고 하소연하면서 하루가 간다.

어머니는 어릴 때 집을 나갔고 무섭기만 한 아버지는 딸을 돌보지 않았다. 학업에 적응하지 못해 학교를 중퇴하고 아무 준비 없이 세상 속으로 나왔다. 친구를 사귀며 아르바이트로 생계를 연명하다가 남자 친구 집으로 들어갔다. 그 친구의 부모님은 그녀를 좋아하지 않았다. 늘 아들과 헤어지기를 강요했다. 결국 그 집을 나와 이곳저곳을 다시 떠돌다가 추위를 피해 이곳 시설로 입소했다.

새롭게 출발하는 의미에서 방을 바꿨다. 새로운 방원들이 따뜻하게 대해 주었나보다. 얼굴이 밝아졌고 식당으로 내려가 정식으로 배식 줄에 서서 식사하기 시작했다. 조금씩 적응해 가는 모습이 보기 좋아 멀리서 눈이 마주칠 때 엄지를 들어주면 기쁜 듯이 수줍어했다. 화냈던 일들을 금방 사과하러 왔고 이제 모든 게 좋다고, 그리고 돈을 벌기 위해 일을 하고 싶다고 했다. 자신의 꿈을 키우고 스스로를 책임지는 능력이 생기기를 바라며 작업장에 자리를 마련해 주었다.

작업장에 나간 지 한 달도 되지 않아 일이 싫다며 이번에는 이불을 쓰고 누워 일어나지를 않는다. 다시 모든 게 처음으로 돌아갔다. 바람 빠진 풍선마냥 그동안 불어넣은 공기는 조금도 남지 않고 쭈글쭈글한 흔적만이 남았다. 이 세상을 견디며 함께 살아가는 당연한 방법을 배우지 못한 채, 세상으로 나온 까닭에 어느 시점으로 다시 돌아가 보듬어야 할지 알 수가 없다. 새들도 둥지에 있을 때 어미 새로부터 날기를 배우며 조금씩 적응기간을 거쳐 새로운 보금자리를 찾아 나서거늘, 하물며 그녀는 어떻게 사람들과 살아야 하는지 그 방법을 누구에게도 배우지 못한 채 세상 속으로 던져졌다. 자신의 부적응이 무엇 때문인지 스스로도 알지 못하기에 그녀도 살아가기가 힘들고 버겁긴 마찬가지다. 기분에 맞지 않으면 화내고 뜻대로 되지 않으면 울고, 그렇게 원초적으로 자신을 표현했다.

한 인간이 세상의 일원으로 살기 위해 매 시기마다 거쳐야 할 배움의 단계는 얼마나 중요한가. 그 역할을 담당하는 부모의 존재는 어느 글에서 본 것처럼 하느님이 우리 모두를 일일이 챙겨주지 못해 대역을 맡겼음에 틀림없다. 이 세상이 그래도 아름답게 유지되는 것은 사랑으로 보듬어 소중하게 돌보는 각자의 부모가 있어 가능한 것이다. 부모의 절대적인 사랑이 있는 한 세상은 질서를 유지하고 전통을 이어가며 이 광활한 우주에 푸르게 떠 있을 것이다.

그것은 너무나 원초적이지만 또한 순전히 개별적이고 그러면서도 전부를 아우르는 보편적인 위대한 사랑이다. 나는 그 사랑이 세상을 다스리는 보이지 않는 손이라고 생각한다. 이 보이지 않는 사랑의 손이 있어 인간은 이윽고 인간답게 꿈을 꾸며 살 수 있는 것이다. 부모가 어떤 이유에서든지 그 역할을 다 하지 못할 때 아이가 겪는 평생의 결손은 과연 누구의 책임인가.

모두가 지쳐갈 무렵 그녀는 이곳을 나가겠다고 했다. 추위에 준비 없이 나가면 얼마나 힘들지 반복하여 설명하여도 그녀는 이제 모든 것이 시들해져서 회피하고 싶은 것 같다. 직면하여 헤쳐 나가기에는 그녀의 의지력이 너무 빈약하다. 그녀는 간단하게 결정하고 씩씩하게 짐을 쌌다. 그녀의 아버지에게 도움을 요청했지만 여전히 그녀의 아버지는 무척 바빴다. 그리고 그녀가 마음대로 하도록 두라고 한다. 본인의 의지대로 입소했듯이 본인이 나가겠다는 자유의사도 지켜져야 한다. 제 때에 그녀를 돌보지 못한 보이지 않는 사랑의 손은 결핍으로 남아 두고두고 그녀를 힘들게 할 것이다.

그녀가 세상에 뿌리내리지 못하고 헤맬 날들이 안타깝다.

뜨거운 심장을 받다

김정수
bluebara2@hanmail.net

그녀가 걸어온다
바람에 흔들리는 산사의 풍경인 듯 그녀의 사위가 고요해진다
뒤틀린 왼쪽 발은 반원을 그리며 춤을 출 때마다
옹이로 굳어버린 어깨에 매달린 책가방이 덜렁거리고
가슴 아래로 뒤틀려 굽은 왼팔이 들썩들썩,
앞으로 자꾸 쏠리는 몸의 중심을 간신히 잡아주면
당당히 서내고야 말겠다는 염원을 담은 지팡이가
파르르 힘을 모아 딱, 딱, 딱 길을 연다
그녀의 늦깎이 배움에 대한 열망이 대단한 독립열사 못지않다
오늘따라 가쁜 숨 몰아쉬듯 계속 부시럭부시럭거리는
그녀의 한쪽 가슴이 불룩하다
묵직한 무언가가 담겨진 검정 비닐봉투가

떨어지기 싫어 가까스로 그녀의 가녀린 왼팔에 매달려 있다
한센인으로서 걸어온 그녀의 여정 위에 뱉어낸 숨소리가 그러했고
평탄치 않은 그 길 위에서조차 늘 위태롭게 매달려야만 했던
그녀의 하루하루가 그러했으리라
머리보다 내 발이 먼저 그녀에게 달려가
가방을 받아들고 그녀와 팔짱을 끼며 겨우 몇 걸음 지팡이 역할로 나섰다
그마저도 고마운 듯 얼굴을 비틀며 웃는 그녀가
힘차게 펄떡거리는 검정 비닐봉투를 건넨다
- 아침에 주워서 바로 찐 밤이여요!
겁나게 단것인디 올핸 어째 들 달대, 걍 드셔봐요!
얼떨결에 받아 가슴에 끌어안는데 너무 뜨겁다
나도 모르게 손잡이를 그러쥐고 봉투를 늘어트리는데
밤 한 톨마다 지구를 들어 올리듯 주웠을
그녀의 긴 아침이 떠오른다
홀로 동산 세 구비를 돌아오는 긴 시간 동안
왼팔에 얹힌 그 뜨거운 것을 어쩌지 못하고
찰랑이는 물꼬를 트듯 간신히 맞닿은 심장으로 열기를 에둘리며
한숨 돌렸을 그녀가 떠오른다
투병으로 겨우 남은 그녀의 생을 틀어쥔 듯

손가락 마디마디에 힘이 들어가는 내 손을 내려다보는데
갑자기 심장이 굳어가듯 가슴이 답답하고 먹먹해져 온다
다급해진 난 내 손에 부시럭부시럭 매달린 그녀의 심장을
얼른 가슴에 꼬옥 그러안아본다
그제야 그녀의 뜨거운 혈이 흘러드는지,
노근노근해지는 내 심장이
그제야 고른 박자로 뜨겁고 힘차게 펄떡거린다.

물러나야 할 때

김한석
sunmtriv@hanmail.net

　20년 몸담아 오던 모임에서 물러나고 보니 뭔가 소중한 것을 놓친 것처럼 헌전하다. 스스로 한 결정이기에 마음이 홀가분할 줄 알았는데 왜 자꾸 뒤를 돌아보게 되는 걸까.
　이 모임은 주로 기업을 운영하거나 사업을 하는 회원들로 이루어진 봉사단체다. 전문직을 가진 사람도 약간 있었다. 사업한다는 것이 통 크고 자유로운 활동이어서인지 오랜 공직에서 달구어진 나의 눈에는 조직이 너무 느슨하게 운영되고 있는 듯 보였다. 회의 진행에서도 유력인사가 발언하면, 그저 박수치고 넘어가는 것이 관례화되어 중요한 안건이 소홀히 다루어지고 있었다. 나는 모임이 건전하기 위해선 회원 각자가 자기 목소리를 내야 한다는 얘기를 자주 했고, 그런 분위기를 이끌려고 애썼다.
　그것이 주효했던 탓일까. 회의의 분위기는 점차 활기를 더했다.

이를 두고 회원들 사이에는 힘들어진 회의 진행에 불편함을 느끼는 분들이 있는가 하면, 다양한 의견의 조율과정이 재미있다며 토론문화에 대한 흥미와 정착에 흡족해하는 사람들도 많았다.

 잘나가는 속에도 걸림돌은 있기 마련인가. 한 회원은 나를 다른 사람에게 소개하면서 우리 모임에서 아주 중요한 분이라고 추켜세우고는 난데없이 "그래도 인기는 별로"라며 되레 바닥으로 끌어내린다. 나는 묘한 감정에 멈칫했다. 짓궂은 사람이기는 하나 그냥 장난으로 내뱉은 말은 아닌 듯했다. 내가 잘난 척 행동하는 것으로 비치었을까. 그저 자기주장만 펼 줄 알지 인간적인 배려가 부족하다는 뜻이었을까. 소신과 현실 사이의 갈등은 줄곧 나를 괴롭혀 왔고, 그동안 숱한 노력으로 나름대로 순화해 왔는데 아직도 소양이 부족했던 모양이다.

 봉사하는 방법에 대해서도 나는 많은 의견을 쏟아냈다. 종전에는 주로 금품으로 하는 봉사였다. 돈은 힘들게 사는 사람들에게 눈앞의 도움을 줄 수 있는 단방약이기는 하다. 하지만 돈만으로 봉사를 다했다 할 수는 없다. 우리는 오랫동안 어렵게 살아오며 주로 남의 도움만 받았을 뿐, 베푸는 것을 제대로 해 보지 못했다. 아예 봉사라는 문화가 없었다고나 할까. 그러다보니 봉사하는 법도 서툴러 남을 돕는다는 것이 자칫 가진 자의 오만으로 비쳐지기도 했다.

 나는 진정한 봉사를 위해서는 노력봉사를 병행해야 한다고 주창했다. 늘 해오듯 시설에 가서 봉투나 건네며 사진 찍는 것으로 끝낼 것이 아니라 그들에게 가까이 다가가 몸으로도 부딪쳐 보자는 것이었다. 하지만 그 일을 실천하기란 생각만큼 쉽지 않았다. 심지어 그런 제안을 했던 나도 막상 현장에 이르러선 슬그머니 뒷걸음 치고 싶었으니 말이다. 스스로도 실천하지 못할 어려운 과제를 너무 일찍 터트린 것이 아닌가 하고 한동안 뉘우치기도 했다. 어느 성직자가 '사랑이 머리에서 가슴으로 내려오는데 수십 년이 걸렸다'고 한 고백은 사랑의 봉사가 얼마나 어려운 것임을 실감케 한다.

언젠가 신문에서, 인도의 델리에서 테레사 수녀가 운영하는 사랑의 선교회에 관한 기사를 읽은 적이 있다. 그곳 정신지체 어린이 시설을 방문하는 사람들은 태어나면서부터 장애가 된 채 버려진 아이들을 보면서, 안타까워 돕고 싶다며 더러 봉투를 내놓는다고 한다. 그런데 선교회에선 그것을 사양하고 대신 아이들을 한 명 한 명 마음을 담아 꽉 안아줄 것을 권한다고 한다. 포옹이란 서로를 끌어안고 체온을 느끼며 숨소리를 나누자는 것이 아닌가. 봉사의 근본은 사랑에 바탕하지 않고선 그 임무를 다했다 할 수 없음을 보여주고 있다.

20년 전엔 몸으로 하는 봉사가 지금처럼 흔치 않던 때였다. 지금은 봉사에 대한 사회적 인식도 많이 달라진 만큼 내가 했던 제안도 이제는 적극적으로 실천해 나갈 수 있게 되어 마음 기쁘다.

산업사회의 급격한 변화에 발맞추어 우리 모임의 젊은 회원들도 사업의 규모가 커지고 경영능력을 갖추며 빠르게 성장해갔다. 시야도 넓혀 국제교류도 활발하여 세계화에도 힘을 쏟고 있다. 시대의 흐름에 따라 신구新舊 회원의 교체가 자연스레 이루어져 젊은 회원을 중심으로 모임의 틀이 새롭게 짜여가고 있다.

　그런 변화 속에서도 마음에서 놓지 못하는 건 아직 내가 해야 할 일이 있고, 그동안 맺어온 인연의 끈을 쉬이 놓아버릴 수 없는 아쉬움 때문이었다. 하지만 이제는 떠나야 할 때라는 것을 피부로, 마음으로 느끼게 되었다. 크게 가치를 두어왔던 노력봉사는 더 이상 내 몸에 버거웠고, 그동안 해왔던 나의 역할도 이제는 더 역량 있는 젊은 회원들에게 맡기는 것이 순리라는 생각이 들었다. 사람은 물러설 때를 잘 가려야 한다는데 지금이 그 적기인 것 같았다. 흔히 사람을 가리켜 '관계의 동물'이라고 말한다. 누구나 만족스러운 관계를 꿈꾸며 이에 집착한다. 그런데 나이를 먹어가는 것은 관계에 대한 집착을 버리는 방법을 배워가는 과정인지 모른다.

　이렇듯 마음을 비우고 물러나려는데 왜 이리도 허전할까. 단지 소속감을 잃는 아쉬움 때문일까. 아니, 나의 존재가.

　이제 마음을 정리하면서 조금 쉬고 싶다. 그리고 내가 할 수 있는 새로운 일을 찾아보아야겠다.

멀고도 가까운 길

김현찬
sagacite@hanmail.net

겨울들판을 거닐며 - 가까이 다가서지도 않으면서 아무것도 가진 것 없을 거라고 아무것도 키울 수 없을 거라고 함부로 말하지 않기로 했다. - 허형만

도심지를 막 넘어 외곽지역에 위치한 요양병원 - 한 시간 남짓 전철을 타고 언제인지 모르지만 그곳엔 이 세상 떠날 한정된 시간을 앞둔 분들이 방문객을 기다린다. 요양병원들은 도심에서 조금 외곽지역, 예전엔 시외버스로 또 지역버스로 갈아타고 흙먼지 풀석이던 곳이 이제는 번거롭고 분주한 교통편이 많다.

버스가 있어도 지상은 교통이 지체되니 이제 웬만한 곳은 지하철이 편하다. 그 안에도 요란한 세상이 전개되어 여러 모습의 사람들을 만난다. 외국에선 관광객들에게 흔한 손 벌리는 풍경이 우

리나라도 지하철에서 한두 번 목격한다. 노약자나 임산부를 배려한 자리가 있고 제한된 자리 외엔 노인들이 눈치 보며 앉아야 하고 젊은이들은 간혹 '우리는 돈 내고 타니 앉을 권리 있다'는 주장이 있는 듯 핸드폰 삼매경에 빠져있다. 예전엔 지긋하게 나이 들면 누구나 떠날 생각을 하는데 100세 시대이고 보니 그 생각도 조금씩 바뀌나 보다. '9988123', '9988121'이란 신 유행어를 만들 정도로 고령화 시대로 적당히 나이 들면 듣던 어르신이란 호칭이 무색하다. '인생은 60부터'라는 얘기는 70, 80부터라고 하고 경로 우대 선도 바뀌어도 노쇠하는 몸의 변화는 부인할 수 없다.

어머니는 옛 어른이라 머리를 곱게 빗어 뒤에 비녀는 없어도 쪽 찐 머리였다. 초등시절 딸의 자모로 학교 출입을 꺼려한 이유는 혹 딸이 애들한테 '너희 할머니 오셨다' 놀림 받을까 봐 그렇게 배려하는 어머니는 60이 되어 버스를 타면 딸 뒤에 숨는다. 행여 자리 양보하는 젊은이가 있을 때는 '내 딸도 피곤할 때가 있는데' 미안해서란다.

다리를 다친 적이 있어 같이 걸으며 부축할 겸 팔짱을 끼는 딸에게도 "놔라 내가 무슨 노인인 줄 아느냐"며 꼿꼿이 걸으셨다. 그래서 정말 퇴근 후 피곤해 버스 자리에 앉았는데, 유난히 에구 에구 하며 올라오는 나이 지긋하지 않은 아낙네를 보면 못되게도 자리를 양보하고 싶지 않았다.

나이를 잊고 살던 어느 날, 평소 안 타던 지하철에 들어서자 엄마와 딸인 듯한 젊은이가 벌떡 일어나 자리를 양보한다. 순간 나도 당황했는데 옆에 앉은 젊은 엄마 하는 말 "애, 왜 일어나니 앉아!" 하며 옷깃을 잡아당긴다. 앉을 생각도 없었지만 황당하고 기가 막혔다.

　나이 들어보니 거의 10단위로 생각도 몸도 달라져 간다. 20대까지도 젊음이 무언지 모르고 10년 차이 나는 언니들이 "너는 한창이라 좋겠다"는 말의 뜻이 이해가 안 갔다. 뭐가 좋다는 건지, 내 맘대로 되지 않은 30대를 지나면서 그땐 50~60이 되신 분들이 "다섯 살만 젊었어두…" 하는 말들이 어렴풋이 감이 잡혀가고 있는 듯했다. 그래도 그 순간이 되지 않고는 그 입장을 이해하지 못한다. 나이 드는 것보다 누군가의 짐이 되지 않으려 하는 것이 부모나 나이 드신 분의 생각이다. 간혹 효도하고 존경하는 마음이 있는 자식이나 젊은이가 하는 사소한 말 한마디나 행동에도 노인들에게는 더 없이 감동이 되고 감사한 일이 된다.

　우리가 신호등을 기다릴 수 있는 이유는 곧 행동할 수 있는 표시로 바뀔 거라는 것을 알기 때문이다. 아이들은 청소년기까지 몸도 마음도 아프면 아플수록 사회성에도 익숙해지고 성장해간다. 성인기에 들어서면 아플수록 생각도 행동도 늙어 간다는 걸 빨리 이해해야 한다.
　부모의 모습을 보며 자신에게 이어지는 어떤 난관에 나는 저렇게 살지 않겠다는 다짐도 하고, 부모도 자식에게만은 어려운 길을 가게 하지 않으려 노력하지만 세상은 내 마음대로 되지 않는다. 사랑한다는 것은 믿는 것이다. 모두들 사랑한다면서 서로를 믿지 못한다. 부모는 자식이 잘 성장하기를 기다리는데 신호등처럼 파란불을 비춰주지 않는다.

　지인 한 분은 10년 전 남편 보내고 80대까지 아픈 다리로 식당을 경영하였다. 정신 있을 땐 이다음에 자식들 불편해하면 양로원에 갈 거야, 하더니 먼저 가 있는 친구 문병 갔다 와서는 다시 그 소리를 하지 않는다. 다행히 자식들이 그 뜻을 알아 요양병원에 안 보내고 여기저기 병원을 전전하며 88세를 마감했다. 또 다른 지인은 자식들 잘 키우고 남편 먼저 보내고 12년을 산 80대 여인에게 남은 건, 해 준 게 뭐 있냐고 원망하며 양로원에 가라니까 안 간다고 떠나 결국 남의 손에 이끌려 요양병원에서 기다리다 모든 삶을 체념하였다.

　함박눈이 펑펑 내리는 겨울 들판 – 땅속 깊은 곳 눈물을 흡수한 새싹들은 어김없이 땅 위로 솟을 봄을 준비하겠지요.

창 문

김호은
jinsuk6884@daum.net

새벽에 눈을 떴다.

깜깜하다. 희붐한 빛이 동굴 속을 비추는 한 줄기 빛처럼 내 시선을 모은다. 작은 창호지 문으로 스미는 그 빛이 구원의 빛 같다. 창문은 시원부터 거기 있었던 듯 조용히 정좌하고 있었다. 꿈속 같은 어둠에서 방향감이 생기고 깨어나 저곳으로 나아가고 싶은 충동이 생긴다. 희망을 향해 성큼성큼.

지난여름 둘째 언니와 여동생과 함께 해남 대흥사에 갔다. 대흥사 바로 앞에 있는 백 년 전통을 자랑하는 한옥 여관에서 하룻밤을 묵었다. 새벽녘에 본 그 한옥 창문이 수묵화처럼 생생하다.

아파트 생활을 한 지 30년이 돼가지만 2층에 사는 건 처음이다.

4년 전 이사하려고 집을 보러 다니다 다른 집들과 달리 내부 수리를 말끔하게 해놓은 이 집이 맘에 들었다. 아파트 저층은 시끄럽고 사생활 보장이 덜 될 것 같아 좋아하지 않았었는데 미대를 나왔다는 아주머니가 꾸민 그 집의 실내를 보고 홀딱 반해버렸다.

2층에 살아보니 엘리베이터를 안 타도 돼서 편하고 사계절 변하는 아파트 화단이 우리 집 정원이 돼 주어 좋다. 아쉬운 점은 고층에 살 때보다 집안이 좀 어둡다는 것이다.

이사 온 이후로 날마다 아침에 일어나면 거실의 커튼을 열고 블라인드도 연다. 앞뒤 베란다 창문을 열고 딸들 방 커튼도 열고 주방의 작은 창문을 가리는 커튼까지 가운데로 모은다. 매일 제시간에 묵묵히 나타나 주는 시골 간이역의 기차처럼, 어느새 정해져 버린 동선을 따라 아침마다 그 일을 반복한다. 감히, 수도사들이 하루를 시작하는 성스러운 의식이 연상될 때도 있다.

밤사이 나무에 새순이 피어났고 소나기가 몰아치기도 했었다. 세상이 알록달록하게 예쁜 물이 들어있기도 했고, 뭇 생명들이 얼어 죽지 않도록 하얀 눈이 은혜롭게 천지를 뒤덮기도 했다. 집안의 어두움을 몰아내기 위해 아침마다 종종거렸던 나만의 이 의식은 아마도 단절됐던 세상과의 연결이 더 우선이었는지 모르겠다. 밤새 부대꼈던 속울음은 창문을 넘어 들어오는 봄빛과 조우하겠지. 그 묵직한 냉기는 봄바람에 섞여들어 살랑거리리라.

어두워지기 시작해 전등 빛이 제빛을 내기 시작하면 마음이 다시 분주해진다. 내 집의 밝은 빛이 마치 바닷가 어부들의 집어등이라도 되는 양, 몰려들 것만 같은 창문 밖 사람들의 시선을 피하기 위해 열었던 창문을 닫는다. 열지 않으면 끝내 벽이 되고 마는 창문. 벽 저쪽의 세상은 오늘 밤도 사부작사부작 조용히 쉼 없이 돌아가리라.

문득 시간이 나를 어딘가로 바쁘게 잡아끄는 것 같다. 열고 닫음의 반복, 그 안에 존재했던 나는 어떤 성장이 있었는가. 이쯤에서 시간이라는 그 거대한 힘의 '갑질'에서 주도권을 넘겨받아야 될 때가 아닌가. 그 괴물이 가자는 대로 줏대 없이 따라가지만 말고 내가 가고 싶은 곳으로 앞장서 가야지.

먼저, 수십 년 동안 먼지처럼 내 안에 들어와 강고하게 자리 잡은 부정적인 것들을 내보낼 수 있는 나만의 작은 창문을 만들어야겠다. 창문으로 봄빛이 들고 나듯이 내 마음도 그렇게 흘러서 유연해지고 싶다. 벽 이편에도 있지 말고 저편에도 있지 말고 중간 언저리에 서서 양쪽을 자유롭게 활보해야지. 그 창문에는 커튼 따위로 벽을 만들진 않을 테다. 행여나 그 벽 속에 갇혀 곰팡이꽃으로 피어나지는 말아야 할 테니까. 봄빛에 말랑말랑해지는 내가 되는 것. 생각만으로도 자유롭다.

그렇게 살다 100세쯤에 세상이 '엿 같으면' 그 창문을 넘어 도망쳐 볼까? 백 세 노인 '알란'이 소설에서* 그랬던 것처럼. 희망을 향해 성큼성큼 하하.

* 소설 『창문 넘어 도망친 100세 노인』

그냥 좋은 친구가 되렴
- Just be their good friend

남홍숙
hsn613@hanmail.net

숨이 속으로 흐흡 말려들었다.

후 불면 삐 소리를 내고는 바로 말려들던 장난감 피리가 생각났다. 잠깐이나마 내 몸을 숨기고 싶었을까. 여기가 아니야, 하고 싶었다. 한참을 가만히 숨죽인 채 있었다. 내 지인이 이런 곳에 산다는 게 실감나지 않았다. 낯설었다.

엄밀히 따지면, 내가 여기 살러 온 것도 아닌데, 나도 모르게 속에서 두려운 감정이 잠시 일었다. 평소 이런 집 앞을 지나치면서, 도대체 이런 어수선한 집에 누가 살까, 하던 다소 부정적인 생각이 들던 그런 집이었다. 게으르거나 음습한 느낌이 일던 집 앞이었다.

평지의 집터는 드넓었다. 하프 에이커는 돼 보였다. 500평 정도 너른 부지에 헌 차들이 대여섯 대가 여기저기 불규칙하게 흩어져 있었고, 그 사이사이에는 두어 달은 깎지 않았을 잡초가 무성할 정도는 아니지만, 늘 보아오던 여느 가지런한 집들과는 다르게 불균등하게 자라 있었다. 잔디가 아니라 잡초였다.

한쪽 옆에는 유클립투스 숲이었고, 다른 한쪽은 크지 않은 이웃의 단층집들이 듬성듬성 서 있었다. 말하자면 호주의 교외였다. 지붕 위 하늘은, 꾹 짜면 푸른 물이 나올 정도로 맑았다.

차 안에서 숨을 죽인 채 앉아있던 그 3분은 꽤 긴 시간이었다. 그러다 보니 약속시간 10시여서 정신을 차려 그녀에게 전화를 걸었다. 여기가 니네 집 맞니, 하고 물어볼 참이었다. 그런데 전화 음이 발신되자마자 새하얀 윗도리를 입은 그녀가 저만치 창속에서 손짓을 했다.

달포 전에 영어 반에서 만나 내 친구가 된 그녀는 모로코 여인이고, 그녀 남편은 파키스탄 사람이다. 그녀가 올려준 주소를 치고 GPS를 따라 운전을 하여 우리 집에서 18분을 달려왔다. 번다버그 동쪽 끄트머리에서 남쪽 끄트머리까지의 거의 직선코스 거리였다.

신발을 신고 들어간 집안에서는 락스 냄새가 났다. 가져간 꽃을 꽂고, 이야기를 나누고, 사진을 찍으며 시간을 보내다 보니 락스 냄새에 머리가 덴 듯이 아파왔다. 참을 수 없어서 내가 물었다.

"너 혹시 오늘 대청소했어? 브리치(호주 락스) 냄새가 난다."

작년 12월 25일 크리스마스 날, 산타각시처럼 호주에 처음 온 89년생 그녀는, 부엌에다 아주 커다란 락스 통을, 풍풍처럼 세워두고 뚜껑을 열어둔 채 사용하고 있었다. 그걸 조금씩 물에 타서 그녀 고운 맨손에 묻혀서 접시를 닦아왔단다. 내가 이건 접시를 닦는 세제가 아니라고 말하자, 얼른 뚜껑을 닫고 바깥으로 치운다.

나는 대책 없이 울컥 눈물이 올라왔다.

물설고 낯선 이역만리에 남자 하나 보고 온 이 여자. 내 둘째 딸의 나이와 동일한 이 여자. 내가 좋다고 나를 따르는 이 아이가, 두어 달을 카사블랑카에 사는 제 엄마가 보고 싶어 울고 또 울며 밤낮을 지샜다는. 사슴 같은 순한 이 아이.

잠시만 머물러 있어도 내 목이 칼칼하도록 아파왔는데, 그녀와 그녀 신랑은 이 락스 냄새를 일상인 듯 맡으면서 그렇게, 달콤했을 그들의 신혼의 시간을 보내고 살아온 거였다.

나의 제의로 우리는 식탁 의자를 들고 베란다로 나와서 이야기를 나누었다. 어설픈 뜰 안에도, 베란다에도 새하얀 햇살이 공정하고 균일하게 가득 내려와 있었다. 그 햇빛으로 인해 내 발가락이 따끈따끈 전해져 오는 느낌이 좋아졌다. 난 바람과 햇살이 섞인 그늘 바깥으로 내 벗은 온 발을 쑥 들이밀어서, 그 착한 볕을 쬐며 이야기를 나누었다. 가슴에서 꽤나 이쁜 수채화가 그려지고 있었다.

잠시 후 그녀 신랑 즈베르가 내 자동차를 수리하는 동안, 내 친구 파티마는 점심을 가지런히 차려내기 시작했다. 치킨 소스를 뿌려 오븐에서 갓 구워낸 포테이토와 치킨 요리에, 향 곱고 맛깔난 사과를 잘게 썰어 오목한 접시에 소복 담아 한 사람씩 앞에다 세팅하고, 바나나와 아보카도를 우유에 갈아 시원한 과일주스를 컵에 따르고, 식빵을 바삭하게 토스트 한 따끈따끈 그녀의 손맛이 다 일품이었다.

어느덧 벽에 걸린 시계는 바람처럼 3시까지 가 있었다. 다행히도, 열어 둔 문 사이로 락스 냄새는 스르르 꼬리를 감추었다.

즈베르는 비행기를 제작하는 일급 테크니션이다. 회사에 소속되어 비행기 부품 중 전기 파트를 담당한다. 그리고 투잡으로 주말에 집에서 이렇게, 자동차를 수리해 준다. 손재주가 많고 똑똑한 서른세 살의 성실한 젊은이다. 며칠 전에는, 아기를 가졌다는 자기 색시 앞에서 좋아서 어쩔 줄 모르더란다. 뚝뚝 눈물을 떨구더란다.

어느 날 파티마와 쇼핑센터에 같이 갔다가, 주차장 기둥에 박아 앞 범퍼가 우그러진 내 차를, 즈베르가 감쪽같이 고쳐놓았다. 그 외 부분적으로 흠집 나 있던 열세 살짜리 내 오래된 차를 새 차처럼 커버해 주었다. 고마운 마음으로 준비해 간 하얀 봉투를 내밀자, 즈베르는 한사코 사양을 했다. 파티마가 나한테 받은 게 있는데, 자기가 이 돈을 받으면 불공평하단다.

열 살 되었다는 고양이가 빤히, 돈 가지고 밀당하는 우리를 쳐다보다가, 모른 체하고 딴 곳으로 고개를 돌렸다. 고양이가 이렇게 말하는 것 같았다.

'그냥, 이들의 좋은 친구가 되렴. Just be their good friend.'

3

뜻밖의 선물

뜻밖의
선물

댄스, 댄스

노정숙
elisa8099@hanmail.net

 언제부터 소문난 몸치가 되었는지 내가 '댄스'를 배운다고 하니까 모두 뜨악한 표정을 짓는다. 단체로 치는 박수에도 박자를 놓쳐 엇박수를 치고 있어 민망할 때가 많았지만, 몸치라고 어찌 흥도 없겠는가. 리듬이 빠른 음악을 들으면 몸이 저절로 굼실거리는데, 실은 몸보다 마음이 더 잘 반응하는 것이다.
 생각해 보니 내 몸이 새삼스레 어벙벙한 게 아니다. 젊은 시절 에어로빅 강습에서 늘 한 박자 늦어서 사람들에게 많은 웃음을 선사하고 며칠 다니다 포기했다. 그 후 몸으로 리듬을 타는 일은 바라보는 것으로 족했다.
 내 몸이 굳어진 것은 몸과 마음 사이에 긴밀한 연결점이 없기 때문이다. 늘 몸과 마음을 분리해 놓고 생각하는 습성이 괴리를 만든 것이다. 가슴 속에서 출렁이는 리듬을 몸이 따라오질 못하니 답답한 노릇이다. 어쩌다가 취기가 온몸에 퍼지면 박자나 리듬에 상관없이 흥을 내보이기는 한다. 그때는 조명도 흐리고 나를 보는 시선도 없을 테니 맘 놓고 펄펄 뛰며 마음과 몸을 무장해제한다.

몇 해 전, 맑은 정신으로 취하는 '엑티브 명상'을 맛봤다. 몸을 자유롭게 움직이며 명상에 드는 것이다. 정신의 바닥을 헤집어보고 마음을 풀어놓는다. 모던한 살풀이춤이라고 할까, 몸치가 드러나지 않는 자유로움이 있다. 그때만 해도 주위 시선을 의식하여 명상에 깊이 들지 못하고 몸에 자유도 주지 못하고 말았다. 보름달빛 아래서 오감을 열고 자연의 기운을 느끼며 내 안의 웅크린 나를 어루만지던, 낯설면서도 푸근했던 기억만 남아 있다.

친구 덕에 시작한 라인댄스는 파트너 없이 음악에 맞춰 정해진 동작을 반복하는 것이다. 한 시간에 8천 보 정도 발을 움직여 등에 땀이 날 정도니 확실히 운동이 된다. 에너지 넘치는 동작을 바라보는 것만도 입꼬리가 절로 올라간다. 내 취향에 맞는 매력 넘치는 선생님도 만났으니 이제 몸의 긴장을 뺄 때가 되었다. 마음을 온전히 부리는 몸은 아름답다.

요즘 방탄소년단이 세계를 휩쓸고 있다. 그들의 노래를 다 이해하지는 못하지만 고도로 기획된 춤은 경탄을 자아낸다. 한 치의 오차 없는 칼군무를 위해 얼마나 많은 시간 훈련을 했을까. 폭발적인 힘을 담은 꺾임과 흐름이 기쁨으로 넘치는 동작을 보면 노력의 지층이 느껴진다. 그들의 난해한 음악이 열혈 춤으로 완성된다.

내가 추는 춤은 완성의 목표가 없는, 나만을 위한 동작이라 안도한다. 옆 사람, 앞 사람과 선을 맞춰야 하는 약간의 긴장감을 주는 것도 좋다. 홀로 삼매경에 들어 여유롭게 추는 사람, 힘껏 신나게 리듬을 타는 사람들을 바라보는 것도 즐겁다.

춤이 몸을 위한 것인지 정신을 위한 것인지 다시 짚어보니 이것은 몸을 통한 정신의 쾌락이니 일거양득이다. 한 시간에 만보걷기 효과를 얻고, 반복해야 하는 동작을 익히려면 몸의 무딘 기억력도 일깨워야 한다.

속 시끄러운 일, 머리 무거운 일이 있어도 음악을 들으며 발을 움직이니 마음이 덩달아 가벼워진다. 이제 남의 시선에 어느 정도 무감해졌다. 맘껏 몸과 마음을 들뜨게 해도 좋을 나이다.

나이 들어 정신이 헐거워지는 건 다행이다. 몸이 더 굳어지기 전에 리듬을 실어주어, 내가 꿈꾸는 정신뿐 아니라 몸도 하늘하늘 말랑말랑한 노인이 되어야 한다. 귀를 열고 입은 닫고, 몸을 자유롭게 움직여야 한다. 몸보다 먼저 설레는 가슴을 귀히 여기며, 머릿속으로는 열심히 순서를 헤아리지만 내 발은 여지없이 어둔하다.

반 박자 늦는 내 엉거주춤, 이것도 춤은 춤이다.

퉁점골 아래 동막골

류문수
ryubioo@hanmail.net

내 삶의 둥지요, 꿈의 안식처!

오포읍 문형산 중산간 해발 250미터의 퉁점골. 그리고 이곳을 밑돌아 받쳐주는 아랫마을 동막골. 문형산 품안의 퉁점은 동막의 지붕이요, 동막은 퉁점의 기둥이다.

퉁점과 동막은 마주보고 오가며, 오르락내리락 형제처럼 정겹다. 아랫마을 동막이 있기에 나의 안식처 퉁점의 순수는 아직도 감동이 머문다. 온갖 세상 잡사를 소화하고 막아주는 동막은 퉁점의 관문이다. 문형산 속 외딴 퉁점은 한적한 은둔지이나, 동막의 나날은 분주 다망한 생활 전선이다. 밀려오는 세태와 타협하고 도심都心을 지향하는 다양한 모습으로 일몰이 무시되는 동막. 동막이 있기에 퉁점의 고요는 아직 살아있고, 산촌 그대로의 신선한 정취도 인정도 한가로이 평화롭다.

통점이 예스런 정감이 감도는 산촌이라면, 동막은 현실에 민감한 진취적 기운이 살아 움직이는 신흥도시이다. 통점은 점잖은 형이요, 동막은 활달한 아우에 비견된다. 문형산을 동쪽으로 형제의 뿌리는 같으나 의식은 판이하다. 자연, 삶의 모습과 정서도 다르다. 두 곳에서 바라보는 새벽 풍광과 하루의 시작인 동트기 또한 서로 다르다.

통점의 동트기는 한 폭의 명화名畵요, 동막은 기상나팔이다. 그러나 이 서로 다름이 서로를 지향하고 존중하며 상생相生의 조화를 이뤄낸다. 요즈막 몹시 안타까운 것은 빠른 시대의 흐름을 타고 동막의 거센 바람이 통점의 변화를 재촉하고 있다.

그러나 통점은 동막골의 빠른 변화를 모른 척 요지부동搖之不動이다.

이곳 통점골의 무덤덤한 적막한 골짜기와 숲을 나는 좋아한다. 아니 20여 년 살다 보니 이젠 '사랑한다' 말하고 싶다. 생기 찬 수수한 자연과 소박한 통점골 인정에 푹 빠져버린 듯 행복하다. 물론 더 아름답고 멋진 삶터가 많겠으나 내게는 나만의 훈훈한 집착이 애착을 낳았다.

특히 신비스런 동트기와 고아高雅한 아침을 사랑한다. 삼림 사이로 펼쳐지는 아침 햇살은 배추씨만 한 추함도 허락하지 않는다. 어딘들 아침 정경이 언짢겠는가? 그렇지만 사람마다 독특한 성정이 애착의 정도를 가늠하기 마련이다. 퍼뜩 생각한다. 태고의 비

뜻밖의 선물

경을 퉁점골 새벽 동트기에서 만날 수 있지 않을까?

　장쾌하고 찬란한 아침을 맞이하기 위해서는 일찌감치 부지런을 떨어 산야보다 훨씬 먼저 깨어 있어야 한다. 새벽잠이 부실한 내게는 제격이다. 언제나 뒤척이며 새벽어둠을 가르는 이 시간이 지리하다. 온갖 상념으로 이른 봄 3월의 밤이 길게 느껴짐은 나이 탓이리라. 여명黎明이 확연히 두리번거리면 밖으로 뛰쳐나가지 않을 수 없다. 거뭇한 숲 속에서 대지의 여신 데메테르Demeter가 기지개를 한껏 켜고 기상나팔을 불어댄다. 피아니시모로 시작된 동트기는 크레센도로 어둠을 서서히 벗겨 낸다.

　마침내 힘차고 빛나는 장대한 일출!

　마법사 태양은 환상교향악에 맞춰 태고의 신비를 연출한다. 창백하게 별들이 사라지면 새로운 생명을 잉태한 먼동이 코발트색 감격을 안고 솟아오른다. 산마루로부터 퍼져 내리는 오색영롱한 빛의 향연. 어둠의 잔해가 서서히 걷히면서 솟아오르는 은빛 줄기의 금빛 너울거림. 크고 작은 등성이로부터 골짜기 숲 속을 헤치며 실개천 따라 마을까지…. 온 산야를 소생시킨다. 잠자는 음지를 깨우며 번져나가는 햇살이 눈부시다. 종횡무진 춤추는 빛의 오케스트라! 백남준 아트의 연출 장인가, 곡신谷神들의 놀이터인가? 산촌의 아침 향연은 해님 손으로 채색되어 절정을 이룬다.

　퉁점골 동트기 축제!

　혼자만의 축제이나 감동은 온 누리를 감싸 안는다. 누구나 함께

하면 송두리째 마음을 빼앗기지 않을 수 없다. 이렇듯 퉁점의 새벽은 매일 매일이 새로운 작품으로 밝아 온다. 오늘의 동트기는 내일 볼 수 없고 내일은 내일 만의 아름다움으로 펼쳐질 것이다. 여기에 계절의 별미가 조화를 이루면 작은 산촌만의 축제로는 너무나 아깝다. 천지신명이 철따라 재창조 될 때 특별히 퉁점의 동트기를 신명나게 그려내지 않았을까. 더욱이 백설이 마을과 산야를 뒤덮을 땐 나의 실존을 의심한다.

별유천지!

이곳에 어떻게 내가…. '무아경'無我境이란 이럴 때 쓰는 말이 아닐까.

철따라 독특한 향기 가득한 산촌은 최고의 걸작을 선사한다.

드디어 동막까지 환히 밝았다. 짙은 안개 속 동막은 퉁점을 닮으려나 속살을 감추고 올망졸망 지붕라인이 파도를 이룬다. 아랫마을 동막골이 안개로 가득할 때 퉁점골은 항상 해맑은 아침이다. 고루한 일상이 거미줄처럼 치열한 차안此岸의 동막. 무욕의 텅 빈 가슴으로 맞는 피안彼岸의 세계 퉁점. 속세와 천상이 합일하려나…. 솜털 안개가 몰려오고 있다. 아랫마을 동막 입구에 서리던 안개는 매년 조금씩 동진하여 퉁점골 입구까지 점령하고 말았다. 병든 파도와 같이 조금씩 몰려오는 안개를 보면서 해맑은 퉁점의 아침도 그 수명을 다할 날이 멀지 않았음을 직감한다. 안타깝기 그지없다. 어떻든 지금의 퉁점과 동막의 아름다운 이 아침을 사랑한다. 자연이 주는 귀한 선물. 환상의 새벽과 찬란한 아침은 이곳의 귀품이다.

 자연이 주는 힘!

 생기 가득한 하루의 시작이 터질 듯 힘차다. 방금 끝낸 동트기 여운을 음미하며 동막을 바라보고 오늘 할 일을 추스른다.

서해 바닷가에서

문두리
duril4309@hanmail.net

　서해의 흐린 물빛 느린 물살, 지친 가을 바다는 쓸쓸하다.
　여름내 북적이던 은빛 모래사장은 한가롭기 그지없다.
　장난기 발동한 갯바람, 한줄기 어느 영혼의 돌기인가, 빙글빙글 몰아치며 모래 언덕을 굴러 넘고 있다. 동생과 나는 모래 언덕이 내려다보이는 소나무 밑에 앉아 물이 빠져 나가기를 기다린다. 흐린 물살은 갈매기의 마중을 받으며 바닷물을 수평선 먼 곳까지 밀고 내려간다. 이윽고 숨어 있던 갯바닥이 얼굴을 드러낸다. 생명이 꿈틀대는 넓은 갯벌이 끝없이 펼쳐진다.
　준비해간 장화를 신고 호미와 양파주머니 하나씩 들고 밑으로 내려갔다. 바지락을 캐기 위해 사람들이 하나 둘씩 모여 들었다. 한참을 엎드려 호미질을 했더니 허리와 다리가 아팠다. 크고 작은 갯바위가 모여 있는 곳에 가서 앉았다. 작은 고동들이 갯바위 틈

사이에 몸을 숨기고 바닷물이 들어오기를 기다리며 다닥다닥 붙어있다. 납작한 돌 하나를 뒤집어보니 거미같이 작은 게 가족이 쏜살같이 흩어진다. 평화롭게 살고 있는 집에 허락 없이 침입한 것 같아 미안한 생각이 들었다.

 어릴 적 내 고향 장천 앞바다 바위틈에 지천으로 붙어있던 고동을 잡아오면 어머니가 삶아주시고 그러면 동생들과 둘러앉아 바늘로 까먹던 생각이 떠올라 바지락과 고동을 부지런히 잡았다.

 사람들은 개펄이 무릎까지 차는 곳에 엎드려 낙지와 맛살을 잡고 있다. 자연이 주는 후하고 박함 없는 평화로운 서해바다를 안고 사는 사람들, 밀물과 썰물 사이에서 늘 바쁘게 살아간다.

 붉게 퍼져가는 낙조의 장엄한 풍경을 감격하며 바라보고 섰노라니 젊은 시절 아이들 방학이 되면 남편과 함께 이곳에 와서 며칠간 지내던 추억이 노을에 비치는 물살처럼 가슴에 차오른다.

 동해는 산이 높고 골이 깊어 남성을 상징하고, 서해는 산이 여인의 젖가슴처럼, 엉덩이처럼, 봉긋봉긋하여 여인을 상징한다. 어느 작가는 서해바다는 칭얼대는 아이를 치마폭에 감싸 안고 다독거리며 재우는 어머니 같은 바다라서 서해라고 했다.

 나도 아이들도 서해바다에 잊히지 않는 아름다운 추억이 많다.

 여름바다도 좋지만 바람 부는 늦가을 바다로 떠나보라. 강둑에 길게 늘어선 소나무 사이로 우적이며 지나가는 바람소리도 좋고, 하늘과 바다가 맞닿은 아득한 수평선 끝에서 황금빛 낙조에 뒤척이며 설금설금 기어들어 오는 잔잔한 파도소리와 해조음 소리가 좋다. 사랑하는 사람과 저물어가는 서녘의 쓸쓸한 바닷가를 거닐어 보는 것도 좋은 추억이 될 것이다.

바람 부는 가을해변엔 혼자 와도 좋고, 둘이 오면 더욱 좋고, 여럿이 와도 좋다. 삶이 힘들거나 지루해지면 서해바다로 떠나보라.

그곳에 꾸미지 않고도 아름다운 옛 추억이 다시 떠오른다. 마음이 넓어지는 평화가 있다. 정신을 비옥하게 하는 토양이 된다.

빈 방

문만재
jesimoon@hanmail.net

내가 경험하지 못한 삶.
내가 가보지 않았던 길.
그 길로 너를 너무 소홀하게 보냈다.
너의 뒷모습 보며 30년 전 연초록 눈부시었던 5월.
어머니 두 눈에 장맛비가 꽤 오래 흘렀다.
오늘 내 눈에 미세먼지 심하다며
백내장 끼가 있다고 핑계 대며
내가 내 어머니의 모습으로 서 있다.
마음 꼭꼭 숨기고 빈틈없이 싸 두어도
억제 못한 감정이 물감처럼 번진다.
수억 겹의 시간 위에 또 한 겹을 쌓는다.
시간은 인생 위로 미래를 향해 흐른다.

내 삶 속의 진실했던 기억, 그리웠던 추억.
모두 옛 것이 되고 새로운 일상이 마음을 누른다.
부재 중인 한 사람을 목 빼고 기다리는
또 하나의 애타는 기다림.
허전함의 크기를 재단하며 침묵으로 기다린다.
더욱 성숙한 모습으로 삶의 정수를 채우고
돌아올 것을 기대하며
빈방에 들려 나오는 내 등 뒤에서 나처럼
느긋하게 기다려 하는 빈방에 탁상시계.
간절한 마음은 특별한 눈 코 귀로 생각을 절제시킨다.

매화 비의 계절

문화란
jjm6156@hanmail.net

 온몸이 축축하게 젖은 느낌이다. 습도가 높은 이 나라의 기후에 아직도 익숙하지 않다. 어렴풋이 눈을 뜬다. 어둔 밤이 새벽을 은밀하게 밀어 넣고 있다. 맞은편 아고라 가든 호텔 건물에는 벌써 불 켜진 창이 몇 개 보인다. 그 지붕은 옥상의 네모난 선을 따라 푸른 조명이 둘러쳐 있어 건물의 높이를 짐작할 수 있다. 비행기가 지나는 길에 지상의 건물의 위치를 보여주기 위함이라던가.
 어둠에 눈이 익자 사물이 눈에 들어온다.
 뽁! 뽁! 뽁!
 또 비가 올 모양이다. 그들이 우는 소리에 저쪽 방에서 자고 있는 요리사 아줌마가 잠을 설칠 것이다. 이미 맹꽁이 소리에 새벽잠을 설칠 나이이기도 하지만, 특별히 그녀의 감각은 저기압에 민감하다. 비가 올 조짐이 보이면 그녀는 까닭 없이 지친다. 예전 할머님들은 비 올 무렵이면 무릎이 쑤신다고 하였다. 그녀는 그것을 힘겹게 온몸으로 체감한다.

맹꽁이 울음소리!

오월 어느 날부터 밤마다 들려오는 소리이다. 처음 들을 때는 작고 귀여운 그 소리가 어린 날의 정겨움을 일깨웠다.

아! 이곳에도 맹꽁이가 있구나!

어릴 때 무논에서 울던 맹꽁이 소리를 추억한 것이다. 시골에선 밍맥밍맥 운다고 해서 밍맥이라고 불렀다. 이 타이베이시 한복판에도 맹꽁이가 사는가? 잠이 깬 나는 그 소리가 나는 곳을 짐작해본다. 아고라 가든 쪽에서 나는 소리인가. 그곳엔 건물 벽을 타고 떨어지도록 만든 인공폭포와 잘 가꾸어진 정원이 있으니 그 젖은 풀밭 언저리에서 날 법도 하다. 아니, 가만히 들어보니 창밖 관저 정원에서 들려오는 듯도 하다. 하긴 물이 있는 곳이면 어느 곳이든 좋으려니….

어느 날부터 맹꽁이 울음소리가 커지기 시작하였다. 급기야 입에 거품을 문 듯 사납게 악을 쓰며 울어 댔다. 한밤을 내내 그렇게 울어 댔다. 천지가 개벽하는가? 맹꽁이 목이 터지지나 않을까? 잠이 많아 웬만한 소음에는 끄떡도 하지 않는 나조차 잠을 설쳤다. 성가신 밤이 하루 이틀 지나자 큰 비가 내렸다. 며칠을 쉬지 않고 장대비가 내렸다. 아하! 그는 천기를 예보하는 타고난 기상학자였던가 보다. 그렇게 무더위가 기승을 부리는 밤이면 어김없이

뜻밖의 선물 167

맹꽁이 소리가 들려왔다. 마치 떼를 쓰는 듯한 악성으로 긴 밤을 가로질렀다.

대만에서는 장맛비를 '매우梅雨'라고 한다. '매화 비'라는 예쁜 뜻이다. 두어 달이나 계속되는 매화 계절을 나는 고놈 소리를 들어야만 한다. 어젯밤도 쉴 새 없이 울어댔으니 머잖아 비가 내릴 것이다. 검은 장막이 드리워진 밤의 여로에서, 먼 구름 속 끓어오르는 천둥소리를 들은 것도 같다. 그럴 때면 열어놓은 창으로 습기를 머금은 바람이 들어온다. 자다보면 온몸이 푹 젖은 듯 축축한 느낌이 든다. 매우 불쾌한 그 느낌 속에서 마치 늪에 빨려 들어가듯 잠에 빠져든다.

나는 관저 정원을 사랑한다. 나갈 때나 들어올 때 아름답게 꾸며진 정원을 한 바퀴 돌아 나오는 것이 내가 누리는 소소한 여유이다. 꽃과 나무의 종류들로 보면 한국과 별반 다르지 않지만, 특별히 준수한 소철나무가 곧게 솟아 하늘을 덮는 모습이 이곳이 아열대 기후임을 말해준다.

땅이란 그런 것인가. 이곳에 뿌리를 내리며 사는 나무와 풀도 사람이 다르듯 다른가 보다. 꽃과 식물을 좋아해 정겨운 눈으로 사방을 둘러보다가도 자세히 보면 그 어떤 꽃도 내 땅의 꽃과는 다름을 알게 된다. 평범한 풀꽃 하나조차 한국의 그것과는 빛깔이 다르다. 정말 묘한 일이다. 사람도, 꽃도, 나무도 모두가 다르다는 사실이 새삼 낯설다.

연못에는 비단 잉어들이 산다. 아주 과학적인 관리를 받는 귀족 잉어들이다. 이 정원의 모든 생명체는 하루에 두 번씩 흘러내리는 폭포의 물에서 신선한 산소를 공급받는다. 잉어는 정자 옆 깊은 연못에서 산다. 늘 제시간에 관리사가 와서 먹이를 준다. 건강하고 색깔이 선명한 잉어로만 골라다 놓았는지 대단히 아름다운 모습들이다. 그들은 헤엄치는 모습조차 나비가 사뿐히 날듯 가볍다. 내 보기엔 세상에서 가장 행복한 잉어들인 성싶다. 연못 주변엔 예쁜 꽃과 나무들을 골고루 심어 놓았다. 나는 자주 작은 정자 옆 벤치를 찾는다. 시선에 호사를 누리자마자 인기척을 느낀 잉어들이 꼬리를 흔들며 모여든다. 사람과 매우 친근한 그들이다. 모든 것이 잘 갖춰진 이곳에선 물상의 선한 본성이 그대로 드러나는가 보다. 꼬리를 젓는 모습에도 선한 아름다움이 담뿍 배어 있다.

동녘이 점차 푸른빛을 담아낸다. 하늘이 일찍 밝아오는 계절이다. 주변에 늘어선 매우 아름다운 건물들이 제 모습을 드러내기 시작한다. 어느새 울던 맹꽁이 소리도 그쳤다. 한밤을 내내 울었으니 지치기도 했을 것이다. 날달걀이라도 먹어 두어야 성대를 보호하겠지. 고요를 흔들며 관저 앞 오래된 숲 그늘에서 비둘기가 운다.

'구구 구구…'
아침이 내려온다.
어둠의 안쪽에서 새로운 오늘이 밀려온다.

낮잠

박가화
gaya0707@naver.com

떡국을 끓인다. 떠오르는 떡 위로 계란을 풀어 줄알을 친다. 마치 극지방의 오로라 커튼처럼 '쭈욱' 펼쳐진다. 그러다 끓어오르는 육수에 밀려 냄비 가장자리로 밀려나서는 실처럼 뭉쳐진다.

햇멸치의 머리와 내장을 빼내 곱게 갈아 넣어 만든 육수이다. 뜨듯하고 진한 국물 맛이 단잠을 불렀는지, 배부르게 한 그릇을 먹고 난 남편은 내가 설거지를 하는 동안 소파에 앉아 꾸벅꾸벅 졸고 있다. 옆자리에는 구겨진 무릎담요 위에 고양이가 몸을 동그랗게 말아 같이 낮잠을 자고 있다. 떡국이 한 살을 더 준다고 하더니 연신 고개를 끄덕이며 졸고 있는 남편의 모습에 또 세월이 얹힌다. 떡국을 먹지 않은 고양이도 그를 닮아 간다.

고양이의 나이를 사람 나이로 환산해 주는 계산법이 있다. 고양이가 태어나서 1년이 되면 사람 나이로 15살이 되고 2년째는 24

살, 그 이후부터는 한 해가 지나면 4년씩 보태어 나가면 된다. 우리 집 고양이는 10년을 함께 살았으니 사람 나이로 치면 56살이 되는 셈이다.

소파 위에서 쉰여덟의 남자와 쉰여섯의 고양이가 함께 달달한 오수를 즐기고 있다. 남편이 '푸우~' 하고 숨을 불어내니 고양이는 '오~옹' 하고 콧소리를 낸다. '푸우~오옹~' 마치 장난감 비행기를 손에 들고 뛰어 다니는 사내아이의 입소리 같다.

무슨 인연으로 길에서 태어난 어린 고양이를 딸이 안고 왔을까. 이정록 시인은 안타까운 사람이 만나 가족이 된다고 했다. 고양이 또한 우리에게 안타까움의 인연으로 온 것이 분명하다. 그래서 가족 아닌 가족이 되어 함께 살고 있다.

소파에 앉아 있는 저 남자. 빈틈없고 깡 야물었던 남편이 안타까워지기 시작한 것은 시아버님이 돌아가시고 난 뒤부터였다. 마치 뿌리를 들썩여 놓은 나무처럼 흔들렸다. 아버님은 건축업자였다. 잦은 술자리와 스트레스가 지병이었던 당뇨를 더욱 악화시켰다. 투병 말년에는 합병증이 심해져 인공신장투석까지 받았다. 아버지의 그 힘든 투병생활을 낱낱이 봐 온 남편이었다.

그런 남편이 불혹을 조금 넘긴 젊은 나이에 당뇨병 판정을 받았다.

"아버지처럼 술을 많이 마시는 것도 아니고, 담배를 즐기는 것도 아닌데…"

그는 억울해 했다. 평소 산에 열심히 다니며 운동을 챙겼고 모임에 나가서도 건강 때문에 술을 많이 마시지는 못한다고 미리 양해를 구하곤 했다. 그는 아버지와 다른 일상을 지켜나갔다. 언젠가는 찾아 올 수 있다고 짐작은 하고 있었지만 생각보다 빨리 찾아온 것에 기운 빠져 했다.

본인을 향한 하소연은 며칠째 남편을 우울하게 만들었다. 일주일이 지났을까. 그는 작은 수첩과 혈당체크기를 사왔다. 그러고는 매일 아침 공복혈당과 식사량, 그리고 운동시간을 체크하기 시작했다. 그는 "나는 아버지처럼은 절대 되지 않겠다"고 굳게 결심한 듯 말했다.

20대의 내 눈이 사랑의 콩깍지로 덮여 그를 받아들였다면, 그 날 이후 안타까운 가슴으로 그를 진하게 받아들였다. 매일 작은 수첩에 빽빽이 적히는 메모는 남과 다른 생활의 절제들이 담긴 것이다. 그 덕인지 주치의도 '당화혈색소 관리가 잘 되고 있다'며 힘을 준다.

소파에 앉아 잠이 든 남편은 꿈이라도 꾸는지 늘어뜨린 손을 움찔움찔 움직인다. 덩달아 옆에 있던 고양이도 눈을 감은 채 앞다리를 잠시 그루밍하더니 다시 머리를 다리 사이로 넣고 잔다.

시아버님은 살아생전에 남편에게 자주 말하곤 했다.

"어쩔 수 없이 니는 내 피를 이어받았으니 조심해야 된다. 우짜든동 건강하게 오래 오래 살아야 된데이. 만약 내 때문에 유전으로 온다고 해도 관리만 잘하면 문제없다 하더라. 알겠제."

꿈속에서 아버지의 미안해하는 그 말을 다시 들은 것일까. 남편은 단잠에서 깨어나 하품을 거하게 하면서 기지개를 켠다. 설거지를 다 했으면 인근에 있는 저수지공원으로 함께 산책을 가자고 한다. 식사 후 30분 안에 하는 운동은 그 어느 인슐린보다도 효과적이다.

고양이도 뒤척임에 깼는지 앞다리를 '쭈욱' 밀어 편다. 그러고는 뒷다리를 당겨 모으고 등까지 동그랗게 구부려 올린 채 한껏 기지개를 켠다. 고양이 또한 꿈속에서 그의 아버지를 만난 것일까.

"춥고 배고픈 길바닥 생활이 얼마나 고단한지 아느냐. 답답하더라도 잘 얻어먹고 따뜻하게 지내는 것이 행복이다. 주인 말 잘 듣고 끝까지 그 집에 붙어 있거라. 너는 아비처럼 모진 길바닥 생활을 해서는 절대 안 된다."

기지개를 켜고 난 고양이는 소파에서 훌쩍 뛰어내려 사료가 담긴 그릇 앞에 앉는다. '오도독 오도독' 먹이를 씹어 먹고 옆에 있는 물도 한 모금 마신다. 나른하게 뒤뚱거리며 걸어와 나를 향해 눈까지 맞추고는 나의 다리에 자신의 머리를 '쓰윽' 문지르며 애교까지 부린다. 그러고는 다시 소파 위 무릎담요에 뛰어올라 '꾹꾹이'를 한참 하고는 몸을 웅크려 다시 눕는다.

쉰여덟의 남자와 사람 나이로 계산하면 쉰여섯의 고양이는 잠시 피를 거슬러 올라가 자신이 닮은 어른의 가르침을 받고 왔을 게다. 휴일 낮잠의 귀한 선물이다.

뜻밖의 선물

박복임
yesyes105@hanmail.net

몇 년 전 친구들과 일정을 맞춰 여행을 계획했다.

미얀마로 여행지를 정하고 나니 생각나는 사람이 있었다. 미얀마 정부의 국비 장학생으로 우리나라로 유학 온 여학생이다. 행정대학원에서 같이 공부하던 그녀는 어린 나이지만 무척 야심찬 꿈을 갖고 있었다. 6·25전쟁을 겪고 새마을 운동으로 부유한 국가로 발돋움한 대한민국에서 공부하여, 미얀마로 돌아가 훌륭한 공무원 지도자가 되고 싶다고 했다.

공부를 마치고 돌아가면서 혹시 미얀마로 여행하게 되면 연락을 달라고 했다. 자신이 미얀마의 여기저기를 안내하겠다고, 몇 번이나 강조하고 귀국했던 그 모습이 생각났다.

패키지여행이라 사실 안내 받을 일은 없었다. 다만 타국에서 당차게 한국어를 배우던 그 학생이 궁금했다. 잠시라도 시간이 되면 몽당연필을 깎아 한글 쓰기에 여념이 없더니, 1년 만에 한국어 능력 시험에 합격했다. 한국어 자격증을 따고 난 후 명동 롯데호텔에서 열리는 행사에서 통역 아르바이트를 하기도 했다. 미얀마에서 온 유학생들의 모임에서 회장을 맡기도 했다. 작은 체구지만 영어는 물론 일본어, 한국어까지 4개 국어를 마스터했다. 그녀가 자국으로 돌아가서 자신이 꿈꾸던 일을 하고 있는지 은근히 궁금했다.

여행사에 모든 예약을 마치고 미얀마에 있는 그녀에게 카톡을 보냈다. 숙소 이름을 카톡으로 보내 주었더니 내가 머물 호텔과 자신의 직장이 가깝다며 좋아했다. 비행시간표와 우리 일행의 인원수도 물었다. 인원수까지 파악하는 탓에 나는 혹시 우리 일행에게 무엇인가 선물을 준비하려나 싶었다. 받고만 끝나면 미안하기도 하거니와, 나라 망신이다 싶어 나도 이것저것 선물을 준비했다.

그녀가 한국에서 공부하는 동안 즐겨먹던 떡볶이 재료와 고추장, 고소하고 바삭거리는 김… 이것저것 준비하다 보니 캐리어 하나 가득했다. 외국에 있는 딸네 집에 갈 때도 가져가지 않던 커다란 짐꾸러미를 수하물로 부치고 비행기에 몸을 실었다.

저녁 8시경 호텔 로비에서 그녀를 만났다. 커다란 선물 보따리를 모두 건네니, 마치 엄마가 딸에게 주는 음식 보따리 같다며 매우 기뻐했다. 1시간 정도 소식을 나누고 숙소로 돌아왔다. 방에서 기다리던 친구가 말했다. "야, 너는 가방 가득 선물을 사서 줬는데 그 사람은 뭐 안 갖고 왔어? 여행 일행이 몇 명인지 물었다며? 난 또 인원파악 했다고 해서 기념품이라도 하나씩 주려고 하는 줄 알았더니 뭐야?"

나보다 더 실망한 듯한 친구들의 말을 듣고 보니 조금은 섭섭한 마음이 들었다. 무엇을 받아서가 아니라 무시당한 것 같은 생각도 들었다. 선물을 다 건넨 빈 가방을 방 한쪽에 세워두니, 허전하고 허탈했다. 하루가 지나고 이틀이 지나도, 잘 먹었다는 전화 한 통 없으니 서운한 마음이 또렷해졌다. '한창 젊은 나이니 이것저것 바쁘겠지. 아니면 회사에서 피치 못할 사정이 있거나…' 스스로를 달래면서도 마음 한구석이 찜찜한 것은 어쩔 수 없었.

첫날 그런 일을 겪자 미얀마 여행이 즐거울 리가 없다. 미얀마의 애국자라고 하는 수지 여사의 집 앞에서 기념사진을 찍어도 여행의 기분이 통 나지 않았다. 즐거운 마음으로 선물을 사다 주면서도 뒤끝이 영 섭섭해서 마음이 무거웠던 이유를 그녀는 알 리도 없겠지만 상관도 안 하는 것 같았다. 현지인 친구에게 환영받지 못한 기분에 공연히 나 혼자 마음이 무거웠다. 여러 유적지에서 관광객에게만 입장료를 지우는 풍토에는, 자기 나라의 아름다움을 보여주는 자부심보다 관광객에게 하나라도 더 받아내려는 마음이 엿보여 얼굴이 더욱 굳어졌다.

여행 마지막 날 가이드에게 내 어두운 낯빛을 설명해야만 할 것 같았다. 열심히 안내해 준 노고에 대한 예의 같았다. 공항으로 가는 길에 가이드에게 나의 무겁고 씁쓸했던 마음을 이야기하니 가이드는 오히려 껄껄 웃었다. 예로부터 체면과 위신을 앞세우는 우리나라는 기부한 뒤 이름 석 자를 알리는 것을 명예로 삼지만, 미얀마 사람들은 선행을 외부에 알리지 않고 조용히 자족하는 것을 당연시한다고 했다. 어려운 사람을 돕는 것도 선행을 '베푼 것'이 아니라, 상대방이 나에게 '선행의 기회를 준 고마운 사람'이라는 것이다. 즉, 선물을 준 사람이 받은 사람에게 오히려 고마워한다는 것이다.

우리나라에서는 감히 상상도 못 할 일이다. 선물을 받으면 갚아야 하고, 갚지 않으면 남의 신세를 진 것 같아 마음이 무겁기만 한 것이 우리 정서다. 선물을 주게 만든 사람에게 오히려 고마워해야 한다니, 생각도 못한 사고방식이다.

가이드의 이야기를 듣고 나니 비로소 선물을 받고도 고맙다는 인사도 없는 미얀마 친구의 마음을 알 것 같았다. 가이드의 말은 사실이었을까? 아니면 못내 섭섭함을 못 털어버리는 여행객의 마음을 가볍게 해주려는 임기응변이었을까? 어느 쪽이 사실이든 확실한 것은 세계는 너무나 넓고, 마음과 생각은 더욱 다양하다는 점이다.

사실인지 아닌지 알 수는 없지만, 그렇게 믿어야 이 여행의 기억이 아름다울 것 같았다. 국경을 넘나드는 이 시대에서 즐겁기 위해선 문화와 정서를 뛰어넘는 넉넉함이 필요한 것일까?

　미얀마 친구의 마음을 담은 선물은 없었지만, 여러 생각의 선물을 받아왔다. 먼 나라의 친구에게 베풀 수 있는 입장임을 깨닫게 된 감사함, 이것이 내가 받아온 선물이다. 참으로 뜻밖의 선물이다.

불당佛堂 밖 벽화

박영의
pyelkh58@hanmail.net

드넓은 들판에 뚝 떨어졌습니다. 처음엔 어디로 갈지 우왕좌왕 합니다.

저 멀리 무서운 기세로 달려오는 코끼리를 발견하곤 일단 피하고 보자는 심사로 덥석 잡은 게 얼기설기 엉켜있는 등나무 줄기였습니다. 쫓기던 정신을 가다듬고 살펴보니 아늑한 우물 안이었습니다.

"휴~ 다행이다"라고 한숨을 내쉬고 밑이 허전해 내려다보니 이게 무슨 일, 네 마리의 독사가 금방이라도 먹어 치울 기세로 혀를 날름거립니다.

이번에는 고개를 들어 올려다보니 가까스로 잡은 등나무 줄기를 검은 쥐와 흰쥐가 번갈아 가며 갉아먹고 있습니다. 위태롭게 잡은 줄기도 언제 끊어질지 알 수 없는 지경에 이르렀습니다. 그

와중에 입으로 달콤한 꿀이 방울방울 떨어지기에 올려다보니 잡은 등나무의 벌집에서 떨어지는 거였습니다. 순간 달콤함에 빠져 지금까지의 긴박한 상황은 잠시 잊고 있었습니다. 쥐들이 밤낮없이 갉아먹는 등나무 줄기 끊어지는 자명한 일은 어찌할꼬. 공포 분위기는 여전히 그칠 줄 모릅니다.

누구나 엄마의 몸을 빌려 태어나 낯선 세상과 마주합니다.
차츰 성장하면서 무서운 코끼리에 쫓기듯 분간을 못 해 갈팡질팡할 때도 있습니다. 다행히 운이 좋으면 부족함이 없는 집에 태어나 출세의 가도街道를 달리기도 하지만 그렇지 못한 경우가 허다합니다. 여의치 않은 쫓김은 옆도 뒤도 볼 겨를 없이 사는데 바빠 앞만 보고 죽어라 달려 가까스로 피한 것이 동굴 안의 등나무 줄기일지도 모릅니다. 그제야 정신을 가다듬고 시간을 내려놓고 보니 삶에 있어 기반이 어느 정도 잡힐 중년입니다. 길게 토해내는 숨소리는 여전히 가쁜데 전보다는 편하다는 걸 느낄 때입니다. 이렇듯 세상에 떠밀려 살아야 함을 운명은 물론이고 팔자까지 들먹이곤 합니다.

처음엔 누구나 젊었을 때는 혈기왕성하여 등나무 줄기를 힘껏 움켜쥐었고, 쥐었지만 결국 세상과 이별을 합니다. 이것뿐이 아닙니다. 올라가려니 코끼리의 밥이 되겠고, 우물 아래를 자칫 방심하면 득실대는 독사에 물려 죽겠고, 하는 수 없이 살아야겠기에 몸을 최대한 바싹 오그려 매달려 있을 수밖에 없습니다. 그야말로 옴짝달싹 못 하는 신세입니다.

　이렇듯 목숨을 위협하는 것들이 곳곳에 널려있습니다. 나이가 들면 구석구석 빨간 불이 들어오고, 참고 참다 결국엔 커다란 보수공사로 연명을 합니다. 이 방법 저 방법 다 부질없습니다. 죽음이라는 것은 자신도 모르게 서서히 다가옵니다. 세월 앞에는 장사가 없습니다. 결국, 몸은 지수화풍으로 흩어집니다. 매시간 위급한 상황을 계속 맘속에 달고 산다면 암울하기 짝이 없습니다. 여기에 잠시지만 꿀이 입속으로 떨어지는 달콤함이 있어서 불행 중 다행입니다. 모든 걸 잊게 합니다. '똥 밭에 굴러도 이승이 좋다'라는 말은 살아온 날이 나쁘지만은 않다고 대변합니다. 꿀맛은 다름 아닌 자기 맘먹은 대로 만사형통이면 꿀맛일 게고, 자식이 안겨다 주는 기쁨도 꿀맛 중의 꿀맛일 게고, 부부 간의 배려도, 결국 사람과 사람이 살아가는데 기분 좋은 소통이 꿀입니다. 한 생을 놓고 봤을 때 꿀이라고 여기는 것은 100이라면 30 정도밖에 안 된다고 합니다. 세세한 것 다 긁어모아도 이 정도라니 참 짧습니다. 고苦는 고무줄처럼 한없이 길게 느껴지지만, 낙樂이라는 즐거움은 눈 깜박할 사이에 후딱 지나갑니다.

　흰쥐(낮)와 검은 쥐(밤)에 의해 점차 등나무의 흰 속대가 드러나고 결국엔 끊어지고, 세상을 향해 억척같이 잡았던 손아귀의 힘도 나이가 들면 자연히 풀리고, 날름거리는 뱀의 섬뜩함도, 위에서 씩씩대며 콧김 뿜어내며 '나오기만 해봐' 벼르는 코끼리의 기세가 대단합니다. 어찌할까나.

하나를 피하면 또 하나, 기쁨도 힘겨움도 눈 한 번 질끈 감는 찰나의 순간이 꿈결인 것을 한단지몽인 것을요.

많은 것을 생각하게 하는 산사의 벽화.

태어서(生) 살아가고(住) 사라지기(滅)까지의 과정을 맘 밖으로 끄집어내는 하루였습니다. 가볍지 않은 물화物化에 마음을 얹고 겸허한 자세로 사문寺門을 나섭니다.

에헴과 빵

박인목
impark1@hanmail.net

요즘 어른들은 억울하다. 젊은이들에게 빼앗긴 것이 많아서다.

우선 하나가 담배 피우는 것일 게다. 할아버지는 화로에 곰방대를 묻어 불을 붙이고, 양 볼이 홀쭉해지도록 연기를 빨아 당기신다. 이어 '에헴' 하며 놋쇠 재떨이에 곰방대를 땅땅 두드리는 것은 가솔에게 보내는 호출 신호다. 땅땅 소리 이전에 에헴 헛기침만 듣고도 서둘러 할아버지께 달려가야 했다.

에헴은 가장인 할아버지의 위엄을 보여주는 상징이었다. 내가 담배를 시작한 것은 순전히 호기심 때문이었지만, 할아버지의 에헴 영향도 무시할 수 없을 것이다. 먼 훗날 내게도 소용될 필수품이거나 귀중품쯤으로 여겼기 때문이었다.

언제부터인가 젊은이들, 그 중에서도 젊은 여성들도 당당하게 담배를 피우는 모습을 본다. 일상에서 쌓인 스트레스를 털어내고

자 한 모금 빨아보는 것일까. 담배 연기를 익숙하게 내뿜는 실력으로 보아 단순 호기심 차원은 아닌 것 같다. 그들은 길거리에서 담배를 피우면서도 다른 사람의 눈초리에 별로 개의치 않는다. 내 돈 주고 사서 피우는 데 무슨 상관이냐는 듯이.

그런 풍경이 나도 처음에는 꽤 거북했었지만 그러려니 하기로 했다. 담배도 기호품이거늘 무슨 권한으로 마다할 것이며, 그 자유를 제한할 수 있으랴. 나 역시 담배를 끊은 지 기껏 십오 년밖에 안 된 주제에 왈가왈부할 처지가 아니다. 다만 담배가 건강에 좋을 것이 없다는 의사의 말을 믿는지라, 자식들한테는 권하고 싶지 않을 뿐이다.

젊은이들이 빼앗아 간 것은 또 있다. 방귀뀌는 것이다. 아버지는 마루에서 가부좌를 하고 앉았다가 왼쪽 무릎을 살짝 들고 방귀를 뀌시던 모습이 생각난다. 이때는 아무도 방귀시비를 걸지 않았다. 근엄하셨다.

처음 직장에 입사했을 때 나이 드신 과장님은 자리에 앉아 있을 때 자주 방귀를 뀌어댔다. 하루에도 수십 번씩 방귀를 뀌었다. 일부러 힘을 주어서 소리를 크게 내며 뀌었다. 소리는 컸어도 냄새는 별로 없어서 다행이기는 하였다. 나는 아버지의 방귀 소리에 이미 익숙한 터라 그저 그러려니 하였다.

초등학교 때 우리 반 아이들의 방귀 냄새는 참 독했다. 수업시간에 아이들 중에 누가 슬며시 방귀를 뀌면 그 냄새는 온 교실을 진동했다. 먹는 것이 보리밥에 된장, 고구마 등이었으니 냄새가 오죽 독했을까. 게다가 소리 없는 방귀는 역시 몇 배로 독했다. 한 번은 선생님이 냄새의 진원을 찾아 나선 적이 있었고, 범인으로 지목된 아이는 스컹크 별호를 선물로 얻었다.

  소리를 죽여 뀌었던 방귀, 그것은 참는다고 해결되지 않는 생리 현상이기에 어떻게든 무음무취로 조절하는 노력이 필요했다. 어른들의 전유물인 방귀를 버릇없이 흉내 낸다는 걱정 때문에 그랬을 거다. 나는 아버지가 되고 상사가 되면 방귀를 마음 놓고 뀌어야겠다고 생각하곤 했었다. 그런데 어른이 되고 나니 그 특혜가 사라지고 만 것 같아 아쉽기 그지없다.

  오늘 점심 식사를 마치고 사무실로 들어오면서 젊은 여성 두 사람과 한 엘리베이터를 타게 되었다. 엘리베이터는 17층을 향하고 있었는데, 그들은 같은 사무실 직원인 듯 커피를 한 잔씩 들고 수다 떨기에 열을 올리고 있었다. 그들은 같은 공간속에 타고 있는 이는 안중에도 없는 듯했다. 점심으로 오랜만에 먹은 된장 보리밥 때문인지, 나는 때마침 꿈틀거리는 방귀를 참으며 내릴 때만 기다리고 있었다. 그녀들은 사무실 상사를 화제로 한바탕 박장대소를 하던 끝에, 뚱뚱한 여성이 갑자기 "빵" 하고 터트렸다. 엘리베이터의 소음을 깔아뭉개고도 남는 소리였다. 구석 쪽에 있던 나도 귀를 의심할 정도였다. 다음 순간 그녀들의 웃음보는 더 크게 터졌다. 계면쩍어 웃는 줄 알았는데, 그것은 순진한 내 착각이었다. 파편을 주워 담을 겨를도 없었을 뿐더러, 그럴 예의는 애당초 있을 리 만무하였다. 엘리베이터가 마침 5층에 닿아 서둘러 내렸기 망정이지 내가 오히려 몸 둘 곳이 없을 뻔했다.

엘리베이터를 나서자마자 나도 터트렸다. 냄새 위험이 있어도 무음 처리할 수밖에 없다. 복도에 다행히 오가는 사람은 없었다. 방귀 특혜를 빼앗기고 도둑방귀로 수습해야 하는 신세가 좀 처량하기는 했다. 그래도 우리가 민주주의를 누리며 살고 있다는 생각에 웃음이 났다.

코로나가 준 선물

박하영
hayoung718@hanmail.net

햇살이 간지럽힌다.

창문을 열고 일광욕을 하는 중.

아파트지만 창 너머로는 남한산성이 손에 닿을 듯 둘러싸여 있다.

이곳으로 이사 온 지 4년째, 남한산성 공기를 마시고 산 덕택인지, 큰 병 없이 사는 것만으로도 남한산성 덕을 많이 보고 사는 것 같다.

코로나19로 인해 집 밖으로 외출도 못한 지 두 달은 넘은 것 같다.

미장원 다녀온 지도 오래되어 머리를 묶을 정도로 길어졌다. 처녀 때 길러보고 결혼해서 이렇게 머리를 길러보긴 처음이다. 미장원도 못 가고 목욕탕도 못 가고 모든 걸 집에서 해결해야 한다. 남편 머리도 너무 길어 내가 잘라주었다. 큰딸은 이발 도구를 사서 사위와 손주들 머리를 손수 잘라주었다고 카톡에 사진을 올렸다. 기특하다고 말했지만 코로나는 생전 안 해본 것들을 해보게 만들었다.

 카톡으로 친구들은 살아도 사는 게 아니다. 봄은 와도 봄이 아니다. 죽은 듯 있어야 산다는 말들이 난무한다.

 가고 싶은 곳도 못 가고, 먹고 싶은 것도 맘대로 못 먹고, 보고 싶은 것 못 보고…. 집에 꼼짝없이 갇혀 있다 보니 살맛이 안 나는 것도 당연하다.

 다행히 우리 집에서 내려다보이는 남한산성 올라가는 산책로에는 늘 사람들이 마스크를 끼고 한두 사람씩 오르는 게 보인다.

 사회적 거리 두기를 너무 잘 지키다 보니 갈 곳이라곤 남한산성 오르는 일밖에 없다. 모자 마스크는 필수로 착용하고 남편이 안 가는 날에는 혼자라도 갔다 와야 하루가 끝난다. 자주 오르다 보니 이쪽저쪽 사잇길로 난 오솔길도 이젠 훤하다. 올해는 유난히 진달래가 온 산을 뒤덮고 있다. 아니 작년에도 이렇게 피웠을 텐데 올해처럼 샅샅이 산속을 헤매고 다니지 않아서 못 본 것일 게다.

 3월 중순부터 마른 나뭇가지에서 꽃이 피기 시작하더니 4월 초순까지도 연달아 피어 있는 걸 보니 새삼 봄이 무르익어 감을 느낀다. 제 아무리 코로나가 봄을 앗아갔다고 불평을 하지만 자연은 거짓말을 하지 않는다. 거스르지 않고 매화, 산수유, 목련을 피우고 지금은 벚꽃이 만개하고 있지 않는가.

산을 가로질러 오솔길을 오르락내리락 하다 보면 여기저기 연분홍 꽃잎들이 하늘거리는 진달래가 어찌나 반갑고 사랑스러운지 올봄에 코로나가 준 선물임에 틀림없다. 비로소 봄은 저 혼자 와서 저 혼자 지고 있구나 확인하게 되었다. 나에게 살며시 봄을 가져다준 진달래에게 고맙다는 인사가 절로 나온다.

나도 저 진달래처럼 예쁘게 꽃 피던 봄날이 있었을 텐데 진달래 먹고 물장구치던 어린 시절은 꿈결처럼 가버리고 지금의 나는 반백이 되어 이곳에 황혼을 맞이하고 있다.

이제 나도 철이 들어가나 보다. 사람은 죽을 때 철이 든다더니 맞는 말이다. 이젠 모든 게 고맙고 감사하다. 지금까지 큰 사고 없이 살아왔으니 무얼 더 바랄까. 자식들도 제 갈 길 찾아 잘 가고 있으니 이젠 걱정도 내려놓아야겠다.

오늘 눈을 감아도 후회 없이 살았으니 남아있는 삶은 더 넉넉하게 베풀고 다정다감한 아내였고 인자한 엄마였고 믿음직한 친구였다고 말해준다면 그보다 더 바랄 게 없다.

코로나가 집에 머무를 수 있는 시간을 만들어 주어서 내 자신을 되돌아보는 시간을 갖게 된 것 같다.

모임이 많다 보니 매주 서너 번씩은 꼭 나가게 되고, 집에 오면 겨우 저녁 해 먹기 바쁘다. 집안 살림은 뒷전이고 차분히 앉아 책

읽을 시간도 없었다. 글을 써야지 하면서도 집중하지 못하니 글 쓰는 일은 점점 멀어졌다.

집안에만 있어 보니 이제야 내가 너무 밖으로 나돌았구나 하는 자책을 해보게 된다. 남편이 하는 말은 귀에도 들어오지 않더니 이제 스스로 깨닫게 되었다.

그동안 쌓아두었던 옷장 정리도 하고 안 입던 옷도 몇 보통이를 내다 버렸다. 냉장고 청소도 알코올로 하고 김치 냉장고에 있던 오래된 김치도 처분하고 삼시 세끼 따뜻한 밥 해 먹으니 남편은 코로나 덕을 본다고 좋아한다.

그동안 미루어왔던 살림살이도 챙겨보고 못 담가 먹던 열무김치, 파김치, 오이소박이까지 담그는 걸 보고 코로나19 덕택이라고 하니 나도 몰래 피식 웃음이 나온다. 나도 마음이 차분해지고 안정을 찾게 되었다. 이 또한 코로나가 준 선물이라고 생각한다.

코로나로 인해 많은 희생자가 나오고 온 세계가 대란을 겪고 있지만 때가 되면 이 또한 지나가리라 믿는다.

코로나 바이러스가 우리에게 잊어버린 중요한 교훈을 상기시키기 위해 보내온 빌 게이츠의 메시지를 되새겨본다.

우리 모두는 평등하고 모두가 한 사람 한 사람에게 연결되어 있어 영향을 미치며 건강이 얼마나 소중한 것인가를 일깨워 준다.

우리의 삶은 짧고 나이 든 자와 아픈 사람은 도와주어야 하며 사치품보다는 필수품(음식, 약, 물)이 더 중요하고 우리의 가족과 가정이 중요하다고 했다.

서로 보살피고 서로 보호하고 이로움이 되는 일을 해야 하며 우리의 자아를 점검해보는 시간을 갖자고 했다.

서로 돕고 나누고 베풀고 지지할 줄 알아야 하고 우리가 인내하거나 당황할 수도 있음을 상기하고 이것이 끝이거나 새로운 시작일 수 있으며 이 지구가 얼마나 아프다는 것을 상기시켰다.

모든 어려움 후에는 항상 여유가 있어야 하고 코로나가 큰 재난으로 보고 있지만 나는 이 바이러스를 올바른 교정자로 보고 싶다고 했다.

우리에게 절실하게 공감이 가는 이 소중한 메시지도 이번 코로나가 준 선물이다.

사과의 진짜 문제

박현경
phksam20@naver.com

 동해 바닷가에서 길을 잃었다. 머릿속으로 많은 사유가 흘러갔다.
 상심한 마음들이 지천으로 피어나는 설악산은 내 마음의 정원이다. 먼 곳까지 밀고나간 산들이 눈썹같이 보였다. 설해원 리조트에서 오로지 나를 위한 시간을 가졌다. 날카롭고 모난 부분들을 깎고 다듬어 내 안의 야수를 잠재웠다.
 가족을 돌봐야 하는 딸 넷과 함께 여행하기가 여의치 않았다. 시간을 내겠다는 딸 둘과 당장 길을 떠난다는 것이 나를 설레게 했다. 양양으로 달리는 차창 밖으로 스치는 초록빛 숲이 싱그러웠다. 운전하는 셋째가 "엄마 저 초록 숲 좀 보세요" 하며 도심을 벗어나는 기쁨을 표현했다. 지난날 가족 여행은 반은 가족의 단합을 위해서, 반은 의무적이었다.

딸들이 아이들을 키우면서 대학 입시 경쟁으로 가족 여행을 주춤하게 했다. 지금 딸들은 옛 추억을 떠올리며 행복한 가족 사랑과 엄마 마음을 알아가는 듯하다. 인생의 바람은 가끔 머리 위에서 웅웅거리기도 한다. 딸들은 엄마를 챙기기도 하고 찡찡거리기도 한다. 아이들의 꼼꼼한 계획 덕분으로 맛집에 들러 식도락가가 되어 보기도 했다. 푸른 숲, 예쁜 커피하우스, 바다와 산이 사랑에 빠져 있었다.

길을 따라가는 방랑객처럼 아름다운 곳을 찾아 들렀어도 예상보다 일찍 콘도에 도착했다. 서울에 남아있는 설해원 주인이 수시로 보고를 바라니 동행한 딸이 여행기자 노릇을 했다. 나는 최신식 욕탕 수도꼭지를 잘못 틀어서 물벼락을 맞았다. 딸들은 이런 엄마의 실수도 발설했다. 어렸을 때 듣던 잔소리의 복수인 양 나의 어리바리함을 실시간 방송하며 배꼽을 쥐고 웃었다.

언제부턴가 아이들이 어릴 때 잔소리쟁이로 살았던 지난 시간을 후회했다. 상처 받은 딸들 마음에 딱지가 붙었을지도 모르겠다. 딸들에게 넌지시 사과하고 싶어 기회를 찾던 차에, 설해원 여행을 선뜻 따라 나선 것이다. 딸들은 "입맛도 까다롭네, 옷을 사 드리기도 어렵네"라며 지나가는 말로 흉을 봤다.

내가 나를 얼만큼이나 알고 있을까. 엄마는 머리가 흐트러지는 것이 싫어서 온천도 마다할 것이라는 둥 마음보따리를 풀어 놓고 흉을 봤다. 이제 웃어넘길 수 있을 만큼 여유 있는 엄마가 되었다는 것을 딸들은 알고 있었다.

  파란 바닷가 모래펄에 엎디어 귀를 대본다.
  그리운 사람들 목소리가 바닷바람을 타고 온다.
  모래사장에 알 수 없는 그림이 그려져 있다.
  어린 조개가 어미 조개를 찾아 나온 것일까.

  여름 햇볕이 곡식에 유익한 것처럼 견뎌 온 세월이 있어야 사람도 익어가는 모양이다. 나는 인생을 알 만한 나이가 되어서야 함께 살아가는 질서를 깨달았다. 친구들 모임에 자주 나가는 편이 아니지만 나이듦이 자랑거리인 양 자신을 강하게 드러내는 이기주의가 싫어서 피하는 편이다. 어린 시절부터 편협한 성향인 나는 친구가 많지 않았다. 마음에 드는 친구 몇 명이 전부였다.
  어른이 된 지금 삶이라는 전쟁터에서 마음고생을 한 덕분일까. 모난 돌이 둥글어졌다. 이제는 친구들과 대화를 나눌 때 화제가 마땅하지 않아도 받아들이는 편이다. 속으로 삭이면서 스트레스를 받지만 옆에 있는 친구 표정을 읽으며 슬며시 미소를 짓기도 한다. 친구들은 솜털처럼 부드러워진 내 말솜씨에 깜짝 놀라기도 한다. 내가 던진 말에 상처 받은 사람은 없을까. 지나온 시간을 돌아보니 내 감정 조율에 서툴렀다. 내가 다른 사람에게 마음을 맞춰줘야 관계가 아름다운 것을 이제야 알았다.

한 동네에서 만나 오랜 세월을 지낸 친구가 있다. 그녀와는 삶의 가치관도 취미도 성격도 다르다. 마음이 맞지 않아 마음고생이 심할 때도 있었다. 어느 때는 생각의 깊이가 달라서 싫었고, 때로는 그 다름에 끌리기도 했다. 그녀의 투덜거림도 오랫동안 인내하며 들어주곤 했다.

장맛비가 내리는 날 오랜만에 혼자만의 방에 갇혔다. 커피물이 끓어 넘치는 것을 보니 내 마음을 보는 듯했다. 그녀와 함께 했던 시간들이 주마등처럼 스쳤다. 만남을 피하고 난 후 마음은 파란 하늘을 나는 듯했다. 적당한 거리가 필요한 관계 속에서 준비 없는 이별을 하고 떠나는 친구들의 뒷모습을 볼 때마다 울적하다. 얼마 전 겉과 속이 고운 권사가 하늘나라로 떠났다. 밝고 고운 미소로 주변을 즐겁게 해주던 그녀와의 이별은 큰 충격이었다.

여행은 함께할 때만 벗이 된다. 나는 고맙다는 표현에 인색하다. 마음이 없어서가 아니다. 말을 아끼다 보니 "감사하다"는 표현을 못했다. 내 마음속 깊이에 숨겨둔 '너그러움'을 꺼내본다. 거울 속에 비친 내 얼굴을 본다. 낯설었지만 천사가 따로 없다. 소원하게 지낸 친구에게 전화를 걸어 차 한 잔 나누어야겠다.

설해원 나들이를 하며 딸들과 별 일 아니어도 허리가 끊어지도록 웃었다. 서울에 남아있던 딸들이 궁금해 했다. 하지만 다음 여행에서 더 행복한 추억을 만들자며 딸들과 여행 약속을 했다.

딸들에게 사과하려던 마음은 나중으로 미룬 셈이다. 멀리 수평선에서 파도가 속삭인다. 모래알 속에 있는 아름다움을 찾아가는 길은 행복이었다. 밤바다에 쏟아지는 별을 보며 멀리 떠난 그에게 마음으로 편지를 썼다. 별들은 구겨진 내 마음 속까지 환하게 비췄다.

지난 시간들 속에서 만난 인연들 중 '싫음'을 '좋음'으로 바꾸는 데 오랜 세월을 허비했다는 생각에 마음이 허우룩해졌다.

유한한 나의 삶을 낭비하지 않으려 여행하며 글을 쓰고 싶다. 가슴앓이하며 살기에는 가는 세월이 아깝다. 닫힌 마음의 창을 열고 나와 보니 세상이 온통 꽃밭이다.

스님의 주례사

청암 방효필
gyvlf@hanmail.net

『행복한 결혼생활을 위한 남녀 마음 이야기』를 읽고

 이 책을 엮으신 법륜스님은 1988년, 이웃과 세상에 보탬이 되는 보살의 삶을 서원하고 '정토회'를 설립했다. 현대인들의 공허함과 인간성 상실이 일탈을 넘어 사회문제로 대두되고 있는 가운데 '즉문즉설' 문답을 통해 대안적인 삶을 이야기해 왔다. 2002년에 아시아 노벨 평화상이라 불리는 '라몬 막사이사이' 상을 받았다. 인터넷에 오른 '스님의 주례사'가 독자들의 큰 사랑을 받고 있다.
 − 표지에 소개된 글이다.

 "자기 맘대로 살려면 혼자 살아야 합니다. 결혼하고 다른 사람과 같이 살려면 상대와 맞춰야 합니다. 또 자식을 낳았으면 책임져야 합니다. 자식은 부모를 닮습니다. 자기의 싫은 모습을 안 닮게 하려면 여러분이 변해야 합니다."

들어가는 글에서 쓰신 스님 말씀이다.

'기대고 싶어 사랑한다면'

결혼은 반쪽 두 개가 합쳐져서 온 쪽이 되는 것이다. 흔히 이렇게 생각하는데, 가운데 금이 있기 때문에 영원한 반쪽이란다. 외롭거나 힘들 때 기댈 수 있는 사람을 찾고 내가 부족해서 상대를 필요로 하면 상대에게 기대감이 생겨, 반쪽인 이상 완전한 행복에 이를 수가 없다고 했다.

상대가 없어도 내가 온 쪽이 되어야 한단다. 그래서 상대의 온 쪽과 내 온 쪽이 합쳐져 금이 없는 하나가 돼야 하며 그래야 하나가 없어져도 다시 온 쪽이 될 수 있다고 했다.

혼자 있으면 외롭고 둘이 있으면 귀찮다. 이래도 문제 저래도 문제, 이것이 방황하는 우리 인생이며, 이래도 좋고 저래도 좋으려면 혼자 있어도 외롭지 않고, 둘이 있어도 귀찮지 않아야 한다고 했다. 외로움은 마음을 닫았을 때 생겨나는 것이며, 마음의 문을 활짝 열면 깊은 산속에 혼자 있어도 외롭지 않고, 새도 친구가 되고 다람쥐도 친구가 되며 밤하늘의 별도 친구가 된다고 말씀하신다.

결혼을 했으면 행복하도록 노력해야 하는 것은 물론, 혼자 살아도 삶이 행복하도록 노력을 해야 하는데, 행복은 결혼 자체와는 상관이 없단다.

'조건 좋은 사람을 만나면 행복할까'
 누구나 좋은 조건을 갖춘 사람을 만나고 싶어 한다. 그러나 막상 살아보면 도리어 괴로움의 원인이 될 수도 있단다. 인물 좋고 돈도 있고 교양도 있는 남자를 나만 좋아하는 것이 아니라 다른 여자들도 좋아하기 때문이다. 그럴 때 '그래도 내 권리가 제일 크지' 이렇게 생각하며 받아들이는 자세가 필요하다고 하셨다. 남들이 부러워하는 상대를 만났다면, 동시에 따르는 고통을 겪어야 하고 질투심 속에서 사는 인생은 불행하다고 했다.

 5년을 살든 10년을 살든, 괜찮은 사람하고 한번 살아봐야지, 이렇게 마음을 비우면 문제가 생기더라도 '올 것이 왔구나' 하고 담담하게 생각할 수 있고, 상황을 받아들일 수 없다면 깨끗하게 '안녕히 계십시오' 하며 헤어지면 된단다.

'행복한 가정을 만드는 마음'
 결혼할 때는 사랑하는 마음으로 하는데 이 마음이 3년, 심지어는 3개월도 못 가서 못 살겠다고 불평만을 늘어놓는다. 그러면 헤어지면 되는데, 많은 사람들 앞에서 약속을 해놓고 안 살 수도 없어서 어영부영하다가 아기가 생겨 헤어지지 못하고 '아이고 웬수야' 하며 산단다.

결국 둘이 같이 살면서 상대에게 70퍼센트를 받으려고 하는데 30퍼센트 받으니 '손해 봤다' 하는 생각이 드는 거라고 했다. 이 구절을 읽으며 웃음이 나왔다. 그러나 덕을 보려는 마음을 없애면 어떻게 될까. '내가 저 사람을 좀 도와서 잘 살게 해 줘야지, 저 사람 성격이 괄괄하니 내가 껴안아서 편안하게 해줘야겠다' 등등 베풀어 주겠다는 마음으로 결혼하면 별 문제가 없다고 했다.

결혼을 했으면 남이 뭐라 하든지 자기중심을 잘 잡아서 남편에게 덕이 되는 일 좀 해야겠다. 이렇게 마음을 굳혀야 한단다. 아기까지 낳아놓고 이혼한다고 소란 피우지 말고 지금 생각을 딱 굳히라 했다. 이렇게 남편은 아내를, 아내는 남편을 중심에 놓고 세상을 살면 아이들도 별 문제 없이 잘 자란다고 했다.

며느리와 종교가 달라도 그것은 그들의 선택이니 존중해 주란다. 업이니 궁합이니 하는 근본의 뿌리는 욕심에서 나오는 것, 좋은 인연을 지으면 평생 편안하게 살 수 있다고 하셨으며 상대방을 있는 그대로 인정하고 그 사람 편에서 이해하고 마음 써줄 때 그것이 '사랑'이라고 말할 수 있다고 했다.

책은 크게 4부로 나뉘어 있고, 행복한 가정을 만드는 마음, 결혼은 가장 욕심을 많이 내는 거래, 남편을 웬수로 만든 의심, 남편에 대한 소유권 내려놓기, 질투는 어리석음에서 오는 죄, 지난 인연을 내려놓으면 새로운 인연이 다가온다, 사랑한다면 아픔까지도 껴안아라, 힘들 때는 무조건 쉬어라, 긍정의 마음 미래를 바꾼다. 지혜의 글이 가득하다.

　인간 삶에서 일어나는 사건들, 바로잡는 현명한 지침서다. 쉽고 간단명료하게 설명을 해 놓으셨다.

일상의 소중함 속에서

배소희
hee9066@daum.net

　필요한 것 이외에는 가지지 않는 생활방식을 미니멀 라이프라고 한다. 적게 가짐으로써 여유를 가지고 삶의 중요한 부분에 집중하는 것에 의의를 두는데, 물건을 적게 가지는 것뿐 아니라 단순하고 의미 있는 삶을 추구하는 방식이다. 지인 중에 철저하게 미니멀 라이프를 실천하는 사람이 있다. 그녀는 그런 삶이 무척 행복하다고 한다. 하나밖에 없는 아들도 결혼시키고 자신만의 삶을 사는 그녀는 정말 필요한 물건만 소유하고 있으니 가뿐하다고 한다. 그런 일상이 좋아서 그녀는 친한 사람들에게 미니멀 라이프를 권하고 있다.

　며칠 전 후배를 만났다. 이야기 도중에 한 사람은 지난날의 추억을 되새기며 사진과 글 등을 남기는 과정을 통해 자신의 삶을 정리하고 되돌아보고 싶다며 자신의 소망을 말한다. 다른 한 사람은 지나간 것을 모두 흘려보내고 싶다고 말했다. 여행을 가서도 사진을 남기기보다 눈으로 보고 귀로 들으며 순간을 충실히 즐기고 시간의 강물로 흘려보낸다고 한다. 그녀는 지나간 것에 애착을 가지거나 미련을 두지 않고 현재인 오늘을 열심히 살면서 다가올 내일을 기다리고 싶다고 말한다. 두 사람은 오랜 시간 취미도 함께하고 여행도 함께 다닌 친한 사이이지만 생각은 달랐다. 한 사람은 여행 다녀온 사진을 모아 책으로 엮고 싶을 정도로 자신의 지나간 시간을 되돌아보며 행복을 추구하고 싶다고 한다. 대부분 사람들과 달리 지나간 것들을 흘려보내고 싶다는 그녀를 보며 미니멀 라이프를 실천하고 있는 친구의 얼굴이 떠올랐다.

 이제 소유의 개념도 많이 바뀌어 가는 것 같다. 가고 싶은 곳도 많고 할 것도 많은 젊은 세대들은 남다른 뭔가를 계속 추구한다. 대부분 기성세대들은 집이나 물건들을 자신의 것만으로 소유하고 싶어 하고 다양한 체험이나 생각도 자신의 것으로 만들고 싶어 한다. 그러나 요즘 젊은 세대들의 문화는 빠르게 변화하고 있다. 물건을 꼭 소유하기보다 필요할 때마다 빌려 쓰는 개념이 확산되고 있다고 한다. 소유권보다 사용권을 더 많이 이용하는 추세이다. 누가 더 많이 소비하는가가 아니라 누가 더 많은 경험을 해보았는가를 중시한다고 한다. 물건의 소유보다 시간이나 경험, 공간 등

비물질적인 가치를 더 중시하는 시대가 온다고 예고하고 있다.

그래서인지 예전에는 당연시 되었던 사람들의 공동체에 관한 사랑과 관심이 요즘은 더 부각되는 것 같다. 점점 감동이 사라진 사회에서 작은 미담들은 사람들의 가슴을 훈훈하게 한다.

얼마 전 인천의 한 마트에서 아버지와 아들이 물건을 훔치다 일어난 사건이 있었다. 그런데 그들에게 마트 주인은 처벌은커녕 생필품을 대어주기로 약속했고, 경찰관은 국밥을 대접했으며 지나가던 행인은 알리지도 않고 현금을 주고 갔다고 한다.

따뜻한 이야기보다 마음이 편치 않은 일들이 많은 요즘, 몇몇 사람들의 사랑으로 사람들에게 온기가 전해져 갔을 것이다. 타인을 이해하는 사회적 삶은 공동체를 이루고 사는 우리들의 일상에서 무척 소중한 것 같다.

살아온 일상을 잠시 뒤돌아본다. 지금까지 잘 버티며 살아온 자신도 스스로 토닥이며 위로해주는 시간을 가지고, 따뜻한 위로가 필요한 사람에게도 토닥여 주도록 했으면 좋겠다. 보이지 않는 공간에서 긴 시간들을 보내는 사람들도 생각하고 무대 뒤에서 긴 시간을 보내는 사람들을 생각해 보면 좋겠다. 그리고 이제부터라도 쓰지 않는 물건이나 불필요한 상념들을 하나씩 버리고 미니멀 라이프를 실천해보아야겠다.

뒤를 돌아보고 옆도 살펴본다는 것은 내실을 다지기 위한 발걸음이며, 타인을 위한 사랑일 것이다. 서운한 일들은 흘려보내고 고마웠던 일들은 떠올리며 새 봄을 맞고 싶다.

증발

백경희
ariybkh@hanmail.net

 가끔 현실에서 멀어지고 싶을 때가 있다.
 마음을 들끓게 하는 것, 가족과 나를 아는 모두에게서 벗어나고 싶다. 살갑던 그들이 나를 옥죄고 얽어매듯 갑갑하다. 헐크가 되어 우두둑 끊어내고, 순간이동으로 모르는 곳에 발을 내리고 싶다.
 카톡이 소리쳐도 댓글 쓸 의욕이 없다. 핸드폰의 계좌에 들어가 자동이체하는 일도 귀찮다. 관리비, 세금 다 접어두고, 결정해야 할 일은 모르쇠. 머릿속에 안개를 잔뜩 피우고 물속으로 숨어 들어가 멍청히 지낸다. 숨을 멈출 수 있을 때까지 잠수를 탄다.

 잠적을 계획한다.
 잠수는 생각을 끊는 것으로 가능하지만, 잠적은 몸을 숨겨야 한다. 마음으론 오피스텔을 빌려서 장기간 버티고 싶다. 집을 나선다. 어디든 사라질 거야. 마땅한 곳이 없으니 세차하면서 생각해볼까. 자동세차기에 들어간다. 물이 끼얹어지고, 세제가 뿌려진다. 큰 솔이 돌아가면서 먼지를 벗기고 긴 헝겊으로 물기를 닦아낸다. 세차 부스에 초록 불이 들어온다. 나는 중립 기어를 드라이브로 바꾸고 세차장을 빠져나와 집으로 향한다.

오늘은 지난번 짧게 끝난 잠적의 치욕을 겪지 않으려고 며칠 분량의 옷을 준비했다. 운전하면서 마음속에 분노가 삭이지 않도록 화가 났던 상황을 자꾸 머릿속으로 끌어올린다.

아침 출근길이다. 엄마가 분리수거물을 나에게 들려준다. 하나씩 분리하다 보니 내가 아끼는 앤티크 향수병의 황동 세공품이 찌그러져 나온다. 무슨 일이지 놀라면서 가방에 집어넣었다. 내가 향수병을 모으는 이유는 병을 감싸는 세공품과 함께 향수를 뿜는 분무기 때문이다. 분무기는 여인의 긴 드레스 옷자락처럼 아슬한 타슬을 입고 있다. 파티장을 빠져나가는 여인의 뒷모습을 상상하며 펌핑도 해보고 어울리게 위치를 바꿔주며 들여다보면 마음이 평온해진다. 요즘 살펴보지 못했다.

퇴근 후 서둘러서 집에 오니 엄마는 노인정에서 오지 않았다. 얼른 향수병을 모아놓은 화장대를 살펴본다. 화장대 위의 향수병들은 분무기가 몽땅 다 뜯겨나간 채 꽁지 빠진 닭처럼 앉아있다. 감정을 추스르고 엄마를 대할 자신이 없다. A4 용지에 커다랗게

'향수병에 달려 있던 거 다 어쨌어'라고 써서 던져놓고 집을 나와 버렸다. 며칠간 친구네서 지낼 생각이다.

친구 집 이층 방에 누웠다. 모레 차례를 지내야 하니 내일쯤 시장을 봐야 할 텐데. 나를 찾지 말라고 했으니 누군가 하겠지. 아무도 안 하면 어떡하지. 저녁에 기다릴 엄마에게는 알렸을까. 내가 화가 난 것은 엄마 때문이지만, 혹시 기다리다 밤을 새우면 어떡하지. 충격이 심할 텐데. 꺼놓았던 핸드폰을 켠다. 화가 나 집을 나왔는데, 카톡이 조용하다. '그래? 이번엔 내가 이길 거야' 핸드폰을 다시 끈다.

밤새도록 핸드폰을 들여다보며 뒤척인다. 다음 날, 일찍 짐을 챙겨서 동생들이 시장을 보기 전에 서둘러 집으로 돌아온다.

차례가 끝나고 설거지를 하고 있다. 엄마는 '향수병의 분무기를 다 떼버리니 훨씬 깔끔하잖아'로 끝을 냈지만, 내 속은 불만으로 뒤엉켜있다.

증발은 어떨까.

세계 대전 중의 일화가 생각났다. 어떤 섬에서 일본군과 미군이 대치 중이었다. 일본군은 섬의 중심부에 미군 부대가 있다는 것을 알고 사방에서 점점 포위망을 좁혀 들어갔다. 그런데 포위망 안에 들어있어야 할 미군이 사라졌다. 증발한 것이다. 영문을 몰라 어리둥절하고 있는 일본군에게 비행기에서 포탄이 떨어졌다.

평면의 이차원만을 생각한 일본군과 공간까지 삼차원을 구상한 미군의 전투였다. 낮은 차원에서는 더 높은 차원의 다른 세계를 알지 못한다. 발각되지 않는다.

증발은 물이라는 액체가 열에 의해 수증기인 기체로 차원을 달리하는 것. 자동차나 배가 아닌 비행기를 타면 차원이 달라지겠지.

어디가 좋을까. 아무도 생각하지 못할 곳. 아마 눈속임도 좀 필요할 거야. 그래, 로마로 가는 편도 비행기 표를 사야지. 로마에서 며칠 지내면 이탈리아가 나의 종착점인 줄 알겠지. 그러면 나는 다시 비행기를 타고 몰타로 가는 거야. 어학연수를 하면서 사람들을 만나고 상황을 봐야지. 생각은 자유롭게, 생활은 더욱 자유롭게. 옛 수도 임디나에 가서 시간이 멈춰버린 골목을 걷다가 성곽에 앉아 와인을 마시면서 석양을 봐야지.

수영을 배워서 뜨거운 태양에 몸을 잔뜩 그을릴 거야. 그러면 나는 동남아시아의 낯선 여자가 되어 뜨겁게 살 수 있겠지.

눈 眼

서강홍
4409122@hanmail.net

 "만약 내가 사흘간 볼 수 있다면, 첫째 날엔 나를 가르쳐 준 설리반 선생님을 찾아가 그분의 얼굴을 바라보겠습니다. 그리고 산으로 가서 아름다운 꽃과 빛나는 노을을 보고 싶습니다. 둘째 날엔 새벽에 일찍 일어나 먼동이 터오는 모습을 보고 싶습니다. 저녁에는 영롱하게 빛나는 하늘의 별을 보겠습니다. 셋째 날엔 아침 일찍 큰길로 나가 부지런히 출근하는 사람들의 활기 찬 표정을 보고 싶습니다. 점심 때는 아름다운 영화를 보고 저녁에는 화려한 네온사인과 쇼윈도의 상품들을 구경하고 저녁에는 집에 돌아와 사흘간 눈을 뜨게 해 주신 하느님께 감사의 기도를 드리고 싶습니다." 20세기 대 기적의 주인공 헬렌 켈러가 『3일 동안만 볼 수 있다면』이라는 책에서 쓴 글이다.

 '눈이 보배'라고 한다. "우리 몸이 천 냥이면 눈이 구백 냥이다"

는 말도 있다. 눈의 소중함을 일컫는 말이다. 남녀가 서로 눈이 맞아 짝을 이루었다면 이는 어떤 눈을 이야기하는 것일까?

'보다(See)'는 의미를 지닌 한자로 볼 시視, 볼 견見, 볼 관觀자 등이 있다. 볼 시視는 시각視覺, 시력視力 등으로 쓰이는 글자로 사물을 볼 수 있는 능력을 뜻함으로 감각을 나타내는 일차적 의미를 지닌다. 볼 견見자는 견학見學, 견해見解, 견문見聞 등으로 쓰이는 글자로 사물을 보고 느끼고 생각하는 능력, 즉 시각에서 지각으로 발전하는 이차적 의미를 지닌다. 볼 관觀자는 인생관人生觀, 종교관宗敎觀, 가치관價値觀 등의 어휘로 쓰인다. 단순히 보고 느끼는 차원을 넘어서는 글자이다. 시각과 지각을 동원하여 사물을 꿰뚫어 보고 판단하여 나름대로의 체계를 정립하는 삼차적 단계의 의미를 지닌다. 곧 개체가 지니는 안목이라고도 할 수 있다. 이에 따라 그 개체의 인격과 정체성이 결정지어진다고 할 수 있다.

대개의 사람들은 시각만으로 사람을 본다. 드러난 용모 이상을 감지하지 않으려 한다. 그 속에 간직된 보다 큰 무게를 헤아리기에 주저한다.

눈이 머리에 달린 사람도 있고 가슴에 달린 사람도 있다. 머리에 달린 눈은 시속에 밝고 가슴에 달린 눈은 감성에 밝다. 진정한 소통은 감성을 통하여 이루어진다. 지적, 정서적으로 조화된 혜안慧眼이 아쉬운 오늘이다.

동물학자들의 눈이 단순한 시각에 머문다면 동물들과의 대화가 이루어질까. 동물농장에 나오는 사람들을 보면 남다른 감성을 통해 동물과의 교감을 이룬다. 감자 싹을 내려고 땅속에 묻으면 눈의 수만큼 싹이 올라온다. 보이지도 않는 감자의 눈이 어두운 땅속에서 싹을 틔운 것이다. 사람도 마찬가지다. 보이지 않는 마음의 눈이 생명의 싹을 틔운다.

"사순 시기를 맞아 마음의 눈을 틔우자"던 신부님의 말씀이었다. 십자가. 시각적으로 보면 열 십 자의 형상에 지나지 않으나 가슴으로 꿰뚫어 보면 그 속에 흥건히 피가 고였음을 알게 된다. 어디 십자가뿐이겠는가. 꿰뚫어 보는 모든 사물엔 의미가 부여되어 있다던 김수환 추기경 님의 말씀도 따라 생각난다.

안동에서 들은 이야기 한 토막이 있다. 지역에서 이름값을 하는 부호 한 분이 계셨다. 어느 젊은 부부가 그 어른의 건물에 전세를 한 칸 얻어 개업을 하였다. 언약을 받고 개업한 지 한 달이 지나도 계약서를 써 주지 않아 하루 저녁에 계약서를 받으러 갔다가 호통만 당하고 돌아왔다는 이야기다. "집세를 놓으면서 한 번도 문서를 써 준 적 없으니 나를 그렇게 못 믿겠거든 당장 나가라"고 호통치더라는 것이었다. 보이는 글자보다 보이지 않는 마음이 더 귀함을 웅변으로 증명하는 순간이었다.

"보지 않고도 믿는 사람은 행복하다"는 성경 말씀이 새삼스럽다. 보이는 것만을 믿는 눈은 그지없이 얇은 눈이다. 빙산도 보이지 않은 부분이 훨씬 더 크다. 가시적인 것, 눈으로만 보려는 이에게는 빙산의 일각이 곧 빙산이다. 삶의 모습도, 성스런 자연도, 인간의 아름다운 내면도, 소망, 원리 등 모든 흐름을 보이게 하는 것이 마음의 눈이다.

  믿음은 모든 것을 보이게 한다. 존경하는 선생님 얼굴도, 경의의 대상이던 자연도, 동경하던 사람들의 활기찬 모습도, 아름다운 영화도, 상상력을 동반한 지상의 온갖 피조물도 마음의 눈만으로 보았던 헬렌 켈러. 광명을 체험치 못한 생애를 하느님께 감사드리며 단 사흘간의 기적을 갈망하던 헬렌 켈러의 마음의 눈을 생각해 보자. "세상에서 가장 아름답고 소중한 것은 보이거나 만져지지 않는다. 오직 가슴으로만 느낄 수 있다"던 법정스님의 말씀이 다시금 떠오른다.

제주 공 할아버지와 사굴이야기

서용선
suyoungsun4949@hanmail.net

 오랜만에 제주도 여행길에 올랐다.
 친구들과 몇 번을 다녀온 곳이지만 그때마다 제주 둘레길과 오름, 푸른 제주의 향기에 빠져 놓쳐버린 역사의 현장을 이번엔 꼭 찾아보아야겠다고 생각했다.

 지금부터 600년 전 고려 후기 때의 일이다.
 제주에는 아주 큰 동굴에 큰 구렁이가 살았다고 한다. 그 뱀의 크기와 난폭함을 들어보면 아마 아마존 강에나 살 성싶은 아나콘다가 아니었나 싶다. 그때 제주도는 그 요사스런 뱀 때문에 주민들이 한시도 편히 살 수가 없었다고 한다.
 온갖 조화를 다 부리는 괴물 뱀은 상상 속의 용처럼 안개와 비까지 내리게 했다 하니 과장된 말이기는 하겠지만 성질이 아주 난

폭한 괴물이었던 것 같다.

　일 년에 한 번씩 15세 이하의 예쁜 처녀들만 골라 깨끗이 목욕을 시키고 화장을 시킨 후, 예쁜 한복을 입혀 뱀에게 음식과 함께 바쳤다 하니 주민들의 그 어리석음은 안타깝기만 할 노릇이었다.

　뱀이 사는 사굴 앞에 큰상을 차려놓고 음식 냄새를 풍기며, 어린 소녀를 도망가지 못하도록 밧줄로 묶어서 제사상에 올려놓고, 제사를 지내고 풍악을 올린 후, 해걸음이 어둑해지면 마을 주민들은 모두 산을 내려왔다 하니 뱀의 먹이가 되어야 하는 어린 소녀의 공포는 어떠했을까.

　다음 날 그 사굴에 가보면 소녀와 많은 음식을 한꺼번에 삼켜버린 배부른 구렁이의 코고는 소리가 산천을 울렸다고 한다. 배부른 뱀은 한동안 동굴에서 잠을 자고 나오지 않으니 제주 주민들은 늘 뱀에게 조공을 바쳤던 것이다 .

　그때부턴 누구도 제주목사로 가기를 꺼려해 관가에선 큰 골칫거리가 되었다. 그때 연산 서씨 19대 할아버지 서린 목사는 그 힘이 장사였고 정신 또한 강직하고 용감하여 모두가 마다하는 제주목사로 내려가 뱀을 물리칠 것을 결심하여 그 의리와 용기가 충천하였다.

　서린 할아버지는 하찮은 동물에게 소중한 인간을 바치는 일은 있을 수 없는 일이라고 자신이 반드시 뱀을 죽이고 제주의 평화를 찾게 하겠다고 제주목사를 자청하였다. 그 할아버지가 19대

할아버지 연산 서씨 서린 제주목사이시다.

우리 집안에선 서린 목사를 제주인을 살린 제주 공 할아버지라고 부른다. 제주 공 할아버지는 지금도 제주시에서 해마다 제사를 지내드리고 연산 서씨 문중 시제에서도 꼭 제사를 지내드린다.

할아버지가 뱀을 죽일 땐 300근 되는 무쇠솥에 기름 몇 드럼을 펄펄 끓이라고 명령하고 양손에 100근이 넘는 무쇠집게로 뱀을 잡아 끓는 솥 안에 넣어 다시는 인간들에게 해가 되지 않도록 큰 뱀을 죽인 후 그 충격으로 할아버지는 사흘 만에 열병으로 돌아가셨다고 한다. 향년 21세 젊은 나이에 뱀을 퇴치하고 돌아가신 할아버지의 선묘는 충남 홍성군 구항면, 연산 서씨 선산에 묻혀, 지금은 전설 같은 역사가 되어버렸다.

19대 할아버지께 참배를 올리려 사굴에 갔을 땐 사굴이 이미 폐쇄되어 있었다. 위험하니 접근을 금지한다는 제주시장의 팻말과 함께 서린 목사의 희생을 기린 이야기가 전설같이 쓰여 있을 뿐, 비석은 슬프게도 거친 수풀에 덮여 있었다.

다만 그 시절에도 말없이 흘러갔을 흰 구름만이 무심한 그날의 역사를 말해 주고 있었다.

두 마음

서원방
wonbang42@hanmail.net

주거문화가 바뀌고 있다.

독신생활을 하는 직장인이 늘어나면서 교통요지에 있는 다가구 주택이 성시를 이룬다. 개성을 존중 받고 삶의 방식을 노출시키고 싶지 않은 젊은이가 선호하는 주거방식으로 알맞아서다. 전철역 가까이에 지어진 오피스텔 원룸 투룸도 그들의 선호대상이다. 가족과 거리를 두면서 자유로운 삶을 즐기려는 심리도 큰 몫을 한다.

그 파장은 나이든 부모에게 서운함을 안겨주고 공허함을 느끼게 한다. 어쩌다가 분가한 자식의 방문을 받는 부모는 그리웠던 마음만큼이나 반가움이 크기 마련인데, 잠시 머물다 떠나고 나면 덩그러니 남겨지는 적막한 시니어의 삶이 계속된다.

친구 중에는 가족과 더불어 살던 집을 다가구로 개조하여 윤택한 생활을 하며 정기적으로 만남의 자리를 만들기도 하지만, 노년의 고단함을 몸소 겪으며 외롭게 살아가는 친구도 여럿이다.

노인사회로 돌입한 국가답게 길거리에, 전철에, 공원에, 음식점에도 보이는 사람마다 노인이다. 새로운 생활방식에 적응이 더뎌, 날로 발달해 가는 기기 문명에 접근하지 못해서 답답해 한다. 스스로 의기소침해지기 마련이고, 가슴 후련하게 마음을 소통할 누군가가 가까이에 없으니 위급한 상황일 땐 난처하다. 돌봐줄 손을 빌리기도 힘겨워한다.

어깨가 주저앉고 허리가 휘고 다리는 절룩거려 볼품이 없는 시니어들의 모습이 젊은이에겐 누추하게 보이고 거리를 두어야 할 대상으로 취급받기도 한다.

다행히 국가의 노인복지 정책이 정착되어서 주민센터별로 노인정이 운영되니 허송세월을 하는 노인에게는 감로수를 받아 마실 수 있는 샘터가 아닌가. 그나마도 여건이 맞지 않으면 밤하늘의 별 보기와 다름없다.

시니어에게도 새로운 주거방식이 요구된다. 불편할 때 케어 받을 수 있는 시설이 필요하다. 도심 근교, 공기 맑고 한적한 곳에 의료시설을 갖춘 소형아파트를 선호한다. 직장에서 정년을 마치고 일인 가구가 된 이들이 모여 살기 좋은 곳을 바란다.

4월엔 또 한 친구가 수원에 있는 시설에 입주 날짜를 받고 대기

중이다. 가구와 옷가지 그 많던 책들을 모두 정리하고 지난날의 삶과 생각들을 지우느라 분주하다. 함께했던 동료들과 어울릴 수 있어서 가슴이 부푸는가 보다. 옛이야기를 나누며 소통할 수 있고 외로움을 덜어낼 수 있는 도반이 있어서 입주를 결심했단다.

실버타운에 입주하는 친구가 속속 늘고 있으니 나도 머지않아 따라나서야 할까 보다. 가족을 책임지고 아이들을 키우면서 직장 생활을 거뜬히 했던 지난날과는 다르게 손길이 굼떠지고 거동이 불편하다. 손가락 마디에 물집이 잡히고 뼈마디에는 통증이 심하다. 물건을 다루는 데 어려움이 있다. 가사 일과 주방일, 냉장고 문을 여닫는데도 실수가 잦고 그릇을 놓치고 깨곤 한다.

그런 일을 여러 번 당하고서야 비로소 내 실체가 보이고 느껴진다. 불안함이 가슴을 짓누르니 남은 세월이 걱정된다. 가족에게 하소연을 해봐도 귓전 밖으로 들리는가 보다. 고민은 순전히 나만의 몫이다.

동병상련을 같이하는 친구들과 대화를 나눠도 주거에 관해서는 호, 불호의 의견이 팽팽하다. 속내는 마음 따로 행동 따로다. 소요 경비가 만만치 않다는 점에 귀착되면 슬그머니 화두는 바뀐다.

보호의 손길이 필요한 정림 내외가 부평 근처에 있는 '마리스텔라의 집'으로 거처를 옮겼다. 나이 들면서 점차 육신이 이완되고 거동이 불편해서 사람 만나기를 어색해하는 남편 때문이다. 가사 일이 버거운 그녀에게 남편을 보필할 근력이 없으니 둘이서 긴 날을 숙고하여 결정한 최선의 길이다. 쇠약해진 부모를 가까이서 보살펴 주지 못하는 자식에게 심리적인 부담감을 주고 싶지 않아서다. 자식을 배려한 부모의 사랑은 끝이 없다.

새로운 환경에서 다시 정신무장을 하고 생활 리듬을 다잡아 줄 수 있는 각종 시설이 마련된 편리한 요양시설이다. 공기정화가 잘 되어서 숲속의 청정지역 못지않다. 경쟁이 극심해서 입주신청을 하고도 1년을 대기하다가 운이 좋게 당첨되었다. 운영체계가 잘 갖추어진 시니어들만의 세상이다. 의료진이 상주하고 영양사와 요리사가 식단을 마련하여 제공한다. 청소와 세탁은 운영자 측에서 담당한다. 운동시설과 오락시설, 각종 동호회 활동이 활발하고 누구나 기력이 닿는 한 참가할 수 있다. 혹시 입주자가 보이지 않으면 서로 염려하고 배려의 손길을 내밀며 위로하는 분위기다. 종교 활동을 하는 데도 불편함이 없다.

이제 내게도 주거를 바꾸어야 할 때가 온 듯하다, 차근차근 계획을 세우련다.

불과 얼마 전까지 내 마을은 집성촌이었고 옆집 앞집이 친인척이어서 건강이 좋지 않은 노인들을 서로 보살폈다. 마을에 재개발의 바람이 불면서 주거가 아파트로 다가구로 오피스텔로 바뀌었다. 인척들은 제각각 흩어지고 장성한 자식들은 부모의 간섭을 귀찮게 여기고, 개인주의로 치닫는 사회 환경을 따라 분가를 선언한다. 부모의 서운한 마음은 애면글면 이다.

반면에 부모는 당신의 노후를 자식에게 맡기려 하지 않는다. 병치레를 거드는 자식에게 고생을 시키고 싶지 않아서다. 그들에게 정신적인 부담을 덜어주고 싶어서 적당한 시설을 물색하는 부모가 늘고 있으니 내리사랑은 쉼이 없다.

부모와 자식 사이의 두 마음은 좁혀지지 않는 걸까.

4

전환

전환

니캐라 영감

손재하
son089@hanmail.net

오월 어느 날, 아이들의 마음을 담은 어버이날 선물이 안방을 가득 메웠다. 효소가 살아있는 '디톡스힐 바이오볼' 장수 침대란다. 진심 효도든, 억지 효도든 자식들의 어깨는 더 무거워졌을 것이다.

아이들이 종종 집에 오면 낡은 소파를 바꾸어주겠다고 성화를 부린다. 부모도 늙어가고 가구도 낡아져서 보기가 싫었던가보다. 함부로 물건을 버리지 못하는 제 아버지의 성품을 알기 때문에 우선 허락부터 받아내려고 입을 뗀다.

나는 아이들 말에 솔깃하여 기왕이면 '카우치'(일인용 침대 같은 소파) 하나를 들이고 싶었다. 딸아이와 같이 백화점이랑 유통단지 가구점을 둘러보았다. 가구 주인의 화술話術에 넘어간 것인지, 아버지를 위한 딸의 효심이 간절했던지 생각지도 아니한 침대 쪽으로 기울어졌다. 생황토를 신소재로 하여 혈액순환의 기능이 특이하다는 말에 딸은 심혈관 질환을 앓고 있는 아버지의 건강을 먼저 생각한 것 같다.

평생을 좌식생활에 익숙해진 나는 덩그렇게 높은 침대는 아예 좋아하지 않는다. 따끈따끈한 방바닥에 요를 깔고 자는 잠자리가 제일 편하다. 수시로 왕래하는 집안 손님이 무망 간에 들이닥쳐도 넓은 안방을 믿고 걱정할 일 없었다. 서양문물의 도입으로 유행처럼 집집마다 침대를 들여놓아도 그게 부럽지가 않았다.

드디어 우리 집에도 침대가 들어왔다. 딸이 고운 매트와 화사한 차렵이불까지 장만하여 신방같이 꾸며준다. 다 늘그막에 무슨 호사인가 싶더니 하룻밤을 자고 난 남편의 심기가 말이 아니다. 침대체질이 아니라 도저히 불편해서 숙면을 취할 수가 없다며 베개를 안고 서재로 가버렸다.

딸아이가 달려와서 입이 마르도록 사정한다. 아무리 불편해도 닷새만 참아보시라고. 출장길에 집에 온 막내가 "아버지 하루아침에 쉽게 습관이 바뀌겠습니까. 일주일만이라도 노력해 보셔야지요." 간곡한 아들의 설득에도 마이동풍이다. 천덕꾸러기가 되어버린 선물, 하루를 써도 헌 물건인데, 웃돈을 얹어주어도 바꿀 수가 없다. 물릴 수도, 버릴 수도 없는 원수 같은 침대다.

가뭄과 불볕더위가 대지를 녹여버린 지난여름, 삼베 홑이불을 발치에 밀쳐두고 찬 방바닥에 굴러도 열대야를 이겨내지 못하고 헉헉거렸다. 언감생심 침대를 사용하란 말은 입 밖에 낼 수가 없어 가을이 오기를 기다렸다. 소슬바람이 옷깃을 스치면 설마 따뜻한 잠자리를 찾아 들리라 믿었건만 야무진 꿈은 허망하게도 사라졌다.

저 남자를 어떻게 유인할까? 백방으로 머리를 굴려보아도 묘책이 없다. 클레오파트라나 양귀비라 해도 때는 늦었다. 나를 돋보이게 해줄 무기는 하나도 남아있지 않다.

가족들의 정성을 완전히 무시하는 남편이 생각할수록 섭섭하다. 아이들 말대로 어디 한번 노력이나 해봤냐고? 하룻밤으로 종지부를 찍어버린 행동이 어처구니없다. 애써 자신의 외고집을 꺾어보아도 안 된다면 그때는 내가 이해를 할 것 같다.

지지리 똥고집만 부리는 고집쟁이에게 특별한 별명 하나 헌사한다. 눈물과 웃음으로 빚은 그 이름 '니캐라'다. 어찌 들으면 유창한 외국어 같기도 하다만, '니는 캐라 나는 내 맘 대로다'라는 순수한 경상도 사투리다. 마침 옆에 있던 막내동서가 "형님, 저의 집에는 '니캐라 투'가 있어요" 한다. 그 나물에 그 밥이라 참 배꼽 잡을 일이다. 우리 집 남자들은 하나같이 아내를 배려해줄 곰살맞은 구석은 눈을 닦고 보아도 없는 미련퉁이다.

심기가 산란하다. 이럴 땐, 가까운 가족보다 마음을 털어내어도 허물 잡지 않을 친구가 그립다. 언제나 너그러운 품으로 맞아주는 그녀를 붙잡고 속을 열었다. 위로를 받고 싶었다. 묘안도 얻고 싶었다. 맞장구를 치며 남편 흉을 같이 봐주기를 바랐다. 하지만, 내 기대와는 상상 밖이었다.

"아이고 욕심도 많다. 고만 고집도 없으면 남자가 아니지. 이 나이에 아직도 사랑이 남았니껴, 옆구리가 씨리버예. 혼자 자면 신선인데 그 맛을 모르나 봐" 충고인지, 놀림인지 심히 민망스럽다. 옹골차게 한방을 얻어맞고 번쩍 정신을 차렸다.

남편은 두 차례 심장 시술을 받았다. 혈액순환이 좋아진다는 장수침대 사용을 갈망했고, 그의 건강에 욕심을 부린 것도 사실이다. 그러나 우리 나이가 얼마인가. 지금 떠나도 아까울 것 하나 없다. 평안감사도 저 싫으면 그만이듯 안타까워할 일도 아니다.

왜소한 나의 몸피에 넓은 침대는 운동장이다. 이리저리 굴러도 거침이 없다. 큰 대大 자로 누워보니 내가 바로 신선이 아닌가.

전 환

송혜영
hisong999@hanmail.net

　우리 마당에 잠자리, 사마귀, 까치, 뱀 같은 뜨내기 말고 서로 얼굴을 알고 지내는 사이는 삼색이 가족이 처음이다. 몇 번 헛간에 새끼를 낳은 낯선 고양이에게 호의를 베푼 적이 있지만 내게 새끼의 존재를 들킨 어미가 서둘러 아이들을 데리고 담장을 넘어갔다. 주방 문 앞에서 가끔 밥을 얻어먹던 삼색이가 눈을 겨우 뜬 새끼 세 마리를 올망졸망 거느리고 우리 마당에 들어선 건 석 달 전이다. 삼색이는 아직 자식을 두기엔 어린 나이다. 이렇게 저렇게 따져보니 난 지 6개월도 안 되어 임신을 한 셈이다. 네 마리 새끼는 부채꼴로 어미의 품을 파고들어 젖을 빨았다. 등뼈가 도드라진 삼색이의 작은 몸이 들썩거릴 정도로 새끼들의 착즙은 강력하고 잔인했다. 삼색이는 얼마 안 가 속이 다 빠져나가고 거죽만 남을지도 모른다. 우리 집이 새끼 키우기에 그나마 안전하다고 찾아

온 삼색이의 근거 있는 신뢰에 답해야 하는 게 집을 가진 자의 도리일 것 같았다.

　인간이든 동물이든 관계 맺기를 주저하던 내가 빗장을 풀고 털의 색깔에 맞추어 이름까지 지어주고 말았다. 처음 시작은 그랬다. 내가 밥을 주면 새끼들이 삼색이 젖을 덜 빨겠지. 드문드문 자리 잡은 불안정하고 불투명하고 불친절한 인간의 서식처에서 삼색이가 편안하고 느긋하게 밥걱정 안 하고 새끼 키우며 살게 해주자. 어쩌다, 가끔이 아니라 월급이나 연금처럼 정해진 시간에 일정량의 안정된 양식을 보장해주자. 그렇게 삼색이 가족에게 시혜를 베풀게 되었다. 나는 그들에게 하늘이 내려준 생명의 은인이었다. 그런데 삼색이는 나만 보면 눈을 홉뜨고 날카로운 이빨을 드러내며 하악질을 했다. 고까웠지만 새끼들 재롱 보는 맛에 그 정도의 불쾌함은 참아주기로 했다. 그런데 고양이 가족에게 밥을 주며 신기한 현상을 경험하게 됐다. 마루에 쪼그려 앉아 그들의 밥 먹는 모습을 지켜보노라면 아직 아침 전인데 내 배가 부르고, 어미인 삼색이의 날카로움이 이해가 되고, 내가 고양이가 된 것 같기도 하다. 그러다 문득 고양이에 빙의해 세상을 보고 싶다는 생각이 들었다.

　요즘 동네가 어수선하다. 작은 의혹이 눈덩이처럼 커지고 사소해 보였던 갈등의 골이 점점 깊어져 동네싸움이 이제는 보수와 진보, 집권당과 야당의 대립으로까지 비화되었다. 서로 자기편이 옳다는 양극단과 어느 쪽 편도 못 드는, 안 드는 어정쩡한 회색분자들의 불편한 침묵이 뒤섞여 조용했던 시골마을은 일촉즉발의 상황이다. 그 혼돈의 기저에 자리 잡은 사연 많은 동네 사람들의 웃기고도 아프고 슬픈 역사를 형상해보고 싶었지만 나를 걸고는 못할 일이었다. 하지만 삼색이라면 가능할 듯도 싶다. 고양이의 눈이라는 새로운 시각을 획득하면 자유롭게 무엇이든 쓸 수 있으리라.

밀정처럼 은밀하게, 자객처럼 민첩하게 세상의 축소판인 동네를 탐색해보자. 동네 구석구석을 누비며 낮말을 듣고 밤말도 들으며 서로 잘났다 싸우는 양 진영의 동태를 살펴 졸가리를 따져보자. 중용과는 성격이 다른 회색지대에 서 있는 쪽의 사정도, 그리하여 씁쓸하고 안쓰러운 인간의 속내를 풍자와 해학을 담아 풀어보자. 그러다 결국 따뜻한 이해에 도달하는 장편 서사를 만들어보자. 어쩌면 인류애가 넘치는 범세계적 작품을 삼색이가 내게 선사할지도 모른다. 집고양이의 시선으로 보는 지식인이라는 한정된 범주에서 '신랄'을 주종으로 한 나쓰메 소세키의 『나는 고양이로소이다』를 넘을 수도 있다. 상상만으로 달콤하다. 꿈은 허황할수록 달콤하기 마련이다.

글쓰기에 더 이상 이용해 먹을 게 없어 서식지를 옮길까도 고려 중이었다. 야생 고양이 삼색이의 출현은 가뭄이 든 글밭에 내린

단비일까. 하늘의 은혜를 받은 건 삼색이가 아니라 나일지도 모른다. 게다가 며칠 전 뜻하지 않게 하늘에서 크레인을 타고 집 한 채가 뚝 떨어졌다. 이곳저곳 기웃거리지 말고 살림과 분리된 공간에서 고양이 가지고 제대로 놀라는 하늘의 계시인가. 하늘 한 번 쳐다보고 툇마루에서 새끼들을 핥고 있는 삼색이 한 번 쳐다본다. 삼색의 대표적인 색을 띈 하양이, 까망이, 노랑이가 자기 앞가림을 하게 되자 삼색이는 이제 슬슬 사회생활을 하러 다니는 눈치다. 나도 고양이가 되어 동네 탐색에 나설 차비를 한다.

이별연습

신정균
qna9999@naver.com

현민이는 내가 가르치는 다문화 가정 아이다.

"나 여기 와 봤어요."

9살 현민이는 잔뜩 들떠있다. 자장면을 먹으면서도 계속 아빠와 가족이 와서 먹었던 메뉴 이야기와 동생 현아가 매운 해물덮밥을 잘 먹은 이야기를 하고 있다.

"현아가 자기도 가고 싶다고 했어요."

"선생님이 너희 2명을 데리고 밥 먹는 건 어려워서…"

"현아는 내가 보면 되는데요" 하면서 6살 여동생을 안 데려온 것을 못내 아쉬워하고 있다.

"그럼 자장면 먹고 아이스크림 데이트하기로 한 것은 포장을 해 줄 테니 집에 가서 현아랑 먹을래?" 그제야 맘 놓고 자장면을 먹고 있는 현민이다.

현민이는 베트남이 고향인 엄마와 여름 방학 동안 베트남에 가기 위해 다문화 가족지원센터 방문교사인 나와의 공부를 일찍 마무리하고 있다.

아이스크림 집에서 현민이는 흥분의 극치를 달리고 있다.

"선생님, 친구들이 빨리 공부 끝내고 파티를 하고 싶대요."

"현민아, 다른 선생님들이 파티를 다 하는 건 아니야, 다른 아이들한테 말하면 안 돼."

"내가 공부를 잘 해서 파티해 주시는 거죠!"

아이스크림 포장 쇼핑백을 들고 있는 현민이는 1년 동안 공부한 선생님과의 데이트 시간이라는 것은 이미 사라지고 없다.

이렇게 쿨한 이별이 좋다. 아프지 않은 이별이라서 참 다행이다.

그때 나도 똑같은 9살이었다.

몹시 덥고 가물었던 50여 년 전, 우리 집 마당에 있는 수돗물이 말라 한 방울도 나오지 않았다. 옆집 영희네 집 우물도 말라버려서, 철물점 앞 공동수도에서 물을 길어 와야만 했다.

그즈음 우리 집에는 친척들이랑 이웃 사람들이 계속 찾아왔다. 그리고 나에게 무언가 자꾸 주면서 머리를 쓰다듬어 주었다. 나는 많은 사람들의 관심에 들떠 있었고 그 사람들이 나를 안고 걱정하는 마음이 따뜻해서 마냥 좋았다.

'내가 예뻐서 그런 건가?' 차마 부끄러워 표현은 못 했지만, 그런 자랑스러움에 들떠서 며칠이 지났다. 얼마 후, 매일 안방에 누워있던 엄마가 보이지 않았다. 아주 먼 길을 가버렸다는 것을 알게 되었다. 이 이별이 무엇인지도 모른 채 엄마와 이별을 해야만 했다.

외할머니는 늙은 몸으로 아픈 딸을 돌보느라 우리 집에 2년 동안 와 계셨다. 날마다 무너져 내리는 가슴을 쓸어안고, 아픈 딸을 지켜보았을 것이다. 어쩌면 외할머니는 2년 동안 세상에서 가장 아픈 이별연습을 했을지도 모른다.

장례식이 끝나고 외할머니는 어린 내 손을 잡고 중국집으로 가 자장면을 사주셨다. 그때 할머니는 무언가 많은 말을 하셨던 것 같은데… "너가 학교에서 가져온 물주전자와 그 많은 컵을 정말 잘 썼다." 이 말만 기억에 남는다.

여름 방학을 시작하는 날, 교실 비품을 집에 가져가 보관했다가 개학날 다시 가져가야 했다. 우리 반 교실의 큰 주전자와 여러 개의 컵을 들고 오던 날, 이 더위에 그건 왜 들고 오느냐고 나무라시던 할머니가 오늘은 칭찬을 해 주신다. 그것들이 엄마가 마지막 가는 길에 요긴하게 쓰였다는 말을 혼자 중얼거리시며, 어린 손녀딸이 엄마를 위해 무언가를 했다는 의젓함을 만들고 계신다. 외할머니는 이별이 무엇인지 죽음이 무엇인지 자장면에게 팔아버린 나에게 푸념처럼 말씀하셨다. 그 이별이 지금까지 이렇게 가끔 와 들여다보고 간다.

1년이면 보통 다문화 가족을 12가정 정도 만나고 있다. 매년 만나는 가정마다 또 다른 모양을 가지고 있지만 9년이라는 세월이 흐르며 전체적인 시대적 변화도 느낄 수 있다. 각 나라 결혼 이민자들은 저마다 인터넷 활용으로 더욱 긴밀해지고 다양해져서, 그들의 고국과 대한민국을 넘나들며 발전해 간다. 그 모습은 마치 대한민국에만 국한되어 있는 내가 뒤처진다는 느낌이 들 정도다.

그들은 문화적으로나 경제적으로 다양한 발전을 하고 있다. 나는 그 발전에 한몫을 담당해 왔다. 한글공부를 가르치면서 한국 국적 시험을 위한 문화, 역사를 이해시키고, 어떻게 한국의 엄마가 되어야 하는지를 알려주는 일이다.

그들이 한국에서 의젓하게 잘 살아내는 모습을 보면 괜히 혼자 흐뭇해지고, 나의 작은 꿈까지도 잊게 할 만큼 그 일에 몰두하게 된다. 환경이 다른 나라 여성들에게 나의 언어, 내 생각이나 가치관을 전하면 얼마나 기뻐하고 고마워하는지 모른다.

이젠 그들이 경제적으로나, 육아로나, 정보로나, 나보다 우위인 걸 부정할 수 없다. 현민이 엄마는 이제 내 도움이 필요 없는 당당한 대한민국의 엄마이면서 커리어우먼으로서 자리매김을 하고 있다. 순진한 아이들의 존경과 동경과 사랑을 받으면서….

현민이는 말한다.

"우리 엄마는 얼마나 똑똑한지 몰라요, 베트남에서도 대한민국에서도 못 하는 게 없어요, 우리 엄마는 베트남 말도 잘 해요."

나는 오늘 한 가정과의 인연을 정리하면서 또 만나게 될 새로운 가정에 대한 기대를 안고 이별연습을 한다.

추억은 언제나

염희영
violet8967@gmail.com

　남편은 나에게 알 수 없는 열쇠를 하나 주며 홀연히 길을 떠났다. 어디를 가기에 가장 소중하게 여기는 것을 맡기는 것일까. 경황없이 남편의 뒷모습을 쳐다보고 있다 내 옷차림을 살펴보니 스웨터 솔기가 보였다. 옷을 뒤집어 입어 민망했다. 주위를 둘러보니 사람들은 모두 일에 몰두하고 있었다.
　그런데 이것이 꿈인가, 현실인가. 나는 왜 남편을 따라 가지 않고 혼자 있지. 뒷모습이 가물가물해지는 남편에게 좀 기다리라 말하려고 핸드폰을 찾다가 잠에서 깼다. 새벽 4시, 꿈이었다.
　남편은 서울로 올라온 지 3개월도 안 된 추석 일주일 전 내 곁을 떠나갔다.
　준비 없는 이별을 하고 마음을 추스르느라 시간이 필요했다. 나는 남편이 잠든 후 40일이 지나서야 몇 년간 내려가 살던 추자도에 유품을 정리하러 내려갔다. 집 안에 들어선 내가 처음 만난 것은 우리가 떠나던 날로 멈추어 선 시간이었다. 2017년 6월 30일. 달력 속의 시간은 그렇게 흐르지 못하고 멈춘 채 나를 맞이했다.

  인생을 살면서 여러 번 생활의 굴곡 속을 헤쳐 온 우리 부부는 작은아들 결혼 후 조용히 쉴 곳이 필요했다. 남편은 여동생만 셋인 외아들이었다. 재정적으로 평탄치 않은 가운데 부모님과 조카들까지 돌보며 살아온 세월이 만만치 않았다. 우리는 둘만의 시간이 필요하기도 했다. 형편을 아는 남편 친구가 후배들이 살고 있는 추자도를 소개했다. 바다를 좋아하는 남편에게 몸과 마음의 휴식처가 되어 주리라 생각되어 흔쾌히 동의했다.

  추자도로 내려가기로 결정했을 때 아이들은 도시생활에 익숙한 우리가 무모한 결정을 했다며 많은 염려를 했다. 오지와 다름없는 곳에서 고생을 할까 걱정한 것이었지만 남편과 함께 했던 시간은 나에게 보너스와 같은 것이었다. 우리는 그곳에서 책을 읽고, 바닷가를 산책하며 저녁이면 마당에서 노을을 바라봤다. 추자도 앞 직구도로 떨어지는 낙조는 언제나 장관이었다.

  부엌 창문 밑에는 작은 텃밭이 있었다. 그곳에 고추며 오이, 호박, 가지를 심어 먹었다. 오이와 호박은 넝쿨을 뻗어 창문에 매어 준 줄을 타고 올라 꽃을 피웠다. 남편은 식탁에 앉아 책을 읽으며 꽃을 바라보는 즐거움으로 시골생활의 행복을 찾았다.

  농약을 치지 않은 우리 텃밭은 온갖 나비와 벌들의 식당이며 놀이터였다. 근처에는 서울과 부산에서 혼자 내려와 낚시를 하는 남편 후배 세 사람이 살고 있었다. 우리 집이 지나가는 길목에 있어 지날 때마다 "형님" 하며 들어와 차를 마시고 때로는 밥도 함께 먹고 놀다 갔다.

나는 서울에서 명절을 지내고 갈 때면 음식들을 싸들고 내려가 후배들을 초대했다. 우리가 올라오던 해의 설 명절에도 얼려 두었던 만두를 들고 내려가 떡국 상을 차렸다. 후배들은 음식 사진을 찍으며 "이제 내년에나 또 이렇게 먹겠네요" 했다. 나는 뿌듯한 마음으로 "가까운 시일 내에 또 잡수러 오세요" 했지만 그 약속을 지키지 못했다.

추자도 자연의 맛을 밥상 위에 올렸지만 입맛을 잃은 남편은 한 달이 되어도 회복되지 않았다. 제주병원에 갔더니 서울로 올라가라고 했다. 아산병원에 예약을 해놓고 그길로 제주를 떠났다.

뒤돌아보니 남편은 평생 이루지 못한 꿈을 좇아 방황하며 살았다. 위로 형 둘을 잃고 혼자 남은 아들로 부모님과 동생들의 기대와 책임감의 짐에 눌려 버거웠다. 일주일의 절반은 술독에 빠져 지냈다. 그 마음을 채워 주지 못하는 나는 안타깝고 외로웠다. 우여곡절 끝에 술은 끊었지만 탕진해 버린 재물과 허송한 세월은 그를 괴롭게 했다.

원한 것은 아니지만 추자도 생활은 남편이 남은 삶을 정리한 기간이 되었다. 평생 동안 하지 못했던 사랑 고백을 한꺼번에 쏟아놓기도 했다.

"당신 덕에 내가 순화되어서 술도 끊고 지금까지 살고 있어. 아버지에게 불효만 했는데 당신이 나 대신 효도해서 고마워. 가정을 지켜 주어서 고마워. 아이들이 반듯하게 자란 것도 다 당신 덕이야. 젊을 땐 예쁜 것 같지 않더니 나이 먹으면서 당신 더 예뻐진다."

나이 먹으면서 예뻐지는 사람이 어디 있을까. 남편의 농담 섞인 말들은 그동안 말하지 못했던 미안함의 표현이었을까.

철없는 스물다섯 살 나를 시집보내며 친정아버지는 "돈 보고 살지 말고 사람 보고 살아라"고 하셨다. 돈은 있다가도 없고 없다가도 있는 뜬구름 같은 것이라는 친정아버지의 말을 그때는 이해하지 못했다. 시아버님의 의원선거 낙선으로 재산을 엎고 어렵게 살던 중에 남편이 사업을 한다고 빚을 졌던 모양이었다.

결혼식 후 남편은 나를 데려갈 형편이 못되니 친정에 좀 데리고 있어 달라고 했단다. 모든 면에서 엄격했던 아버지는 "결혼하면 자네집 식구이니 고생도 같이 하게" 하시며 얼마나 마음이 아팠을까. 없는 집에 시집가서 고생할 딸의 미래를 먼 산을 바라보시던 아버지의 모습이 지금까지 내 기억 속에 남아있다. 나는 돈은 붙들지 못했으나 사람 하나는 붙들었구나 싶었다. 그동안 삶이 헛되지 않았구나 생각하며 보상받은 느낌이었다.

추억은 언제나 아름다운 것이 아니던가. 함께 살아온 지난날들이 마음을 붙들고 놓아 주지 않는다. 아이들은 더 추워지기 전에 유품을 정리하자고 했다. 휴가를 낼 테니 함께 가자고 했지만 나는 혼자 갔었다. 버릴 것은 버리고 쓸 수 있는 것들은 주위에 나누어 주었다. 남편과 내가 가져갔던 책과 옷가지 등을 정리하니 택배로 부칠 짐이 스무 상자였다. 사람은 숨 떨어졌다고 그리 쉽게 내다 버렸으면서 손때 묻은 옷가지 하나 책 한 권이 무어라고 그리 버리지 못하고 애달파 했을까.

 남편이 아끼던 양복과 외투 한 벌은 장롱 깊숙이 넣어 두었다. 내가 그의 곁에 갈 때 덮고 가리라. 병상에 있는 동안 남편은 내가 목에 걸고 있던 작은 목걸이를 달라고 했다. 평생 보석이나 장신구 하나 사다 줄 줄 모르던 사람이었다. 목에 걸어 주었더니 "이제 이건 내 거야" 하는 것이었다. 임종 때까지도 지니고 있으려 했던 것으로 보아 사후에도 목걸이로 나와 연결될 것으로 생각했던 것은 아닐까. 입관할 때 장의사들이 빼놓은 것을 다시 목에 걸어 주고 국화꽃으로 채운 관속에 남편을 눕혔다. 순간 나도 옆에 누워 버릴까 하는 생각이 머리를 스쳤다. 지금도 그 시간이 현실처럼 느껴질 때가 있다. 나는 멈추어진 시간 속에 살고 있는 지도 모르겠다.

아무르와 디그니타스

오차숙
sokook21@naver.com

영화 《아무르》를 감상했다.
몇 년 전 광화문 시네큐브에서 접한 적도 있었지만, 며칠 전에는 EBS를 통해 재차 음미할 수 있었다. '아무르'는 그 어떤 작품과는 달리, 주인공 '안느'의 쓸쓸한 모습이 많은 여운을 주며 잡다한 생각을 하게 했다.

쓰나미처럼 엄습하는 나이 탓도 있으렷다.

안느가 남편 조르주와 마주 앉아 식사하던 중, 점점 의식이 희미해져 가는 장면부터 시작해 일상의 삶이 무너져가는 노부부의 모습이 생각의 쓰나미로 몰아치게 하며 발바닥까지 축축하게 했다. 죽음을 향해 허물어져 가는 그 과정들이, 정신없이 달려가는 순간의 삶보다 100만 배쯤 어렵다는 생각에 닿게 되자 거실의 먼지까지 애련하게 느껴졌다. 두 주인공의 삶은 곧 우리들의 일상이 되어 극복해 가야 할 과제임을 실감하게 했다.

인간의 생生은 결국 병듦과 죽음으로 치달아 흔적이 없어질 때, 비로소 그때 '삶의 완성'임을 깨닫게 하는 건가. 세상의 미물은 자기의 뜻과는 거리가 먼 – 부모의 임의에 의해 태어난 생명이 아니던가. 남녀의 특권인 애정 놀이가 후손에겐 묵중한 짐을 짊어지고 사막을 걸어가게 하는 형상으로 나타났으니.

다행인 것은,

영화 《아무르》는 삶의 무게와 죽음의 무게가 있었지만, 사랑의 무게가 두 무게보다는 무거워서 그 본질에 감동하게 했다. 하지만 지구상에 '아무르'의 두 주인공처럼 살아가는 부부들이 얼마나 될까. 우리 부부도 '사랑'이란 이름으로 연을 맺고 산다 해도 천만에, 조르주와 안느처럼 살아갈 가능성은 1% 미만이다.

자의식이 강한 안느가 남편 조르주와 근사한 사랑을 하면서도, 견딜 수 없는 순간들이 그 아내를 질식시켜 생生을 마감하게 했으니, 즉흥적인 사건이지만 남편 조르주의 사랑 철학은 심오하다 못해 쓸쓸할 수밖에 없다. 인간의 생生을 마무리하는 과제가 만만치 않음을 절감하게 한 영화, 감독 '미카엘 하네케'는 사랑의 진정성을 피력하기 위해 안느의 영혼으로 환생한 비둘기, 시신이 안치된

방을 꽃으로 장식하고 테이프로 밀봉하며 영화를 깊이 있게 연출했지만, 숨이 막히도록 답답한 그 영화, 안느가 죽고 나서도 환상으로 보이는 아내를 따라 집을 나서는 조르주가 초월적인 사랑을 보여주긴 했지만, 인간이 늙어가는 모습, 병든 모습, 죽음을 맞이하는 고통이 잔혹하게 느껴진 상황이다.

중병과 죽음은 성난 파도처럼 고약해 의식이 있는 채론 받아들이기 쉽지 않은 부분이다.

뒤끝이 헛헛한 영화 '아무르', 안느와 조르주의 생生이 비참해서가 아니라, 삶의 한계를 철학적으로 풀어나간 감독의 고민은 곧 이 생을 살아가는 우리들의 고민, 우리 모두의 과제로 다가왔기 때문이다.

《아무르》처럼, 부부가 마지막 순간까지 함께하려고 버둥대다 극한 상황에 부딪혔을 때 결국 사랑이란 이름으로 아내를 질식사시켜야만 하는 그 혹독함이 우리에게 주어진 한계였다. 두 주먹을 불끈 쥐고 울음을 터트리며 어머니 뱃속에서 나온 갓난이와는 달리, 인간의 최후는 참으로 씁쓸해 '태어남' 자체가 오류라는 생각이 든다.

1대 1로 최후의 고통까지 감수해야 하는 세상, 2세를 낳아 그들에게 그 과제를 넘겨 줄 필요가 없는 세상, 인간의 삶과 그 뒤에 따르는 죽음은 허망하고 비정해서 잡다한 생각이 춤을 추게 한다.

감독은 영화의 구성미에서 사랑의 상징성을 군데군데 도입시켰지만, 인간의 최후는 유기견보다 적막한 것이 사실이다. 그것으로 볼 때 생生을 줄기차게 살아가는 우리들은 거대한 장벽과 거룩한 공허가 기다리고 있음을 감지하며, 순간순간 최선을 다하며 살아갈 수밖에 없다.

 때가 되면 탁한 침까지 탁탁 뱉고 모든 것을 과감하게 버릴 줄 아는 삶을 살아가기 위해, 마른 장작이 되어 활활 타다 미련 없이 스러지는 재가 되기 위해, 순간순간 땀을 닦으며 살아가야 하는 존재임을 잊지 말아야겠다.
 요즘은 구호를 외치듯 장수시대, 100세 시대라고 부르짖곤 하지만 견딜 수 없는 삶, 견딜 수 없는 무의미함, 견딜 수 없는 고통은 존엄사가 행해지는 나라, 스위스의 비영리단체 디그니타스 DIGNITAS를 찾아가게 하는 시대가 되고 있다.
 한국 사람들도 자기만의 고통을 다스리지 못해 그곳을 찾아가긴 하지만, 지난해에는 호주의 과학자 데이비드 구달 박사(104세)도 그곳을 택하지 않았던가. 구달 박사는 당시 특별하게 아픈 데가 없음에도 고령이라는 이유로 더 이상 삶을 이어가는 것은 의미가 없다며 존엄한 죽음을 택했으니, 구달 박사가 취한 행위는 우리에게 그 어떤 메시지를 던져주고 있을까.
 살아있다고 산 것이 아니라는 것, 끝나지 않을 듯하면서도 끝나는 것이 인생임을 증명하며 생을 마감한 구달 박사, 104세의 노인이 스스로 돌아올 수 없는 여행을 선택한 뒤 비행기에 탑승해 혈혈단신 호주에서 스위스로 날아갔으니. 그리고 한 줌의 재가 되고 말았으니….

환기시켜 볼까 잠시.

세상에 태어난 이상, 현실을 견디는 힘은 '운명'이란 불가항력의 세계이며 신의 영역이 아닌가. 그렇다고 그 누구도 개인의 삶을 탓할 수는 없는 시대, 장수로 변해가며 질병까지 다스려지는 시대라 해도, 인명재천人命在天과 수인사대천명修人事待天命을 마음에 새겨야 하지 않겠는가.

하지만 그대여!

진정 극적으로 취해진 조르주의 선택과 구달 박사의 선택은, '완벽한 사랑'이며 '완벽한 인생'임엔 틀림없지 않은가.

밥

왕옥현
oh-wang@hanmail.net

'전기밥통 속에서 밥이 익어가는 그 평화롭고 비린 향기에 나는 한평생 목이 메었다. 이 비애가 가족들을 한 울타리 안으로 불러 모으고 사람들을 거리로 내몰아 밥을 벌게 한다.(중략)'

쾌속 버튼을 누른 지 15분이 지나자 밥이 다 되었다는 알람이 울리고 표시등은 취사에서 보온으로 넘어갔다. 식탁으로 가족들을 불러 모으는 시간이 된 것이다.

전기밥솥에 밥을 지을 때마다 오래전 읽었던 에세이 속 구절이 드문드문 생각난다. 김훈의 『밥벌이의 지겨움』, 날生 것 같은 표제에 끌려 집어든 책이다. 초판은 2003년에 출간되었지만 내가 읽은 것은 칠 년 후 재발간된 두 번째 판이었다. 작가의 다른 에세이와 달리 소소한 일상이 들어있어 그의 삶을 들여다보는 것 같았다.

성인이 된 후 더 이상 부모에게 의존하지 않고 내 밥벌이만큼은 스스로 해결하고 싶었다. 3년이란 짧은 기간이었지만 나 역시 밥벌이를 위해 열심히 회사를 다녔다. 결혼 후 경제주체가 남편이 되자 난 그를 위해 밥을 지었다. 밥벌이를 위해 시계추마냥 살아가는 그이를 배불리 먹이고 싶었다. 밥은 하루를 살아가는데 필요한 에너지고 그의 수고에 대한 나름의 보답이었다. 그가 만취해 비틀거리며 귀가한 다음 날 아침밥상엔 따끈한 밥그릇 옆에 반드시 북엇국이나 콩나물국이 놓였다. 숙취로 인해 그의 하루가 어그러지는 게 싫었다. 부스스한 얼굴로 꾸역꾸역 밥을 입에 밀어 넣고 출근하는 그의 뒷모습은 측은했다.

'술이 덜 깬 아침, (중략) 다시 거리로 나아가기 위해 김 나는 밥을 마주하고 있으면 밥의 슬픔은 절정을 이룬다. 이것을 넘겨야 다시 이것을 벌 수가 있는데, 속이 쓰려서 이것을 넘길 수가 없다. 이것을 벌기 위하여 이것을 넘길 수가 없도록 몸을 부려야 한다면 대체 나는 왜 이것을 이토록 필사적으로 벌어야 하는가.'

며칠 전 다시 집어든 에세이집을 넘기다 멈칫했다. 스치듯 읽었던 문장에 마음이 갇혀 페이지를 넘기지 못했다. 삼십 년 넘게 한 직장에 매여 있던 그의 사회적 정년이 코앞으로 다가온 탓인지 모르겠다. 예전엔 무덤덤하게 읽고 넘어갔던 문장인데 활자들이 콕콕 박히듯 눈에 들어왔다. 결혼 후 지금껏 가장이란 이름으로 살아온 남편도 같은 생각을 했을까. '나는 왜 이것을 이토록 필사적으로 벌어야 하는가.' 남편은 명쾌한 답을 얻었을까.

　밥솥을 열자 갇혀있던 뜨거운 김이 내 얼굴로 화라락 달려들었다. 익숙한 밥 냄새가 코끝에 닿자 슬픔이 밀려든다. 이 밥을 가족에게 먹이기 위해 그는 늘 동분서주했을 것이다. 진정 자신이 원하는 일인지 단 한 번의 의문도 갖지 않은 채. 그의 지나간 시간이 중첩되니 마음이 먹먹했다. 밥을 벌기 위해 받아들이지 않는 속을 달래 밥을 넘겨야 했던 남편의 그간의 시간들이 한꺼번에 내게 달려들어 와와 소리를 내는 것만 같다.

　머지않아 그의 직장생활은 마침표가 찍힐 것이다. 삼십 년이 넘도록 앞만 보고 달렸던 그이의 사회생활 덕에 우리 가족은 안락하게 살았다. 하지만 종종 그의 노동에 대한 대가로 내가 할 수 있는 일이 밥을 지어 먹이는 일뿐이었음을 깨달으면 슬퍼진다. 그라고 '밥벌이의 지겨움'이 없었을까.

　그는 여전히 태연한 모습이지만 나는 안다. 인터넷 검색창에서 미처 삭제하지 못한 그의 흔적을 발견하곤 한다. 도시농부도 좋고 봉사활동도 좋지만 나는 이참에 그가 잊었던, 잊고 살아야만 했던 꿈을 기억해내길 바란다. 그동안 가정 경제를 위해 쉼 없이 달려온 시간의 마침표가 있는 자리에서 자신이 주체가 되는 삶이 시작되길 원한다. 드나드는 시간이 일정했던 삼십여 년의 생활을 리셋하고 다시 뛰는 그이 모습을 보고 싶다. 누군가 마음에 열정이 있는 한 60도 70도 젊은이라 했다. 시간의 속박에서 벗어나 자신만의 하루를 어떻게 그려나갈지 은근히 기대가 된다. 그가 더 이상 쓰린 속을 부여잡고 가족의 생계를 위해 일터로 나가지 않아도 되는 시간, 그때는 나도 코끝에 닿는 밥 냄새에 슬퍼하지 않아도 될 것 같기 때문이다.

세상에서 가장 따뜻한 이름

우명식
shinewms@hanmail.net

"우리 어매 딸 셋 낳아 분하다고 지은 내 이름 분한이 내가 정말 분한 건 글을 못 배운 것이지요 … 구십에 글자를 배우니까 분한 마음이 몽땅 사라졌어요." 이 글은 전국 성인 문해 교육 시화전에서 대상을 받은 아흔한 살 제자 권분한 학생의 시이다.

분한 학생을 처음 만난 건 4년 전 봄이었다. 한글 교실로 향하는 길은 나뭇가지마다 봄물이 올라 줄기 끝에 꽃망울을 터트리던 환한 봄날이었다.

한글 교실 문 앞에는 색색의 고무 슬리퍼가 빼곡히 나를 반겼다. 고단한 삶의 무게 슬리퍼에 벗어 두고 왁자하게 목청 돋우어 당신만의 소리를 내고 있었다.

"인자 와서 글을 배와 머 하겠노. 곧 저승 갈긴데."

"저세상 가서 이름 한 자 못 쓰면 구천을 떠돌아 댕길지도 모르재요."

"입때껏 이름 없이 살았는데 꼬부랑 할매가 이름 찾아 머 할라꼬."

스물세 명의 어르신들이 한마디씩 툭툭 던지는 말에는 한이 서려 있었다. 깊은 내면에는 제발 글 좀 가르쳐달라고 아우성치고 있었다. 오랜 세월 박혀 있는 마음속 가시를 빼주고 그 상처를 어루만져주고 싶었다. 이름자라도 시원하게 쓰고 아들딸네 집을 다른 사람 도움 없이 찾아갈 수 있게 해주고 싶다는 충동이 내 안에 뜨겁게 타올랐다.

먼저 잊어버린 이름을 찾아주기로 했다. 여태껏 한 집안의 며느리, 아내, 어머니로 살아왔지만, 이제부터 나로 살기로 했다. 어르신, 할머니가 아닌, ○○○ 학생으로 부른다고 하니 모두 손뼉을 치면서 좋아했다. 스물세 명의 이름을 써서 출석부와 이름표를 만들었다. 이름표를 목에 걸고 마디 굵은 손으로 쓰다듬는데 싸한 것이 가슴을 훑고 지나갔다.

가장 어린 학생이 일흔을 훌쩍 넘겼고 아흔 넘은 학생도 다섯이나 되지만 우린 갓 초등학교에 입학한 일학년이다. 모든 시름 내려놓고 어린 학생으로 돌아가 이름표 달고 책가방 둘러멘 푸르디푸른 일학년이다.

약봉지 하나씩 곁에 두고 연필 쥔 손에 힘을 준다. 꾹꾹 눌러 잡은 연필만큼 배움에 목말랐던 한을 하얀 종이 위에 새긴다. 마음먹은 대로 글자는 쓰이지 않고 애꿎은 공책만 찢어진다. 삐뚤빼뚤 글인지 그림인지 구별이 어렵다.

 놀이처럼 쉽고 재미있는 공부 방법을 찾아야 했다. 늦게까지 교재를 연구하면서 오직 학생들만 떠올렸다. 길을 가다가도 밥을 짓다가도 생각을 정리했다. 어르신의 눈높이에 맞춰 몸짓과 표정까지 그들의 언어로 다가섰다.

 어느 순간 이름을 반듯하게 쓰기 시작했고, 나는 어린아이처럼 좋아서 품에 꼭 안아드렸다. 작아서 보이지도 않던 글씨가 조금씩 커지고 자신감도 덩달아 커지게 되었다. 어른도 칭찬 속에 자란다는 걸 알았다.

 "에고 선상님요. 보고 쓰는데도 요래 틀려서 우애야 될동 몰시더."

 공책에 늘어나는 빨간 꽃을 보면서 아흔 살 분한 학생이 애달아서 안절부절못한다.

 "우리 생에 꽃 잔치 몇 번이나 남았을꼬."
 아흔한 살 차남 학생이 무심하게 한마디 던진다.

 창밖에는 봄꽃으로 환하다. 하얗게 산천을 수놓은 조팝꽃을 보면서 누가 먼저라고 할 것 없이 한을 쏟아낸다. 배고팠던 시절에도 더 절실했던 건 배움이 고팠다고. 뼈마디에 귀뚜라미 소리 들리고 공벌레처럼 둥근 등으로 이제야 돌아와 책상 앞에 선 어르신들, 공부가 제일 재미있다는 말이 명치 끝에 걸려 무시로 나를 찌른다.

 계절이 세 번 바뀌고 학생들은 잃었던 이름을 찾게 되었다. 병원이나 은행에서 내 이름을 당당하게 쓸 수 있어 꿈만 같다고 했다. 오랫동안 꿈을 그린 사람은 그 꿈을 닮아간다. 학생들과 함께 한 시간도 그랬다. 우린 꿈을 꾸었고 희망의 끈을 놓지 않았다. 무모하다고 생각하던 일도 감히 도전해 보았다. 조금씩 용기가 생기고 희망이 보이기 시작했다.

 졸업을 앞두고 시화를 준비하면서 우린 더 가까워졌다. 농사일보다 시 짓는 일이 더 어렵다며 꾀를 부리는 아흔세 살 왕언니를 아흔 살 아우가 살갑게 다독인다. 늦은 시간까지 글을 쓰면서 우린 울고 웃었다. 시고 맵고 짠 세월을 글로 풀어내고 옹이 진 마음마저 함께 치유했다. 완성된 시화에 화룡점정 당신 이름을 적으며 '나도 시인이다'라고 외쳤다.

 어둠이 내리는 창밖을 바라보며 집에 가는 길을 걱정해주던 어르신이 갑자기 내 앞에 밥그릇을 내밀었다.

 "선상님, 이거 자시면 속이 따뜻해져요."

 아, 그릇 속에는 커피가 찰랑거리고 나의 눈에는 눈물이 찰랑거렸다. 구순을 넘긴 학생이 밥그릇 넘치게 타주던 커피를 마시며 뜨거운 사랑도 함께 삼켰다.

 "우리 어매 딸 셋 낳아 분하다고 지은 내 이름 분한이 내가 정말 분한 건 글을 못 배운 것이지요 … 구십에 글자를 배우니까 분한 마음이 몽땅 사라졌어요."

분한 학생의 시 읽는 소리가 낭창하게 울린다. 나의 가슴이 마구 방망이질한다. 분한, 분해, 차남 … 한 사람 한 사람 눈을 맞추며 세상에서 가장 따뜻한 이름 불러본다.

부치지 못한 편지

유경식
skyoo920@naver.com

어언 70여 년이 지난 여학교 시절.

그녀는 아버지가 일본 교토대학 교수로 재직하고 있어서 여학교를 들어가던 해에나 서울에 오게 되었다. 말이 없고 조용한 그녀는 자기 몫에 대한 일은 우수하게 해내는 소녀였다. 근시였는지 늘 두꺼운 렌즈의 안경을 쓰고 시간 날 때마다 제자리에 앉아 책을 읽고 있었다.

내가 며칠 결석을 해서 진도가 많이 나가버린 영어를 따라갈 수 있도록 가르쳐준 것도 그녀였다. 그런 계기로 조심스럽게 말도 붙이곤 했다. 그녀의 아버지는 유타대학에서 'Ree Eyring theory'를 발표해서 노벨화학상 후보까지 올랐던 이태규 박사다.

아버지가 유타대학의 교수로 적을 옮기게 되고 그녀도 서울대를 졸업한 터라 유학을 가게 되었다. 섭섭해 하면서 "서울국립도서관에 전시된 명화들을 구경하러 나가니 한번 만나자"는 연락이 왔다. 박식하고 지적 수준이 높은 그녀와 오랜만에 무슨 대화를 할지 망설여져서 만나러 나가지 못했다.

유학을 떠나는 날은 퍽 아쉬워하면서 간단한 편지를 보냈다. 보통 때와 다르게 정성들인 글씨였고, 사연도 많이 생각한 내용이었다.

그녀의 편지는 늘 형식을 배제하고, 쓰고 싶을 때면 옆에 쓰던 연습장이나 어디 굴러다니는 종이에도 쓰곤 했다. 종이가 중요한 것이 아니다. 느끼는 심정만 전하면 되는 거니까. 어떤 때는 이상한 종이에 적당한 펜이 없었는지 드로잉하는 연필로 쓴 편지가 온 적도 있다. 그녀는 그림도 잘 그렸었다.

지금까지도 나는 그녀가 보냈던 편지와 쪽지들을 계속 간직하고 있다. 그 어린 시절, 특별히 다듬지 않고 그냥 생각대로 써 내려간 글솜씨가, 내가 보기에는, 지금의 작가 이상이다. 서랍을 정리하다가 그 편지들이 나왔다. 굵은 연필로 피카소 그림 같은 것을 그린, 만지면 바삭거리는 소리가 나는 종이에 휘갈겨 쓴 사연이다.

진정한 친구가 준 말 한 마디가 내 삶에 크나큰 용기를 주었다. 그러던 어느 날 편지가 끊기고 한없는 쓸쓸함이 일기 시작하며, 내가 그녀를 좋아한다는 것을 알았다.

그때 나이가 30을 육박해도 어리광 수준인 나를 올려주기에는 너무나 할 일과 앞으로 나아가야 할 생각들이 많은 그녀였다.

눈앞에 깔린 아련한 안개 같은 그녀. 붙잡으려 해도 잡히지 않는, 쫓아가다가 그만 걷혀버리는, 그러다가 다음 날 다시 피는 안개 같은 그녀.

이 글을 읽거든
지금 내 마음 속에 그 빨간 수첩과 그 숱한 편지들이 그냥 남아 있다는 것을…
부족한 친구나마 너를 좋아한다는 것을 말하고 싶다네.
먼 기억을 더듬어 본다.
코로나19라는 전염성 독감 때문에 몇 개월째 온 인류가 집안에만 있어야 하지만 마음은 정처 없이 날개를 단다.

얼굴

유정림

helenwhite65@daum.net

그녀는 양미간을 찌푸린 채 화를 내고 있다.

내 귀에는 웅웅거리는 소리로만 들린다. 그녀의 얼굴을 보며 내가 알고 있는 그녀가 맞는지 의심스런 생각이 든다. 우리는 9일간의 여행을 마치고 프라하공항 24번 게이트 앞에 앉아있다. 그녀와 날짜를 맞추어 자유여행을 나선 건 작지 않은 도전이었다. 그녀는 내가 살고 있는 세계 밖의 사람이다. 서로의 결핍이 위로가 되어주기도 하고 더 넓은 세상을 보기도 한다. 그런데 도대체 우리에게 무슨 일이 일어난 걸까. 그녀의 말이 틀린 것은 없다. 하지만 나는 그녀의 말보다 그녀의 표정, 그녀의 눈 코 입으로 움직이는 낯선 근육의 움직임과 그 밑으로 흐르는 미세한 감정을 보고 있다.

가끔 친구가 보내준 사진을 보면 내 얼굴에 놀랄 때가 있다. 찍는 줄 알고 찍힌 사진보다 찍는 줄 모르고 찍힌 모습에 더 화들짝 놀란다. 아무 생각 없이 있었을 텐데 심각해 보이거나 심술궂어 보이기도 한다. 이런 모습은 어디에 숨어 있다가 나오는 걸까. 횅한 눈빛은 마음이 걸쳐져 있기나 한 지, 내시경으로 본 식도나 위장 어디쯤처럼 낯설기만 하다. 거울에 비친, 입꼬리를 올리고 말간 표정으로 들여다보는 내 모습과는 사뭇 다르다. 사진 속 모습들이 모여 내가 보여지는 것일 텐데 정작 나 자신은 보지 못한 얼굴들이다.

내 앞의 그녀도 내가 모르는 아니 숨기고 싶었던 나의 고집스럽고 변덕스러운 모습을 본 것은 아닐까. 온순하게만 대해 주던 그녀가 화를 내고 있다. 그녀의 말대로라면 이야기를 하고 있는 것이지만….

아직 게이트가 열리려면 한 시간은 더 기다려야 한다. 의자보다 차고 넘치게 걸터앉은 백인 남자의 힐끔거리는 눈길을 받으며 그녀와 나는 어색하고 무심한 듯 서로의 곁을 서성거리고 있다.

어려서 어른들은 날 보고 고집통머리 세게 생겼다고 혀를 차고는 하셨다. 눈두덩이가 밥을 수북이 올려 담은 밥주발의 모양 같다고. 억울하다. 생긴 것이야 주는 대로 물려받은 것이지 선택한 것이 아닌데도 말이다. 볼록한 눈두덩이 때문에 고집불통의 계집애로 여겨지고, 쟤는 누굴 닮았냐는 물음에 부모님이 약속이나 한 듯 자신들은 안 닮았다고 손사래를 치실 때는 다리 밑에 날 버리고 갔다는 엄마를 지독히 원망했다. 동생들과도 닮은 구석이라고는 하나도 없는 나는 삐뚤어지고 질투심으로 가득 차 지붕 위나 남의 집 문간을 살금살금 돌아다니는 고양이같이 가족들 사이에서 겉돌았다. 그렇게 나의 열등감은 얼굴로부터 시작되었던 것 같다. 자라면서 얼굴뿐만 아니라 그 사람의 말투, 마음씨, 태도, 눈빛이 모여 그 사람을 이룬다는 것을 알았지만 나의 눈은 언제나 아름다운 얼굴을 향해 동경의 화살을 쏘아 올리고는 했다.

얼굴의 수많은 근육들은 사람의 과거와 현재가 교묘히 조합되어 흘러온 시간과 흘러갈 시간까지 상상하게 한다. 때로 얼굴이 드러내는 말은 입으로 전하는 말보다 깊고 멀리 나아간다. 그러나 우리의 눈은 불완전해서 얼굴 아래 흐르고 있는 많은 정신들은 다 알기란 어렵다. 어쩌면 중요한 순간에 두 눈을 감아야 하는 이유인지 모른다.

기내에서 주는 와인 한 잔에 비행시간의 반을 훌쩍 넘어왔다. 옆자리의 그녀는 추운지 목 아래까지 담요를 끌어올려 덮고 있다. 긴 시간 잠 못 들고 뒤척거리고 있던 것 같다. 여분으로 넣어 온 점퍼를 꺼내 그녀의 무릎을 덮어 주었다. 담요 아래 웅크리고 있던 그녀의 손이 내 손을 잡는다. 화해하자는 의미일 텐데 마음은 제자리에서 움직이질 않는다. 그녀와 난 눈과 입으로만 서로를 더

듬은 것은 아닐까. 내 안에는 이해하지 못하면 한 발짝도 전진하지 않고 그 자리만 빙빙 도는 고집불통의 아이가 있었다.

  이제 곧 비행기는 우리를 일상으로 내려놓을 것이다. 입국신고서를 제출하고 수하물 찾는 곳에서 짐을 찾아 걸어 나온 길을 따라 되돌아가면 된다. 공항 밖은 여전히 북적이고 그녀와 나를 아랑곳하는 사람은 어디에도 없다. 잘 가라는 어색한 인사를 나누고 우리는 마지막 포옹을 했다. 순간 눈물이 흘러내렸다. 나는 그녀의 한쪽 어깨에 내 얼굴이 묻히는 순간, 그 짧은 순간에 가슴 어딘가가 무척 아팠다는 것만 기억한다. 가만히 생각해 보면 우리는 말보다 얼굴이 해 주는 말 때문에 마음의 상처를 받고 서로를 이해하지 못했다. 보여주는 얼굴도 그 얼굴을 읽어내는 눈도 서툴렀다. 하지만 그렇게 두 눈을 감고서야 우리는 서로에게 다가갈 수 있었다.

첫 전시회를 갖는 화가님께

윤영자
yjyoon3303@naver.com

　축하의 말을 드립니다.

　현대는 융합의 시대입니다.

　조화와 소통으로 비비고 버무려서 새로운 감성을 생산할 때입니다.
　미래를 향해서 가는 길에는 정당한 방향으로 지향되는 기적이 있습니다. 지혜로운 판단과 열정 있는 도전이 사회적 능력을 만듭니다.

　대자연의 보금자리는 고향을 느끼는 어머니의 품속입니다. 미래의 파도가 출렁이는 가슴 속에는 정적靜寂인 아름다움의 소통이 있습니다.

잃어버린 것을 다시 찾으며, 추억의 유년 시절로 돌아갑니다. 그곳에는 동심을 사랑하는 안도와 평안의 행복이 있습니다.

닥종이 혼합 재료로 정성 들인 정영모鄭英謨 님의 심혼의 화폭 속에는 멜로디를 아는 음악이 있고, 맛을 느끼는 향내가 있습니다.
빛을 발하는 색깔이 있고, 기쁨을 노래하는 파도가 있습니다.
도란도란 속삭이는 작은 언어로, 고향 이야기를 듬뿍 담은 다정다감한 큰 소리가 있습니다. 거듭 축하드립니다.

철학하는 우물 안 개구리

윤혜숙
patriotfam21@naver.com

마음의 눈이 트이고 난 후부터의 인생은 오묘함과 신비로움 투성이다.

얼마 전 주문한 텐트형 모기장이 배달되었다.
'우물 속 개구리'가 얼마나 편안하고 자유스럽고 행복한지 처음 느꼈다. 하루 중 일정시간 동안 한 평 남짓 '나만의 공간'에서 무한한 자유를 만끽한다. 어릴 적 추억을 되새김질하고자 엉뚱하지만 흔쾌히 마련한 비밀스런 투명공간이다. 밤마다 좁은 새로운 공간에서 엄청난 부피의 자유를 만난다. 갑자기 철학자가 되고 세상 이치에 통달한 도사가 된 기분이다. 신비한 공간에서 나는 경계가 없는 긍정의 세계를 넘나든다. 광활한 생각의 공간 덕분에 야행성 습관도 저절로 개선되었다.

지퍼 문을 열고 들어가면 투명한 벽이 바깥의 온갖 잡다한 것들로부터 안전하게 보호해 준다. 그 안에 누워 창문에 걸터앉은 밤하늘을 만나는 시간은 황홀하다. 정신없이 바쁘게 지나친 하루의 시간들이 아쉬움과 여운으로 잡티처럼 하늘빛에 새겨져 있다. 어린 시절 마당 한가운데 멍석 깔고 기둥을 세워, 그 속에 오목조목 함께 누워 국자 모양 북두칠성을 찾던 추억도 아련하다.

밤새 혼자서만 먼 세계를 휘젓고 돌아다닌 것 같아 어느 아침 아이한테 밤새 잘 잤느냐고 슬쩍 물었다. 별다른 감흥 없는 답변이다.

두어 달 후, 여전히 기쁜 마음으로 침실로 갔다. 지퍼를 열려는 순간 큼지막한 관棺이 앞에 놓여 있다. 깜짝 놀라 아이를 불렀다.

"이게 무엇으로 보이니."

"갑자기 왜 그러셔요?"

"관棺처럼 보이지 않니."

"그렇게 좋다고 하시더니, 오늘 많이 힘드셨어요?"

한쪽 문이 닫히고 다른 쪽의 마음 문이 열려서일까. 하루 만에 생각의 방향이 반대로 틀어져 있었다. 완전 딴 세상에 진입한 느낌이다.

똑바로 누우니 지붕이 점점 낮아지고, 양 옆 공간이 죄어 답답하다. 베개 옆 티슈로 귀와 코를 막았다. 단단하게 묶어 보라는 듯 팔과 다리는 차렷 자세를 취했다. 한동안 숨을 참고 눈을 감았다. 30년 후의 내 모습이 나타난다. 감겨진 눈 사이로 뜨거운 무언가가 흘러내린다.

산다는 것과 죽는다는 것의 차이가 무엇일까.

우물 안에서 만족하던 개구리가 어느새 관棺 속에서 고뇌하는 철학자가 되어 있다. 올 여름밤 퍼포먼스는 잠시 혼자이고 싶어 대책 없이 어딘가로 망명해버리고 싶은 마음 깊숙이 숨겨놓은 섬이었을까. 특별한 감정으로 물들인 텐트형 모기장을 철거하면서, 생각보따리들도 주섬주섬 쓸어 담았다.

지나온 날의 반도 남지 않은 나머지 시간들. 무엇이 소중하고 어떻게 살아야 할지 생각의 숲에서 허우적거린다. 이중섭의 〈소의 말〉이란 시가 떠오른다.

삶은 외롭고
서글프고 그리운 것
아름답도다

앞만 보고 걸어가는 지금 자연과 사랑, 문학을 친구 삼아 함께 사는 꿈을 꾼다. 궁핍하여 더욱 빛을 발한 이중섭 화가의 마음 위에 내 마음을 포개 놓는다. 끝없는 수평선과 높은 창공에 세상을 죄다 물들이려는 노을까지 마음속에 그려 놓고 가슴 철렁 내려앉았던 순간을 떠올린다. 낙조의 풍경과도 같은 내 모습이 지워지지도 않고 떨쳐버릴 수도 없는 허망함으로 가득하다.

솔향기 松香

성산 이갑세
skl2468@hanmail.net

반갑다 벨소리!
가을바람 싸늘해요
따뜻하게 입으시고 나오셔요
내 친구랑 솔향기松香가 모실게요
낮끝 시간 아홉 시에 모시러 갈게
가을 냄새로 눈요기 시켜드릴게.

고맙다 벨소리!
무논에 쓰러져 누워 있는 누런 벼
길가 코스모스 미소 띄우며 유혹하고
시골 마당가 맨드라미도 덩달아
賓客而 自遠方來 하니 즐거이 맞이하네.

귀찮다 벨소리
가을바람에 실려 오는 용인땅
구수한 가을 냄새 더욱 허기지는데
논 웅덩이에 졸고 있는 물새우랑
통통 알진 배추 겉절이 제격이고
머리 파란 무우 뽑아 생채 만들면
농가 가을 손님맞이 걱정 없겠네.

밭머리길 논길 지나 진천 방향으로
국도를 한참 달리고 달려서
솔밭 속에 아담하게 자리 잡은 한식집
그 이름 솔향기 내 제자도 솔향기
'솔향기'가 '솔향기' 찾아왔네
차려놓은 밥상 보니 만산에 홍엽이라
보기 좋으니 맛도 좋겠지 진수성찬!

* 솔향기 덕분에 성산 포식하네 2019. 한글날

빨래를 헹구며

이문숙
mslee5753@hanmail.net

 막냇동생의 자지러지는 울음소리가 개울가 자갈밭으로 날카롭게 퍼져 나갔다. 빨래하던 엄마는 아기의 울음소리가 심상치 않음을 직감적으로 알아차렸다. 가늘고 연약해 보이는 엄마의 어느 곳에 그런 속도가 담겨 있었을까. 엄마는 재빨리 상황을 파악했고 어느새 아기는 엄마 등에 업혀 저만치 달려가고 있었다.

 엄마가 빨래하는 동안, 처네 포대기에 앉혀 놓았던 막내는 엉금엉금 기어가 양잿물 그릇에 손을 대었다. 그리고 손가락에 닿는 매서운 아픔에 손등으로 눈을 비비며 울음을 터뜨린 것이다. 일곱 살 누나는 개울가 빨래터에, 하다만 빨래와 함께 혼자 남겨져 무심히 흐르는 강물을 막막하게 바라볼 수밖에 없었다. '아기를 보라'는 당부를 잊고 예쁜 돌멩이에 마음 뺏겼던 어린 누나는 제 탓인 듯 가슴이 졸아들었다.

어림조차 어렵게 긴 시간이 지나 엄마는 막내를 업고 지친 표정으로 빨래터로 돌아왔다. 주섬주섬 흩어진 빨래를 주워 담던 엄마의 떨리는 손가락이 선명하게 누나의 뇌리에 남겨졌다. 빨래에 얽힌 내 첫 기억이다. 다행히 막냇동생은 크게 다치지 않았지만 수십 년 세월이 지난 지금도 그 일이 떠오르면 가슴이 서늘해진다.

나는 옛일을 떠올리면서 커다란 세탁기 앞에 쪼그리고 앉았다. 드럼세탁기 문을 열고 세탁이 끝난 빨래들을 빨간 고무 대야에 끌어 담았다. 수돗물이 가득 담긴 대야에서 빨래를 하나하나 흔들어 헹구어서 다시 세탁기 속에 집어넣고 짧은 시간의 헹굼과 탈수를 선택했다. 세탁기는 잠시의 쉼으로 새 힘을 얻은 듯 다시 빙글빙글 돌아간다.

깔끔한 성격의 엄마는 쓸고 닦는 일을 손에서 떼어놓지 못했다. 하지만 그런 성격을 감당할 만한 체력이 못되어 늘 힘들어했다. 사정이 그렇다 보니 자주 몸살을 앓으셨고 맏이인 나는 어릴 적부터 엄마의 손발이 되어 이것저것 집안일을 거들어야 했다. 빨래도 예외가 아니어서 때때로 빨래터에 따라가곤 했다.

빨래터는 산골 여인들의 일터이기도 하지만 가난하고 어려운 살림살이의 고단함을 나누는 사랑방이기도 했다. 빨래터에 앉은 여인들은 저마다 물에 적신 빨래에 하얀 비누를 쓱쓱 문질러 두 손으로 돌판에 대고 문지른다. 그러나 찌든 때는 질이 낮은 비누에 쉽게 손들고 나가지 않는다. 이때 등장하는 것이 빨랫방망이다.

지금은 어느 집에나 세탁기가 있듯이 그땐 빨랫방망이가 있었다. 비누 때가 절어 희끄무레해진 방망이는 수건이나 면 내복, 이불 빨래에는 어김없이 마운드에 등판한다. 야구선수는 날아오는 공을 골라 한 방에 때리지만 빨랫방망이는 골라 때릴 이유가 없다. 그저 미운 놈 볼기짝 때리듯 사정없이 빨래를 매질하여 빠지지 않는 때와 승부를 겨룬다. 개울 물살을 따라 뽀얀 비눗물이 번져 나가고 비눗방울은 저마다 아롱대는 무지개를 이고 종알종알 흘러간다.

애벌빨래가 끝나면 개울가에 양은솥을 걸어 놓고 빨래를 삶았다. 이불 홑청인 옥양목과 광목을 양잿물에 삶아 볕에 널어 바래야 하는 일도 연중행사 중 하나였다.

삶아 빤 옷감들이 자갈밭에 나란히 누워 지나는 바람에 펄럭이는 모양은 마치 추상화가가 커다란 붓으로 그려 놓은 그림 같았다. 더 하얗게 바래진 천이 눈부시게 빛났다. 파랗게 맑은 하늘에 한가하게 떠도는 흰 구름은 자갈밭에 널린 빨래 위에 춤추듯 제 그림자를 비추곤 했다.

겨울철에는 지하수가 나오는 곳이 빨래터가 되었다. 지하수가 따뜻하다고는 하지만 매서운 겨울바람이 스쳐 지나가면 손가락은 감각이 없어질 만큼 시리다. 얼어서 빨갛게 된 손을 오금에 넣고 녹여가며 빨래를 하던 기억은 박수근의 그림 〈빨래터〉처럼 희미해졌다. 하지만 손끝에는 아직 오금에 넣은 손가락에 전해지던 온기가 남아 있는 것 같다.

햇살 좋은 볕에 널린 빨래들이 바람을 안고 흥에 겨워 춤추는 사이 여인들은 다듬이질을 시작한다. 율동적으로 주고받는 다듬이 소리에 구겨진 주름들이 다듬어지고 살림살이의 고달픔도 비로소 후련한 미소로 풀어진다.

빨랫방망이로 고달픈 살림살이에 맺힌 더께를 두드려 떼어내고, 다듬잇방망이로 반반하게 다듬어 내는 빨래하기는 산골 여인네들의 스트레스 해소에 일말의 도움이 되었으리라. 이렇게 저렇게 두드리다 보면 삶의 무게도 얇아지고 부서지고 닳아져서 가벼워졌을 것이다.

세탁기가 보급되면서 빨래터의 풍경은 사라졌다. 그 속에서 나누던 이야기들도 물결 따라 흘러가 버렸다. 함께 울고 웃으며 나누던 이웃 간의 따뜻한 정도 기억 속 저 밑으로 가라앉아 버렸다.

사촌보다 더 살갑던 이웃들은 콘크리트 속으로 숨어버렸다. 살림살이는 좀 편해졌지만 소중하게 지켰으면 싶은 많은 것들이 사라져 아쉽고 그립다.

세탁기가 삐삐 소리로 제 할 일이 끝났음을 알린다. 세탁기에 설정된 코스가 못 미더운 나는 세탁이 끝난 빨래를 물에 헹구어 다시 헹굼 탈수를 해야 직성이 풀린다. 흘러가는 물에 빨래하던 오래된 기억 때문인지 세탁기 안에 갇혀서 돌아가는 물은 아무래도 시원치 않아서이다. 결벽증까지는 아니지만, 엄마는 이런 사소한 습관까지 내 유전자에 꼭꼭 박아 넣은 것 같다.

고무 대야 물속에는 빨래에서 씻겨 나온 보드라운 먼지가 가을 하늘의 깃털 구름처럼 가라앉아 가볍게 흔들린다. 마음이 개운해진다.

자장매慈藏梅

이선옥
sunnyleeso@daum.net

    중국 우한 발 코로나19가 우리 일상을 공포로 몰아넣고 있다. 거리엔 인적이 드물고 가게들은 문을 닫았다. 불가피하게 나다니는 사람들은 마스크로 얼굴을 가려서 범죄자를 연상케 한다. 혹시 감염자가 아닐까 의심하며 눈조차 마주치기 싫어하는 이 불안과 불신의 시간이 언제 끝날지 모르겠다. 각종 모임이 취소되고 외출 자제가 요청되는 때라 집안에만 박혀 있다 보니 무기력은 병이 될 것 같다.

    해마다 이맘때면 연례행사처럼 통도사를 찾았다. 한반도에서 가장 먼저 봄소식을 알린다는 홍매화를 보기 위해서다. 이 매화나무는 수령이 370년이 넘은 것으로 호국사찰 통도사를 창건한 자장율사를 기리어 자장매慈藏梅라고 불린다. 올해는 예년보다 보름도 더 일찍 자장매가 몸을 풀었다는 영상 메시지가 왔다. 겨울이 겨울답지 않음을 나무들인들 어찌 모르겠는가.

　어디로 튈지 예측할 수 없는 수상한 바이러스도 봄을 맞으려는 내 충동을 막지 못했다. 마스크로 무장을 하고 차를 몰았다. 그래도 감염이 걱정되어 사람들의 이동이 덜한 평일을 잡았다. 절은 그야말로 절간 같았다. 사시기도 시간이라 평소라면 법당이 북적일 터인데 사람들은 사회적 거리두기로 앉았고 그마저도 잠깐씩 앉았다가는 자리를 뜨고 있었다. 나도 금강계단 사리탑을 향해 3배만 드리고 서둘러 자장매가 있는 영각靈閣 앞으로 갔다.

　나라가 혼란에 빠져있어도 자장매는 자장율사의 혼이 서린 듯 고고한 자태로 예 그대로 향기를 물고 있다. 수백 년 묵은 등걸에 핀 붉은 열꽃 앞에서 숙연함을 느낀다. 가지치기를 한지라 꽃이 성글게 피었지만 꼭 구름덩이처럼 피었다고 아름다운 것이 아님을 알았다.

　예년엔 자장매가 필 무렵이면 구경꾼들과 사진작가들이 전국에서 몰려들어 통도사 진입이 어려울 정도였다. 기다림에 짜증이 난 사람들은 더러는 발길을 돌릴 정도였는데 오늘은 한가하기만 하다. 여유롭게 꽃 감상을 할 수 있다고 마냥 행복하지만은 않다. 좋은 것은 여럿이 보고 즐길수록 빛이 나고 관객이 많아야 주인공도 신나는 법이니 말이다.

　스무 남은 사람들이 카메라를 들고 자장매 주위를 에워싸고 있었다. 코로나19의 위험을 무릅쓰고 찾아온 걸 보면 아마도 이 꽃을 촬영하지 못하면 열병이 날 사진작가들인 것 같다. 그들은 흥분해서 이쪽저쪽 방향을 바꾸면서 최고의 장면을 찾아 앵글을 잡고 있다. 어쩜 경쟁이 없는 올해가 그들에게는 최고의 찬스인지도 모른다. 매년 밀리고 부딪히며 남에게 피해를 줄까 봐 좋은 장면 만나기가 어려웠는데 오늘은 셔터를 수백 번 눌러도 부담되지 않는 모양이다. 작가들의 수는 많지 않지만 좋은 작품을 건질 거라는 기대 탓인지 열기가 안개처럼 뿜어져 나와 영각 뜰에 가득하다.

자장매는 그 이름이 풍기는 위엄과는 달리 앙다문 봉오리부터 활짝 핀 꽃송이까지 요염하다. 바람결에 나부끼며 예쁜 포즈로 작가님들의 마음을 설레게 하기에 충분하다. 저 몸짓이 그들을 해마다 이곳으로 불러들이는 것은 아닐까. 벌들도 때맞추어 날아와 환영의 몸짓을 한다.

꽃이 탐스럽게 피었다고 해서 작가들은 전체를 탐하는 것 같지 않다. 고목에 핀 한 송이 꽃에만 카메라를 갖다 대고 숨을 죽이는 모습에서 여백과 절제의 미를 본다. 아웃사이더에서 서럽게 바람을 타는 꽃가지에 더욱 관심을 가진다. 거기서 그리움, 이별, 기다림, 사랑 등등 심연에 묻어둔 심경을 명제로 잡는지도 모른다. 배경도 파란 하늘, 영각의 문살, 절 지붕, 석가래 등 그들의 취향에 따라 각각 다르게 설정한다. 하나의 이야기를 작품 속에 남기려고 혼신의 힘을 다해 매화를 찍는 작가들의 자세가 감동적이다. 그들의 투철한 작가 정신이 예술혼으로 승화되면 자장매는 또 다시 명작으로 태어나리라.

나도 작가들이 잡은 구도를 어깨 너머로 커닝하여 몇 장의 사진을 찍었다. 아이들에게 전송하였더니 점수를 후하게 주었다. 절에서 남의 기술을 훔치다니 마음이 찜찜하지만 크게 죄책감이 들지 않은 이유는 뭘까. 자신도 모르게 재능기부를 한 그들이 기분 나빴을 리는 없을 테니까.

집안에 갇혀서 갑갑했던 마음을 매향 그윽한 고찰 뜰에서 다 풀어놓고 왔다. 자장매처럼 늙어갈수록 향기가 진하고 기품 있는 자태로 살아야 한다는 가르침도 얻었다. 자장매 앞에서 정초에 기도하면 좋은 일이 생긴다고 해서 코로나 난국에서 하루 빨리 벗어나기를 빌었다. 곧 끝날 테니 나라 걱정은 말라고 작은 꽃잎들이 속삭이는 듯했다. 호국사찰 통도사를 창건하신 자장율사, 그분의 얼이 서린 자장매의 영험을 간절히 기다려본다.

삶의 즐거움, 가곡

이송자
76pororry@naver.com

　바쁘게 살아온 내게 쉬라는 신호인지 한 해에 세 번이나 수술을 했다. 삶의 질도 떨어지고 의욕도 상실한 채 오직 병마와 씨름하면서 한 해를 보낸 것이다. 심혈관, 청각, 눈까지 병원에 의지해야 했던 지난 시간들은 내게 깊은 고뇌를 주었다.

　이듬해가 되어서야 다행히 시력을 되찾을 수 있었다. '몸이 천 냥이면 눈은 구백 냥이다.' 심청이가 심 봉사 눈뜨게 하는 정성으로 간병한다며 하루 2가지 안약을 30분 간격으로 34번씩이나 시간 맞추어 넣어주는 남편의 지극한 간호를 받은 덕분이다.

　지인들은 의기소침해 있는 내게 생활의 활기를 찾기에는 노래가 제일이라고 권했다. 지푸라기라도 잡고 싶은 마음으로 인터넷 검색을 했다. 집 앞 주민센터 가곡반에 등록했다.

가곡반 문을 열고 들어섰을 때 부끄럽고 어색했다. 선생님의 열정으로 나는 어느새 동심으로 돌아가 18세 소녀가 되어 점점 가곡의 매력에 빠져들었다. 가만히 동료들의 노래를 귀 기울여 들어보면 아름다운 노랫말과 음률은 지친 내 등을 다독여 주었다.

내가 이렇게 살아야 하나 고통이었던 곳에서 밝은 희망을 만나고 있었다. 항상 연주회와 종강연주회는 잘 할 수 있을까 걱정했다. 지난날의 나를 자신감으로 이끌어 주었다. 피아노 반주에 맞춰 내가 부르는 가곡 속으로 우리 모두는 하나가 되어 푸른 꿈을 꾸게 했다. 부끄럽고 어색한 내 노래를 격려해 주는 사람들이 고마워 가슴이 뭉클했다.

아침 산책 때 이어폰에서 들려오는 가곡은 나의 동반자가 되었다. 깊은 오솔길에서 새소리, 바람 소리, 물소리, 꽃잎이 흔들리는 모습…. 연인들의 사랑이 눈앞에 펼쳐진다. 그럴 때마다 나는 구름 위를 걷는 상상에 빠지곤 한다.

선생님의 지도로 실력을 갈고 닦은 덕분에 실버 합창단 '벨칸토 콰이어' 창단 멤버가 되어 소프라노를 맡게 되었다. ABN 아름방송에서 우리들의 실버 합창단을 취재해 갔다. 100세 시대를 살면서 인생은 60부터라고, 고령의 시대에 발맞춰 어르신을 위한 맞춤형 프로그램으로 소개되었다.

「진달래꽃」, 「얼굴」 합창이 울려 퍼지고 실버 합창단이 주는 기뽐이 무엇인지에 주저 없이 대답했고 평생 살면서 노래방도 가지 않고 살았는데 날마다 노래 속에 살고 있다.

 그동안 열심히 살았다고 했지만 내게 최고의 무대는 있었던가…. 절망 속에서 무언가를 하고 싶다는 생각을 하고 있을 때 가곡은 내 생에 최고의 무대를 향해 전진하게 해주었다.

 동지섣달 설한풍이 춥다 하기에
 내 마음 창문 열고 숨겨 놨더니

 꽃이 피고 새가 우는 새 봄이 되니
 앞산 뒷산 진달래 꽃비 온다고

 남몰래 창문 열고 달아났다네

 가곡 '내 마음' 선율이 바람결에 들려온다.

 - 엄원용 시 / 신귀복 곡

별일 없이 살기

이영미
kq2000lee@naver.com

빨간머리 앤은 "정말로 행복한 나날이란 멋지고 놀라운 일이 일어나는 날이 아니라 진주알들이 하나하나 한 줄로 꿰어지듯이, 소박하고 자잘한 기쁨들이 조용히 이어지는 날인 거 같아요"라고 말했다.

"엄마 내가 많이 미안했어요." 카톡이 왔다. 아들의 행동이 못마땅해 나는 다그쳤고 아들은 짜증을 냈었다. 바쁜 일상에서 오는 스트레스가 심한 모양이다. 사과는 주고받았지만 개운치가 않다. 나 또한 일상에 지쳐 있었다.
'아들, 엄마도 힘들단다.'

이럴 때 생각나는 그림이 있다. 동글동글한 얼굴들, 두리뭉실한 몸매, 한결같이 웃고 있는 사람들. 개와 고양이도 웃고 꽃도 웃는 그림들. 그림을 어렵지 않게 그리는 화가 에바 알머슨. 난 그녀의 그림들을 좋아한다. 이 화가의 그림을 보고 있으면 '행복해져라. 행복해져라.' 주문을 걸어 주는 것 같다.

나와 하나도 다를 게 없는 일상을 그린 그림을 바라보다 그림 속 인물이 차지하고 있는 자리에 내가 들어가고 내 가족을 들여 놓는다. 그림 속 인물들과 같이 웃고 행복해져 있는 나를 발견한다. 에바 알머슨은 가족과 서로 포옹하고, 둘러 앉아 식사를 하고, 여행 가고, 개와 산책을 하며, 춤을 추고 독서를 하는 등 자신의 주변에 있는 가족, 반려견, 친구, 자연을 부드러운 선과 따듯하고 화려한 색으로 표현한다. 자신에게 일어나는 일들을 돋보기로 들여다본 것처럼 그리되, 모두 기쁘게 표현했다. 그래서 사람들은 그녀를 '행복을 전하는 전도사'라고 한다.

일상이 행복해질 수 있다는 건 굉장히 중요한 깨달음이다. 일상 안에 행복이 머물러 있고 보이지 않는 사랑은 오고간다. 사랑하는 남편과 아이들과 부모님과 함께 일어나고 밥 먹고 각자의 일을 하다 우리의 공간으로 다시 돌아온다. 매일 같은 공부와 업무를 반복하고 비슷한 사람들을 만나고 비슷한 말들을 한다. 그래서 지루하고 따분하며 때때로 화도 난다. 일상이 행복하다는 생각을 하기가 힘들다. 에바 알머슨이라고 그걸 몰랐을까. 그럼에도 왜 행복한 모습으로만 표현했는지 생각해 보게 한다.

일상이 유지되어야 특별함이 특별함으로 다가올 수 있다. 소파에 앉아 드라마를 보고, 남편과 동네 치킨집에서 맥주 한 잔 기울이는 시간이 유지되어야 비싼 뮤지컬을 보는 기쁨도 해외여행을 가는 기쁨도 누릴 수 있다. 항상 하는 일들이 너무나 일상적이어서 사소하게 느껴졌을 뿐이다. 행복은 늘 그곳에 있었다. 가족과 밥 먹고 웃고 이야기하고 잠자고 때로는 화를 내고 다투는 일상 속에. 그것이 무너질 땐 문제가 생겼을 때다. 직업이 없으면 직장에서 받는 스트레스도 없다. 남편이 혹은 부인이 아프면 동네 호프집에서의 맥주 한 잔도 없다. 아이가 떠나버리면 주말 아침에 일어나라고 큰 소리 낼 일도 없다. 일상이 유지되며 확장될 땐 발전이 있지만 대부분 깨졌을 땐 불행이 온다. 불행이 오래간다면 우리가 하찮게 여겼던 것들은 유지될 수 없다. 우리는 가끔 일상에서 벗어나 다른 곳을 꿈꾸고 다른 사람을 만나고 다른 일들을 경험하길 원한다. 하지만 이런 일들이 다시 돌아올 수 있다는 전제하에 이뤄져야 신나고 행복하다. 우리의 일상이 한결같이 그곳에서 나를 기다리고 있어야 나의 마음이 안정되고 다른 것을 꿈꿀 자유와 그걸 실행할 수 있는 용기도 생기는 것이다.

'아들, 힘들어하지 마. 너의 일상이 잘 유지되고 균형을 이룰 때 네가 특별함에 대한 기쁨을 알 수 있단다. 행복은 늘 거기에 있어. 우리가 보지 못할 뿐.'

다붓한 사랑초처럼

(채홍) 이영숙
lys51@hanmail.net

　사랑초 한 잎이 흙덩이 속에서 가녀린 얼굴을 내민다. 구근을 묻은 적이 없어 더 사랑스럽다. 베란다 한쪽 보일러실에서 나오는 온기를 차용해 겨우내 그렇듯 꼼지락거렸나 보다.
　다붓한 잎사귀 무더기를 만들더니 별사탕 같은 하얀 꽃들이 밀고 올라온다.
　'당신을 버리지 않는다'는 꽃말을 가진 사랑초, 고것들이 아침마다 남향의 햇빛을 따라 허리를 비스듬히 하여 옆으로 기울이며 얼굴을 빼갠다. 늦잠에서 깨어난 내 얼굴을 환하게 해준다.
　나의 글쓰기도 이처럼 미미하게 시작하여 열악한 환경 속에서 어렵게 성장했다. 좋은 문장 하나 만들어 보겠다고 많은 날을 허비했다. 대장장이가 쇳덩이를 불에 달구어 쓸모 있는 연장을 만들듯이 나도 쇠붙이를 갈아 바늘을 만드는 심정으로 갈고 다듬는 일을 20여 년 해왔다. 하지만 문학이란 친구는 선뜻 내게로 오지 않고 실체를 보여 주지 않아 여전히 목이 마르다.

순결하고 고결한 삶을 살다간 노천명 님의 수필 「설야산책」은 나로 하여금 문인의 길을 탐내게 했다. 각고의 노력 끝에 첫 수필집을 펴내던 날 많이 행복했었다. 역시 '첫' 자가 가지고 있는 비중은 깊고 크다.

늦깎이인 난 날로 몸이 쇠약해져 이제는 읽고 쓰는 일이 어려워지고 있다.

그래도 내 머리 서랍 속엔 생각들이 늘 줄서서 지면에 옮겨 주길 기다리고 있어 그저 쓰게 된다.

나는 타고난 능력보다 몇 배 더 발휘하며 살았다. 사랑초가 부단한 생명력으로 잎과 꽃을 피워, 보는 이를 즐겁게 하듯 내 수필도 읽는 사람의 마음에 파장을 일으켰으면 한다. 그래서 나름대로 나의 글쓰기에도 철칙이 있다.

수필문학은 삶의 행간을 표현하는 것이니만큼 사람 됨됨이가 먼저인 사람이 써야 한다고 생각한다. 생각이 적나라하게 드러나니 가치관이 뚜렷하고 도덕적이어야 한다. 잘난 체는 금물이고 겸손을 으뜸으로 삼아야 한다.

글 속에 인생이 녹아 있어야 독자를 휘어잡지 않을까. 상상력이 풍부하고 생각이 열 길 물 속보다 깊어야 하리. 작가는 다른 사람의 삶을 읽어야 한다. 죽은 사람의 넋까지도 읽을 줄 알아야 함이다. 꽃을 보고 뿌리까지도 짚어내야만 한다.

깔끔한 문장 하나는 다른 이의 인생길을 결정지을 수도 있다는 신념과 책임의식을 가져야 한다.

글은 절실하지 않으면 쓰지 않아야 한다. 맑은 물이 고일 때까지 기다려야 한다. 설익은 글을 섣불리 지면에 발표하는 것은 독자를 모독하는 일이라 생각한다.

지구상에 존재하는 우주만물은 더 없는 좋은 소재다. 부지런한 삶을 사는 사람은 글감이 넘쳐 날 것이다.

문학은 머리가 아닌 가슴이 하는 말을 꺼내어 종이 위에 윤색하는 작업이다. 그래서 정직하고 독창적인 글은 작은 나다. 차분한 사람도 원고지 앞에서는 열정적이어야 한다. 영혼이 맑은 사람일수록 신선한 글이 나올 것이리라는 믿음이다.

이 밤 독자들이 잠든 밤에도 불을 환하게 밝히고 남의 살아가는 얘기를 되새긴다. 내게 있어 글쓰기는 살아 있음의 증표이고 살아가는 의미이자 희망이다.

다붓한 사랑초 같은 은근과 끈기의 기개를 닮고 싶은 밤이다.

5

소소한 일상이 행복하다

소소한
 일상이
 행복이다

소녀의 기도

이영자
0lee@dreamwiz.com

『불사조의 노래』책을 읽고 해운대 바닷가에 사는 소꿉친구가 편지를 보내왔다. 서로 잊혀가는 세월이 십 년도 넘었다. "네가 보내준 책을 받아들고 바로 6시간, 또 하루 7시간 만에 완독했다"가 첫 구절이었다. 커다란 대학노트에 큰 글씨로 군데군데 만년필의 글이 번지고 읽기가 쉽지 않았지만, 그의 마음의 순수한 진동이 가득 번져 내 가슴에 작은 감회로 일었다.

내가 지금 여든다섯의 왕할머니 되었는데 그 옛날이 너무 생각난다. 중학교 때 공부 끝나면 청소하고, 너와 같이 뒷동산에 올라 도토리나무에 기대어 기도하고, 산딸기 따 먹고, 노래 부르며 패랭이꽃, 붓꽃 꺾어 들던 지난 그 시절이 새삼 그립구나.
 눈이 하얗게 내려앉은 겨울이었다. 그 옛날은 시베리아 벌판처럼 너무 추웠다. 커다란 강당의 낡은 피아노 한 대에 7-8명의 학생이 공부 끝나면 시간표 짜서 피아노 공부를 했지. 네가 체르니, 소나타 칠 때 우리는 바이엘을 시작하고, 네가 돌아가며 우리를 봐주었다. 그때 가끔 네가 쳐주던 '소녀의 기도'가 우리들의 환상 같은 목표였다. 모두 '소녀의 기도'를 치게 될 때까지 맹렬히 공부해서 나는 그 꿈을 이루었잖나….

그 추운 겨울 큰 강당에는 온기 하나 없고, 덜덜 떨며 언 손으로 피아노를 쳤으니…. 네가 40분 치고 일어난 뒤 내 차례 되어 피아노 앞에 앉으면 하얀 피아노 건반 여기저기에 빨갛게 피가 묻었던 것 생각나니? 그때가 거의 70년 전이다.

네가 프랑스에 유학 가기 전에 너의 집에 놀러 가면 온통 네 방 벽에, 화장실까지 불어단어를 써 붙이고 맹렬히 공부하던 것 지금도 눈에 선하다.

우리는 쉬는 시간이면 강당으로 달려갔고 네가 들려주는 '소녀의 기도'에 황홀하게 빠져 미래를 향한 꿈을 키웠다. 나는 그때부터 너의 노력을 내 눈으로 보았고, 오늘의 너의 성공이 쉽게 거저 된 것이 아님을 안다.

대학노트 다섯 장에 가득 채운 추억의 긴 편지였다. 끝머리에 "얘! 영자야, 부산에 한번 와…. 우리에게 10년이란 세월 또 오는 것 아닐 테니 만나서 회포를 풀자. 여든다섯 여든넷 할머니 둘이

서 해운대 바다를 걸어보자."

그의 편지를 읽고 가슴이 멍하게 눈물 글썽이다 나는 피아노 앞에 앉아 오랜만에 '소녀의 기도'를 치며 감회에 젖었다. 그 음악은 폴란드의 여성 피아니스트 바다르체프스카(Badarczewska, 1837-1861)가 24년 생애에 유일하게 작곡한 음악이다. 이 음악은 그녀가 18세 때 작곡하였다.

음악은 옥타브 진행과 아르페지오로 주삼화음만을 사용한 선율 진행으로 만든 8마디의 주제를 14번 변주하는 아름다운 음악이다. 지금 내 곁에 그 악보는 없지만 내 가슴 속의 악보는 옛날 그대로 선명하게 있다. 24년을 살다간 짧은 생애의 작곡가, 유일하게 남긴 그 '소녀의 기도'가 유구한 세월을 강물처럼 안고 우리들 가슴에 위안과 사랑의 대를 이어주고 있다.

음악의 힘이 얼마나 위대한지 다시 실감한다. "인생은 짧고 예술은 길다"라는 명언은 천 년을 향해 끝없이, 변함없이 빛을 내고 있다.

뒷모습

이장춘
ginbom21@hanmail.net

 오랜만에 만난 옛친구가 떠난다. 함께 밥을 먹으며 지난 얘기를 나누던 친구, 차 한 잔 더 하자는 제안을 다음으로 미루며 헤어진다. 아쉬워 한참이나 그의 뒷모습과 떠나는 차의 꽁무니까지 바라보며 섰다. 언제 다시 만날지.

 드라마 속, 여자가 돌아서 간다. 슬픔이 북받치는 듯 얼굴을 돌리고 총총히 사람들 사이로 사라지는 그녀, 멍하니 지켜보는 남자의 머릿속엔 나풀거리는 그녀의 머리카락이 잔상으로 남았는지 눈빛이 사뭇 애틋하다.

 강의실 앞좌석에 앉은 이의 뒷모습, 언젠가 선방禪房에서 바라본 참선하는 이의 뒷모습, 어느 날 집회에서 함께 구호를 외치던 앞사람의 뒷모습.

 얼마 전에 세상을 떠난 교우분이 남긴 따뜻한 인상, 평생 당신을 위해선 아끼며 사시다가 어려운 어린이들에게 인세를 남기고 떠난 권정생 작가의 삶, 이태 전 숱한 촌철살인의 말을 남기고 투신자살한 정치인 노회찬, 4년 전 65%의 지지를 받으며 퇴임한 후 낙향한 호세 무히카 우루과이 전 대통령의 근황, 의거일과 사형집행일이 돌아오면 그 의연했던 삶을 되새기게 하는 안중근 의사.

어디 사람뿐인가. 우리가 사는 집에도 뒷모습이 있다. 옛날 고향 마을에서 살던 앞집 뒤란의 모습은 아직도 생생하다. 도시에도 뒷모습이 있다. 그 도시의 그늘진 모습일 수도 있고, 밝고 따뜻한 인상일 수도 있다. 한 모퉁이에 비켜선 사회 소수자들도 그 사회의 뒷모습일 거다. 한 나라의 문화는 화장실을 보면 알 수 있다는 이야기도 뒷모습의 한 단면이다.

수많은 뒷모습은 저마다 조용하다. 하지만 눈여겨보면 말을 건네고 있다. 살아있는 이든 죽은 이든 우리에게 무시로 메시지를 보낸다. 유기체가 아닌 집이나 도시도 마찬가지다. 단지 우리가 그걸 느끼지 못할 뿐이다. 움직이는 생명체 같으면 말뿐 아니라 행동도 보낸다. 죽은 다음에도 그의 뒷모습은 말하고 행하기를 바란다. 특히 사회적인 죽음이나 사건일 때는 뒷모습이 말을 한다. 죽은 자가 말을 하는 것이다.

"뒤쪽이 진실이다."

미셸 투르니에의 『뒷모습』에 나오는 말이다. 에두아르 부바가 찍은 수많은 이의 뒷모습에 투르니에는 거짓말을 모르는 등을 예찬

하고 있다. 뒤쪽이 진실이라는 점을 간파한 예술가들의 눈은 지극히 밝다. 정작 본인이 모르는 그의 뒷모습을 다른 사람들은 같게도 보고 저마다 다르게도 본다.

　나의 뒷모습은 어떨까. 어떤 정지된 모습으로 다른 사람에게 남아있을까. 죽음을 맞아 가족과 친지들을 떠나는 나의 뒷모습은 그들에게 어떻게 비추어질까. 사진 속 나의 뒷모습을 보다가 앞뒤 두 개의 거울로 나의 뒷모습을 살펴본다. 낯설다. 투박하다. 아니 내 마음의 양면성이 내비치는 듯하다. 뒷모습을 가꿀 수는 없을까. 뒷머리를 단장하거나 옷으로야 치장할 순 있겠지만, 은은히 풍겨 나오는 멋은 어림도 없다. 오래오래 마음 그릇을 닦고 그 그릇에 마음을 담아 나눌 때라야 비로소 가능해지리라.

　요즘 들어 부쩍 뒷모습을 눈여겨보고, 등이 들려주는 말에 귀 기울여 본다. 가족이나 이웃 그리고 다른 사회의 뒤란에도 시선을 건넨다. 앞이나 옆모습이 다 말해주지 않는 오롯한 참을 알 수 있기에.

봉순이

이주영
aesop711@hanmail.net

　대학 때 내 별명은 봉순이였다. 실제 이름과 전혀 무관한 이런 별칭을 얻게 된 이유는 신입생 환영회 때였다.
　캠퍼스 앞 식당에서 과선배들이 신입생을 모아놓고 환영회 자리를 마련했다. 한 사람씩 자기소개와 함께 노래를 불렀다. 활달하지 못한 나는 내 순서가 돌아오는 것이 공포였다. 그래서 집에서 당시 신곡이었던 노래 한 곡을 연습해 가기로 했다. 한 바퀴 돌아서 내 순서가 되었다. 나는 일어나서 이지연의 '바람아 멈추어다오'를 큰소리로 불렀다. 노래방 연주도 없던 시절, 박수 소리에 맞추어 흥겹게 노래가 끝나자 사람들은 의외라는 표정으로 손가락을 치켜 올려주었다. 그때 86학번쯤 되는 남자 선배가 내게 다가왔다.
　"니 혹시 봉순이 아니가?"

"네? 저 아닌데요."

나는 속으로 들어가는 작은 목소리로 대답했다.

그러자 또 그 선배는 "가만히 보니 봉순이 맞네" 그러는 거다.

선배들은 그 뜻을 안다는 듯 같이 웃었고, 신입생들은 영문을 몰라 어리둥절해라 했다.

그 일이 있은 후 수업이 끝나면 선배 언니들이 나를 보러 왔다. 창밖에서 나를 가리키며 "쟈가, 봉순이가?" 하며 물었다. 그러곤 쉬는 시간이면 복도에서 호기심 어린 얼굴로 물었다.

"진짜 니 이름이 봉순이 맞나? 봉덕동에 사는 거 아니가?"

그들은 내가 왜 봉순이인지 물었지만 사실 나도 그 이유를 몰랐다. 그때 남자 선배가 이야기를 해주었다.

"이건 원래 봉수 시리즈에서 나온 말이야."

그냥 길 가다가 아무나 보고 "니 봉수 아니가?" 하며 뒤통수를 날리는 장난이 있다는 것이다. 당사자는 화가 나도 상대방의 착각인 줄 알고 "저 아닌데요" 하며 그냥 웃어넘긴다. 그러다 영화관에서 또 그 사람을 만나면 뒤통수를 날리며 "봉수야, 아까 니랑 똑같이 생긴 놈 봤데이" 하며 장난을 친다. 그럼 그 사람은 또 화를 못 내고 "저 아닌데요" 한다. 그렇게 아무나 한 사람을 골라 장난을 칠 때 부르는 이름이 봉수라는 것이다. 그런데 나는 여자니까 봉순이란다.

그날 나는 장난으로 놀림감의 대상이 된 것인데, 그 후부터 실제 이름이 아닌 봉순이로 더많이 불리게 되었다.

  나는 얌전해 보이는 겉모습과 달리 운동을 좋아했다. 그래서 남학생들이랑 어울려 족구도 하고, 발야구, 소프트볼도 했다.

  남학생들이랑 족구를 할 때도 내 이름은 봉순이였다. 그들은 "봉순아, 받아" 하며 패스를 했다. 서클룸에선 남학생들이 창문을 열고 내다보며 휘파람을 불었다. 여자가 족구를 한다는 게 신기한가 보았다. 나는 남자들에게 지기 싫어 여자도 할 수 있다는 걸 보여주려고 일부러 한 건데 오히려 사람들의 관심을 받게 되었다.

  단과 체육대회 때는 발야구를 하였다. 거기서도 내가 내야수를 맡으며 활약을 했다. 나 때문에 지기만 하던 옆의 과 남학생들이 나를 미워할 줄 알았는데, 오히려 내 팬이 되었다. 그 중 한 사람과는 캠퍼스 커플이 되기도 했으니 말이다.

  5월엔 서클 대항 체육대회가 열렸다. 우리 서클 여학생들도 소프트볼 연습을 하고 있었다. 거기서도 처음엔 존재감이 없이 작은 역할을 맡고 있었다. 그러다 계속 우리 팀이 지자 선배들이 투수를 교체했다. 결국 내가 나가게 되었다. 그 후 지고 있던 게임을 역전승시켰고 그 다음부터는 내가 서클의 선발 투수가 되었다. 그 해의 영남대 서클 체육대회 소트프볼 우승은 우리 팀이 거머쥐었으며, 나는 팀 대표로 단상 위로 올라가 깃발과 수건을 받는 영광을 누렸다. 그걸 계기로 서클 선배들과 친구들의 사랑도 많이 받았다.

우리 과는 생물학과라 남학생보다 여학생이 훨씬 많은 과였다. 입학해보니 뛰어난 외모와 몸매를 가진 여학생들이 많았다. 오리엔테이션 때 선배들은 예쁘고 늘씬한 친구들을 뽑아 춤과 노래를 연습시켰다. 과 대항 장기자랑이 있었기 때문이다. 그때 나는 뽑히지도 못했다. 키가 작고 그들보다 내가 못생겼다는 것인가 열등감도 생겼다. 내성적인 성격 탓에 남 앞에서 노래 부르는 것도 두려웠던 나였는데, 그 우연한 별칭 때문에 많은 사람들의 관심을 받게 되었다. 그러니 그 별명을 지어 준 선배에게 감사해야겠다. 지금도 봉순이라는 이름을 듣거나 책을 볼 때면 대학 때의 별명이 떠올라 혼자 웃음 짓게 된다.

분해자가 있기에

이지우

yjlee4408@hanmail.net

겨울 숲은 구석구석을 자세히 볼 수 있어 좋고, 봄 숲은 새싹이 나오면서 생동감을 주니 좋다.

이런 숲을 조심스레 가장자리로만 다니다가 숲으로 더 깊이 들어갈 수 있는 계절은 겨울 숲이다. 뱀이나 덤불 등 걸리는 게 많지 않아 숲으로 깊숙이 들어가 보면, 태풍이나 자연적으로 쓰러져 있는 나무를 만나게 된다. 보기에는 단단해 보이는 나무지만, 밟는 순간 스르르 부서지면서 밟힌 자리가 푹 꺼져 깜짝 놀랄 때가 많았다.

이렇게 겨울 숲을 탐방하다 바가지를 엎어 놓은 듯한 버섯을 만나는 순간 나는 어릴 적 할머니 손에 들려 있는 보따리가 떠올랐다. 할머니는 시골을 다녀오실 때면 축구공만 한 조그만 보따리를 들고 오셨다. 나는 어린 마음에 그 속에 무엇이 들어있는지 궁금하여 어머니 옆에 앉아 보자기가 풀어질 때까지 기다리곤 했다.

매듭이 풀리는 순간 나는 늘 실망을 했다. 그 보따리 속에는 맛난 과자나 사탕이 아닌 봄이면 취나물과 달래, 냉이 등이 나왔고, 여름이면 다양한 버섯이 나왔기 때문이다. 어머니는 할머니의 보따리에서 푼 싸리버섯, 표고버섯, 느타리버섯 등을 넣어 고추장 버섯찌개를 끓여 주셨는데 지금도 그 맛이 생각나는 걸 보니 과자보다 더 소중한 맛의 선물을 주신 할머니임이 틀림없다.

할머니는 내게 버섯은 산에서 나오는 고기라 말해 주셨고, 어린 시절 나는 진짜 산에서 나오는 고기인 줄 알았다. 버섯에 대한 추억은 고기보다 맛있었다.

버섯이 숲의 분해자 역할을 한다는 것은 긴 세월이 지나고 난 후에야 알게 되었다.

숲은 해마다 다른 모습으로 나를 맞이해 늘 낯설었다. 늦게 배운 숲 공부이기에 늘 새로워서 기회만 되면 나는 숲으로 달려가 나무와 풀에게 눈인사를 했다.

그러나 숲 공부는 끝이 없었다. 곤충과 새의 관계를 알고 나니 기후가 생태계에 미치는 영향과 지구상의 생물들끼리의 연결고리는 서로 먹고 먹히는 관계로 이뤄져 있다는 것도 깨닫게 되었다.

숲은 도서관에 앉아 공부하는 것이 아니고 현장을 뛰어다니며 하는 공부이다 보니 주부인 나는 많은 한계점에 부딪히곤 했다. 특히 자연은 하루하루가 다르고 기후나 환경의 조건에 따라 달랐다. 특히 버섯은 여름에 비가 오고 난 후 전날에 안 보이던 장소에서 쑥쑥 나와 있었고 며칠 지나 관찰을 하러 현장을 가보면 사그라졌거나 다른 모습으로 맞아 주니 다양한 버섯과 친해지기란 참으로 어려웠다.

버섯도감을 비교하며 공부를 해보니 고정된 사진이 찍혀 있어 도감은 내가 공부하는 데 큰 도움을 주지를 못 했다. 현장에서 발견된 버섯은 도감과는 달리 환경에 따라 모습이나 색이 조금씩 다르게 보였기 때문이다. 그야말로 산에 사는 사람이나 박사가 아닌 다음에는 혼자서 버섯의 많은 개체 수를 알기란 넘을 수 없는 높은 벽이고 한계점이었다.

그나마 운지버섯은 마치 구름 모습을 하고 있어 구별이 쉬웠고, 참나무 그루터기 주변에서 만난 갓 나온 영지버섯은 노란 손가락 모양을 하고 있어 구별하기 쉬웠다. 꼬마요정이 치마를 입은 모습을 한 치마버섯과 동글동글 서리태가 연상되는 콩버섯 등은 가까운 숲에서 흔히 만났다. 이렇게 흔히 보이는 버섯류는 그나마 이름을 불러줄 수 있어 만나면 반가웠다.

버섯이나 균류는 고사목이나 쓰러진 나무, 낙엽 더미 등에 붙어서 그들의 양분을 먹고 살며 이들을 분해하여 토양으로 다시 돌려보내 준다. 이들은 숲의 청소부가 되어 숲의 구석구석에서 조용히 자기 일을 하며 나무나 새싹에 양분과 밑거름이 되어 주니 늘 살아있는 숲을 만들어 주는 고마운 생물들이다.

죽은 듯 헐렁한 겨울 숲 끝에서, 봄의 시작 숲으로 가는 지금, 숨어 있던 새싹이 낙엽 더미를 뚫고 빼꼼히 고개를 내민다. 나무마다 겨울눈 속에서 잎이 기지개를 켜고 꽃봉오리가 열리고 있다. 꽃마다 벌과 나비가 날아오고 새들이 둥지를 트는 모습도 바쁘다. 숨을 죽였던 버섯의 포자도 균류도 꼬무락거린다.

숲에는 분해자가 있기에 또다시 시작이다.

3월이 오고 뱀이 눈 뜨면

이혜숙
purelhs@hanmail.net

"휘이, 휘이익…"

뱀이 보내는 신호다. 한밤의 검은 휘장을 찢는 소리, 무겁게 내리누르던 적막을 걷어 올리는 소리, 잠잠한 대기를 휘저어 바람을 일으키는 소리…

나에게는 그것이 봄이 왔다는 신호다.

3월 26일 새벽 3시. 작년보다 이틀이나 늦었다. 날짜를 확인하면서 먼저 든 생각. 작년엔 3월 24일에, 그 전 해엔 3월 25일에 그 소리를 들었다. 날짜를 기억하는 이유는 그 해의 3월은 그날이 마지막 날이기 때문이다. 자투리 날들은 4월에 이어 붙인다. 내 달력엔 4월 35일인 해도 있고 4월 37일인 해도 있다. 봄을 맞이하는 나만의 방식이다. 다른 사람은 남녘의 꽃소식으로, 아니면 달라진 기온으로 봄을 느끼겠지만, 나는 다르다. 뱀이 신호를 보내야 봄이 시작되는 것이다.

"휘이익…."

밤에 듣는 짧고 높고 강한 외마디 소리. 그것은 어떤 소리와도 섞이지 않는다. 깜깜한 허공을 간단없이 가르고 저쪽 산에서 이쪽 산을 일직선으로 가로지른다. 그 소리에 대기가 움찔하는 것을 나는 이불 속에서도 느낀다.

뱀은 그렇게 눈을 뜬다.

"어젯밤에 뱀이 울었어. 드디어 봄이 온 거지."

내가 들뜬 목소리로 전화를 하면 사람들은 모두 의아해 한다. 왜 하필 뱀이냐는 것이다. 민들레 싹이 나왔다든지, 매화가 벙글었다든지 얼마든지 봄을 발견할 수 있는 게 지천인데 뱀이라니…. 밤중에 음산하고 괴기스러운 소리를 들으면 무섭지 않느냐고도 한다. 그래서 그 소리를 얼마나 기다렸는지 말하지 못한다.

"이맘때 뱀이 내는 소리는 동면에서 깼다는 신호야. 사실 뱀은 소리를 내지 못 해. 성대가 없거든. 몸통의 수백 개 뼈마디를 부딪쳐 나오는 커다란 숨, 그러니까 한숨인 셈이지."

그런 말을 하다 보면 애틋하고 절실한 감정이 가슴 밑바닥부터 차오르곤 한다. 해마다 3월이면 어김없이 도지는 불안과 우울증, 무력감으로 얼마나 힘들었는지, 오래전 우연히 뱀이 우는 소리를 들었던 날부터 말끔히 털고 일어났다는 것을 말로 설명하기 어렵다.

어렸을 때는 3월 한 달이 막연히 힘들었다. 3월이 되어 학년이 바뀌면 선생님도 친구도 바뀌는 것이 낯설었다. 새롭게 시작하는 모든 것이 두려웠다. 선생님과 친구들은 나를 어떻게 생각할까 걱정이 되어 짐짓 명랑한 체하며 먼저 다가가곤 했다. 사실은 그러고 싶지 않은데 가만히 있는 것도 불편했다. 집에 돌아올 땐 그날 했던 행동이 후회스럽기까지 했다. 소심한 나와 안 그런 척하는 나는 좀체 손잡지 못했다. 진학도 마찬가지였다. 중학생이 되어서는 초등학교를 찾아가고, 고등학생이 되고도 중학교 교정을 배회하곤 했다. 나는 앞으로 나갈 생각은 안 하고 뒷걸음질을 했다.

중 3이 된 3월 어느 날, 더 이상 아이가 아니라는 것을 일깨워 준 생리혈을 발견했을 때, 나는 내 몸이 싫었다. 그보다 더 견디기 힘든 것은 스무 살의 3월이었다. 친구도 선생님도 곁에 없는 사회에 내몰려서 이름 대신 미쓰 리로 불렸을 때, 그 3월은 유난히 바람이 맵고 시렸다.

그뿐이 아니었다. 소중한 사람들은 3월의 문턱을 넘지 못하고 내 곁을 떠났다. 아버지도 은사님도 그리고 몇 사람이…. 봄에 희망을 거는 건 가당치 않다는 듯 냉정하고 오만하게 등 돌린 3월은 마른 잔디를 입힌 무덤가에 남은 사람들을 세워놓았다. 그 자리는 떠난 사람의 빈자리보다 산 사람들이 앞날을 걱정하느라 '제 설움에 겨워 우는' 자리였다. 남은 사람들은 이전과는 달라진 현실을 받아들여야 했다. 새 학년이나 첫 사회생활과는 비교할 수 없이 낯설고 불안한 날을 앞에 내놓는 3월은 계절이 아니었다. 불온한 경계일 뿐.

오랫동안 3월이 되면 어김없이 우울과 불안이 도져서 포승줄에 묶인 것처럼 한 발자국도 나가지 못했다. 어렸을 때 줄에 묶였던 코끼리는 나중에 그것을 풀어주어도 제 반경을 넘지 못한다는데 3월 한 달을 매년 그렇게 허비했다.

그러다 깊은 밤에 고음의 휘파람 소리를 듣게 된 것이다. 고막을 뚫고 가슴을 관통하는 그 소리는 다음 날, 그다음 날에도 들렸다. 전신을 관管 삼아 토해내는 큰 한숨 같았다. 나는 드디어 뱀이 눈을 떴다고 생각했다. 근거도 없이 내내 찍어 누르고 있던 무기력과 불안을 거둬줄 거라고 믿으면서 잠에 빠져 들기 시작했다. 그렇게 10년 가까이 뱀이 우는 소리에 기대어 3월을 견딜 수 있었다.

그런데 어떤 사람이 하는 말이 그 소리는 뱀이 우는 소리가 아니라는 것이었다. 내가 올해는 뱀이 이틀 늦게 울었다는 말을 했을 때였다.

"아니, 그러면 나는 누가 일으키라고…."

마치 일 년 내내 3월에 갇혀 지내야 한다는 말처럼 들렸다. 뱀이 3월 말에 동면에서 깨는 것도 이르다는 말은 귀까지 전달되지 않았다. 그러고 보니 내가 뱀이 운다고 했을 때 남편이 돌아누우며 무슨 소리냐고 했던 기억이 났다.

  환청을 들었던 것일까. 하루 이틀 차이 나는 날짜까지 기억하고 있는데…. 아무리 생각해도 그 소리는 새나 다른 짐승이 낼 수 있는 소리가 아니었다. 목에서 나오는 소리로는 대지를 흔들 만큼 진동을 전달할 수 없을 테니까. 그것은 뱀의 신호여야 했다, 적어도 내겐.

  겨울 동안 눈꺼풀이 없어 뜬눈으로 웅크리고 있던 뱀이 일어날 때는, 봄을 기다렸던 것이 아니라 독니로 겨울의 허리를 끊어 버리는 것이어야 한다. 대기가 따뜻해져서 땅으로 나오는 것이 아니라 냉혈의 몸을 비벼 대기를 덥히는 것이어야 한다. 차가운 공기를 기다란 몸 깊숙이 들이마셔서 한 번에 토해낼 때, 뜨거운 한숨이 대지를 녹이는 것이어야 한다. 뒤로 갈 수 없는 뱀이 앞으로만 가든 대가리를 돌려가든 제 길을 찾아가듯 그에 밀려 나도 뒷걸음질을 멈추고 앞으로 걸어가야 한다.

  나는 그의 말을 듣지 않기로 했다. 그래야 일어날 수 있기 때문이다. 뱀의 신호로 우울에서 조증으로 튀어 오르듯, 방치했던 삶을 알뜰하게 써야 하기 때문이다. 그때부터 부리나케 청소를 하고 세탁기를 돌리고 꽃모종을 사다 심고 사람들을 만나러 나갈 수 있으니 말이다.

  그러는 동안 그 소리가 들리지 않는다는 것을 깨달을 즈음엔 가을이 깊어갈 것이다. 수척해진 앞산을 보며 뱀이 동면에 들 때가 가까워졌다는 것을 알게 될 때 나의 한 해도 다 간 셈. 나 또한 동면을 준비할 것이다. 내 안에서 잠든 뱀이 3월이 되면 먼저 눈 뜰 것을 믿으면서, 시나브로….

작은 친절의 인연

이희복
9937bok@hanmail.net

비바람이 몰아치는 늦은 밤, 필라델피아의 한 호텔에 노부부가 들어왔습니다. 젊은 직원은 도시에 컨벤션 행사가 있어 호텔에 남은 방이 없으니 다른 호텔을 알아보겠다면서 전화를 걸었습니다.

"죄송합니다. 어느 호텔에도 객실이 없답니다. 비도 오고 새벽 1시나 되었으니 나가라고 말씀 드리기도 어렵군요. 누추하지만 제 방에서 주무시면 어떨까요?"

노부부는 다음 날 아침에 이렇게 덕담을 합니다.

"당신은 미국에서 제일 좋은 호텔 매니저가 되어야 할 사람 같군요. 언젠가 당신을 위해 호텔을 하나 지어 드리지요."

2년 후, 직원은 왕복 비행기표와 함께 노신사의 편지를 받습니다. 뉴욕에 도착한 그를 노신사는 궁전 같은 호텔로 데리고 가서 말합니다.

"2년 전 내가 당신에게 약속했던 호텔이요. 오늘부터 당신은 이 호텔의 총지배인이요."

그 호텔은 월도프 아스토리아 호텔의 시초인 월도프 호텔이었고, 노신사는 윌리엄 월도프 아스토William Waldorf Astor였습니다. 젊은 직원 조지 볼트Gorge C. Boldt는 이 호텔의 첫 번째 지배인이 되었습니다.

내가 이 사례를 언급하는 것은 몇 년 전에 아들과 함께 울릉도에 여행을 갔을 때 인연이 떠오르기 때문이다.

처음에는 유명 콘도에 들어갔었는데 겨울에는 관광객이 없어 모든 편의시설을 사용하지 않았고, 민가와 떨어져 있어서 무인도에 유배 온 것 같았다. 그래서 다음 날 서울에 있는 울릉도 출신 친구가 소개해준 개인택시를 타고 울릉도 관광을 하고, 저녁에 도동에서 숙소를 찾아다녔는데 방을 구하기가 어려웠다. 눈은 내리고 날씨는 추운데 방이 없으니 친구가 소개해준 운전수도 입장이 곤란하여 주변을 돌고 돌다가 처음 갔었던 '산호모텔'로 다시 찾아가서 사정을 하였다. 다시 찾아간 이유는 주인의 첫인상이 너무 좋아서 왠지 우리의 사정을 이해하여 줄 것 같은 막연한 기대 때문이었다.

다시 찾아가서 부탁을 드리니 우리 부자의 사정을 듣고 우리를 바라보더니 우리의 의사를 물어보고 주인이 사용하는 방을 허락하여 주었다. 더구나 나와 아들이 글을 쓰기 때문에 우리가 원했던 컴퓨터도 있었다. 뿐만 아니라 주인이 사용하는 냉장고의 음식을 먹어도 된다고 하였다. 정말 행운이라고 생각할 정도로 너무 감사했었다.

그 여주인의 배려 덕분에 우리는 울릉도에 머무는 동안 편안하게 지내며 관광을 할 수 있었다. 그런데 기상악화로 여객선이 출항할 수 없어서 며칠을 더 머무르게 되었다. 며칠을 더 머무르는 덕분에 숙소인 '산호모텔' 바로 옆에 우리의 성씨와 본이 같은 종친회 울릉도 회장이 살고 있어서 새로운 인연을 맺게 되었고, 지금까지도 인연을 이어가고 있다. 그러다가 정월 대보름 새벽에 기상이 호전되어 갑자기 여객선이 출항한다고 연락이 왔다. 이른 새벽이라 주인을 깨울 수가 없어서 우리는 감사의 편지를 방에 남겨두고 떠나왔다.

그런 고마운 인연으로 그 사장님을 지금까지 다시 만나지는 못했지만 내가 책을 발간할 때마다 보내드리며 가끔 연락도 하면서 인연을 이어오고 있기 때문에 이제는 더 친근감이 느껴지는 것만 같다.

울릉도에 여행을 가서 인연이 되었는데 이제는 얼굴도 잘 기억나지 않지만 '울릉도' 하면 그 종친회 회장님과 함께 사장님이 제일 먼저 떠오른다. 살다보면 좋은 인연은 아름다운 추억이 되고, 그리움이 되어 삶을 행복하게도 하는 것만 같다.

그런데 걱정이다. 나는 노신사 윌리엄 월도프 아스토 William

Waldorf Astor 씨처럼 호텔을 지어 드릴 능력이 없는데, 무얼 해드려야 될지 걱정이기 때문이다.

그래서 세월이 많이 흘렀지만 2020. 3. 14. White Day에 세상에서 단 한 세트 밖에 없는 도자기 컵 세트를 만들었다. 컵에는 사장님의 사진과 나의 시를 넣고, 각 컵에 행운의 숫자인 7개의 사탕을 담아서 보내드렸다.

울릉도에는 기상 때문에 여객선의 입출항이 불규칙적이라 며칠 일찍 보냈는데 다행히 파손되지도 않고 White Day에 도착하였다고 하면서 최고의 선물이라고 연락이 왔었다.

예수 천년

이희태
agaco@hanmail.net

통일신라는 992년간 유지된 나라다.

52대 경순 여왕이 연약해서 나라를 지키지 못하고 고려시조 왕건에게 나라를 넘겨주고 신라는 사라졌다. 박혁거세가 세운 나라. 박, 석, 금 세 성씨가 고루 왕이 되어 다스리고 화랑도가 있던 나라. 서라벌 경주 수도에는 늘르리 기와집 고래등 같은 집들이 즐비하고 숯으로 밥을 해먹고 딩딩 딩고뎅 거문고 소리가 곳곳에서 흘러나오고 거리에는 비단옷 입은 자들이 누비고 다니며 풍악과 웃음소리가 있던 나라, 평화로운 신라였다. 인류 어느 나라에서도 이만큼 행복한 나라가 없었다.

로마는 1천 년 넘게 번영한 나라지만 살육과 전쟁 폭정에 국민들은 울부짖고 험악한 세월을 보낸 나라다. 세상에 수많은 왕들 나라들이 세워지고 사라졌지만 평화가 오래간 적이 없고 전쟁, 전쟁사였다. 서로 싸우고 죽인 전쟁 역사다. 거기에 천재지변이라도 일어나면 편한 날이 없는 날이었다. 지금도 역시 그렇다. 문자가 없던 고대 시절은 어떠했을까?

페루의 잉카 제국, 구름 위에 세워진 나라. 산 정상에 비밀스럽게 세워진 나라. 지금은 돌계단과 돌 예술작품으로 쌓은 흔적만 있을 뿐이다.

인도의 무굴제국은 얼마나 유지된 나라였을까?

히말라야산 중턱에 황금의 나라 무굴제국은 벽화를 통해 짐작할 뿐이다. 인디언 천년 왕국이 있던 아메리카 대륙 그 인디언들은 지금 보호소에서 살고 있다. 아마존 정글에 원시인같이 살며 내려온 그들은 역사도 없이 무조건 사는 자들이다. 중국의 진시황 천년만년 살고 싶었지만 허무하게 객사하고 말았다. 피라미드의 나라 이집트의 역사는 땅속에 감춰놓은 역사다. 미이라 역사.

김일성, 김정일, 김정은 3대 70년 북한 왕조는 천년 갈려면 까마득하다.

지금 총선에서 4년 권세 잡으려고 날뛰고 힘쓰는 것도 천년 세월에 비하면 덧없다.

예수 믿는 사람 누구나 예수 재림을 기다린다. 예수께서 다시 오시겠다고 약속하셨기 때문이다. 예수 재림이 믿는 사람들에게는 최고의 날이기도 하다. 신랑신부의 혼인날로 비유하기도 했다. 어느 사람은 순식간에 변화받아 하늘로 올라간다. 어느 사람은 예수께서 지상천국 천년왕국을 이 땅에 세우신다. 이렇게 두 분야로 믿는다. 지금 기성교회 목사들이 천국 천당 복음은 설교하면서 천년왕국 새 시대 복음은 전하지 않는다. 심지어 천년 안식이 없다. 무천년을 주장하기도 한다. 그러나 요한계시록 11장 15절과 20장 1-6절에 분명히 천년 안식을 기록하였다.

다만 예수가 오시는 날짜와 세상 끝날 날은 절대 비밀이다. 하늘의 천사들도 모르고 아들 예수도 모르고 하나님 아버지만 아시느니라 하셨다.

우리는 말세에 나타나는 징조를 봐서 짐작하고 준비하는 것뿐이다. 징조로는 먼저 천국복음이 땅끝까지 전파된다. 그런가 하면 거짓 선지자들이 날뛰고 혼선을 준다. 경제공황 기근이 온다. 역병이 돈다. 난리들이 처처에 일어난다. 큰 지진이 일어나 큰 성이 세 갈래로 갈라진다. 한 달란트나 되는 큰 우박이 내리기도 한다. 해가 권세를 받아 사람들을 태워 죽인다. 하늘의 권능들이 흔들려 질서가 깨지고 기상이변이 생긴다. 세상이 타락, 부패해 노아의 때와 소돔 고모라와 같다. 짐승 세계가 된다. 많은 사람이 빨리 왕래하며 지식이 많으리라. 마지막으로 바벨론이 불타는 것으로 끝이 난다.

1992년 예수재림 한다고 어지간히 떠들었다. 다미선교회가 설쳤다. 그때 어느 교회는 교인들 모두 흰옷 입고 산꼭대기에 가서 밤새 철야하며 예수를 기다리다 허탕치고 내려왔다.

이번 코로나를 몰고 온 신천지도 신성불가침 너무 하나님과 경계선을 넘어 자기가 성령이다 신이다 하다 떨어진 별이 되었다.

선진국 문명국 잘사는 나라들이 코로나 전염병에 속수무책으로 당하는 것을 보고 과학과 의학의 힘, 인간의 힘이 하나님이 내리시는 재앙 앞에는 너무 약하다는 것을 느꼈다.

물고기가 낚시 미끼에 걸리고 새와 짐승들이 올무와 그물에 걸리듯 사람들도 어느 순간 재앙이 내리면 속절없이 걸리고 피할 수 없나 보다. 코로나가 한창 성하고 온 나라가 근심해도 봄은 와서 꽃들이 만발하듯이 하나님 말씀은 사람들이 믿든 말든 일점일획이라도 변함없이 이뤄져간다.

초림예수는 순한 어린양 같이 오셔서 십자가에서 피 흘려 돌아가셨지만 재림예수는 만왕의 왕 심판주로 오신다. 죄인들이 두려워 산아 바위야 나를 가리라 진노의 왕 예수를 볼 수 없구나 하고 탄식한다 했다. 알곡과 쭉정이 타작하러 오시는 분이시다.

마귀 없고 죄악 없고 전쟁 없는 나라 질병 없는 평화의 나라 에덴을 회복하러 오시는 분이시다. 주후 60년 사도요한이 90 노인으로 밧모섬에서 귀양살이하면서 기도하는 중 어느 주일날 성령에 크게 감동받아 하늘문이 열린 것을 보고 이리로 올라오라는 말씀을 듣고 하늘나라에 올라가 천국 광경을 보고 예수께서 하시는 말씀을 듣고 기록해 전해준 요한계시록은 예수의 심판과 새 시대 말씀이다.

아멘 주 예수여 오시옵소서.

고향 사람들

인민아
milmus@naver.com

    얼마 전 충청도 출신 작가들로만 구성된 서화 단체 모임에 참석했다.
    매년 한 번씩 개최하는 이 전시회를 통해 작가들의 작품을 대할 수는 있어도 정작 그들 본인을 만나기는 쉽지 않았는데, 이날 모임에는 많은 회원이 나와서 서로 반갑게 인사를 나누었다. 오랜만의 만남에 서먹서먹 낯가림을 하다가도 금방 따듯한 시선으로 쉽게 대화를 풀어나갔다. 마치 한 동네 골목길에서 우연히 마주치는 사람들의 다정한 모습과도 같았다.

    지난 수십여 년간 서예계에 몸담고 지내오며 많은 서예 단체에 소속되어 있지만, 유독 충청도 작가들만 활동하는 이 모임에서는 누구를 대하든 마음이 푸근하다. 같은 동향 사람들과 얼굴을 마주하며 대화를 나눌 때는 마치 고향마을 논둑길이나 밭두둑에 서서 이야기를 나누는 듯한 향수가 짙게 배인다. 고향은 우리 모두의 어릴 적 꿈이 자란 곳이기에 가슴속에 언제나 따뜻함으로 남아있다. 고향이 같다는 이유만으로 서로를 믿어주고 끌어주는 각별한 인정이 연유해서이다.

반세기 동안 서도書道 인생을 살아온 우리 충청 작가들. 오래전 정든 고향을 기리며 서예 단체를 만들었고 한국 서단書壇에 한 장場을 세워 전시회를 이끌어왔다. 서예로써 소통하고 공감하며 삶의 동력을 찾고 넉넉한 마음으로 작품에 열중하면서 서로의 친목을 도모하고 있다. 지금도 여전히 유유히 흘러가는 강물처럼 꾸준히 앞을 향해 가면서 충청의 긍지로 서예 발전을 위해 학덕을 쌓고 있다. 언제보아도 그리운 고향 사람들 그들끼리 한마당에 모여 앉아있다.

조선의 건국 공신 정도전은 충청도 사람들을 일컬어 청풍명월淸風明月이라 했다. 맑은 바람과 밝은 달과도 같이 꾸밈없고 담담한 품성을 가진 사람들이란 뜻이리라. 타지방에 비해 평야가 많고 넓은 지세를 품은 충청도에서 자란 이들에게는 자연스레 느긋하고 온화한 성품이 배어있다. 충청도 사투리의 느린 억양으로 느껴지는 그 여유로움은 각 개인의 기질에서도 잘 드러난다. 비록 말과 행동이 굼뜨지만 은근한 고집에 자기주장이 강한 사람들 또한 충청인이다. 느림과 여유 속에서도 올곧게 살며 세속에 함부로 흔들리지 않으려는 양반 정신의 뿌리가 바로 이들에게 있다. 그래서 충청도 사람들을 일컬어 '충청도 양반'이라고들 하나보다.

"양반은 소나기가 와도 비를 피해 뛰지 않는다"라는 말처럼, 충청도 사람들은 느긋함의 미학 속에서 양반의 체통을 지키며 예의 바르게 살아왔다. 이들이 실천하는 여유와 절제는 현대의 치열한 글로벌 경쟁 시대에 전혀 어울리지 않는 가치인 것처럼 보이지만, '빨리빨리'라는 급함의 슬로건이 세계 속에서 급부상한 후 점점 삶에 지쳐가고 있는 지금의 한국 사람들에게는 꼭 필요한 덕목일지도 모른다. 충청인들이 지닌 은근과 끈기의 기질은 급격한 시류의 변화 속에서도 굳건한 중심을 지켜야 하는 앞으로의 시대에 가장 적합한 지혜가 아닌가 한다. 황소처럼 둔하고 느리면서도 꾸준하게 천 리를 걸어가는 충청인의 걸음은 행복한 미래의 꿈을 향한 현명한 자세이기도 하다.

선비의 고장이자 충효의 땅이며 우국지사의 넋이 서려 있는 충청도에서는 예로부터 훌륭한 인물들이 학계와 정계에 진출하여 이름을 빛냈다. 우리 충청 작가들도 시서화 삼절詩書畵 三絶을 통해 예술을 추구하고 부단한 학문과 인격의 수양을 쌓으며 더욱 돈독함을 다져가고 있다. 글씨 쓰고 그림 그리는 것이 좋아서 묵향에 취하고 먹을 갈며 자신을 다스리는 여유로움을 갖는다. 다툼 없이 그저 서로 쳐다보고 웃을 뿐이지만 가슴속에는 뜨거운 정열이 숨어 있다. 사랑스러운 형제이며 다정한 친구이자 넉넉한 아저씨 같은 소중한 사이이기에 서로가 끊을 수 없는 인연으로 단단히 얽혀 있다.

부모 형제 함께 살갑게 살았고 친구들 모여 즐겁게 지내던 곳 고향은 개구쟁이 시절 웃통 벗고 마구 뛰어놀았기에 내 고향 사람들끼리는 허물이 없다. 한 마을 지척 간에 살면서도 속마음 내색도 못했던 청춘남녀 갑돌이와 갑순이. 혹시라도 눈 마주치면 얼굴만 빨개져 끙끙 앓다가 끝내 응어리만 안고 살아야 했던 슬픈 주인공들이다. 안 그런 척, 모르는 척, 고까짓 하며 비양거리다 헤어진 후로는 가슴 한쪽에 남겨놓은 후회의 흔적을 매만졌다. 그에 비하면 작은 시골 동네에서 같은 초등학교를 다니면서 오빠 동생으로 어울려 놀았던 우리 부부는 길게 이어온 우정이 자연스레 필연으로 발전하여 결실을 맺은 사례가 아닌가 싶다. 죽마지우인 내 친구가 가끔 놀려 댄다. "너희 부부는 갑돌이와 갑순이야"라고.

이원수 시 '나의 살던 고향'과 정지용 시 '향수'를 노래로 듣고 있노라면 고향의 정경이 눈앞에 어리면서 고향에 대한 그리움이 가슴 짙게 녹아내린다. '그곳이 차마 꿈엔들 잊힐 리야.' 마음은 이미 잃어버린 시간을 찾아 나선다. 꿈에라도 항상 내 넋이 담겨 있는 고향으로 간다.

전시장에서 웃고 떠들던 고향 사람들이 여기서 헤어지기 아쉽다며 한잔하러 가자고 조른다. 취기가 오르면 작품 활동에 대한 고민거리는 뒤로한 채 어릴 적의 시덥지 않은 추억들을 들추며 감회에 젖을 것이다.

맷돌호박

임남순
4256543@hanmail.net

긴 겨울의 침묵은 기다림이다.

지난 가을이었다. 친구에게서 전화가 왔다. 상기된 목소리가 듣기 좋았다.
"호박 하나 시집보내려고 하는데 받을 거?"
"좋지-."
다음날 맷돌호박 하나가 배달되었다. 불그레한 색깔에 투박하게 생긴 늙은 호박이었다. 넙데데한 것이 튼실해 보였다. 골이 깊어서인가, 그녀의 삶이 묻어있는 듯했다. 거실 한편에 친구처럼 앉혀 놓았는데 눈이 마주칠 때마다 마음이 짠했다.

그녀는 시골로 들어간 지 2년 된 새내기 촌부다. 농사라고는 도

무지 모르는 사람이 시골에 들어가 산다기에 내심 걱정이 되었다. 괜히 나 혼자 노심초사했던 것인지, 이웃의 도움으로 텃밭에 호박을 심었다고 한다. 자랑하고 싶었을 것이다. 첫 수확이라며 택배로 보내온 호박을 보자 기특하고 감사했다. 하나 둘 배워가며 다른 세상을 살고 있다는 말이 귓전에 맴돈다.

봄이 되자 바짝 말라붙은 호박 꼭지가 자꾸만 빤히 쳐다본다. 긴 겨울을 잘 지내던 호박의 표정이 예전과는 사뭇 달랐다. 경칩과 입춘이 지나고, 어제는 부지깽이에도 싹이 난다는 청명이었다. 혹시 터바람이 난 것이 아닐까.

얼마 전의 일이 마음에 걸렸다. 가만히 앉아있는 호박에 손을 댄 적이 있다. 자리를 옮기면 터바람이 난다는 것을 익히 알고 있기에 거짓말처럼 손을 댔다. 묵은 먼지를 닦아내고, 깔고 앉은 또아리를 바꾸면서 궁둥이 살짝 돌려 앉혔을 뿐이다. 그 일로 탈이 붙은 모양이다. 아무래도 호박의 몸짓을 외면해서는 안 될 것 같아 보였다.

바닥에 신문지를 깔고 굳게 닫힌 맷돌호박의 가슴을 열었다.

'어머! 어머머…'

화들짝 놀란 것은 나뿐이 아니었다. 가슴을 열어젖히자 호박 속에 엎드어 있던 것들이 화르르 날개를 폈다. 맷돌호박의 가슴속에도 봄이 온 것인가? 눈을 뗄 수가 없었다. 온통 황금빛 뜰이었다.

비좁은 속에서 콩나물 같은 가느다란 넝쿨들이 뒤엉킨 채 너울춤을 추고 있었다. 그 많은 호박씨가 햇볕 한 줌 없는 곳에서 어찌 때를 알고 싹을 틔웠을까.

그녀의 삶을 보는 듯했다. 반으로 쪼개놓은 호박의 가슴에 조심스럽게 손을 넣었다. 가슴속은 붉고 끈적거렸다. 넝쿨진 시간을 한 움큼씩 들어냈다. 들어낼 때마다 수많은 사연들이 딸려 나왔다. 고단했지만 꿈같은 시절도 있었다.

대학을 졸업하기 전이었다. 그는 홀연히 결혼을 했다. 신랑은 부잣집 귀공자였다. 처음 10여 년은 남부럽지 않은 결혼생활로 친구들의 부러움을 샀다. 그런 그녀를 거리로 내몬 것은 남편의 사업 실패였다. 사업이 부도를 맞으면서 두 딸을 데리고 거리로 나앉게 되었다. 그 후 남편의 행방은 지금까지 묘연하다. 그렇게 30여 년을 바람 소리에 귀 기울이며 포기할 수 없는 삶을 살았다.

호박의 향긋한 냄새가 얼굴을 감싸며 소곤거렸다. 간절함이었다고, 길바닥에 내몰리면서 빈 가슴에 뿌리를 내리고 꿈을 키웠다고, 푸른 하늘과 푸른 숲이 그리워 몸부림을 쳤다고. 웃음과 설움이 얼룩진 그 먼 길을 절룩절룩 걸어왔던 것이다. 옹색한 터전에서 출구를 찾고, 제 가슴 파먹이며 새끼들은 키워낸 것이다.

노각이나 늙은 호박을 쪼개다 보면
속이 텅 비어 있지 않네?
지 목 부풀려 씨앗한테 가르치느라고 그런 겨.
커다란 하늘과 맞닥뜨린 새싹이 기죽을까 봐,
큰 숨 들이마신 겨.
　　　　－ 이정록, 〈사그랑 주머니〉에서

수년 전, 그녀가 나를 찾아온 적이 있었다. 막다른 골목이 아니었나싶다. 정처 없는 마음을 실타래처럼 풀어놓았다. 아이들 때문에 살아야 한다고 눈물을 삼키던 그해 가을이 주마등처럼 스쳐간다.

꿈은 어둠속에서 자란다. 흙 한 톨 없는, 햇볕 한 줌 없는 옹색한 뜰에도 봄은 그렇게 찾아왔다. 가뭇없는 그리움도 이쯤이면 봄바람에 실려 찾아오지 않으려나.

소소한 일상이 행복이다

임미리
emr1124@hanmail.net

　모처럼 하늘이 맑은 날이다. 봄날을 환하게 피워냈던 벚꽃 잎이 바람결에 휘날리고 서서히 봄날이 가고 있다. 사람들이 없는 조용한 곳을 찾다보니 산이다. 오늘의 목표는 만연산 정상이다. 하늘숲과 건강오름숲이 있는 쪽을 택한다. 만연산 오감길은 사람들이 많이 다니지만 정상 쪽으로 오르는 길은 사람이 거의 없어서 산행길로 대만족이다.

　정상으로 향하는 길, 봄날의 숲은 벌써 생기가 돈다. 연둣빛 새싹들이 상큼한 손짓을 한다. 어서 오라는 듯 청량한 음이온을 품어낸다. 정상에 올라 쉬어가는 의자에 누워 하늘을 바라본다. 하늘이 맑고 깨끗하다. 더할 나위 없이 좋은 시간이다. 습관처럼 핸드폰의 비번을 푼다. 비록 저잣거리를 벗어나 산중에 들었지만 어쩔 수 없이 인터넷을 터치한다. 아직은 코로나19 이야기에서 자유로울 수 없다.

온 세계가 코로나19 신종 바이러스로 고통받고 있다. 끝날 듯 끝날 듯하면서도 끝나지 않는 시험대에 오른 것처럼 고단해지는 날의 연속이다. 코로나19로 인해 우리의 일상이 많이 변하고 있다. 특히 사람들이 많은 곳은 피하려는 사회적 거리두기 지침을 지키려고 다들 노력하고 있다. 소소한 일상들이 얼마나 행복한 날들이었는지 그동안은 몰랐다는 말을 주위 사람들로부터 자주 듣게 된다. 나 또한 마찬가지였음을 인정한다.

전염병은 개인의 삶이나 사회와 국가, 전 인류에게 많은 악영향을 끼친다. 코로나19 역시 마찬가지다. 우리가 잘 알고 유럽 전역에 창궐했던 페스트는 14세기 유럽 인구의 60퍼센트를 휩쓸어 갔으며 그 악영향은 엄청난 것이었다. 약 3년 만에 전 유럽을 휩쓸었다. 페스트 균은 중앙아시아 키르기스스탄의 이식쿨 호수 주면에 서식하는 다람쥐나 비버 등의 야생 설치류가 옮겼다는 설이 유력하다. 하지만 최근에는 유전자 분석 결과 중국에서 발병한 페스트 균이 실크로드를 따라 유럽으로 유입되었다는 설도 있다.

페스트의 확산으로 그 당시 유럽은 인구도 감소하고 교황권도 떨어졌다. 또한 많은 사람들의 죽음으로 인해 염세주의에 물들었으며 중세 유럽인들은 종교에 대해 환멸을 느끼게 되었다. 이후 삶에 대한 비관주의와 함께 정서적인 공허감이 유행했다. 이로써 중세 유럽시대의 봉건적 질서가 무너지고 르네상스 시대가 열리게 되었다.

 전염병은 인류의 삶에 큰 충격을 주게 되고 기존의 삶의 형태에 변화를 초래하게 된다. 코로나19 팬데믹에 따라 이동 제한과 생활고, 스트레스를 정크 푸드로 풀고 있다는 뉴욕타임스 보고도 있다. 미·유럽 같은 경우 생필품과 식료품을 비축하느라 사재기 열풍에 몸살을 앓고 있다. 반면에 인삼 등 우리나라의 면역강화식품이 인기를 얻고 있다고도 한다. 다행히 우리나라는 온라인 배송 같은 물류 시스템이 발달되어 있어서 사재기 현상도 없고 언제든지 생필품을 살 수 있다는 믿음이 있어 다른 나라의 부러움을 사고 있다.

 2002년 사스, 2003 조류독감, 2015 메르스, 2020년 코로나19가 발생했다. 코로나19는 중세 페스트 균처럼 우리 전 세계를 위협하고 있다. 우리가 살아가야 할 미래에도 이런 비슷한 전염병은 계속 발생할 것이다. 인간은 지금까지 전염병과 싸우면서 생존해 왔다. 하지만 전염병에 대한 면역력이 생기고 치료법이 개발되었다. 우리 인간은 또 강하게 싸워 이겨나갈 것을 안다.

코로나19 사태는 중국 우한에서 시작되었으니, 중국인들의 일상도 많이 바꾸어 놓았을 것이다. 우리 인간은 끊임없이 환경을 파괴하며 살아가고 있다. 지구온난화의 우려에도 멈추지 않고 탄소를 배출하는 것을 보면 우리의 미래가 걱정되는 것은 어쩔 수가 없다. 하지만 아이러니하게도 코로나19 때문에 중국의 수많은 공장이 가동을 중단했으리라는 추측이 가능하다. 덕분에 오염물질 배출량이 감소되어 미세먼지 발생량이 줄어들었다.

하지만 우리나라도 이대로 가면 아열대 기후로 차츰 바뀌게 될 것이고 우리의 생활 습관이나 풍습도 기후에 따라 크게 변할 것이다. 이번 코로나19 발생을 계기로 우리의 환경 문제를 좀 더 심각하게 고민해야 할 때가 되었다.

최근 50년간 신종 전염병이 급격히 증가한 이유는 병원체의 자연적 진화도 원인이지만 대부분은 인간과 환경 간 상호작용의 변화 때문이라고 한다. 인구 증가, 도시화, 여행·교역 증가, 경제 발달, 생태환경 파괴 등이 주요 요인이 되고 있다. 환경 파괴는 우리 삶의 파괴라고 할 수 있다. 자연환경을 살리는 것만이 우리 인류가 살 길이다.

하산하는 길, 며칠 전 올려다보았던 밤하늘의 달이 떠오른다. 유난히 동그랗고 환하게 떠서 인간 세상을 내려다보고 있었다. 그렇게 밝은 보름달을 본 적이 너무 오래된 것 같아서 고개가 아프도록 올려다보았던 기억이 난다. 문득 그런 소소한 일상이 행복이라는 생각을 하게 된다. 우리가 살아갈 지구가 더 이상 오염되지 않기를, 소소한 일상에 순응하며 감사히 살기를 기도한다.

나는 눈물을 흘리고 있다

임성일
unsan202@hanmail.net

그날도 나는 길가에 주저앉아 울고 있었다. 술에 취하면 가끔 혼자 운다. 어찌 보면 술주정 같기도 하고, 다른 사람이 보면 이상해 보일 것 같다. 남자는 눈물을 흘리면 안 된다고 들어온 터라 여간해서 울지 않는 성격이나, 어머니 생각이 나면 주체할 수 없는 눈물이 난다.

50년대 자그마한 두메산골에서 태어났다. 우리 가족은 모두 10명이고 나는 맏이였다. 할머니 아버지 어머니 그리고 고모들과 삼촌까지 대가족이었다. 우리 가족 모두는 농사꾼이었다. 60년대의 시골생활이 그렇듯 모든 것을 몸으로 해결해야 했고, 그렇게 해야 겨우 입에 풀칠할 때였다.

그 중에도 가장 힘든 분이 어머니였다. 꼭두새벽에 일어나 밤늦게 잠들 때까지 한시도 쉴 틈이 없었다. 똑같이 농사일 하면서 세끼 모두 불을 지피어 뜨거운 밥을 지어야 했고 새참까지 마련해야 하는 말할 수 없는 힘든 여정이었다. 허약한 체질의 어머니는 힘든 일을 감당하지 못하여 매일 저녁 끙끙 앓았다. 당시 대학 재학 중이던 아버지는 할아버지의 돌연한 사망으로 사정상 할 수 없이 농사일을 맡게 되었다. 꼬여버린 상황 때문에 힘들어 하시던 아버지와 어머니는 부부싸움을 자주하였다. 게다가 호랑이 같은 할머니의 시집살이는 더욱더 어머니를 힘들게 하였다. 그런 어머니를 보며 어찌할 수 없는 나는 그 상황을 벗어나고 싶었다. '여하튼 나는 이곳을 떠날 거야' 다짐하며 살았다.

부모님의 그 힘든 고생으로 나는 무사히 대학을 졸업했고 취직이 되었다. 발령지가 서울이어 상경하였다. 고향을 떠난다는 아쉬움은 별로 없었다. 너무 힘들어 벗어나고 싶은 곳, 언제나 떠날 준비를 마음에 두고 있었다. 떠난다는 것이 훨씬 기분 좋았다. 당시 취직 못하면 큰아들인 나는 아버지처럼 그곳에서 농사일을 할 상황이었다. 있는 힘을 다하여 취직하였다. 직장 따라 상경하여 우선 힘든 광경을 보지 않으니 살 것 같았다. 그럭저럭 도시 생활에 적응하며, 시간이 갈수록 고향 생각은 까마득한 추억으로 사라졌다. 아니 까마득히 잊었다고 생각했다.

고향은 명절 때나 내려갔다. 다음 날 새벽에 서울로 도망치듯 되돌아왔다. 고향에 대한 추억은 밝음보다 어두움이 나를 지배하였기 때문인 것 같았다.

사실 어머니와는 살가운 추억이 없다. 고산지대인 고향은 문고리가 얼어 잡은 손이 쩍쩍 달라붙을 정도로 추웠다. 그 추운 새벽에도 어머니는 잠자는 우리 남매들을 공부하라 사정없이 깨웠다. "너희들은 나처럼 절대 지게 밑에 들어가면 안 된다. 어떻게든지 여기를 떠나라. 아버지와 나는 너희들을 학교 보내는 것밖에 못한다. 나머지는 너희들이 개척해라. 나는 도와줄 힘이 없으니 네 실력으로 들어갈 수 있는 것은 공무원으로 진출하였으면 한다" 하셨다. 매정할 정도로 단호히 말씀하셨다. 많은 부모가 그러듯이 어머니도 자식만은 이렇게 힘든 생활을 하지 않고, 사무실에서 넥타이 매고 근무하였으면 하는 바람이었을 것이다. 그러한 어머니를 원망하였다. 나를 낳아준 진짜 어머니가 맞아? 하는 의심까지 할 정도였다. 어머니의 쳇바퀴 생활은 계속되었다. 우리는 학교를 마치고 집에 돌아오면 알아서 놀거나 주어진 일을 했다. 어머니는 항상 바쁘고 피곤했다. 언제 어머니와 자식 간의 자상함이 생길 틈이 없었다. 우리는 고모가 키웠다. 어린 고모는 농사일하기에 너무 어려 막냇삼촌과 우리를 업어 키웠다. 부모님은 당시 일에 파묻혀 사는 일꾼에 불과하니 우리를 돌보고 싶어도 도저히 돌볼 수가 없었던 것이다. 그 상황을 떠나 벗어나고 싶었고 그러다 시골을 떠난 것이다.

  학교를 졸업하고 형제자매가 각각 직장을 찾아 떠났다. 시골에는 할머니와 부모님만 남았다. 나도 취직하여 안정이 되었기에 부모님을 모시고 살려고 하였으나 빠듯한 월급쟁이 사정으로는 형편이 많이 모자랐다. 고생하는 어머니에게 '내가 취직하면 모셔다 편하게 살게 하겠다'는 남모르게 한 다짐은 흘러간 옛 노래가 되어 버리고, 이러한 상황이 나를 힘들게 하였다.

그 즈음부터 나는 술 마시고 어머니 이야기만 나오면 혼자 밖으로 나와서 울었다. 어머니와 깊은 감정이 있는 것도 아닌데도 어머니 생각만 하면 저절로 눈물이 났다. 혼자 실컷 울다 집으로 돌아왔다. 시간은 계속 흘러가고 있었다. 이래서는 안 되겠다 싶었다.

"이제 연세도 있으니 우리와 합쳐 편하게 같이 사는 것이 어때요."

"네 마음은 고맙구나. 그러나 내가 움직일 수 있는 한 절대 너희들과 같이 안 산다. 우리 서로 편하게 살자."

많은 식구들을 부양했던 당신이 진절머리 나는 힘든 고생을 아들과 며느리에게는 절대로 넘겨주지 않겠다는 신념이었다.

그 후로 부모님은 힘든 생활에서 벗어났으나, 내가 어릴 적 힘든 생활을 하신 어머니에 대한 애잔한 마음이 가슴에 자리 잡아 있고, 당시 장남이면서도 아무런 도움이 되지 못하는 무능한 학생의 입장에서 고생하는 어머니를 위해 아무것도 할 수 없었던 무기력함에 분노하였고, 그에 맞서 싸울 용기가 없었다는 자괴감에 빠져있었다. 스스로의 무능력과 어머니에 대한 미안한 마음이 저 밑바닥 깊이 자리 잡고 있었다.

용담댐 공사가 시작되어 고향마을이 수몰되었다. 아버지와 어머니는 보상금을 받고 어디에 정착할 것인가 고민하다 아들 근처에 살겠다고 보상금으로 분당 아파트를 구입하여 이사 왔다. 이제 가까이 있으니 자주 찾아 뵐 것으로 생각하였으나 막상 이 핑계 저 핑계 대며 자주 가지는 못한다. 그래도 지금은 무슨 일이 있으면 병원이 가까이 있고 즉시 찾아 뵐 수 있으니 마음이 놓인다.

분당에 오신 후부터는 술에 취했을 때 어머니 얘기가 나와도 울지 않는다. 80대 후반인 어머니는 젊은 시절 많은 고생으로 온몸이 아프지 않은 곳이 없는 종합병원이라는 별명 같이 매일 한움큼씩 약을 먹으며 사신다.

어머니는 5남매에게 "너희들을 키울 때는 어미로 역할을 제대로 해준 것이 없는데 너희들이 잘 성장하고 우리에게 이렇게 잘 할 줄은 몰랐다"고 하신다. '좀 더 젊으실 때 설득하여 취미 생활이라도 하시게 했으면 그분들의 노년이 지금보다 훨씬 더 풍요로울 텐데…'

안타까움만이 내 가슴속을 휘감는다.

우리 가족의 QR코드

임우재
ujae9347@daum.net

 남편은 형제가 많았다. 결혼이나 직장을 따라 옮기다 보니 지금은 서울과 부산, 대구 등지에 흩어져 살고 있다. 고향은 꼬두람이인 남편이 혼자 지키게 되었다. 외롭지만 친인척의 대소사를 착실하게 챙기며, 고향을 떠나 살고 있는 형제들의 연락 사무소장 역할을 하며 살고 있다.

 우리가 결혼한 지도 40년이 지났다. 몇 번이나 전화기도 바꾸었지만 남편은 전화번호 끝자리 0047만은 바꾸지 않으려 했다. 그 번호는 처음에 큰댁에서 사용했고 다음은 셋째 시숙이 쓰다 타지로 발령받아 이사하면서 시부모님이 사용했다. 시부모님이 돌아가시자 우리가 그 번호를 물려받았다.

 남편은 부모님이 물려주신 전화번호를 유산처럼 소중하게 지키면서 살아왔다. 지금도 사별한 부모님의 목소리가 들려올 것만 같다고 되뇌곤 한다. 전화번호의 숫자에 무슨 특별한 의미가 담겨있다거나 기억하기에 편한 것도 아니지만, 시댁 식구들과 깊이 연결되어 있다는 생각만은 지울 수가 없었다.

일본에서 교육을 받은 맏시숙은 집안의 자랑이었다고 했다. 해무청에 다니면서 그 시절 잘 나가던 배우들하고도 친분을 쌓을 정도였다. 그러다 젊은 나이에 생을 마감했다. 큰시숙도 이 번호로 집안 대소사며 안부 소식을 받고 보내고 했다.

셋째 시숙은 은행원이었다. 대들보 같던 맏이를 잃은 부모님의 기대는 셋째 시숙에게 쏠렸다. 아들이 잘났으니 며느리는 더 잘 처신해야 된다고 늘 강조하셨다. 선비 같은 아버님은 조용한 성품이셨고, 여장부였던 어머님은 실질적인 가장으로서 집안의 대소사를 책임지셨다. 셋째 시숙 또한 이 번호를 돌려 흩어져 사는 가족들과 연락을 취했다. 세 분 시누이들의 곤고한 삶도 이 전화번호에 영혼처럼 스며있다.

지금도 남편과 내 핸드폰의 끝자리는 0047이다. 팩스 번호도 역시 같은 번호다. 가게를 할 때는 집 전화번호와 팩스 번호 모두 바쁘게 소식을 실어 날랐다. 집 번호는 핸드폰에 착신장치를 하여 분신처럼 지니고 다녔고, 견적서와 서류를 보내고 받을 때도 0047 팩스 번호가 한몫을 담당했다. 그러니까 네 대의 전화번호는 끝자리가 똑같다.

넉 대의 전화번호가 같아서 불편할 때도 가끔 있었다. 상대방이

결제를 미루거나 전화 받기를 기피하는 일이 생기면 난감하기도 했다. 우리 번호를 미리 알고 안 받을 때가 종종 있었다. 괘씸하다 싶을 때는 남의 전화를 빌려서 걸었을 정도였다.

가게를 접은 지 서너 해를 넘긴 요즘은 전성기를 누렸던 두 대의 전화가 책상 위에서 먼지만 뒤집어쓰고 있다. 몇 해째 기본요금만 축내는 게 딱해서 전화를 반납하면 약간의 도움이 될까 싶어 남편에게 의사를 비쳤더니 펄쩍 뛰었다.

"기본요금이 그렇게 아까우면 내 용돈에서 공제해요."

뒤통수를 한 대 얻어맞은 느낌이었다. 전화번호 하나 붙들고 향수를 잊지 못하는 남편에게 실리적으로 접근한 내가 지나쳤다는 생각이 들었다.

디지털시대에 아날로그적인 남편의 고집은 앞으로도 계속 되리라 여겨진다.

책상 위의 전화기가 나를 소환했다. 순간 "어미야!" 부르는 삼십 년 전의 어머님 목소리가 전화기 속에서 가는 선율을 타고 들리는 듯하다. 0047번호를 떠올릴 때마다 이렇듯 가족의 역사가 포도알처럼 좌르르 쏟아지곤 한다. 며칠 전에도 그 선을 타고 셋째 시숙의 비운이 전해졌다. 한 가족의 역사가 지난한 시간 속으로 다시 저장되는 순간이었다.

나와 남편에게 하나의 바람이 있다.

먼 훗날 우리가 간 후 아이들 가운데 누구 하나가 이 전화번호를 이어서 썼으면 한다. 어쩌면 그 애들도 우리 남편이 그랬듯이 우리 가족의 QR코드 0047만 치면 거기서 우리 목소리가 들릴지도 모르니까.

냇 돌

임윤교
yunkyo@danm.net

상주 나각산을 올랐다. 초입부터 정상에 오르는 동안 냇돌이 보였다. 매끈한 돌이라 물가에 있어야 어울릴 법했다. 바위마다 냇돌이 박혀있거나 아니면 동그랗게 빈 구멍이 나 있었다. 물론 바위에서 떨어져 나온 돌들이 산에 널려 있었지만 그 이유가 궁금했다.

산 정상 안내문에 적힌 글이 예상을 빗나가지 않았다. "이 산은 원래 큰 강이나 내였는데 융기隆起되어 지금의 모습이 되었다"고 적혀있어 의문이 풀렸다. 바위에 수없이 박혀 있는 돌이 이를 증명이나 하듯 햇볕에 반짝거렸다. 멀지 않은 거리에 낙동강 물줄기가 유장히 흐르고 있었다. 아득한 시원에 있었을 지각변동의 그때를 상상해보며 한참 그대로 서 있었다.

고향 서덜에는 고만고만한 냇돌이 많다. 서덜을 내달리면 '자그락'거리는 소리가 경쾌했다. 자잘한 냇돌들이 햇볕에 바짝 달아올라 젖은 발을 올려도 뜨거웠다. 따끔거리는 발을 물속에 담그면 거기서도 냇돌이 먼저 눈에 들어왔다.

물속에서는 냇돌의 문양이 더 도드라져 보였다. 마음에 드는 냇돌을 찾으려고 눈을 부릅떴다. 한줄기 바람이 불어오면 잔물결이 일렁거려 혼선이 생겼다. 눈에 힘을 실어보지만 도리어 눈물이 핑 돌았다. 그럴 때는 눈을 잠시 감는 게 나았다.

갑갑한 마음에 물제비뜨기를 했다. 뉘 골라내듯 적당한 냇돌을 골라잡았다. 수면과 비스듬한 각도로 던졌다. 냇돌이 물 위를 '통통' 튕기며 멀리 달아났다. 그것을 보면서 막연히 먼 곳으로 가보고 싶다는 생각을 했다.

지겹던 고향을 떠났다. 옹색한 살림과 함께 앓던 손톱이 떨어져 나가듯 고향을 떨어져 나갔다. 삭막한 도시는 마음 붙이기 힘들었다. 바라던 넓은 세상은 외려 나를 왜소하게 만들었다. 잦은 이사를 하면서 그전 버릇이 도졌다. 마음이 허하면 뜬금없이 냇돌을 주우러 다녔다. 마음 가는 것이 그것밖에 없었다. 마당에 모인 냇돌은 내 편인 양 미더웠다. 시간이 흐른 만큼 냇돌도 쌓여 갔다.

그중 옴팡 얽은 냇돌이 시선을 끌었다. 둥글넓적한 이 냇돌은 상처투성이인데 물살에 오래도록 부대낀 모양새였다. 거친 표면을 보고 깊은 상념에 빠져들었다. 들어찬 상처들이 어딘가 모르게 내

상처와 닮아보였다. 마모되고 촘촘히 패인 흔적들이 삶의 굴곡을 투영해내고 있었다.

 나직한 수반에 마사를 깔고 얽은 냇돌을 놓았다. 천천히 물을 붓자 돌 표면은 그늘이 지듯 젖어들어 갔다. 돌연 냇돌이 애한해 보이기 시작했다. 그동안 얼마나 물을 그리워했을지 생각하니 숨이 막혀왔다. 못할 짓을 했나 싶어 초조해졌다. 수반 위에 두고 위한들 무슨 위로가 될까. 마땅히 있어야 할 자리는 물가인데 말이다. 그날부터 냇돌을 돌려보낼 준비에 들어갔다. 수건으로 하나씩 닦으면서 쳐다보니 하나하나 얽힌 사연도 많았다.

 삶은 때로 냇돌처럼 구르고 곤두박질치게 만든다. 인생의 긴 여정이 평탄하다면 좋겠지만 원하지 않아도 시련은 예고 없이 도래한다. 나 또한 그랬다. 고통은 겨끔내기로 다가왔고 겪어낸 흔적은 오롯이 내 안에 남아있다. 그 흔적은 소심함으로 이어져 욕망을 거세당한 자로 살게 했다. 아무것도 할 수 없는 무력감이 전신을 덮쳤다. 예전처럼 또 시간이 멈춰짐을 느꼈다.

 그는 가장이라 부르기에 어쭙잖은 사람이었다. 경제활동을 한 시기도 오래전의 기억처럼 아령칙했다. 바람 같은 사람과 술래잡기를 했다. 들고 남의 경계가 없는 자유혼은 흔적 따라잡기도 어려웠다. 요즘 같은 세상에 베갯동서를 강요하다니 억장이 막혔다. 최소한의 책임감도 사라져 끝내 토대마저 무너져 내렸다.

 폭풍우가 몰아쳐 내川가 범람했다. 물너울을 타고 냇돌 굴러가는 소리가 수없이 들려왔다. 놀림가마리가 된 것 같아 세상과 단절했다. 명치가 아프면서 오목가슴이 되어 숨쉬기도 어려웠다. 모든 것을 내려놓은 빈손으로 반거충이가 되었다.

과거에 맴돌고 있으면 한 발짝도 앞으로 내디딜 수 없음을 늦게 깨달았다. 변화하기 위해 믿음의 전진이 필요했다. '가능성이란 단어가 종종 믿음의 동의어로 쓰인다는 것을' 주장한 '이기주'의 글처럼. 정말 그랬다. 과거란 올무에서 과감히 빠져나온 나는 어기적거리기 시작했다.

냇돌은 내게 있어 생명력이다. 단단하고 야물어지기까지 냇돌을 보면서 소생할 수 있었다. 세파에 떠내려가지 않을 흐름도 탈 줄 알게 되고 버틸 힘도 생겨났다. 정신 줄을 꼭 잡고 무게중심을 재편하여 걷게 만들었다.

씻기고 닳긴 영혼은 전과 사뭇 다른 결을 만들어내고 있다. 날선 각은 무뎌졌고 보다 웅숭깊은 성정으로 다듬어져 갔다. 냇돌의 무늬를 닮은 그런 오묘한 결 하나쯤 지닌들 어떠랴.

수반에 있는 돌을 물가로 옮기려고 마음먹는다. 된여울을 피해 실개울이 좋을 것 같다. 얼금숨숨한 냇돌을 느슨하게 쉬게 할 물가를 찾고 있다.

갈수록 고향의 물소리가 그립다. 떠나왔지만 그 적籍은 떼어낼 수 없는 관계다. 다시 돌아가 유년시절을 추억하는 나를 상상해 본다. 냇돌 위에 누워 무심하게 하늘의 구름을 쳐다보고 싶다. 솔

개그늘 드리우면 예전처럼 잠을 청해야지. 그러려면 잡다한 마음을 정리하고 텅 빈 마음으로 나서야 할 것이다. 냇돌을 따라 나도 조만간 고향의 외진 물가에 가 있을지 모른다.

헌신처럼 버려라

임지윤
ok4341@hanmail.net

덕을 베풀면 과보를 바라지 말라.
- 보왕삼매론 중에서

자취하던 시절, 김치 한 조각 먹기 어려운 때가 있었다. 김치 한 조각이 왜 그렇게 귀하던지.

첫아이를 가졌을 때 입덧이 심해서 아무것도 먹지 못하고 있을 즈음, 배추김치와 파김치를 넉넉히 가져다 준 시외숙모님의 마음 씀이 눈물 나도록 고마웠다.

두 살 터울의 세 아이를 키우면서 시동생까지 함께 살고 있을 때, 맞은편에 살던 교장선생님 사모님께서 "누구 어마이 얼른 김치통 가져와 봐요!" 하고 열린 현관문 사이로 카랑카랑한 목소리가 건너왔다. 내가 조그만 그릇을 가져가면 "이 그릇 말고 큰 김치

통을 가져와요. 이 그릇에 얼마나 담겠어요. 이런…."

영산도에서 개성까지 십여 리 바닷길로 시장을 봐 먹고살았다는 그 사모님은 새댁이던 내게는 든든하고 후덕한 이웃 어른이셨다.

누군가에게 기꺼운 마음으로 김치 한 통 넉넉히 건네주시던 어른들을 보면서, '나도 누군가가 김치 한 쪽을 그리워할 때는 그리해야지' 하는 마음으로 김장할 때가 되면 넉넉히 담근다.

그러다보니 우리 집에는 아래층 아주머니가 지은 무기농 야채들이 한 컨테이너씩 현관 앞에 들어와 있을 때도 있고, 계절마다 각지에서 올라온 농산물이며 수산물이 들락날락해서 마치 유통센터 같다는 생각을 할 때가 있다.

어떨 때는 자식 먹으라고 넉넉히 싸 준 시어머니의 정성이 내 마음인 듯하여 콩 한 줌, 대추 한 줌씩 나누다보니 내 속을 모르는 어떤 이들은 "그렇게 퍼주니 살림이 늘지 않지"라는 말을 서슴없이 한다. 알고 보면 되로 주고 말로 받는 장사치고는 꽤 괜찮은 장사인데 말이다.

가끔씩 내게 상처 나는 말들이 들릴 때마다 냉장고에 붙여놓은 이 말을 되새기곤 한다. "덕을 베풀면서 과보를 바라지 마라. 과보를 바라면 도모하는 뜻을 가지게 되나니, 그래서 성인이 말씀하시기를 '베푼 것을 헌신짝처럼 버리라' 하셨느니라."

잘 사는 것이란

임충빈
yimcb9@hanmail.net

봄철에 피는 꽃과 고목에서 돋아나는 새싹을 보고 눈물이 날 정도로 감동하면 예술가이고 아름답게만 보이면 이기적이라 사람 따라 각양각색이다. 아무리 세상살이가 팍팍하고 힘들지만, 때론 사물을 깊이 톺아보는 마음의 여유가 삶에 필요하다는 것을 알면 담 밑의 노란 민들레도 달리 보인다.

코로나19(covid-19, 우한 폐렴)가 하필이면, 좋은 계절 봄에 춘래불사춘春來不似春인지 우릴 괴롭히더니 세계를 휘젓고 다니며 위세를 부려 80억 인구가 쩔쩔매며 고통스럽게 일상생활을 바꾸고 참고 버틴다. 보이지도 잡히지도 않는 하찮은 미물微物이 지구촌을 위협하자 경제와 교역이 흔들리다 멈춰서고 무너지는 질서 앞에 인간의 한계가 아닌가 싶다.

이것이 생태계에 주는 메시지는 환경 파괴와 오염, 과다한 인구가 대량생산과 지나친 소비로 지구가 참고 견디기 버거워 기울어지는 지경에 이르자 내린 하나의 업보業報일 것이다.

　인간이 스스로 저지른 행위에 대하여 당연한 결과이며 과보果報가 미래의 냉엄한 세상이 될지도 모른다니 소름이 돋는다. 자연에 순응해 살지 않으면, 변종 코로나바이러스 발현을 예견하는 과학자의 경종警鐘이 더 무섭다.

　14세기 중국에서 발병한 흑사병이 이탈리아 제노바에서 팬데믹하였던 역사가 반복됨에 경악한다. 무한 탐욕과 이기주의에 매몰돼 노력하기보다 결과만 먼저 많이 차지하려는 인간이 많으면 많을수록 재앙은 잦다는 것을 말한다.

　흔히 채우기는 쉬워도 비우기는 어렵다고 하듯 나누고 버리면 행복해지고 더 좋을 수 있다는 것을 알고도 실행하지 못하고 허둥대지는 않는지, 능력도 안 되면서 더 많은 것을 가지려고 부귀와 명예에 목숨을 걸고 매달려 아등바등 살지는 않는지….

　아름다운 소리를 내는 악기는 속이 텅 비어야 울림(共鳴)이 커 우릴 즐겁게 한다. 시골집 뒤뜰에 있는 대나무는 몇 달만 자라고 더는 자라지도 두꺼워지지도 않고 속만 단단해지면서도 나이테를 남기지 않아 연륜年輪을 기록하지 않는 겸손함에 머리가 숙여진다.

　그걸 보고 자랄 때 부모님께서 "이 세상에서 가장 하기 쉬운 것은 남의 잘못을 지적하는 말이고 가장 어려운 일은 자기 자신을 살피는 것이다"라고 하신 말씀을 새긴다. 내가 나를 이기는 일, 항상 마음의 문을 여는 손잡이를 꼭 잡고 살아야지.

내 주변의 인생 고수들

임혜자
limja1020@naver.com

　베란다 물청소를 하다가 내려다 본 놀이터에는 산수유 꽃이 흐드러지게 피어 있다. 아파트 5층에 사는 괴짜 할아버지가 놀이터 벤치에 앉아 그 꽃을 바라보고 있다. 고장 난 자전거를 수리해 주고 늘 5천 원을 받곤 하여 괴짜로 통하는 할아버지다.
　할아버지는 성격이 괴팍하고 까칠하기가 이루 말할 수 없지만 자전거 수리 하나는 어느 누구도 따를 사람이 없다. 일반인들 눈에는 멀쩡한 자전거로 보이지만 고장 났거나 고장이 예상되는 부분은 귀신같이 알아보고 신속하게 고쳐준다.
　'뭘 하시던 분일까?'
　'수리비 5천 원으론 무얼 하시는 걸까?'
　늘 궁금하던 차에 할아버지가 시에서 주는 '사회 봉사상'을 받았다는 걸 기관지를 보고 알게 되었다. 할아버지를 괴팍한 노인으로만 오해하고 있었던 내 얕은 소견이 몹시 부끄러웠다.

젊은 시절 할아버지는 국가대표 사이클 선수였다. 중요한 경기 중에 사이클 고장으로 허리를 다친 이후 직장생활을 하다 정년퇴직했다. 퇴직 후 할아버지는 고장 난 채 아파트 여기저기에 방치된 자전거들을 수리하기 시작했고 주인을 찾아 5천 원씩 받았다.

그동안 받았던 수리비로 자전거를 구입해 형편이 어려운 아이들에게 선물하고 있었던 것이다. 할아버지는 아파트 주민들뿐만 아니라 불우한 이웃들에게 도움을 주고 있는 진정한 자전거 수리의 고수였다.

할아버지를 보면 내 주변의 인생 고수들이 생각난다.

30여 년을 바다에서 낚싯배를 운영하는 둘째 형부는 바닷속을 제집보다 더 환히 알고 있는 고기잡이 고수다. 지형과 조류는 물론이고 고기의 산란시기 등 바닷속 세상에 대해서는 형부만큼 아는 사람도 드물 것이다.

새끼 어류는 바다로 다시 보내주고, 떠다니는 스티로폼 같은 해양쓰레기는 반드시 건져내 처리하는 진정한 바다의 파수꾼이기도 하다.

강원도 횡성이 고향인 102동 사는 언니는 산나물을 구별하는 데는 거의 신의 경지다. 국산과 중국산도 정확하게 구분해 낸다. 언니는 시장에 갔다가 싱싱한 국산 산나물을 보면 우리 것까지 사다 안겨주는 따스한 마음의 소유자이기도 하다.

107동에 사는 성주 동생은 과일 고르는 솜씨가 예사롭지 않다. 특히 장마철 과일은 그 속을 알 수 없어 버리기 일쑤인데 동생과 과일을 사러 가면 십중팔구 달달하고 아삭한 과일을 사는데 실수하는 법이 없다. 객지에서 만난 횡성 언니는 산나물 고수고 성주 동생은 과일 고수이다.

한의사인 고향 선배는 맛집의 달인이다. 서울 곳곳의 맛집을 손바닥처럼 들여다보고 산다. 마라톤을 여러 번 완주한 기록을 가지고 있는 선배는 트라이애슬론 등 다양한 기록을 보유한 운동 고수이기도 하다. 그래서 맛집을 찾을 때나 운동을 하고 싶을 때 선배에게 연락하면 십중팔구는 만족한 결과를 얻는다.

고향 친구 중에는 쑥 캐기의 고수가 있다. 이 친구는 어디 가면 질 좋은 쑥이 자라고 있는지, 언제 캐면 좋은지 등을 식물학 박사처럼 꿰뚫고 있다. 비결이 무엇이냐고 물어보면 그냥 웃는다.

해마다 봄이 오면 고향의 쑥과 도다리를 보내오는 친구. 이 친구가 보내는 쑥이 와야 나는 진정한 봄이 왔다고 생각한다.

평소 근엄하기로 정평이 난 중학교 때의 도덕선생님은 노래방에서만큼은 맘보춤의 대가이다. 분위기를 압도하는 유려한 춤 솜씨로 제자들의 박수갈채를 한 몸에 받는다. 분위기를 잡는 고수다.

남편의 조기 축구회원인 주성이 아빠, 평소에는 얌전하고 말이 없다가 축구장에만 가면 끼가 만발한다. 저런 모습이 어디 숨어있나 싶을 만큼 야생마처럼 공을 몰고 달린다. 축구의 고수다. 물론 운동장을 빠져 나오면 얌전한 군자로 다시 돌아간다.

이런 주변의 고수들 덕분에 내 인생이 넉넉해지고 이 사회가 건강하게 지탱되고 있다고 나는 믿는다. 인생의 고수들을 만나면 괜히 든든해지고 마음까지 너그러워진다.

나는 내 주변 사람들에게 어떤 재능이나 재주를 인정받고 있을까?

내가 주변의 고수들로 인해 행복하듯, 내 주변 사람들도 나의 어떤 고수 기질로 인해 즐거워하는 모습을 보고 싶다.

내게는 요리 재능이 조금 있다. 무슨 요리를 하던 주변 사람들이 맛있게 먹으며 레시피를 묻곤 한다. 라면을 삶아도 내가 끓이면 뭐가 달라도 다르다며 맛나게 먹어 준다. 이 재능을 발휘하여 올겨울에는 김장의 고수로 날리고 싶다.

김장의 고수인 나. 적어도 김장철 한철만큼은 주변 사람들이 나로 인해 행복해지지 않겠는가.

6

봄이다

봄이다

가출家出과 출가出家

장기오
saseuk@hanmail.net

한 언론사 사장까지 지내신 분이 어느 날 은퇴를 하고 출가를 했다고 해서 화제가 된 일이 있었다. 그 정도면 한국사회에서 누릴 것 다 누리고 부족함이 없었을 텐데 무엇이 부족하고, 또 무엇을 얻고자 그리한 것인지 이해가 되질 않았다. 이미 달관達觀하여 인생을 무심하게 볼 나이가 되어, 속세에 있으나 산중에 있으나 매양 같을 텐데 구태여 깊은 산중에 들어가 면벽하고 좌선해야만 집 나간 소牛를 찾을 수 있다는 걸까? 집을 나간다는 것은 내가 찾는 그 어떤 것들이 집안에 있지 않고 집밖에 있기 때문일 것이다. 그분이 평생 동안 누려온 그 많은 존경과 호사가 집안에 있으되 진실되게 와 닿지 않고, 마음은 집 바깥 어딘가 허공을 떠도는 것 같아서일까. 그렇다면 그건 허무일까? 혹은 참회일까?

나 역시 은퇴를 하고 할 일 없이 집에서 빈둥거리던 어느 날 그런 생각이 들었다. 할 일 없기는 속세에 있으나 산중에 있으나 마찬가진데 산 좋고 물 좋은 산 속에 들어앉아 책이나 읽으면서 그동안 잔뜩 겉멋에 취해 부린 허세를 반성하고 참 진리를 구하는 것이 낫지 구태여 아귀다툼을 하면서 이런 속세에 살 필요가 있겠느냐고 말이다. 그러나 그것을 실행에 옮기기란 쉬운 일이 아니었다. 자식들이야 이미 장성했을 터이니 그렇다 치더라도 늘그막에 서로 의지하고 살아야 하는 아내 역시 홀로 두고 나선다면 그 또한 수십 년을 함께 살아온 도리가 아니지 않는가 하고 말이다.

집을 나선다는 것, 그것은 새로움이다. 진리를 찾든, 아니면 재물을 구하든 어쨌든 그것은 새로운 길을 찾는 것이다. 그러나 같은 집을 나서도 '출가'와 '가출'은 천양지차다. 하루에도 수백 번씩 명멸하는 헛된 망상과 욕심을 버리고 진실된 마음을 찾아 나선 자를 일러 '출가'라고 이른다면, 세속의 갖은 욕망과 아집을 다 부둥켜안고 하나라도 더 얻으려고 바동거리면서 그저 몸뚱이 하나만 달랑 떠난 자를 일러 '가출'이라 부르는 것이리라.

나도 한때 절을 찾아 나선 일이 있었다.

군대를 제대하고 막막하게 하루하루를 보내던 시절, 무언가를 해야 하는데 그것이 무엇인지 모르겠고, 나를 보살피고 보듬어야 할 형뇌은 태무심하기가 개 닭 보듯 했다. 어떻게 살 것인지에 대한 걱정은커녕 으레 늦게 일어나게 마련인 실업자인 나에게 형수는 아침밥 차려줄 생각도 않고 모르는 척 늦잠만 잤다. 부엌을 뒤져 부뚜막에 앉아 꾸역꾸역 밥을 먹으면서 치욕恥辱이란 이런 거구나 하는 생각이 들었다. 그러다 친구 하나가 그 해도 고시에 떨어져 이번에는 마음 독하게 먹고 절간에 들어가 고시 공부를 한다는 풍문이 들렸다. 한때 어울려 다니며 어지간히 마셔댔던 처지라 그리 괄시할 것 같지 않아 원고지 몇백 장을 사 들고 무작정 그를 찾아 나섰다. 가을이 한참일 때였다. 비구니만 수양을 한다는 본本절은 사람의 그림자는커녕 귀가 쨍할 정도로 정적靜寂이고 입구에 있는 수백 년 된 은행나무는 바람이 불 때마다 나뭇잎 사이로 역광의 아름다운 빛을 쏟아내며 절 마당에 어지럽게 그림자를 만들어 내고 있었다. 나는 그 적막을 한참을 바라보았다. 아름다움이란 반드시 예쁜 것만이 아니구나, 쓸쓸한 것도, 적막한 것도 눈물겹게 아름다운 거로구나. 인기척을 내보았지만 누구 하나 문 열고 어찌 왔느냐고 묻지도 않았다. 아무것도 없구나. 누구도 나를 위해, 어떻게 왔느냐고 묻지도 않는구나. 그가 있다는 암자 역시 너무나 조용해 감히 누굴 부를 엄두가 나질 않았다. 대웅전 앞에서 합장으로 부처님께 인사를 드리고는 그냥 내쳐 계단에 앉아 있었다. 산은 어둑어둑하고 계곡을 훑고 가는 바람 소리, 골짜기를 타고 내리는 물소리, 고뇌 같기도 하고 무심하기도 한 독경 소리가 꿈결처럼 멀었다.

  그전에도 나는 그런 고적함을 뼈저리게 느낀 일이 있었다.

  겨울이었다. 바닷바람은 찼다. 거기다 멍게를 안주 삼아 퍼 넣은 도라지 위스키가 사람을 더 떨리게 했다. 돈은 떨어져 더 이상 술을 마실 수도 없었고 따뜻한 국물이라도 먹으면 좀 나으련마는 돌아갈 차비마저 달랑달랑했다. 우리는 추위를 잊어 보려고 고래고래 악을 쓰면서 노래를 부르며 모래사장을 걸어 나와 버스를 탔다. 한 친구는 하숙집으로 돌아가고 나는 또 다른 친구와 함께 그의 집으로 갔다. 사실 나는 그의 집에서 이미 추방된 상태였다. 공부에 한참 열중해야 할, 대가리에 소똥도 안 벗어진 녀석이 가출을 해 어디 취직을 하겠다고 떼거리를 쓰는데 자식 놈 생각해서 그냥 점잖게 거절했을 뿐이지 불량소년 보듯 하면서 혹시 자식 놈이 물이 들까 봐 조바심치는 눈치가 역력했다. 나는 한 번 더 사정해 볼 요량으로 그 집을 다시 찾은 것이다. 그러나 그 집에 도착했을 때는 이미 자정이 가까웠고 우리는 너무 취해 그냥 쓰러져 잠이 들었다. 소동은 한밤중에 일어났다. 아직도 여물지도 않은 녀석들이 그렇게 독한 위스키를 안주도 없이 들이켰으니 속이 가만 있을 리가 없었다. 자다가 갑자기 토할 것 같아 일어났는데 문턱을 넘기도 전에 토사물을 쏟아내고 말았다. 당황한 가운데서도 녀석과 나는 허둥대며 대충 그 오물을 치웠지만 그 냄새만은 쉽게 지워지지가 않았다. 나는 새벽 통금해제 사이렌이 울리는 것을 기다려 그 집을 도망 나와 부산진역 대합실로 가서 웅크리고 앉아 날이 밝기를 기다렸다.

  나는 집을 나서면 신천지가 펼쳐지는 줄 알았다. 다들 나를 불

쌓히 보고 먹을 것을 주고 일자리를 알선해 줄줄 알았다. 그러나 그것은 책 속에서만 있는 무지개 같은 허상에 불과했다. 불치병으로 생이 얼마 남지 않은 귀부인도, 찰스 디킨스의 소설에서처럼 유산으로 물려줄 돈 많은 신사도 어디에도 없었다. 새벽녘 부산진역 대합실에서 나는 살아있는 모든 것들은 결국은 혼자라는 사실을 깨달았다.

그는 나를 반가이 맞아주었으나 기껏 열흘 남짓이었다. 그때도 절寺은 수양修養의 도량이 아니었다. 거기에 와 있는 사람들 모두가 하나같이 고시가 목표였고 4수, 5수까지 한 아저씨도 있었다. 그는 그들에게 나를 소개시키고는 볼일이 있다며 산을 내려가 버렸다. 처음에는 그가 정말 볼일이 있어 산을 내려 간 줄 알았다.

그래서 다소 느긋하게, 종일 한가롭게 방안에서 뒹굴면서 책도 보고 어쭙잖은 시詩도 끌쩍거려보다가 그 짓도 시들해지면 배를 깔고 침까지 흘려가며 끝없는 수마睡魔속으로 빨려들곤 했다. 그리고 밤이면 누군가가 마을까지 내려가 술을 사오고 그러면 모두들 한방에 모여 조용히 술을 마셨다. 그러나 나는 그들과 어울릴 수가 없었다. 나는 데카르트를, 니체를, 그리고 박인환을 이야기하는데 그들은 '미필적 고의'니 '명백하고 중대한 하자' 따위를 이야기했다. 내가 보기에는 그들이 술 한 잔 먹고, 안 먹고의 문제가 아닌 듯했다. 습관적으로 책을 끼고 앉은 그들이나 유치하기 그지

없는 시詩 나부랭이를 끌쩍이고 있는 나나 크게 다를 바 없어 보였다. 나는 머리를 깎는 대단한 결심을 한 건 아니지만 절이 있을 만한 곳이라고 생각된다면 억지로라도 붙어 있어 볼 작정이었다. 그런 절 생활에 실망을 할 즈음 나는 가끔 스님이 염불하는 법당으로 들어가 뒷전에 앉아 곧잘 명상에 잠기곤 했다. 그런 어느 날 불경을 외던 스님이 나를 돌아다보더니 한 말씀하셨다.

"절에 있겠느냐? 밥값은 안 받으마."

"싫습니다."

"이놈아, 이것이 있으니까 저것이 있다. 니가 있으니까 만물이 있는 거다."

스님은 내 속내를 알아차렸다.

잎 넓은 오동잎 지는 소리에 놀라 잠이 깨고, 산골짜기를 내닫는 바람소리가 심란하여 문을 열면 서리가 하얗게 내려앉던 그해 초겨울, 나는 그가 왜 오지 않는지를 겨우 알아차렸고 그제서야 나의 뻔뻔함을 깊이 반성했다. 세상 어디에도 공짜 밥은 없으니만큼 나는 친구 밥을 대신 먹은 것이다. 고민이 깊어가던 어느 날 나는 스님에게 떠나겠다는 의사를 전했다. 스님이 그랬다.

"사람이 한평생을 살다보면 기쁜 일보다는 슬픈 일이 더 많을 것은 불을 보듯 뻔한데, 그때마다 축축하다고 서럽다고 울지 말고 그저 그러려니 하고 사는 거다. 알았느냐?"

산문을 나서는 나에게 스님이 한 말씀 덧붙이셨다.

"넘어지는 것을 두려워하지 마라. 크게 넘어지면 크게 쏟아낼 것이다. 그게 업業이다."

스님이 부처 같았다. 나는 산을 내려오면서 수면제를 버렸다. 며칠 후 나는 야간열차를 몰래 타고 서울로 올라왔다. 그를 두고 내가 부득이 '출가'라고 우기고 싶은 것은 가출과는 다르게 얻는 게 있었기 때문이다.

어쩌다 잃어버린 봄

장영숙
jinmae0617@hanmail.net

　전염병 하나가 지구촌을 발칵 뒤집어 놓았다.
　코로나19로 이름 붙여진 신종 바이러스 때문이다. 지금 온 세상이 이것 때문에 고통의 수렁에서 신음 중이다. 실체도 없이 순식간에 퍼져 수많은 희생자를 내며 지구촌 전체를 위협하는 코로나19! 이것의 팬데믹pandemic 현상은 우리 삶의 기반마저 뿌리째 흔들고 있다. 나라와 나라 사이, 이웃과 이웃 사이 심지어 가족과 친지 관계마저 단절시키고 있는 무서운 존재이다.
　어디 그뿐인가. 코로나19는 사람의 입에서 발생되는 비말이 공기를 통하여 감염되는 호흡기 전염병이다. 하여 생리현상인 재채기조차 눈치가 보여 다른 사람 앞에서 맘 놓고 할 수 없다. 외출할 때마다 마스크 착용과 2m 사회적 거리 두기는 이웃지간까지 서로 기피하게 만든다. 마스크 착용으로 서로 얼굴조차 볼 수 없으니 지금 우리는 얼마나 답답한 삶을 살아가고 있는가. 감염 예방을 위해 반드시 지켜야 하는 생활수칙이지만 왠지 이웃사촌 간에도 서로 못 미더운 세상에 살고 있는 것 같아 마음 한편이 씁쓸하다.

초기에 신천지라는 사이비 종교집단에서 대량 발병함으로써 신천지의 실체가 만천하에 드러났고 이로 인해 국민들의 공분이 신천지에 쏟아졌다. 하물며 이것이 집단감염 확산의 단초가 되자, 한때 애먼 대구와 경북이 코로나19 발생 본거지라는 오명을 쓰기도 했다. 이래저래 코로나19의 확산은 많은 인명손실과 헤아릴 수 없는 경제적 타격을 우리에게 안기고 있다.

사람들은 실시간으로 전해지는 매스컴의 확진자 발표에 촉각을 곤두세운다. 눈과 귀는 하루 종일 온통 TV를 향해 있다. 나라마다 코로나19의 유입을 막기 위해 국경을 폐쇄하는 등 다각도로 나름대로 대책을 세워 실행하고 있지만, 올림픽마저 연기해야 할 정도로 좀처럼 수그러들 기미가 보이지 않으니 이젠 두렵기까지 하다. 전쟁 중에도 연기하지 않고 개최됐던 올림픽의 연기는 역사상 그 유래를 찾을 수 없는 초유의 일이라고 하니 가히 코로나19의 위력을 짐작할 만하다. 첫 발생지 중국 우한에서 시작하여 파죽지세로 전 세계로 번져나가 한동안 대유행할 조짐을 보이고 있어 장기화가 되지 않을까 전 세계가 노심초사 우려하고 있다.

마스크로 가려진 사람들의 무표정 얼굴, 한산한 도심의 거리, 경제 침체로 하루가 멀다 하고 속출하는 소상공인들의 폐업사례, 농산물의 판로가 막혀 한숨짓는 농어민의 깊은 시름…. 코로나19가 사회에 남기고 간 흔적의 파장이 너무 크기에 가슴이 답답하다.

언제쯤이면 이 지루하고 긴 전염병과의 전쟁이 끝이 날까.

시절이 하수상하니 사람이 그리운 요즘이다. 찻집에 옹기종기 모여 앉아 서로 눈을 맞추고 함박웃음 날리며 희희낙락하던 때가 언제였던가. 따뜻한 차 한잔 나누며 사랑하는 이들과의 정겨운 수다가 그립다. 마음 적적할 때 삼삼오오 짝을 지어 단체여행이라도 할 수 있는 그날은 언제쯤이나 될까. 마스크 벗어 던지고 마음 내키는 대로 마음껏 거리를 활보할 그날은….

무심한 시간은 세상이 어떻게 돌아가든 개의치 않고 한 치의 어긋남도 없이 잘도 흘러간다. 세상이 전염병으로 아무리 어수선해도 봄은 약속이나 한 듯 어느새 우리 곁으로 다가와서 마음을 두드린다. 겨우내 동면에 들었던 삼라만상이 깨어나 나무에 수액을 끌어올려 싹을 틔우고, 꽃을 피우면서. 사방이 꽃 천지다. 저렇게도 요란하게 봄소식을 알려 오건만, 코로나19로 굳게 빗장을 걸어 잠근 우리네 마음은 아직도 겨울 속을 헤매고 있다.

어쩌다 잃어버린 봄.

코로나19에게 송두리째 짓밟혀 버린 2020년 우리의 봄은 어디에서 찾아야 하나. 아무리 내일을 장담할 수 없는 오늘을 살고 있어도 마음의 빗장을 활짝 열고 가슴 가득 봄을 맞아들일 일이다. 참고 기다리다 보면 언젠가는 이 또한 지나가리니….

한강 반포 나들목

장정자
1004jjjang@hanmail.net

긴 터널을 지나면 푸르고 너른 한강이 보인다. 시원한 강바람이 가슴 안으로 파고 든다. 한겨울만 빼놓고는 사계절 즐겨 찾는 한강 시민 공원이다. 해질 무렵이나 주말이면 푸른 잔디밭에 하나 둘씩 텐트를 치더니 점점 텐트의 수가 불어나서 울긋불긋 잔디밭을 차지하고 있다. 텐트 안에는 다정해 보이는 가족, 연인, 친구들이 끈끈한 삶의 이야기를 엮어가고 있다.

우리 집에서 걸어서 10분 거리도 안 되는 이곳은 우리 부부의 유일한 쉼터이고 운동하는 장소이며, 데이트의 공간이어서 삶의 큰 활력소가 되는 곳이다.

자전거 전용도로에는 자전거 애호가들이 줄을 이어 상쾌하게 달리고 있다. 광장에서는 공놀이, 배드민턴, 여러 가지 운동기구로 운동하는 사람들의 활기찬 모습에 생동감이 넘친다. 유모차에 실린 아기도, 아장아장 걷는 유아도 즐거워 보인다. 둘레길을 따라 어깨를 펴고 팔을 세게 흔들며 걷는 사람들의 모습은 팔팔 힘이 넘쳐 어떤 고난도 헤치고 달려갈 것 같다. 체인 줄을 따라 졸졸 달려가는 강아지들도 좋아서 날뛴다.

 나는 먼저 반포대교 달빛 무지개 분수를 보기 위해 잠수교 옆에 있는 달빛 광장으로 간다. 시간에 맞춰 음악과 함께 뿜어 나오는 오색분수는 늘 봐도 새롭고 하루 동안의 쌓인 피로를 말끔히 씻어준다. 세빛둥둥섬을 한 바퀴 돌고나서 나는 걷기 운동을 시작한다. 잠수교에서 신잠원 나들목 부근까지 강가에 우거진 갈대숲을 따라 팔을 높이 휘저으며 빠른 걸음으로 걷는다. 바람에 일렁이는 갈잎의 노래와 갈숲에 숨어 푸드득거리며 우는 작은 새 소리, 풀벌레 소리는 주님이 주시는 은총이다. 등에 땀이 조금 흐른다. 강물에 띄운 카페 앞에서 일몰을 맞이하는 날은 말할 수 없는 충만감이 넘쳐흐른다.

 햇빛이 쨍쨍 비치는 날 밤엔 카페 앞 시멘트 바닥에 돗자리를 깔고 하늘을 향해 등을 대고 누우면 낮에 달궈진 바닥이라 뜨끈뜨끈한 것이 시원해지며 찜질방이 된다. 불어오는 강바람을 맞으며 시간 가는 줄 모른다.

 집에 돌아오는 길에 운동기구로 몸을 풀고 반짝이며 흘러가는 강물의 여유로운 자태를 본다. 여유작작 누릴 수 있는 이 기쁨, 매연과 많은 사람들 속에 숨막히는 서울 도심에서 이곳은 축복이다. 갈숲의 둘레길은 혼자서 걸어도 여럿이 걸어도 좋은 길이다. 사고하고 묵상하기 좋은 길이다.

　네온사인이 화려하게 장식된 유람선이 달빛무지개분수와 어우러지며 밤이 무르익는다. 강 건너 남산타워 네온사인이 돋보인다. 밤의 한강은 판타스틱이다. 눈이 오나 비가 오나 언제나 찾아가도 반가이 맞아 주는 한강을 사랑한다.

사과와 이정표

문정 장지섭
aykwa@hanmail.net

저녁 식사를 마치고 아내와 함께 TV를 본다.

TV에서는 조금 흥분된 목소리로 한 농부가 성벽처럼 쌓아 놓은 사과 상자를 배경으로 인터뷰하는 모습이 방영되고 있다.

"상자 값이 1,800원인데 10kg 사과 한 상자가 공판장에서 3,000원대에 거래돼요. 소비자들은 열 배인 3만 원 안팎의 비싼 가격에 사드시고요. 이게 말이나 됩니까?"

추석을 앞두고 추석 선물을 고민하고 있던 차에 눈길이 갔다. 기자는 예년에 비해 기후가 좋아서 생산량이 늘어난 점과 소비 감소를 사과 값 폭락의 원인으로 꼽고 있고, 농부는 유통구조의 문제를 얘기하고 있다. 물론 생산량이나 소비 감소가 어느 정도 가격에 영향을 미칠 수는 있겠지만 나는 농부의 말처럼 유통구조의 문제가 더 큰 원인이 아닐까 하는 생각이 들었다.

사실 농부가 물건을 생산하면 수집상, 도매상, 중간도매상, 소매상을 거치는 복잡한 유통 과정 속에 물건 값은 크게 부풀려진다. 소비자는 비싼 가격에 물건을 구입해야 하고 반면 농부는 터무니없이 작은 소득을 올릴 수밖에 없다.

옆에서 뉴스를 같이 보던 아내가 한 마디 한다.

"아이고 도둑놈들."

나도 한 마디 거들었다.

"이 한철 보고 애지중지 키웠을 텐데… 저걸 어쩌누…"

나는 농사는 잘 모르지만 땀 흘려 일한 대가는 반드시 주어져야 한다고 생각한다. 한참 결실을 거둘 시기에 TV 화면에 비친 수심 가득한 농부의 모습은 마치 과수원 바닥에 뒹구는 낙과처럼 씁쓸했다.

나에게는 인생의 이정표처럼 잊히지 않는 사과에 대한 기억이 있다. 초등학교 입학 전이었으니 아마도 일곱 살 무렵으로 기억된다. 아버지께서는 이름만 대면 알 만한 국내 중견 건설업체의 중장비 정비반에 근무하셨다. 그때문에 우리 가족은 아버지를 따라 자주 이사를 다녀야 했다.

그 무렵에도 경상북도 경주에 살고 있던 우리는 아버지의 공사 현장을 따라 강원도 정선군에 위치한 '함백'이라는 곳으로 이사해 살고 있었다. 그곳은 전국적으로 유명한 탄광이었던 '함백탄광'

근처에 고속도로 터널 공사가 한창이었다. 우리 집은 동네와 조금 떨어진 곳으로 공사 현장과 멀지 않은 곳에 위치해 있었다. 안채는 주인이 살고 우리는 바깥채에 세 들어 살았다. 집 앞으로 조그마한 개울이 흐르고 집 뒤로는 기찻길이 있었다.

그곳은 지금처럼 골목마다 편의점이나 마트가 있는 것도 아니고, 시장도 멀리 있어 식료품이나 군것질거리를 쉽게 구할 수 없었다. 다만 여러 가지 물건을 파는 보부상들이 주기적으로 집에 드나들었다. 어머니는 생필품이나 과일, 화장품 등을 행상 아주머니로부터 구입하곤 했다.

그날도 빨갛게 잘 익은 사과가 가득 담긴 광주리를 이고 행상 아주머니가 집에 방문했다. 어머니께서는 행상 아주머니를 안방에 들이고 사과를 고르고 계셨고, 나는 어머니 옆에 앉아 사과를 만지작거리고 있었다. 잘 익은 사과는 어린 나에게는 진귀한 보석처럼 너무나도 예쁘게 보였다. 나의 호기심을 불러일으키기에 충분했다. 또렷하게 기억은 나지 않지만, 그때 사과 하나를 잡았다.

행상 아주머니가 돌아가시고 저녁 무렵, 나는 그때 몰래 잡았던 빨간 사과 하나를 꺼내 어머니에게 들어 보이며 "엄마, 사과 이쁘지?"라고 자랑하듯 말했다.

어머니께서는 깜짝 놀라시며 "너, 그 사과 어디서 났어?"

"…"

어머니의 화난 얼굴에 영문도 모른 채 당황해 아무 말도 할 수 없었다. 사실 나는 잘못을 했다고 생각하기보다 그냥 사과가 예뻐 보여서 한 알을 잡았을 뿐이라고 생각했다.

어머니는 회초리를 드셨다.

"남의 물건에 왜 함부로 손을 대니? 그건 도둑질이야!"

"엄마, 잘못했어요. 다시는 안 그럴게요."

그날 참 많이 맞았다. 나는 끝내 아픔을 참지 못하고 집을 뛰쳐나갔다. 울면서 집 앞 개울을 건너 공사 현장이 있는 쪽으로 무작정 달렸다.

공사장 근처에 다다랐을 무렵, 주변을 둘러보니 칠흑 같은 어둠 속에 나 혼자 있었다. 그때서야 무서움이 엄습했고 어머니에게 맞아서 느껴지는 아픔보다 어둠이 더 무서워졌다. 겁에 질린 나는 울음을 멈추고 다시 발길을 돌려 집으로 향했다. 멀리서 나를 부르는 어머니의 목소리가 들렸다. 어머니께선 걱정되셨는지 나를 찾으러 나오신 거였다. 어머니의 목소리를 들으니 다시 눈물이 났다. 나는 울면서 어머니에게 달려갔다.

"엄마~~~."

"이그, 이놈의 자식."

어머니는 나를 꼭 안아 주셨다. 그리고 말씀하셨다.

"남의 물건에 절대 손대지 말아라."

"응…."

세월이 많이 흘렀지만, 나는 지금껏 살아오면서 그날 일을 단한 번도 잊은 적이 없다. 혹, 누군가 잘 살았냐고 묻는다면 잘 살았는지는 모르겠지만 남의 것을 탐하지 않으며 살았다고는 말할 수 있을 것 같다.

우연히 TV에 비친 사과를 보다 떠올린 나와 사과 한 알에 얽힌 이야기지만, 그날 일은 어린 나에게는 충격적인 일이었고, 남의 물건에 함부로 손을 대면 안 된다는 큰 깨달음을 준 평생 동안 잊지 못할 교훈이다.

누구나 인생을 돌아보면 잊지 못할 사연 하나쯤은 있을 것이고, 작은 일이지만 인생의 전환점이 되었을 수도 있다. 그날 일은 내 삶에 오래도록 영향을 미친 큰 이정표가 되지 않았을까 생각해 본다.

내로남불

전효택
chon@snu.ac.kr

    요즈음 유별나게 내로남불, 내가 하면 로맨스 남이 하면 불륜이란 신조어가 유행이다. 타인의 행동에 대해서는 마치 정의의 화신처럼 비판하고 공격하면서, 정작 자신은 뒤에서 전혀 다른 파렴치한 처신을 하는 행위를 빗대어 표현하는 시사용어이다. 남의 일에 대해서는 원칙적이고 합리적이며 정의로운 말을 잘하지만, 정작 자신 관련 일에 대해서는 원칙도 없고 자기중심적으로 처신하는 이중 잣대를 가진 사람들이 주변에 의외로 많음을 느낀다. 최근 들어서 '내로남불'이라는 용어가 자주 언급되고 만인이 공감하는 시사용어가 된 이유는 무엇일까.

    자신은 반미주의자이고 미국을 방문한 적이 없다고 지지자들에게 자랑스럽게 외치면서, 자기 자식들은 미국에 유학 보내고 미국에 부동산도 구입해 놓고 있다. 교육의 기회 균등과 평준화를 위해서 자사고(자율형 사립고)나 외국어고 등 특수학교는 없애야 한다고 주장하면서, 본인의 자녀는 특수학교에 보내 대학진학의 혜택을 누린다. "자기가 자신을 추천하는 법이 어디 있느냐"고 목소리를 높이며 원칙론을 주장하면서도, 자신은 명예와 상금에 연연하여 자천하거나 주위에 자신의 추천을 부탁한다. 일반 서민들의 경제적 어려움에 많은 관심과 열정을 보이는 척하며 사회주의를 주창하고 자본주의에 비판적이지만, 실제 자신은 자본주의의 여러 이점과 방법을 이용하여 치부하며 수십 억의 현금을 소유하고 있기도 한다. 심지어는 지도층 공인으로서 자신의 관저 수리나 가구 구입에 세금을 낭비하면서도 자각하지 못한다. 이런 인사들의 공통적인 특징은 겉으로 말로만 서민을 위하는 척하지 본인이 직접 기부하고 봉사하는 행위는 없는 경우가 많다. 사회사업에 일억 이상의 고액 기부자 명단에는 이런 내로남불형 인사들의 이름이 몇이나 열거되어 있을까.

내가 대학의 신참 조교수였을 때, '교수 연구실이 부족하니 정년퇴임한 교수는 연구실을 속히 비워 달라'는 지시를 매월 교수회의 때마다 자주 말한 학장이 있었다. 그는 원칙주의자로서 학장 임기를 마치고 평교수로 수년 더 재직한 후 정년을 하였는데, 정작 자신은 정년 후에도 연구실을 비워주지 않았고 작고하고 나서야 연구실이 반납되었다.

집안의 대소사 문제에도 항상 원칙론을 주장하고 나오는 형제나 친척들이 있다. 특히 큰 경비가 들어가는 부모의 병환비용, 장례 절차 등에 강한 원칙론을 내세운다. 실제 경비 분담 문제가 나오면 자신은 능력이 없다면서 뒤로 물러난다. 홀로 되신 노부모의 재혼은 유산 문제가 있어 복잡하다는 이유로 반대하면서도, 그러면 누가 홀로 된 노부모를 직접 모시겠느냐 하면 서로 미루며 책임지려 하지 않는다.

이렇듯 개인 생활에서도 내로남불형 인간은 신뢰하기 어려운데, 하물며 고위 공직자나 지도층 인사들이 내로남불형 모습을 보인다면 어떻게 믿을 수 있겠는가. 이런 인사들의 습관적 표현 중의 한 예가 '현실이 바뀌어서 어쩔 수 없다' 하며 에둘러 말을 한다.

우리는 언행일치가 어렵다는 것을 알지만, '원칙주의'라는 용어에 조심할 필요가 있다. 항상 말을 적게 하고 한번 뱉은 말은 책임질 줄 알아야 하며 겸손해야 한다. 많이 배우고 지식이 높은 사람일수록 원칙론을 입으로만 주장하기는 어렵지 않다. 특히 공직에서 활동하는 지도층 인사들이 명심하며 주의해야 하는데 이는 앞뒤의 처신이 같아야 하기 때문이다. 그럴 자신이 없으면 미련 없이 공직에서 내려오고 말에 조심하면 된다.

나는 '사회에서 성공한 사람은 교양이 있고 남을 배려할 줄 아는 사람'이라는 덕담을 좋아한다. 평생을 남이 모르게 기부와 봉사하는 삶을 살아오면서도 말씀이 적고 겸손한 분들을 만나면 절로 머리가 숙여진다.

말하기 전에 먼저 나를 들여다보는 훈련을 해야 하겠다.
'나는 얼마나 말과 행동이 일치하고 있나, 혹시 내로남불 형은 아닌지, 나는 얼마나 내 주변을 실질적으로 배려하고 봉사하고 있나'를.

명 함

정근식
gosigikr@hanmail.net

　인사발령이 나서 자리를 정리했다. 다음 주 부임할 후임자를 위해 모두 정리를 해야 한다. 책상 서랍에 있는 소지품을 박스에 담아 책상을 비웠다. 마지막 서랍을 정리하다가 명함을 발견했다. 모두 버렸다고 생각했는데 구석에 몇 장이 남아 있었다. 휴지통에 버리려다 명함을 보았다. 내 명함이지만 이렇게 자세히 들여다본 적이 없다. 손바닥보다 작은 명함에는 회사의 마크와 소속과 직책, 그리고 내 이름과 전화번호가 또렷이 적혀있다. 이 명함에서 내 소속과 직책을 지우면 어떻게 될까. 명함이란 옷을 벗어 버린 자연인 내 모습은 어떨까 하는 생각을 해 보았다.
　직장생활 30년 동안 내내 명함이 있었다. 부서를 옮기거나 직책을 달리할 때마다 명함을 만들었다. 손꼽아 보니 이번에 만드는 명함이 20번째 정도 된다. 우리 사회에서 명함은 신분증 아니 신분을 표시하는 증표다. 가끔 대기업이나 공공기관, 유명한 벤처회사 직원의 명함을 받으면, 그 사람의 인품을 보기도 전에 먼저 판단을 하고 존중을 한다. 뿐만 아니라 그 사람의 과거까지도 훌륭했을 것이라 상상한다. 나를 만나는 사람들 역시 내 명함을 보고 그렇게 나를 판단했을 것이다.

첫아이가 취직이 되었다. 학원 수학강사로 입사를 했다. 규모가 큰 학원이라 첫아이에게 신분증과 명함을 직장에서 만들어주었다. 첫아이는 취직이 된 기념으로 카톡으로 명함과 신분증 사진을 보내주었다. 봉급을 받는 것도 기쁘지만, 명함이 있어 자신의 존재를 확인할 수 있어 좋다고 한다. 입사 초기, 첫아이는 신분증을 목에 걸고 찍은 사진과 명함을 각종 커뮤니티 대문에 걸어 두기도 했다. 나 역시 첫아이가 명함이란 새로운 옷을 입고 기뻐하는 사진을 보니 흐뭇했다.

며칠 전, 퇴직한 전 직장 동료 부부가 방문을 했다. 30년 전 직장생활을 시작할 당시에 같은 부서에서 근무했던 직원이다. 국민연금 상담을 하기 위해 찾아왔다. 어떻게 하면 연금을 많이 받을 수 있는지 언제 받아야 하는지 궁금해 했다. 60세 퇴직 후에도 계속 납부하다가 나이가 되어 노령연금을 받도록 안내를 했다.

퇴직한 그 직원은 아쉬운 것이 명함이라고 했다. 지인을 만나거나 자녀 결혼 상견례 때 건네줄 명함이 없어 아쉽다는 것이다. 하기야 30년 이상 사람을 만날 때 명함을 내민 것이 습관이 되었으니 그럴 만도 하다. 그는 소속과 직책이 없는 게, 자신의 신분이 없어진 것 같다고 한다. 유명회사 간부도 하루 아침에 동네 아저씨가 된다는 것이다. 주위에서 자연인을 평가하지 않고 명함을 보고 그 사람을 평가한다는 것을 알기에 씁쓸한 마음이 들었다.

책상을 정리하고 사무실을 나오는데 문자가 왔다. 연말에 퇴직한 선배의 문자였다. 그는 실장, 본부장 등 중요 보직을 다 거쳤고, 직장생활을 하는 동안 열정과 성실로 후배들의 귀감이 되었던 선배였다. 이번 인사이동을 축하하며 새로운 자리에서 열심히 하라는 격려 문자였다. 평소 따뜻한 마음으로 배려해 주었던 선배라 격려 문자가 더욱 고마웠다.

퇴직한 두 직원을 보면서, 멀지 않은 시기에 자연인으로 돌아가야 하는 나의 명함은 무엇일까. 내 명함을 들고 생각을 해 보았다. 많은 선배 중에서 내가 좋은 이미지로 기억하는 분도 있고 그렇지 않은 분도 있다. 나 역시 그럴 것이다. 명함에 적힌 직책이 후배들의 기억에 남는 명함은 아닐 것이다.

명함, 평생 내 것인 줄 알았는데 가만히 생각해보면 내 것이 아니다. 어쩌면 처음부터 내 것이 아닌지도 모르겠다. 명함은 비 오는 날 잠시 가지고 다니는 우산처럼 직장생활을 하는 동안 잠시 필요해서 쓰는 우산과 같은 존재일 것이다. 오늘 내가 인사이동으로 지금의 명함을 버리고 새로운 명함을 새겨야겠지만, 그 명함도 영원한 명함이 될 수는 없다. 퇴근할 때 격려 문자를 보낸 선배의 뒷모습을 보면서 느껴지는 게 선배의 명함처럼 다가온다. 소속과 직책이란 옷이 벗겨진 뒤에 느껴지는 명함, 그것이 그 사람의 진실한 명함이 아닐까?

어젯밤 이야기

정보연
cherish0524@naver.com

귀가 시끄러워 일어났다. 새벽이었다. 그런데 정작 아무 소리도 들리지 않았다. 나는 방에서 나가 주방으로 갔다. 혹시 주방 후드가 켜 있나 싶었는데 후드는 잘 꺼져 있다. 잠시 귀를 기울여본다. 하지만 아무 소리도 들리지 않는다.

이상하다. 혹시나 싶어 거실로 가 창밖을 내다본다. 희미한 조명 아래 나무들. 익숙한 풍경이다. 그대로 돌아서려는 순간, 무언가 눈길을 끌어 창에 다가가 밖을 내다보았다. 밖은 밤바다의 파도처럼 조용하지만 은밀한 움직임이 있었다.

나무였다. 금방이라도 부러질 것처럼 앞으로 휘어졌다가 다시 일어나고 또 다른 방향으로 구부러지고 있는 나무들. 저 정도라면 바람도 엄청나게 불 텐데 바람 소리는 전혀 들려오지 않는다.

나는 넋을 잃고 밖을, 나무를 바라보고 있었다. 살아 있는 것처럼 움직이는 나무를 보고 있으니 금방이라도 나무들이 뿌리를 뽑고 척척 내게 걸어올 것만 같다. 동화 속에 나오는 마법의 숲 한가운데 들어온 것처럼, 나는 숨을 죽이고 한참을 바라만 보고 있었다.

그때 지금껏 없던 무언가가 눈에 들어왔다. 사람이다. 성인이다. 남자다. 처음부터 거기 있었는지 아니면 지금 막 나타난 건지 모르겠지만 거기 사람이 있었다. 하지만 그는 같은 장소, 다른 차원에 있는 것 같다. 휘청거리는 나무들과 달리 그의 머리카락 하나, 옷자락 하나 날리지 않는다.

그는 바닥에 떨어진 나뭇잎들을 하나씩 주워 바라보고, 그 중에서 몇 개를 정성껏 골라 검은 봉지에 담고 있었다. 마치 바닷가에서 조개껍데기를 줍는 아이처럼 그는 느긋하게 평화롭고 행복한 한때를 보내고 있었다.

나는 지금 이 순간, 세상에 홀로 깨어 있는 것 같았다. 지금 저 모습을 다른 누군가도 보고 있을까. 나는 다른 아파트 동을 둘러보지만 오직 나만이 이 모든 것을 지켜보고 있다는 생각이 들었다.

나뭇잎 수집을 마친 그가 흡족한 얼굴로 내 시야에서 퇴장하자, 바람이 잦아들고, 나무들의 움직임이 멈췄다. 잘 짜여진 연극처럼 모든 일이 순서대로 일어나고 순서대로 끝이 나자 유일한 관객이었던 나 역시 방으로 돌아가 다시 잠이 들었다.

새벽에 깨서 그랬을까? 나는 평소보다 늦게 일어났다. 출근 준비하는 남편에게 어젯밤에 내가 본 것들을 이야기한다. 남편은 듣는지 마는지 별 반응이 없다. 나가기 전 거실로 가서 창밖을 힐끗 보더니, 역시나 하는 표정으로 출근을 했다. 나는 그럴 리가 없는데 생각하며 서둘러 창가로 갔다. 밖은 부러진 나뭇가지 하나, 떨어진 나뭇잎 하나 없이 깨끗했다.

아이들은 종종 믿을 수 없는 이야기를 한다. 하지만 어른들은 믿어주지 않는다. 아이들은 속상한 마음으로 내가 어른이 되면 아이들의 말을 믿어 주는 어른이 되겠다고 다짐한다. 하지만 그들도 역시 아이들의 말을 믿지 않는 어른이 된다. 어릴 적 우리가 보았던 것들은 다 무엇이었을까? 우리는 왜 아이들의 말도 어른들의 말도 믿지 못하는 어른이 된 걸까?

누군가 내게 믿어지지 않는 이야기를 해 온다면, 이제 나는 온 마음을 다해 듣고 싶다. 어젯밤 있었던 일을 누군가는 믿어주길 바라는 나처럼 누군가도 그럴 수 있으니까.

수필이 읽히는 이유

정인호
tae7335@hanmail.net

아직 날씨가 차다. 추위 속에서도 따스한 봄의 입김을 잉태하고 있다. 언 땅을 녹인다는 우수와 경칩이 지났으니 봄은 이미 우리 가까이에 왔다. 사람의 가슴을 설레게 하는 봄! 감미로운 비애와 도취의 계절, 글 쓰는 이들에게 봄은 정녕 읽고 쓰고 싶은 충동을 불러일으키는 때라 하겠다.

이런 아름다운 계절에 오디오를 통해 음악 감상을 했다. 계절은 우리에게 늘상 천국을 꿈꾸라고 하건만 알다시피 지금은 누구나 시간에 쫓기며 사는 세상이다. 빨리빨리가 현대인들의 특징 중 하나이어서 속된 말로 부산인가 했더니 어느새 서울역이란 식이다. 내가 마음먹고 선곡했는데 피아졸라의 망각忘却이란 뜻을 담은 오불리비언oblivion이었다. 오랜만에 나 자신을 잊고 피안의 세계를 걷는 듯 조용한 시간을 가져보았다.

내면을 들여다본다는 핑계 삼아 음악 감상도 좋지만 책 안 읽기가 뉴노멀new normal이 된 시대라고 하는데 공감을 한다. 명색이 문필가라면서 좀 더 신중하겠다며 다짐했지만 번번이 그때뿐이었다. 그만큼 독서량도 풍요 속 빈곤이었다. 요즘은 책을 읽어도 길고 장황한 것은 싫어한다. 내가 청년시절에는 한 작품에 열 권씩 되는 장편 대하소설을 밤새워 읽었다. 이제 그런 순수한 열정은 간데온데없이 사라졌다. 하지만 그런 미련한 독서가 정신세계를 풍부하고 기름지게 했다는 확신을 버리고 싶지 않다.

이제는 다르다. 길고 장황한 것보다는 ELS 시대다. 재미있고 exciting, 부담 없고light, 길지 않은short 것을 추구한다. 그러니까 AI 시대일수록 수필이 뜨지 않을 수 없다. 짧은 것 중에서도 더 짧은 단수필短随筆, 또는 장수필掌随筆까지 실험되고 있는 현실이다. 거기다가 해마다 뽑히는 올해의 책에는 상위권에서 하위권까지 에세이가 판을 친다.

지난 2019년 인터파크 연간 종합 베스트셀러 1위가 에세이 분야인 김영하 선생의 『여행의 이유』이고, 2위가 인문분야 최승필 작가의 『공부머리 독서법』, 3위가 에세이 부분에서 100쇄를 찍었다는 혜민 스님의 『고요할수록 밝아지는 것들』이었다니 알 만하다.

그처럼 수필이 뜨는 세상이라지만 잡문雜文으로 취급해서 문학의 한 장르로 인정치 않으려는 문학계의 풍조를 주목하지 않을 수 없다. 수필을 쓰는 나로서는 수치스럽고 가슴 아픈 일이다. 그렇다고 그런 문단풍토를 가지고 시비할 수도 없으니 답답하다.

그런 점에서 나에게 주어진 책무는 가볍지 않다. 읽는 이에게 깊은 울림을 주는 글, 영혼을 흔드는 그런 수필을 써야 하는데 그러지 못해서 좋은 대접을 받지 못했던 것이 아닌가 생각해 보고 있다. 치열한 자기반성과 노력으로 스스로 위상을 높여나가야 할 처지에 있음을 새롭게 인식하고 있다.

무엇보다 자기만족에 안주하지 말자. 평론가가 바른말을 하더라도, 지도교수님이 닦달을 하더라도 성내지 말고 새겨들으면서 다시는 실수를 하지 않는 글, 독자에게 어떤 메시지를 주고 감동 받을 수 있도록 쓸 것이다. 깜빡 짜부라지던지 배꼽을 잡고 웃던지 하는 글이라면 그게 바로 수필이 읽혀지는 이유가 아니겠는가.

수필가가 양적으로 늘어났다. 하지만 이제는 질적으로 발전을 이뤄내야 할 과제를 안고 있다. 삼국지에 도원결의桃園結義란 말이 있다. 유비, 관우, 장비 세 호걸이 결의형제를 맺었듯이 나도 좋은 수필을 쓰자는 결의를 문우들과 함께 다짐하는 계기가 됐으면 한다. 그것이 나의 마음임을 고백하고 싶다.

수구초심首丘初心

정일주
ilju@daum.net

솔찬히 오랜만에 고향 왔구먼
니는 시로 근근이 밥은 먹고산다는 소식은 들었는디
요새는 산골도 핸드폰으로 금세 소식을 듣느믄
우리 어렸을 적은 집집마다 스피커 달고 살았잖여
라디오도 귀했고 텔레비전이 어떻게 생겼는지두 물러는디

시방은 엄청 좋은 세상을 살고 있는겨

근디 니는 고향에 오믄 소죽 골을 왜 꼭 들이는겨?
니 속 맴을 대충은 알고 있는디
과부 삼대 집 인자 생각 시방도 하는겨?
흰머리 날리는 지금도 그 옛날 풋정이 그리운감?

인자는 어려서부터 엔간히 이뻐쓴게
니도 솔찬히 갸를 좋아했잔남
냇가에서 빠꿈살이 하던 시절 생각나남
니 각시라고 갸 옆에는 애들을 얼찐도 못하게 해쑹게

갸는 외지에서 자취가 하숙인가 하며 혼자 살았잖여
여름에 인자가 내려오먼 참말로 요란했구먼
인자가 장터에 나타나먼 허벅지에 가슴 땜시
가심 앓이 한 농촌 총각이 어디 한 둘이간디

이제는 세월이 흘러 쓴 게 니도 내 맴 이해할겨
내도 갸 다리 가슴 보고 뜬눈 샌 날이 솔찮혀
인자 가슴 보고 여자를 첨 알았응게

근디 말여, 동네 생각하면 걱정이구먼
우리 동네는 60대는 청년이고 70대는 중년이고 80대는 초로여
청년도 없고 아가들 울음소리를 들은 지도 수년이 넘어쓴게
살기 좋은 도시서도 애를 안 낳는다는디
누가 촌으로 와서 애 낳아 고생하며 살려고 하간디

귀농이란 말이 좋지 늙어서 내려오면 뭐 한다냐?

이러다간 고향이란 말이 사라질까 두렵구먼

니를 만나 먼 추억 꺼내는 재미에 시간이 아깝구먼
인자가 사랑 꽃을 피웠던 농가는 흔적도 없는디
달빛에 은빛 갈대가 춤을 추며 너를 반겨 주느믄

세월이 깊을수록 고향 얘기는 가슴을 녹이는 진국여
추억은 맴 속에 앨범이요 고향은 묵은지잖여
오래 묵을수록 맛이 더 나는 묵은지 맛이 고향인겨
동산에서 콩쿨대회하고 연극할 때가 엊그제 같은디
벌써 강산이 다섯 번이나 넘게 변한 얘기를 하는구먼

옛날 그리민서 니는 십팔 번 '단발머리 소녀' 불러 봐
내는 '흙에 살리라' 부를 낀게 어뎌?
"청춘을 돌려다오" 듣고 싶은감
오늘은 달도 쉴찬히 밝구먼

묵은지 맛 나는 글감이나 몽땅 담어가
근디 너는 어찌 유구무언有口無言여
망운지정望雲之情 땜시 맴이 울적허구먼

\+ 수구초심首丘初心 - 고향을 그리워하는 마음

* 망운지정 - 멀리 떠난 자식이 어버이를 그리워하는 마음

- 충청도 사투리 -

\+ 빠꿈살이 - 소꿉장난

\+ 쉴찬히 - 상당히

삼총사

정재윤
lg0019@hanmail.net

사람은 추억을 떠올리며 산다고 했던가.

나에겐 아름다운 추억 한 페이지의 친구들이 있다. 진숙이와 혜정이는 읍내에서 둘밖에 없는 백성초등학교에 다녔고, 나는 안성초등학교를 다녔다. 중학교로 올라오며 모두가 명륜여자중학교로 배정이 되어 1학년 2반에서 만났다.

담임은 김성숙 선생님이셨다. 한 반이 되자 키가 고만고만했던 진숙이, 혜정이와 나는 늘 함께 붙어 다녔다. 영원히 갈 것처럼 '삼총사'로 이름 불리게 되었다

진숙이는 성격도 좋고 털털하고 남성적이며, 공부도 잘했다. 그림도 잘 그려서 학교 복도에 진숙이의 그림이 종종 전시되기도 했다. 혜정이는 활달하며 재미있는 성격의 친구였다. 얼굴에 주근깨가 많고, 매력적인 덧니에 활짝 웃는 모습이 너무 밝고 환한 친구

였다.

모이기만 하면 무슨 할 말이 그렇게 많은지 까르르 웃다가 시간 다 보냈다. 늘 붙어서 함께 다녔던 단발머리 중1의 풋풋했던 모습만이 떠오른다.

중학교시절 처음 친구여서 그런지 우정이 더 애틋했다. 그러나 영원히 함께 갈 것만 같았던 우리는 아쉽게도 2~3학년에 올라가서 각자 다른 반으로 배정이 되었다. 우리는 같은 반이 아니다보니 점점 소원해졌다. 다행히 고등학교는 같은 안성여고를 갔지만, 반이 달라 그저 중학교 때 친했던 친구로의 관계로만 유지되었다.

각자 대학을 가고, 사회인이 되고, 결혼을 했어도 몇몇 친구들을 통해서 소식만은 듣고 있었다. 우연히 덕소에 사는 친구가 진숙이를 만나 나의 연락처를 주어 우리는 만나게 되었다.

여고를 졸업하고 이렇게 자리를 만들어 보게 된 것이 거의 30년만이다. 어찌나 가슴이 설레고 반갑던지….

아침 일찍 인사동에서 만나 저녁 때가 훨씬 지나서야 헤어진 그 날을 아직도 생생히 기억한다. 그동안 보고픔의 갈증을 해소하기라도 하듯 무슨 할 말이 그렇게 많았는지….

진숙이는 졸업 후, 취업한 회사 대표님과 결혼하였다. 전 세계를 다니며 지금까지 우리나라 방송장비 발전에 큰 기여를 하는 회사로 키워 나가고 있다. 두 아들을 둔 커리어우먼으로 자리 잡았다.

혜정이는 인천에서 교편생활을 하다가 교사인 남편을 만나서 결혼했다. 딸 둘을 두었으며, 건강이 좋지 않아 사표를 냈다. 지금은, 건강이 회복되어 기간제 교사를 하고 있단다. 각자의 자리에서 열심히 살아가고 있는 친구들! 내 친구들이라서 그런지 훌륭하고 참 좋다.

 14세 때 만난 우리들이 어느새 환갑을 바라보는 나이가 되었다. 그날 이후 자주는 아니어도 간간히 소식 전하며 만나고 있다. 만날 수 있고 볼 수 있다는 것만으로도 행복하다.

 이제는 아플 나이가 되었다. 나는 갱년기 즈음에 접어들며 감정의 기복이 심해지고, 오십견이 와서 고생을 했다. 몸이 아프니까 얼굴은 찡그려지고 머리를 감기도 목을 닦기도 불편한 생활의 연속이었다. 그야말로 삶의 질이 떨어져서 너무나 힘들었다. 지금도 열이 오르내리는 여러 증상들이 있다. 오십견은 소문내서 다행히 수술을 받지 않고도 간단한 방법으로 치료되어 잘 버티고 있다.
 '건강한 거지가 병든 왕보다 행복하다'고 쇼펜하우어가 말했다. 극단적 비유일지 모르지만 누구나가 공감할 것이다. 건강이 중시되는 요즘, 이제 우리들 나이도 하나 둘 몸이 아파야 할 때다. 내 친구들이 그동안 열심히 살아왔으니 남은 세월 건강하고 행복하게 살았으면 좋겠다. 아픔과도 친해져야 하고, 아껴 쓰고, 고쳐 쓰고, 달래가며 살아가자.
 지금 이 시간 2020년. 벌써 몇 번은 만났을 텐데…. 코로나19로 모든 것이 정지된 상태라 전화로 간간이 친구들 안부를 묻는다.
 건강하자 친구들아.
 오래오래….

아쿠아로빅에서 희망을

정정숙
chungsonge@naver.com

　가끔은 누구와 함께가 아닌 나 홀로 카페에서 따뜻한 커피 한 잔으로 시간 여행을 하는 것도 좋다. 이른 오전이라 그런가, 비어 있는 테이블이 많다. 출입문 안쪽에 젊은 여인이 탁자 위에 노트북을 올려놓고 일에 열중하고 있다. 손님이 없으니 카페에서 일하는 알바들도 한가하다. 진동 벨이 빨간 불을 발사한다. 주문대로 커피를 뽑아 손님에게 건네는 20대의 남녀는 몸이 성치 않은 것 같다. 커피 잔을 주며 아가씨가 어둔한 말과 무표정인 시선으로 묻는다.
　"테이크아웃이에요?"
　아니라고 했다. 하얀 사기잔에 커피를 담아낸다. 잔이 큰 만큼 양도 꽤 많다. 커피 잔 밖 중앙자리에 00직업 훈련시설이라 적혀 있고 그 글 아래 카페 '해누리'란 상호가 적혔다. 해가 빛을 쏟아내는 작고 깜찍한 그림도 있다.

다음 날은 작은 보온병을 준비해 갔다. 양이 많아 반으로 나눴다.

아쿠아로빅 시작 전 카페부터 들른다. 충분한 여유 시간을 갖고 다니기 때문에 카페에서 느긋하게 앉아 있다. 사실 카페의 커피는 맛이 별로다.

볕 잘 드는 넓은 창가에 앉았다. 겨울의 창밖 풍경은 스산하다. 일월 초 추위가 실감나지 않는다. 우리 어린 시절의 동장군은 어디로 갔을까. 앙상한 가지만 달고 있는 큰 나무들 아래 추위를 보호 받고 있는 작은 철쭉 무리가 짚으로 된 예쁜 포대기를 두르고 있다. 겨울이 물러나기 바쁘게 고것들이 꽃망울 내밀며 봄을 안겨 줄 것이다.

카페가 있는 건물 쪽으로 나이가 꽤 된 노파 둘이 걸어온다. 한 사람은 허리가 많이 굽었다. 저 굽은 등 속에 지나온 삶의 일기장이 빼곡하게 들었을 거다. 아쿠아로빅에 오는 노부인들이다.

수십 개의 샤워기 앞에는 수십 명의 아쿠아로빅 회원들이 몸을 닦는다. 수영장 속에 들어가기 전 머리 감고 샤워하고 들어가야 한다는 규칙을 회원들은 철저히 지킨다. 정해진 시간에 입장을 시키니 북새통도 그런 북새통이 없다. 게다가 서로 등도 밀어 준다.

때수건 목욕 방석도 챙겨 오니 소박하게 살아가는 노파들의 면면을 보게 된다.

　늘씬한 여 강사가 수영장으로 들어오자 누들튜브를 갖고 물놀이하던 회원들이 강사 앞에 일렬로 나란히 모여든다. 강사가 시작을 알리는 노래를 튼다. 유명 가수들의 트로트가 메들리로 수영장을 흔든다. 흥이 절로 난다. 천장에 닿을 듯 사닥다리에 안전 요원이 꼼짝 않고 물 쪽으로만 보고 있다. 바닥에도 안전 요원이 비상대기를 한다. 젊은 여인들이라 매일매일 반복되는 일에 마음이 답답할 것 같기도 하다.

　아쿠아로빅을 하러 오는 사람들, 모두가 아픈 몸, 불편한 몸을 치유 받으러 온다. 나이가 제일 많은 사람이 90세란다. 아까 카페 앞으로 오던 분이다. 15년째 다닌다고 한다. 허리가 많이 좋아졌단다. 얼굴이 예쁜 할머니다. 병원에서 일러 주는 운동도 많이 했단다. 수영장은 아픈 모두의 위로처며 치료실이다. 우렁찬 강사의 구령에 굳어져 가는 근육을 풀며 밝은 표정으로 수중 발레를 하는 여인들로 돌아간다.

　어느 TV에서 "이 풍진 세상을 만났으니 너의 희망이 무어냐"란 노래가 들린다.

　희망! 남은 삶을 건강하게 살아가길 바람이 나이든 분들의 희망이 아닐까. 이제 곧 봄이다. 여기저기 봄꽃이 노인들의 가슴에 화사하게 안길 것이다. 아픈 몸이 민들레 꽃씨처럼 가볍게 훨훨 움직일 수만 있다면 그게 욕심 부리지 않은 아쿠아로빅에서 희망을 바라며 살아가는 것이다.

상판리의 가을

정정애
wjddo416@hanmail.net

 가을이란 단어가 익숙해져 가던 어느 날, 친구에게서 전화가 왔다. 낙농업을 함께하는 친구라서 일하는데 방해할까 봐 먼저 전화하기가 망설여지는 친구였다. 잘 지내냐는 안부를 묻고는 김장 무가 잘 자라 달고 맛있는데 여분이 있으니 가지러 오라고 한다. 가을날씨도 좋고 하니 단풍구경도 할 겸 놀러오란다. 친구의 호의는 고마웠으나 무만 가지고는 마땅히 할 게 없을 것 같아 농담 삼아 배추까지 주면 가겠다고 했다. "몇 포기 필요한데…" 망설이며 난처해하는 친구의 얼굴이 보여지는 듯했다.
 똑같은 일상이 바쁘게 며칠 흘러갔다. 친구에게서 다시 전화가 왔다. 밭에 나가서 배추 포기를 세어보니 나누어 주어도 될 것 같다고 한다. 친구에게 부담을 주는 것 같아 미안했다. 괜한 부탁을 했나 싶은 게 그날부터 친구의 얼굴이 자꾸 떠올랐다. 가뭄과 더

위에 시름하며 키웠을, 멧돼지한테서까지 힘들게 지켜낸 농작물일 텐데…

처음 그녀가 친구들을 초대해 애써 키운 과일과 채소를 퍼 줄 때 왠지 거북하고 부담스러웠다. 평소 친절에 익숙하지 못했던 소심한 나였는데 해를 거듭하며 이어지는 그녀의 친절에 수확철이 되면 은근히 소식을 기다리게 되었다. 올해도 가을로 접어들면서 친구의 초대가 언제나 올까 은근히 기다리고 있는 나를 발견했다. 해마다 가을이면 차가 미어지도록 이것저것 챙겨주는 것도 좋았지만 친구의 넘치는 정이 담긴 마음 씀이 더 좋았다.

어린 시절을 한 동네에서 나고 자란 고향 친구 그녀는 여름이 되면 옥수수가 영글었다고 오라 하고 추석 무렵이면 포도와 밤을 따러오라고 연락을 한다. 그녀에게서 가져온 옥수수는 여름 내내 맛있는 간식이 되어주었고, 포도와 밤으로 전하는 시골인심이야기는 내 이웃들의 마음까지 푸근한 정서로 촉촉하게 해주었다. 이웃이나 지인들과 나누는 기쁨을 실천하는 그녀는 투박한 미소로 내게도 나눔의 행복을 알려주었다.

지난겨울 그녀는 고향 친구 부부들을 초대하여 자라면서 겪었던 어릴 적 이야기를 추억하며 하룻밤을 같이 보냈다. 낙농업과 과수원을 겸하는 친구 부부는 정말 한시도 앉아있을 짬도 없이 바빠 보였다. 늦은 시간까지 우사와 집을 오가며 소의 젖을 짜고 손님 대접을 한다. 그 와중에도 그녀는 헤헤 웃으며 "그래그래" 하며 맞장구를 치며 웃어주었다. 우리는 팬션에 놀러 온 것처럼 밥도 하고 고기도 굽고 떠들며 웃으며 즐거운 시간을 공유했다.

그러던 중 올가을은 심상거리까지 나눌 수 있다고 한다. 시장에서 구입하는 방법도 있지만 친구가 가꾼 농산물이니 믿고 먹을 수 있어서 좋고 왠지 밭에서 바로 뽑아 담그는 것이 더 맛있을 것 같기도 했다. 입동을 바로 앞에 둔 날, 친구의 연락을 받고 그녀의 집으로 향했다. 큰 대로가 끝나고 목적지에 가까워지면서 접어든 소로는 개천을 끼고 이어지는데 도로보다 더 폭이 넓은 개천은 흡사 강을 닮아있다. 한가로운 구름이 노니는 푸른 하늘을 즐기며 가을 속 상판리 마을 속으로 들어갔다.

반갑게 맞아주며 활짝 웃는 부부의 얼굴에 쏟아지는 가을 햇살이 눈부시다. 실하게 잘 자란 무와 배추가 군데군데 수북이 쌓여있다. 우리 부부가 도착하기도 전에 무 뽑는 작업을 다 끝낸 집주인의 얼굴엔 풋풋한 미소가 번졌다. 아낌없이 퍼주기는 친구의 남편이 한 수 위다. 눈에 띄는 것은 뭐든 다 가져가라고 한다. 차에 실을 수 있으면 얼마든지 맘껏 가져가라고 호탕하게 웃으면서….

그날 차에 실어 온 것이 어찌 무, 배추뿐이겠는가. 더불어 그 집 부부의 정이 덤으로 얹혀 왔다. 음매~ 얼룩소의 인사를 받으며 상판리에서 돌아오는 길, 가을로 가득 찬 산과 계곡에는 고운 단풍이 붉게 타오르고 있다. 가을 소풍처럼 온 나들이길, 곱게 물든 산골짜기 단풍보다 친구의 마음이 더 붉게 타는 것 같다.

올 겨울 식탁은 상판리 가을로 그득할 것이다. 김치를 먹을 때마다 떠오를 친구의 얼굴을 그려본다.

오늘 그녀에게서 택배가 배달되었다. 그날 공간이 부족해 가져오지 못했던 대파를 한 상자 보내왔다. 얼마나 튼실한지 파 굵기가 손안에 꽉 차고 키는 내 허리까지 온다. 어쩜, 친구는 잘 자란 파를 자랑도 하고 싶고, 노력한 결과의 뿌듯함을 나와 공유하고 싶었나보다. 주변 사람들에게 나눔의 미덕을 실천하는 훈훈한 친구의 마음 덕분에 올겨울은 아무리 춥다고 해도 따뜻하게 보낼 수 있을 것 같다.

노보시비르스크의 악몽

조계환
johnncho@hanmail.net

 2019년 가을이었다. 아내와 며느리, 초등학생인 손녀 셋 모두 여섯이 시베리아 횡단열차에 올랐다. 손녀들에게 해외 경험도 쌓아 줄 겸 러시아 여행을 하고 싶다는 아내의 말을 듣자마자 맘 변하기 전에 결행한 여행이다.
 블라디보스토크에서 모스크바까지는 9,288km. 만 일주일을 밤낮으로 달린다. 7시간 시차이지만 하루에 한 시간씩 시간을 늦추다보면 시차적응이 크게 어렵지 않다.
 닷새째 되는 아침 9시 9분, 노보시비르스크에 도착했다. 인구 150만에 카자흐스탄 행 철도가 여기서 분기되는 대도시다. 문 위 전광판에 10시 8분 출발이라는 안내문자가 떴다. 1시간 정차하는 셈이다. 영상 5도, 쌀쌀하지만 우리는 맨발 슬리퍼에 츄리닝 실내복장으로 내렸다. 지하통로를 통해 대합실을 빠져나오니 터키석

푸른 색깔의 역사가 위용을 뽐내고 있었다. 역 광장이 있는 옥외 계단을 올랐다. 비둘기 몇 마리가 우리 일행을 보고 종종 쫓아왔다. 이 시각까지는 평화롭고 행복했다.

광장 한편의 풍물시장은 아침이라 사람들이 많지는 않았다. 우리는 느긋이 걸으며 구경하다가 과일가게 앞에 멈춰 섰다. 시계를 보니 30분 정도 여유가 있었다. 며느리에게 10시 정각에는 대합실 검색대를 통과해야 한다고 단단히 일렀다.

자두며 사과를 봉지에 담고 계산을 치를 즈음, 뒤를 돌아보던 며느리가 눈을 똥그랗게 뜨고 정민이가 안 보인다고 했다. 나는 "아직 우리를 못 쫓아왔나 보네" 하며 대수롭지 않게 생각했다.

초등학교 3학년인 둘째 손녀는 자랑 같지만 또래들 중에서도 똑똑하다. 길 잃고 그럴 아이가 아니다. 계산이 끝나고 두 손녀에게 물었더니 사진 찍고는 기억이 안 난다고 했다.

그제서야 우리는 뭔가 큰일이 생겼음을 깨달았다. 갑자기 머릿속이 하얘졌다. 최악의 시나리오가 맴돌았다. 며느리가 울상이 되어 '정민아' 고함지르며 시장 골목으로 내달았다. 아내도 뛰쳐나갔다. 나는 두 손녀의 손을 꼭 잡고 광장을 샅샅이 훑었다. 시장에도 광장에도 아이의 흔적은 보이지 않았다. 말도 안 통하는, 곧 혹독한 겨울이 닥칠 동토의 땅에서 아이를 잃어버리다니.

광장에 없는 게 분명한 것 같으니 역사 내 대합실로 가 보자고 했다. 검색대 앞에는 수십 명이 줄을 서서 대기하고 있었다. 러시아 대부분 철도역에는 엑스레이 검색대가 있어 대합실로 입장하는 사람의 소지품은 모두 검색한다. 시계를 보니 10시 5분 전. 검색원에게 통사정했다. 피눈물 같은 1분 1초, 대합실에 들어서 곧장 안내데스크로 달려갔다. 아이의 나이와 인상착의를 설명하니 안심하라는 제스처를 보이며 안내 방송을 해 주었다. 시계는 10시를 넘어서고 있었다. 숨통을 조이듯 돌아가는 벽시계의 붉은 초침.

이곳에서 미아가 된다면 중앙아시아로도 갈 수 있겠다는 생각이 미치자 입술이 바짝 탔다. 남은 8분 동안 내가 할 수 있는 일이 없다는 무력감이 더 두려웠다. 아내와 며느리에게 두 손녀를 데리고 일단 열차에 탑승토록 보냈다. 나는 1분 전까지 기다리다 열차 출발시간에 맞추어 가겠다고 했다. 해결책은 열차를 타고 가면서 찾아보는 수밖에 다른 도리가 없다는 생각이 들어서다. 영사관에 도움을 요청하든지, 노보시비르스크로 되돌아와서 찾아보든지.

7분이 되어도 아이는 오지 않았다. 모스크바행 플랫폼은 대합실에서 가장 멀다. 슬리퍼를 벗고 맨발로 지하도를 뛰었다. 맨 후미의 9호차에 탑승하자마자 탑승구 문이 닫히며 열차가 천천히 움직이기 시작했다. 우리는 5호 차다. 기도하면서 5호 차의 뒷문에 도착했다. 큰 숨을 들이켰다. '아내와 며느리를 진정시킬 일이 먼저다. 침착해야 한다' 하면서도 심장이 터져나갈 것만 같았다.

문손잡이 레버를 제쳤다.

　문이 열리고 멀리 복도 소실점 쪽에 우리 가족이 보였다. 조심조심 다가갔다.

　아! 그렇게 찾던 손녀가 있었다. 이런 기적이 있을까. 아내와 며느리, 모두 눈물범벅이었다. 각 나라로 갈라지는 플랫폼이 미로 같아 어른들도 헷갈리는 이곳, 게다가 100미터가 넘는 열차의 객실 위치를 어떻게 찾아 왔을까. 말도 안 통하는 나라에서.

　사연은 이랬다. 우리가 시장으로 옮길 무렵 손녀는 광장의 비둘기에 정신이 꽂혔던 것이다. 모이를 주고 놀다가 문득 돌아보니 우리가 보이지 않아 덜컥 겁이 났단다. 풍물시장은 생각 못하고 혹시 우리가 먼저 열차로 돌아가 버렸나 해서 울고 있는데 마침 지나던 한 청년이 아이를 발견하고 열차로 데려다 준 것이다. 그는 우즈벡 사람으로 며칠간 같은 칸에 타고 오면서 우리 가족들과 안면이 익은 터였기에 아이도 마음 놓고 따라갔던 것이다. 막상 와보니 아무도 없어 '제발 꿈이었으면 좋겠어요' 울면서 빌었단다. 저 홀로 모스크바로 간다는 생각이 들었을 때 얼마나 겁났을까.

　평생 잊지 못할 경험을 한 손녀, 남은 여행 동안 한층 성숙해졌다. 스물아홉 살 우즈벡 청년 패리딘, 고맙소. 내게 짜릿한 글감 하나를 선물로 줬으니.

연약할 때 우리 주님을…

조영숙
cho213311@naver.com

2020년 4월.

'코로나19 바이러스'가 기승을 부린다. 전 세계가 두려움에 떨고 있다. 지구촌 인간의 나약함이 새삼 느껴진다. 죽음의 두려움, 바이러스 전염의 공포가 만물의 영장이라는 사람의 자존심을 송두리째 뭉그러트렸다. 지구촌의 의료진을 동원해서 치료제를 연구하고 있지만 아직은 없다. 78억이라는 지구촌 사람들이 모두 코로나에게 머리 숙인다. "제발 떠나달라고."

주일예배를 비롯해 모든 예배를 온라인으로 본다. 노약자는 외출을 삼가라고 하지만, 나는 가까운 분당시민공원을 매일 2시간 정도 운동 겸 산책한다. 마스크 쓰기와 거리두기, 손 씻기를 철저히 하면서.

탄천이 흐르는 양옆 길은 노랑 민들레꽃이 수줍은 듯 들풀 사이에 숨어있고 목련은 이른 봄에 위풍당당 얼굴을 내밀어 지나는 이들의 발걸음을 멈추게 한다. 탄천 다리 위에 벚꽃터널을 지날 때는 사진 찍는 이도 많다. 나도 폰에 담았다. 어느새 보랏빛 라일락꽃이 18세 소녀처럼 미소 머금고 바라본다.

  그들은 평화롭게 피고 지며, 우주만물의 주인이신 조물주의 지시대로 순종하며 일생을 보낸다. 코로나19에 떨고 있는 인간을 위로하며.

  또 바이러스 때문에 연약한 마음이 잠시 스쳐간다. 그럴 땐 누가 듣거나 말거나, 이름 모를 새들의 지저귐과 유유히 흘러가는 냇물소리를 반주 삼아 계속 노래 부르며 걷는다.

  "연약할 때 우리 주님을 간절하게 불러 보아라…"

돈으로 갚자

조용자
yongjajo@hanmail.net

 두 달 후면 여든이 되는 나이가 되도 보니 지나온 세월이 파노라마처럼 펼쳐진다.
 반세기도 훨씬 넘게 지나온 날들이 기적 같이 느껴지면서 그동안 참으로 많은 이들의 은혜를 입으며 살아왔구나 하는 생각이 든다.
 나를 낳아주신 부모님의 은혜가 첫 번째이지만 가르쳐주신 은사님, 이끌어주고 밀어주신 선배님, 어려울 때마다 도와주신 이웃들이 있었기에 오늘날까지 살 수 있었다고 고백한다.
 운이 좋아 도와주는 손길이 닿을 때마다 '아! 참 감사하구나 이렇게 길이 열리다니' 속으로 뇌이면서 가슴속에 고마움의 바구니를 만들어 온 게 사실이다.
 40대에 삐딱선을 타고 허우적대며 가정이 깨질 듯하는 위기를 맞았을 때, 가사도우미 허 집사님의 인도로 하느님을 믿게 된 게 가장 큰 축복이었다. 이런 은혜가 하늘에서 내리는구나 눈물을 쏟으며 가슴속 응어리를 실타래처럼 풀어낼 때 난 틀림이 아니라 다름이라는 옳은 말을 알게 되었다.

너무 부유하게도 아니고 가난하게도 하지 않은 적당히 내려주신 분복에 자족하며 오늘날까지 살아온 내가 고맙고 대견하다는 생각이 든다.

남들이 고대광실이라 부르는 집에서도 살아봤고 고급승용차를 타고 비 내리는 경부고속도로를 달려 모교의 기숙사 준공식에 가서 테이프도 끊었었지.

10년을 넘게 분납으로 낸 장학금이 목표액을 초과했을 때의 기쁨은 후배들에게 힘이 솟게 하는 격려였지.

이젠 초록으로 싱그러운 중년의 때도 지나고 꽃보다 더 곱게 불타는 가을의 단풍도 바람에 날려간 오늘.

난 하얀 겨울을 맞았다.

노년이 되면 무엇을 할까.

걸을 수 있고 먹을 수 있고 말할 수 있는 이때, 내가 할 일은 살아온 동안 은혜를 입은 분들을 찾아서 빚을 갚는 일이다. 내가 수십 년을 적어온 수첩에 기록된 이름들. 그곳에서 전화번호를 찾고 전화로 미리 알린 후 운전기사가 있는 차를 타고 찾아가야겠다. 서울도 부산도 대구도 김천도 포항도 원주도 바쁘게 달려가야지.

무엇으로 갚을까. 모든 것이 풍족한 이때 이것을 드릴까 저것을 살까 이게 좋겠지 망설이다 보면 머리만 복잡하고 시간도 많이 걸린다.

정성껏 한 줄의 편지를 쓴 후 신사임당 초상화가 새겨진 새 돈을 넣은 봉투를 드리자. 촌지도 뇌물도 아닌 돈, 돈이 뭐길래 그놈의 돈이 좋기는 하구먼. 이렇게 어려운 결심을 쉽게 해결할 방법이 있으니.

돈으로 갚자.

봄이다

조윤희
yhcho55@naver.com

…라고 외치고 싶다.

바람은 꽃씨를 물고 어디론가 떠나고, 추신으로 배달된 '코로나19'는 곳곳을 다니며 불을 지르고 있다. 침묵의 소리는 도시를 삼키며, 살금살금 족쇄를 채우고 있다. 칼바람은 살 속을 파고들고, 소문은 잡풀처럼 무성하지만, 햇빛 따스했던 삼월은 기억 속으로 숨었다.

뜰 앞의 목련은 꽃봉오리를 피울까 말까 망설이다가, 실속 없이 해만 따라다닌다. 유령 도시는 바깥의 추억만 그려본다. 만나서 즐거웠고 바라보면 유쾌했던 그 웃음들은 허공에 메아리가 된다. 서로가 서로를 멀리하고, 안으로 안에서만 맴돌다가 식탁과 냄비에게도 말을 걸며, 소속된 창문 안에서 정중앙의 다른 행복을 탐색하고 있다. 차 소리도, 사람들의 와자함도 형체 없는 백색 공격에 입을 다문다. 마스크에 가린 창백한 얼굴들, 네가 누구든, 내가 누구였든 모두가 모두에게 격리되고, 떨어진 꽃잎처럼 서러워진다. 온 세상이 소독되고 있다. 숨어있는 치부까지도 모두 들춰내어 샅샅이 조사하고, 뿌리부터 흔들어댄다. 하늘에서 오는 소식도, 바다로 가는 이야기도 모두 멈춰버리고, 산 넘어 오는 봄의 길목은 여전히 살얼음판이다. 오로지 생사를 확인하는 TV뉴스를 지켜볼 뿐이다. 내가 먼저 전화를 걸어 그대의 안부를 묻는다. '다들 안녕하신가요?' 헛헛한 웃음만이 여전히 건재함을 알려준다. 마음의 문부터 활짝 열어젖혀야겠다.

새벽은 저 멀리서 따스함을 가득 안고 행군을 하며 달려오고 있다. 봄꽃처럼 모두 활짝 일어나 반기고 있다. 놀이터에 울려 퍼지는 아이들의 유리알 같은 웃음, 각자의 일터에서는 굵은 땀방울을 흘리고 있다. 심한 몸살이 살아있는 전 세계 사람들을 한꺼번에 강하게 훑고 갔다. 다시는 지지 말자고 어깨동무를 하며 의기를 투합한다.

초록은 무성해지고, 바람은 달콤하다. 진짜 봄이다.

7

치열하게, 황홀하게 지다

치열하게,
황홀하게
지다

감자와 고구마

조인순
swordriver@hanmail.net

 낮이 가장 긴 하지가 지나자 여름의 선물인 하지감자가 시장에 나왔다. 감자를 좋아해 매년 한 박스씩 산다. 감자가 배달돼 오자마자 오븐에 구웠다. 노릇노릇하게 익은 감자는 맛있는 냄새가 났다. 포슬포슬한 감자를 한입 베어 무니 오감을 자극해 행복바이러스가 온몸에 퍼진다.
 '음, 맛있어. 이 맛이야!'
 예전에 고향집에선 여름밤에 저녁을 먹고 나면 아버지는 마당에 모깃불을 피워놓았다. 매캐한 모깃불 연기를 맡으며 평상에 가족들이 빙 둘러앉아 있으면 할머니의 옛날이야기가 시작된다. 언니는 모깃불 속에 감자를 넣어 두었다가 익으면 꺼내 주곤 했다. 뜨거운 감자를 호호 불어가며 먹었는데 참 맛있었다. 감자를 먹는 우리에게 할머니가 말씀하셨다.

"다음에 크면 감자 같은 사람이 되지 말고, 꼭 고구마 같은 사람이 되어야 한다."

"할머니, 감자가 이렇게 맛있는데 왜 감자 같은 사람이 되면 안 돼?"

"으음, 그것은 말이다. 감자는 하나가 썩으면 그곳에 있는 모든 감자를 다 썩게 하지만, 고구마는 썩어도 혼자만 썩는단다. 사람은 그런 사람이 되어야 한단다."

할머니가 감자와 고구마의 성분을 정확히 알고 하신 말씀은 아닐 것이다. 살면서 얻은 경험을 손녀에게 말씀하신 것이겠지 싶다. 삶의 철학이 배어있는 말이다.

까맣게 잊고 있다가 감자 먹을 때만 되면 문뜩 할머니가 하신 말씀이 생각난다. '나는 과연 지금까지 살면서 감자 같은 사람일까? 고구마 같은 사람일까?' 하고. 다만 고구마 같은 사람은 못 되더라도 감자 같은 사람은 되지 말자가 나의 삶의 방식이니 이 정도면 잘 살고 있는 것 같다.

어쨌든 감자는 안데스 산맥에서 잉카인들의 식량이었고, 그 후에 스페인 사람들에 의해 유럽과 전 세계로 퍼져나갔다. 뿌리가 땅속에 묻혀있어 유럽에서는 악마의 식물이라고 배척했지만, 기근이 들었을 땐 식량 대용이 되었고, 우리나라는 순조 때 들어왔다고 한다.

봄에 얼었던 땅이 녹아 감자처럼 포슬포슬해지면 씨감자를 잘라 짚을 태운 재를 묻혀 심는다. 잘린 부분이 부패되지 않도록 살균처리를 하는 것이다. 여름이 깊어갈 때쯤 감자 꽃이 핀다. 자주색 감자는 자주색 꽃이 피고, 흰 감자는 흰색 꽃이 핀다. 고구마도 마찬가지다.

하얀 감자 꽃이 피면 여름이 깊다. 쌀이 귀한 여름이면 보리밥에 감자를 얹어 감자밥도 해 먹고, 들에서 일하는 일꾼들 새참으로도 먹었다. 그렇게 먹고 자란 감자가, 현대를 살면서도 토속적이고 촌스러운 입맛은 변하지가 않는다. 피자나 햄버거, 고기는 한 끼만 먹어도 질리지만, 감자와 고구마는 언제 먹어도 맛있다.

치열하게, 황홀하게 지다

조재은
cj7752@hanmail.net

노을 사진을 본다. 노을 속에서 그가 태어났나. 아니 억새 사진을 보니 그의 고향은 억새밭인가 보다. 섬에 가면 언젠가부터 그곳을 찾는다. 아무리 찾아도 내 눈에는 보이지 않을 풍경인 줄 알면서도 시선은 한곳에 머물지 못한다. 혹시 『은은한 황홀』에 찍힌 그 순간을 한쪽이나마 만날 수 있을까 하여 눈길이 방황한다. 그의 눈에만 보였던 바람은 사진 속에서 영화처럼 움직인다. 빛의 조화, 오름의 곡선. 은은한 황홀이 아니라 눈을 밝히는 충격이었다.

김영갑 사진작가.

잠들어 있는 오름을 셔터소리가 흔들어 깨우자 지금껏 지나는 사람에게 침묵하던 오름은 그의 열정적 구애에 모습을 드러낸다. 곡선을 가리고 있던 옷을 벗고 오름과 바다는 힘껏 그를 끌어안는다. 김영갑의 카메라 속으로 들어오려고 온갖 매혹적인 모습으로 유혹한다. 그는 기꺼이 그들에게 자신의 생명을 나누어주며 나를 다 가져가라, 환희에 차 절규한다.

"사진을 찍다 순교하겠다, 여한 없이 사진을 찍다가 웃으며 죽고 싶다."(「이어도를 훔쳐 본 작가」, 안성수) 순교란 말은 입 밖에 내면 안 되었다. 순교자의 흔적은 아주 오래도록 아프게 남아 있고, 그 삶은 후대 사람 기억에 각인되어 사라지지 않기 때문이다. 김영갑은 햇빛이 만드는 생명의 신비를 카메라와 함께 몸으로 체험한다. 그는 바람을 연인같이 가슴에 안고 안개에 세포 하나하나까지 내주며 뼛속까지 스며드는 안개와 혼연일치가 되는 절묘한 오르가슴을 느꼈다 한다. 자연과 깊은 교감을 나누고 예술의 엑스터시를 경험했던 김영갑. 외로웠던 그에게 신은 더 이상 필요한 게 없다고 생각해 자연의 순교자로 만드신 것인가.

"찰나刹那는 75분의 1초(0.031초)에 해당하고 모든 것이 찰나마다 생겼다 사라진다"고 불교에서는 가르친다. 눈 한번 깜박여 본다. 숨 한번 깊게 들여 마신다. 이것보다 짧은 순간에 셔터는 눌러져야 한다. 찰나의 예술. 그가 택한 잔인한 예술의 속성이다. 숨 한번 못 쉬고 렌즈에 몰입했던 정적의 시간. 피 말리는 짧은 순간이라도 숨겨진 모습을 볼 수 있다면…. 그는 이 염원 한 가지를 이루려고 소진되어 가는 자신의 생명은 아랑곳하지 않았다.

미켈란젤로가 「다윗」 상을 조각할 때, 4m 넘는 거대한 카라라 대리석이 품고 있는 다윗 모습을 찾아내려고 깊게 대리석을 응시했다. 그리고 다윗 이외의 것을 정과 망치로 쪼아내며 마침내 「다윗」상을 탄생시켰다. 조각이 완성되자 조르조 바사리는 고대로부터 그리스 로마 현재까지 제작된 조각상은 그림자 속으로 사라졌다고 말했다. 시스티나 성당 천장화를 그릴 때는 꼼짝없이 며칠 동안 작업에만 몰두해서 심하게 부은 다리 때문에 장화를 벗을 수가 없었다. 장화를 당겨 벗으면 살갗이 장화에 붙어 있어 함께 떨어질 것 같아 가위로 장화를 잘랐다 한다.

　'예술가의 고통은 감상자의 희열이 된다'는 말은 예술가를 절벽 끝으로 몰아가며 가지고 있는 재능을 다 꺼내 놓으라는 채찍 같다. 모든 감각을 동원하여 완벽한 모습을 보이라고 감상자는 돌 던지듯 요구한다. 작품은 열매 속 씨앗 같아서 성숙의 아픔을 참아내야 한다.

　17년 전 갤러리 두모악 문 앞에서 힘겨운 작은 소리로 그가 말했다

　"이거 드리고 싶은데요. 제가 무거워서 더 들고 있을 수가 없어요." 긴 사진통을 들고 버틸 힘이 없어 두 팔을 떨며 서 있는 그를 보자 아무 말도 나오지 않았다. 사진통은 이미 루게릭병이 진행된 팔에서 미끄러져 내리고 있었다. 갤러리 전시 사진의 영상이 아직

남아있는 내 눈에서 눈물이 주르륵 흘렀다. 미의 극치는 슬픔이라고 했던가. 그의 사진에 젖어있는 고요한 슬픔은 작은 신음조차 내지 않았다.

"내 사진은 외로움과 평화에 대해 이야기한다"는 그의 말처럼, 오름 위 노을과 어우러져 홀로 있는 나무는 의연하게 침묵으로 맞선다. 강인한 초월. 그러나 그 외로움은 연약하지 않다.

'오늘만은 평소와 다른 흥분에 휩싸였다. 안개의 색감, 새소리와 한낮의 적막감, 원시의 자연, 나의 기분은 최고로 달아올랐다.' 다수가 한철 보는 억새를 봄부터 겨울까지 보고 산 대가일까. 병의 고통과 싸우면서도 그는 제주의 신비를 찾아 마주했다. 예술을 향한 열정과 무서운 몰입이 빚은 열매들을 보며 생각한다. 신비 속에 홀로 느끼는 황홀을 마주한 순간. 그는 기쁨에 떨었을 것이라고.

예술가로서 그를 불행하다 할 수 있을까.

사진 속 자연은 순간을 영원과 합일시키며 지금도 외롭게 평화롭다.

앎과 삶의 나이테

조후미
hoomijo@daum.net

가로수 잎들이 수북이 보도블록 위에 내려앉았다.

낙엽을 쓸어 나무 밑동에 모아두고 한참 동안 나무를 올려다본다. 딱딱한 외피를 뚫었던 에너지와 한여름 뙤약볕을 온몸으로 받으며 그늘을 만들던 열정이 아직도 나무의 머리끝에 저렇게나 많이 매달려 있다. 머잖아 나무는 남은 잎사귀들을 떨구고 나이테 한 개를 얻을 것이다. 나무는 용감하다.

삶은 앎을 배우는 과정이다. 앎을 통해서 삶은 풍요로워지고 방향성을 찾게 된다. 그러나 어제 몰랐던 것을 오늘 새로 알기 위해서는 용기가 필요하다. 모르는 것을 인정할 용기, 자만을 버릴 용기, 무엇보다도 시작하려는 용기.

용기를 내면 인생에도 나이테가 생긴다.

나는 작년부터 광명시 소하동 언덕배기에 자리한 작은 찻집에서 일하고 있다. 또한 문화교실 강사로 활동하며 다육아트와 수채화캘리그라피를 가르친다. 수업이 없거나 찻집이 한가한 날은 작품을 만들며 시간을 보낸다. 재작년까지는 상상할 수 없었던 삶이다. 그러다보니, 나무의 1년만큼이나 나의 앎의 과정도 치열했다. 수년 동안 자기주도학습코칭과 자기소개서 컨설팅을 해온 경력을 벗어 던지고 교육 서적 대신 대추고 만드는 법을 배웠다. 필압이 약해서 글씨가 마음대로 써지지 않아 손이 새까매지도록 연습하며 감각을 찾아 캘리그라피 자격증과 한여름 숨이 턱 막히는 비닐하우스에서 다육아트 자격증을 취득하며 전환점을 돌았다. 그렇게 1년을 보내고 나니 대추와 생강을 다룰 수 있게 되었고 '배움은 즐겁게, 나눔은 기쁘게'라는 문구를 명함에 새겨 넣은 문화교실 강사가 되었다.

최근에 마을배움터에서 광명시 평생학습원 권역 위원들을 대상으로 다육아트 소품만들기 수업을 진행하였다. 옹기 뚜껑에 넬솔이라는 점액질의 흙을 담고 다육식물을 꽂아 작은 정원을 표현하는 수업이었다.

대충 꽂아서는 좋은 작품이 나오지 않는다. 다육의 크기, 모양이나 색감을 고려해서 전체적인 디자인을 상상하며 작업을 진행해야 한다.

지역아동보호센터장, 마을자치분과위원장, 학교장 등 일생을 교육자로 살아온 분들임에도 생소한 다육식물을 손에 드니 아이처럼 서툴다. 그러나 평생교육을 위해 삶을 희생하고 단풍처럼 곱게 물든 이력만으로도 절로 고개가 숙여지는 분들이 배움 앞에서 보이는 한없이 겸손한 모습에 알 수 없는 경외심이 일었다. 삶에 새겨진 그분들의 나이테를 반추해 보았다. 얼마나 테가 굵어야 저런 여유로움을 가질 수 있을까 하는 생각이 들었다. 한편으로는 그분들의 삶이 손에 들려진 다육이와 닮아 보이기도 했다. 아름다운 작품이 되기까지 척박한 환경에 뿌리내리기 위해 각자 이겨내야 했을 역경을 가늠할 수 없다. 그러나 옛터를 지키고 교육의 텃밭을 가꾸는 그들의 모습은 연약했던 다육식물의 줄기가 햇볕에 달궈져 나무가 되듯이 평생학습 발전에 기여하는 용기 있는 나무가 되었고 앞으로도 방풍림이 되어줄 것이다.

앎은 삶을 완성시킨다. 내 몸에도 성글게 나이테가 둘리고 있다. 타인의 삶을 통해서 나의 앎이 풍성해지고 나의 앎을 통해서 타인의 삶이 윤택해지는 이 영광스러운 경험을 내년에도 이어가고 싶다. 더 굵은 나이테가 새겨지길 기대해 본다.

'국민의례' 폐지론

조흥원
hwcho_1@naver.com

⑴
년 전에 향우회 연말 총회에 참석한 일이 있다.

서울에 사는 파주 출신 인사들의 친목모임이다. 고향이 지척이라 그런지 남쪽지방들의 향우회처럼 관심도 열의도 한참 뒤지는 그런 모임이다. 연말 총회라야 회장단이 열심히 전화해서 참석을 독려해야 100명도 채 못 미치는 사람들이 모여 이런저런 시상도 하고 장학금 수여하고 식사하는 그런 모임이다.

지역사회에서 이루어지는 수많은 모임이나 행사는 대개 행사시간 한 시간 전쯤으로 통보해 놓고 한 시간쯤 후 사람들이 얼추 모여야 행사를 시작하는 경우가 빈번하다.

이날 향우회 행사도 통보된 시간 1시간이 훨씬 지나도록 한가롭게 담소만 하던 회장단이 몇 군데 휴대폰 통화를 하더니 부랴부랴 회의를 시작한다. 아직 지역의 여당 국회의원이 안 왔는데 이상하다 싶었다.

국민의례의 국기에 대한 경례로 모두가 경건하게 국기를 향해 배례하고 스피커에서는 "나는 자랑스런 태극기 앞에…" 국기에 대한 맹세가 울려 나오는데, 그 여당 국회의원이 문 열고 들어와 단상의 내빈들과 악수를 나누며 자리로 오른다. 늦었으면 잠시 문밖에서 기다리던지, 정 아니면 조용히 자기 자리에 오를 일이지. 몰상식하다는 생각에 눈살이 찌푸려진다.

그는 국회 국방위 위원장이고, 충성심으로 뭉쳐진 군에서 40년 가까이 경례할 때마다 '충성'을 부르짖던 3성 장군 출신이다. 이런 사람이 어떻게 만당한 사람들이 모두 경건하고 엄숙하게 국기 배례하는 자리를 거리낌 없이 휘젓고 다닐까? 그에 대한 존경심이 싹 가심을 느꼈다. 군 출신 국회의원이라는 사람이, 그것도 우리나라에도 서열이라는 것이 있다면 십 수위 안에 들 만한 국회 국방위원장이라는 지도자가 모든 사람이 엄숙히 국기 경례하는 순간에 단상을 지역의 유지들과 악수하며 당당하게 입장하는 광경을 목도하게 되니 별 생각을 다 해보게 된다.

중학교 2학년 때이던가? 그때 우리 학교에 권수원 교장 선생님이 계셨다. 그분은 학생의 학업성취에 진력하시는 참 교육자로 원칙에서 한 치도 벗어나는 법이 없는 근엄한 분이셨기에 의정부 지역의 학부모들도 무서워하는 호랑이 선생님이셨다. 그 당시 많은 학생이 20~30리 시골길을 걸어서 통학을 했는데, "새벽부터 2~3시간 걸어서 등교하는데 방학식이라고 하루, 개학식이라고 하루, 무슨 날이라고 하루씩 까먹으면 공부는 언제 하겠는가?" 하여 무슨 행사나 기념식은 첫 시간에 한 시간 하고 나머지 수업은 꼬박꼬박하게 하신 분이다.

9월 말, 1학기가 끝나고 종업식을 하던 날이었다. 그날도 예외 없이 6시간 수업을 마치고 한 시간 대청소하고 종업식을 하려고 운동장에 모이니 해는 서산에 걸려 있었다. 소사(지금은 주무관이라 부른다) 아저씨들이 부랴부랴 국기 게양대에 태극기를 게양하는데 실수로 국기를 거꾸로 게양하였다. 황급히 국기를 내려 다시 게양하는데 마음이 급해 그랬던지 또 거꾸로 달았고 세 번째도 거꾸로 달아 올리고 있었다. 누가 먼저인지도 모르게 여기저기서 킬킬거리는 웃음이 터져 나왔고 금세 운동장은 한바탕 웃음바다가 되었다.

표정이 굳게 변하신 교장 선생님이 "이런 못된 놈들! 감히 국기를 보고 웃어! 훈육주임 선생님! 이놈들 대운동장 열 바퀴 돌게 하세요!" 추상같은 명령이 떨어졌다. 우리 학교 대운동장은 미군들이 활주로로 쓰던 일부분이라 한 바퀴가 400m는 넘을 성싶은 상당히 큰 운동장이었다. 해는 꼴깍 지고 종업식이 끝났을 때는 땅거미가 지고 있었다. 4~5일 짧은 방학에 하루라도 더 집에서 있고 싶어서 "늦었는데 자고 내일 가라"는 숙식을 해주시던 외숙모님의 간곡한 만류를 뿌리치고, 큰 고개를 두 개나 넘어야 하는 40리 산길을 홀로 걸어 새벽 한 시가 넘어 집에 간 기억이 난다.

또 학훈단 하계 병영 훈련 때 어느 금요일. 훈련이 끝나고, 하기식에 늦겠다는 구대장의 성화에 8월 염천에 3km도 넘는 훈련장에서 부대 연병장까지 거리를 구보로 달려온 기억도 있다.

대한민국 모든 국민이 다 같겠지만 내 뇌리에는 이런 경험들을 통해 국기에 대한 존경심과 국기를 소중히 간직해야 한다는 관념이 깊이 자리하고 있다.

한때는 어느 단체가 국기 경례를 안 했다고 종북이니 빨갱이니 하고 떠들썩했었는데 이제는 만당한 대중이 경건하게 국기배례하는 순간에 식장 단상을 휘젓고 다녀도 아무렇지 않을 만큼 세상이 많이 변했구나 싶다.

⑵

"다음은 애국가 제창이 있겠습니다. 시간 관계상 애국가는 반주에 맞춰 1절만 부르겠습니다."

잘은 모르지만 정부가 주관하는 행사 이외의 모든 행사에서는 천편일률적인 이런 안내와 더불어 애국가 제창을 1절만 부르고 있지 않나 싶다.

시간이 없어 애국가는 1절만 부른다? 너무 궁색하고 속보이는 꼼수가 아닌가. 시간이 없어 못 부른다는 소리를 하도 많이 들어서 혼자서 애국가를 불러보았다. 1절을 부르는데 약 1분 10초 정도 걸린다. 4절까지 부르는데 반주까지 합쳐 5분 정도면 충분하다. 애국가가 길어서 시간이 없어 못다 부른다면, 행사를 서둘러 약속 시간에 맞춰 시작하면 될 것을, 이런저런 핑계로 시작을 늦게 하고 시간 타령이다. 5분이 없어 애국가를 한 동강만 부르는 것은 애국시민이 할 짓은 아닌 것 같다. 시간이 없어 못 부르는 게 아니라 부르기 싫은 것은 아닌가?

년 전에 한국 장학재단에서 실시하는 대학생 멘토링 프로그램에 멘토로서 참여하여 8명의 대학생 멘티들과 1년간 멘토링 활동을 한 적이 있다. 그 학생들은 장학재단의 장학금 수혜자로서 나름대로 우수하고 성실한 학생들이다. 어느 날 갑자기 종이를 내밀고 애국가를 4절까지 쓰라는 과제를 냈다. 불행하게도 애국가 4절까지 온전히 쓴 학생은 한 명도 없었다.

수 천자나 될 성싶은 랩의 가사는 토씨 하나 안 틀리게 흥얼거리며 외우는 아이들이, 고작 208자(후렴구를 제외하면 136자)의 애국가 가사를 온전히 모르다니, 어처구니없는 일이다. 한창 열정적이고 여러 면에서 우수하고 모범적인 대학생 그룹이 이럴진대, 노래방 마이크 앞에만 서면 10~20여 곡 가요의 가사를 줄줄이 꿰고 있는 이 나라 애국시민들도 애국가 가사를 온전히 알지 못하는 사정은 별반 다르지 않으리라.

애국가를 작사하고 제정했을 때는 모든 국민이 이것만은 꼭 부르고 상기하여 나라사랑 했으면 하는 희망에서 제정했을 터인데 세태는 애국가가 귀찮고 지루하여 마지못해 동강내어 부르는 것이 열병처럼 유행하고 있는 실정이다.

　차라리 애국가를 다른 가요나 랩으로 대체하던가 2, 3, 4절은 없애고 1절만으로 다시 제정하는 것이 옳지 않을까 싶다.

　③
　우리 집에 TV가 처음 들어온 70년대 국가대표 축구경기 TV 중계방송을 보며, 개회식에서 서양선수들이 자기네 나라 국가를 연주해도 껌 질겅질겅 씹으며 갖은 몸놀림 다하는 것을 보고 눈살을 찌푸렸었다. 요즈음은 우리나라 선수들도 개중에는 국기배례 중 몸을 비트는 광경을 종종 보게 된다. 세상이 빠르게 많이 변해 간다.

　하기사 군 출신 국회의원이라는 중요한 사회 지도자도 모든 사람 엄숙히 국기 경례하고 있는 식장을 국기 경례는 아랑곳없고 지역 유지와의 인사가 급하여 당당하게 악수하며 입장하는 세태이니, 세상이 많이도 변하였다. 이제는 국기에 대한 존경과 경외심을 버려도 되는 세상이 온 것인가 싶은 의구심이 들기도 한다.

　'국민의례.'
　인터넷 검색을 해 보았다.
　'국가나 공공단체의 회의나 행사에서 제일 먼저 행하는 국민적의례. 국체에 대한 애경과 국민으로서의 희생정신을 다짐하게 하고 전체 국민의 단결심을 과시하게 하는 것'이고, 대한민국의 공공단체에서 행사를 실시할 때 갖추는 격식으로 대통령 훈령 272호에 따라 대한민국 국민으로서 국기에 대한 예를 표하고, 애국가를 제창하며 순국선열 및 호국 영령들의 숭고한 뜻을 기리기 위하여 예를 갖추는 일련의 격식이 국민의례란다.

대한민국 국민으로서 애국심을 고양하고 단결심을 고취하려는 숭고한 뜻으로 행하는 국민의례인데, 이제는 진지하게 국가에 대한 애경愛敬과 봉공奉公을 다짐하기보다는 형식적인 요식행위로 귀찮아하는 사람이 많은 것 같다.

세태가 바뀌고 인심이 변하면 제도도 바뀌게 마련이다.

국기에 대한 경례가 대수롭지 않고, 애국가 부르는 것이 지루하여 동강내어 불러야 할 만큼 국민의례가 '계륵' 같은 통과의례라면, 차라리 '국민의례'를 폐지하고 신나는 흥타령이나 한마디 하는 것이 옳지 않을까 싶다.

비만효과

최옥영
justicebell@hanmail.net

출근 시간 전철은 언제나 만원이다.
꿈적도 않는 젊은이들 야근이라도 한 걸까.

맞은편 노인석에 자리가 난다.
웬 할머니가 부르며 옆에 앉으라고 한다.

"잠깐 동안이지만 여자는 여자가 편하지요" 하니
옆자리 할아버지
"남자가 여자를 좋아하지
여자가 여자를 좋아해요?"

그 할아버지 하는 말

"사람을 보면 그 속이 보여요.
할머니는 겉보기에도 푸근합니다."

이 아침 살찐 덕을 톡톡히 보니
현실 세계의 갈등과 고통이 없는 행복만이
가득한 세계를 그린 르누아르전
관람 시의 그날이 되살아난다.

인간의 천적

최이안
graeso@hanmail.net

　A는 2월 초 크루즈를 타기 위해 뉴질랜드로 향했다. 중국에선 코로나바이러스 때문에 난리가 났지만 우리나라에선 아직 확진자 수가 십여 명일 때다. 다른 나라에선 이미 아시안 기피와 혐오 조짐이 있었다. 마음이 편치 않았지만 일 년 전부터 환갑 기념 여행으로 예약했고, 취소하기에도 이미 늦었다. 다음 날 일본 요코하마 항에 정박한 크루즈에서 열 명의 확진자가 나왔다는 뉴스가 나왔다. 크루즈를 탈 때 직원은 중국이나 홍콩 국적자인지, 이 주 안에 중국을 다녀왔는지 물었다. 중국인 일행은 당연히 승선이 거부되었다. 배 안에서도 일본의 크루즈 안 확진자 수가 계속 증가한다는 소식이 전해졌다. 뉴질랜드의 약국에서도 손 소독제 구하기가 어려웠고, 있어도 한 개씩만 살 수 있었다. 귀국 후부터 상황은 급박하게 돌아가 3월 초에는 국내 확진자 수가 7천 명이 넘

었다. 그 사이 크루즈 협회는 한국인의 승선을 금지했다.

B는 베트남에 공장을 갖고 있어서 그곳에 체류 중이었다. 우리 나라의 확진자 수가 증가하자 골프장에서는 한국인 출입을 금지시켰고, 거래처에서도 오지 말라고 해서 2월 말 귀국했다. 캐나다에서는 40대의 한국 남자가 거리에서 칼로 공격을 당했으니 자신은 몸 성히 온 것만도 다행으로 여겨야 할 지경이다.

C의 회사는 뉴욕에 본사가, 광저우에 공장이 있다. 공장은 우한 아래쪽이지만, 직원들이 우한 출신이 많아 공장 가동이 중지되었다. 그는 2월 말 파리와 바르셀로나에서 샘플을 구입하고 3월 초 뉴욕으로 갔다. 이 주 정도 본사에서 일할 예정이었는데 회사에서 오지 못하게 했다. 샘플을 받아간 직원도 샘플과 함께 격리하다 오라고 했다. 그는 이틀 후 귀국했는데 이 주 후에는 뉴욕의 직원이 확진자가 되어 회사 문을 닫았다는 소식을 들었다.

D의 두 아이는 유아원이 문 닫아 집에서 지낸다. 남편도 이틀만 회사에 가고 재택근무를 한다. 둘째 아이가 3월에 첫 등원하면 자기 시간을 가지려던 계획이 틀어졌고, 대학원에 등록한 남편은 첫 학기를 인터넷의 목소리 강의로 수업을 들었다.

2020년이 시작되면서부터 코로나바이러스가 세상을 휘젓고 있다. 바다 건너의 사건은 시간 차이를 두고 무섭게 세력을 확산 중이며 대부분의 나라로 침투했다. 코로나바이러스는 생활의 계획과 양상도 바꾸어 놓았다. 각 나라들은 사람들의 국제적 교류뿐만 아니라 사회생활도 막았고, 사망자 수도 계속 늘고 있다. 우리는 사회적 거리두기를 한 지 벌써 세 달인데 코로나바이러스는 점점 거리를 좁혀온다. 세계 인구의 반 이상을 감염시킬 수도 있다고 하니 보이지 않는 적과의 전쟁 중이다.

주변의 상가는 문 닫는 집이 늘어만 가고 열려 있는 가게에도 손님이 거의 없다. 식당에 가도 직원이 손님을 두려워한다. 서로가 서로를 피하고 의심한다. 거리에선 마스크 안 쓴 사람이 이상한 사람이고, 누가 재채기라도 하면 화들짝 놀라 도망간다. 어디 공기가 오염되었는지, 어느 장소에 균이 묻었는지, 누가 보균자인지, 혹시 자신도 이미 보균자인지 알 수 없다. 가히 불신과 공포의 시대다.

만물의 영장인 인간의 천적은 다른 인간이 아니라 바이러스다. 과거에 아메리카 대륙의 원주민들을 몰살시킨 것은 침략자의 총보다 그들의 몸에 묻어온 세균이었다. 의학의 발달로 그동안 잊고 있었던 바이러스가 21세기에 존재감을 드러냈다. 말로만 듣던 과거의 흑사병과 콜레라 창궐로 인한 참상이 현재도 비슷하게 반복된다. 전문가들은 바이러스의 완전한 종식은 없고, 산발적 지역감염은 지속되고, 이로 인해 새로운 문화가 생길 예정이라고 한다. 인간이란 존재의 취약함, 문명과 과학의 허점을 바이러스는 파고들었다.

봄꽃이 피기 시작했고, 공기는 전보다 맑아졌다. 공원에는 평일에도 사람이 늘었다. 모두들 무겁고 답답한 마음을 달래려고 나왔다. 학교에 못 가는 아이들과 함께 꽃구경을 즐기는 사람들의 표정이 의외로 담담하다. 피난길로 나서지 않아도 되고, 먹을 것과 잘 곳이 있는 것만도 다행이란 위안 때문인지도 모르겠다.

바이러스가 인간에게 원하는 것은 무엇일까. 인간들이 그동안 밖으로 나다니며, 말을 많이 하고, 남과 붙어 있는 꼴이 보기 싫었던 것일까. 본의 아니게 집에 머물며, 말을 줄이고, 모임을 피하다 보니 그동안의 삶이 지나치게 외연 확장에 치우쳐 있었다는 것을 느낀다. 요즘은 밤에 나가보면 불 꺼진 집이 거의 없다. 외부의 적에 대항하기 위해 식구끼리 밥을 먹으며 내부 결속을 다지는 중이다. 덕분에 느슨해졌던 가족공동체 생활이 단단해졌다. 이것이 바이러스가 원하는 것일까.

익어감에 대하여

최재남
nomad248@hanmail.net

올해로 지공선사가 되었다. 실버카드를 발급받고 은근히 약속 날을 기다렸다. 누구는 일부러 숨기고 싶어 얼마 동안 돈을 내고 다녔다는데, 나는 그럴 생각이 추호도 없었다. 약간의 민망함이 없는 건 아니지만 받아들일 건 무엇이든 자연스럽게 하자는 평소의 소신대로, 노인 대열에 기꺼운 마음으로 발을 디뎠다.

피한다고 될 일도 아니지만 막상 그 대열에 들어서고 보니, 마치 그 자리에 오래 있었던 듯 전혀 어색하지 않다. 한 번쯤은 "어머나 내가 벌써" 그러며 화들짝 놀란 척한다거나 인생 다 산 것처럼 한탄할 만도 하건만 "먹은 나이를 어째" 단련된 사람의 자세로 탈바꿈한다.

저절로 먹는 게 나이라지만 얼마나 많은 근심과 걱정, 경험과 두려움 속에 노심초사하며 쌓아 온 세월인가. 대장정의 마라톤을 끝내고 편히 쉴 곳을 찾은 듯, 이제는 거울 앞에 선 누님처럼 담담하다. 참고 살아온 세월에 대한 대가, 이제 무엇이든 편안히 내려놓아도 괜찮을 나이가 되었다는, 공인인증서가 아닌가.

심심풀이로 검색창에다 지공선사를 써본다. 놀랍게도 그 단어가 명사로 떡 하니 자리 잡고 있다. 지공선사地空禪師, 그냥 우스갯소리로 떠다니는 말인 줄 알았는데 한자까지 이렇게 나오고 그 다음 해석이 그야말로 웃픈 현실이다. 지하철을 공짜로 타는 만 65세 이상의 노인을 이르는 말. 히야~ 진짜구나.

재미있는 세상이다. 늙어간다는 자각도 없는데 정식 노인으로 등재되어 공짜거나 50% 할인 행사에 들어갔다. 영화관은 물론이고 고궁이나 공공시설에서 나이를 먹었다는 이유로 무조건 할인을 해준다니 이 얼마나 근사한 일인가. 나이 들어간다고 낙담을 하거나 의기소침할 일이 아니다. 그동안 살아온 세월에 대한 보상으로 나라에서도 이런 대접을 해준다지 않는가.

실감나지 않는 '노인'이란 말을 입에 붙여 발음해본다. 늙는다는 것하고 다르게 그 단어가 공허하게 허공을 맴돌다 떨어진다. 참 별일이야 싶은데 거부할 명분도 없다. 젊은 시절엔 이 나이가 끝이라고 생각했다. 이제 다 살아 더 이상의 욕망도 기댈 꿈도 없다고 미루어 단정했다. 살아가는 날들이 쌓여 발자취가 되고, 다시 이어갈 끈이 되어 한 사람의 역사가 된다는 걸 그땐 미처 깨닫지 못했다. 그렇게 대단할 것도 거창할 것도 없는 삶 속의 한가운데를 지나고 있음을 알지 못했다. 오로지 젊다는 이유로 색다르고 남다른 것만을 좇아 헤맸다.

　꾸준히 시간을 쌓아 하루를 살고 그 하루를 이어가는 연대의 길이 삶이라는 걸 깨닫지 못한 데서 오는 오류, 아니 오만이었다. 그땐 늙어간다는 게 나와 무관할 만큼 멀리 있었으니까. 무수히 흔들리며 살았어도 젊다는 이유로 투정을 부렸고, 회복할 시간이 충분하다고 믿었다. 지금은 어떤가. 비록 그때처럼 격정적이지 않고 무모한 용기와 열정마저 식어버렸지만, 아직도 삶을 꿈꾸느냐고 묻는다면 결단코 Yes라고 답할 것이다.

　『늙음, 열정과 상실 사이』에서 플로리다 스콧 맥스웰은 말한다. "늙는다는 것, 그것은 강렬하면서도 다채로운 경험의 영역으로, 때로는 어쩔 수 없이 받아들여야 하는 숙명이기도 하지만, 초연하게 간직해야 할 어떤 세계"라고. 그녀는 또 말한다. "겉으로는 초라해 보일지라도 내면에는 말할 수 없이 싱싱한 원초적인 삶이 불타고 있다"고.

　지난겨울 환기시킨다고 열어놓은 베란다 문을 며칠 깜박하는 사이, 영하로 떨어져 화분 하나를 잃었다. 급강하한 날씨에 견디지 못하고 죽어버린 것이다. 동생 친구에게 얻어온 앵초도 겨우내 시커멓게 변해갔다. 그것도 살지 못하려니 염려했는데, 어느 날 새싹이 움트듯 살짝 고개를 내밀어 제 생명이 다하지 않았음을 알려왔다. 기특하고 대견해 몇 번 쓸어주었더니 봄이 되었다고 노란 꽃을 피웠다.

  늙음도 그런 거라고 생각한다. 시들지라도 꼿꼿한 기상을 잃지 말 것, 기꺼이 살아내야 할 삶이라면 잘 나이 들어 잘 죽는 것이 마지막 완성의 꽃일 것이다. 이제부터 삶의 속도를 늦추고 하루하루 의미를 더하며 감사한 마음으로 살아가야겠다. 그래, 진정으로 걸어가야 할 길은 지금부터야. 서두르지 말고 느긋하게 천천히 걸어 가. 담담하게 아주 자연스럽게, 남은 시간에 대한 어떤 상상이나 두려움을 줄이고 다가올 미래를 당당히 맞이하는 것, 이왕이면 못다 한 꿈을 향하여 아름답게 익어가는 것도 좋겠지. 혼돈을 끝낸 자의 여유로움과 자유를 찾아서 그렇게.

자연이라는 여백

최정아
cjss5246@hanmail.net

카나리아 한 쌍을 분양받았다. 청아한 소리가 좋아서 창가에 새장을 놓아두고 맑은 아침을 새소리와 함께 열었다.

카나리아는 한 마리를 키워야 외로워서 잘 운다. 나는 외로워 우는 소리는 싫었다. 두 마리가 쪼롱쪼롱 소리를 내는 것이 더 듣기 좋았다. 새 모이에 계란 노른자를 섞어주며 먹는 모습이 앙증스러워서 한참을 들여다보곤 했다.

나는 무엇이든 키우는 걸 좋아한다. 우리 집에는 꽃나무, 열대어들이 가족처럼 함께 산다. 죽어가는 나무도 우리 집에 오면 무럭무럭 건강하게 잘 자라서 이웃에 분양을 하곤 했다. 식물 중에서 절개를 상징하는 동양란은 한겨울에 혹독한 추위 맛을 봐야 향기가 진동하는 꽃을 피운다. 햇빛이 드는 창가에 두고 찬바람을 맞춰주어야 한다.

새로 이사 간 아파트 베란다가 몹시 추웠다. 아파트에 적응을 못하고 새집증후군이 싫었는지 난 화분 스무 개 정도가 얼어 죽었다. 이사 간 지 6개월 만에 다시 이사를 했다. 이유 없이 몸이 아프고 집에 들어가면 가슴이 답답했다. 사람보다 꽃이 먼저 집의 기운을 아는 것 같았다. 넓은 베란다에 화초를 키우다보니 새장을 걸어두면 식물들과도 교감을 할 수 있을 것 같아 카나리아를 키우게 되었다. 꽃을 들여다보며 청아한 소리를 듣고 있으면 내 영혼이 정화되는 기분이었다.

　사람들은 왜 새들이 운다고 할까. 노래를 부를 수도 있고 애정 표현을 할 수도 있는데 말이다. 여름철 매미 소리도 운다고 하고, 풀벌레 소리도 울음소리라고 한다. 한이 많은 민족이라 울음소리로 표현하는 것인지도 모르겠다. 풍류를 좋아하는 민족의 정서와 자연의 소리 사이에는 미묘한 정서가 흐르는 듯하다.

　나의 실수는 집 안에 들여 놓은 카나리아를 울게 만들었다. 아파트 정기 소독을 하는 날 바쁜 외출준비로 베란다에 걸어둔 새장을 미처 생각 못했다. 해거름에 집에 오니 새 울음소리가 들리지 않았다. 베란다로 달려갔다. 새 두 마리가 죽어 있었다. 너무 마음이 아파 새를 손바닥에 올려놓고 한참을 들여다보았다. 죽어가면서 얼마나 애절하게 울었을까 생각하니 눈물이 핑 돌았다. 그 때 상심한 후 다시는 새를 키우지 않았다. 밖에서 새가 울면 카나리아 생각에 다 울음소리로 들리곤 했다.

나는 주말이면 양평에 농가주택이 있어 자주 내려간다. 집 뒤가 산이라 새들이 많다. 산 꿩이 날아가다 유리창에 부딪혀 유리창에 금이 가고 때로는 죽어 있는 일도 있었다. 그때마다 사람의 이기심이 자연을 거스르고 있다는 생각을 했다.

추운 겨울이었다. 차를 마시고 있는데 밖에서 우당탕 소리가 들렸다. 놀라서 나가보니 박새 한 마리가 유리창에 부딪혀 기절해 있었다. 새를 데리고 안으로 들어와 보니 아직 심장이 뛰고 있었다. 찬물로 머리를 마사지 해 주자 눈을 떴다. 바닥에 내려놓으니 비틀거리며 일어나려고 날개를 파득거렸다. 한참 후 정신이 돌아왔는지 두리번거리며 창문 쪽으로 날아가려고 했다. 창문을 열어주자 뒤도 안 돌아보고 숲으로 날아가는 새를 보며 주문을 걸었다. "건강하게 잘 살아라. 나중에 올 때 박씨 하나 물고 와"라고 말하자 옆에 있던 남편이 피식 웃었다.

유리창에 비친 허상을 진실로 믿는 새들의 순수함에서 삶을 배운다. 사람들도 무모한 도전에 낭패를 보는 일이 있다. 거울은 내가 웃지 않으면 절대 웃지 않지만 유리창은 허구의 세상을 품고 있어 새들 목숨을 잃게 한다. 나도 허상을 진실로 믿으며 살고 있는 건 아닌지 어디까지가 진실이고 허구일까. 숨바꼭질을 하며 살고 있는 듯하다. 창밖에는 참나무 잎들이 가지에 매달려 아슬아슬하게 몸을 떨고 있다. 빈 숲을 지나는 바람소리가 황량하다. 겨울이라는 공간은 마음도 얼어붙게 한다.

겨울엔 여백이 많아서 좋지만 봄을 훔쳐와 뜨락에 심어놓고 내내 봄에 머물러 있고 싶다. 겨울 바람소리가 사납다. 어설픈 날갯짓에 기절한 새를 돌려보내고는 잘 살겠지 하는 걱정이 앞선다. 통유리를 통해 들어오는 햇빛은 따뜻한데 혹한의 계절은 모든 소리를 투박하게 만든다. 겨울이 빨리 지나가고 뜨락에 봄꽃이 피길 기다리는 성급한 마음이 앞선다. 그런 마음을 아는지 순해지는 햇살을 모아 맨발로 언 땅을 뚫고 올라오는 복수초가 꽃을 피웠다. 땅 밑에서 소곤대는 자연의 소리가 들리는 듯하다. 가을은 어눌한 목소리로 찾아오고 겨울은 침묵하며 지내더니 봄은 똘망똘망한 아이들 목소리로 온다. 연락 두절됐던 친구 소식을 듣는 기분이다. 침묵이 가슴을 열면 들녘은 봄 축제 판이 되겠지. 아무것도 아닌 관계도 도타워지고 침묵도 뒷걸음치는 봄을 간절한 마음으로 기다리면 닿지 않을 곳이 없다. 봄은 우리에게 무상으로 주어지는 축제 판이다.

청록靑綠 방향

추선희
simple-hee@hanmail.net

 청에 대한 호감이 사라진 적이 없다. 파랗다는 느낌이 나는 색은 모두 좋다. 간혹, 거참 촌스러운 파란색일세, 라고 흉본 적은 있지만 그 조차도 애정에서 나온 말이지 거부나 미움과는 상관이 없다. 세상의 모든 나의 청은 적赤과 황黃을 이긴다. 그러고 보니 내가 소유한 가장 큰 그림도 사십 호짜리 파란 가로수 그림이고, 처음으로 구입한 베이스 기타도 파랗고, 허리선이 심히 잘록하여 십 년째 옷장에 갇혀있는 코트도 밝은 파랑이다. 그래도 겨울이 올 때마다 눈으로 쓰다듬으며 참 예쁜 파란색이야, 라고 감탄한다.
 이에 더하여, 녹이 마음에 들어온 지도 제법 된다. 꽃보다 나무가 좋아질 즈음이니 흰 머리카락이 솟고 미간에 주름이 패기 시작할 때리라. 사람이 들어앉은 공간의 배경색으로 더할 나위 없는 녹을 싫어할 이는 잘 없다. 직접적으로 생명력을 연상시키므로 그저 끌리는 녹이 배경의 의미를 넘어 전면에 부상했다. 일 년에 한 번도 산에 오르지 않으면서 뻔뻔하게 바다보다 산이 좋다고 말하는 것도 녹 그 자체인 숲이 거기 있기 때문이다. 창밖으로 녹이 보이지 않는 서재는 생각하기 싫다.

그러다가, 지금은 청록에 빠져있다. 십 년이 흘러도 헤어나질 못하겠다. 청과 녹이 합쳐지면서 깊어진 색이 마음을 붙잡아 멀리서도 쉽게 포착된다. 바다와 숲, 하늘과 정원을 합친 듯한, 들판이면서 동굴인 듯한, 청신함과 어둠이 공존하는 색감에 매료된다. 가을이면 청록색 트렌치코트를 입고 가장 최근에 출간한 책의 간지도 청록이었다. 어쩌다 온 벽이 청록인 카페라도 발견하면 눈이 커진다. 청록색 벽에 흠씬 에워싸여 그 색조가 몸 안으로 흘러들어 나를 물들이길 바란다.

그러다가, 청록에 끌리는 것은 청록이 필요해서임을 알게 되었다. 눈의 잔상에 따른 심리보색관계 원리에 근거한 색채 심리치료법에서는 내가 청록을 좋아하는 것이 청록이 필요해서, 청록이 부족하기 때문이란다. 우리 몸에는 조화와 균형을 유지하려는 항상성이 작동하는데 그에 따라 내게 필요한 보색을 찾은 결과란다. 청은 마음을 느긋하게 하는 색으로 평화와 영감, 침착함을 상징하고, 녹은 뜨겁지도 차갑지도 않아 몸과 마음, 영혼을 조화시킨다고 한다. 청과 녹을 향하게 한 심리보색인 황과 적은 어떤 색인가. 황은 정신과 지성의 상징으로 심리적인 활동을 북돋우며, 적은 남성적인 힘과 관련된 강력한 고무제라고 한다.

이런 관점이라면 청록에 매료된 나는 황과 적의 상태인 바, 정신적인 방향으로 지나치게 발달되고 힘이 넘친다는 뜻이다. 황으로 지칠 수 있고 적으로 타버릴 수 있다는 말이다. 이런 나를 진정시키고 쉬게 하려고 청록이 다가온 것이다. 건강이란 몸 그 자체, 몸과 마음, 마음과 마음, 나와 너, 결국 모든 것들이 균형 잡힌 상태이기에 보색을 통한 안정이란 논리가 나름 설득력이 있다.

하지만 좋아하는 줄 알았는데 필요해서 그랬다니 살짝 쓸쓸하다. 한낱 청록이란 색에 대한 마음이긴 하나 호감이나 사랑이 아니라 결국 결핍 때문이었다니 혼자 섭섭하다. 결핍과 무관한 호감은 없을까. 결핍이 욕구를 부르지 않는 순간이 있기는 한 걸까. 균형을 잡으려는 심신과 상관없는 움직임은 진정 없는가. 평론가 신형철의 글에서처럼 "…무엇을 갖고 있지 않는지가 중요한 것이 사랑의 세계다. 나의 '없음'과 너의 '없음'이 서로를 알아볼 때, 우리 사이에는 격렬하지 않아도 무언가 고요하고 단호한 일이 일어나는" 관계는 어디에 숨어 있나. 이런 생각을 들쭉날쭉 해본다.

보통의 우리는 색이든 공간이든, 사람이든 사물이든, 이 마음이든 저 마음이든, 자신에게 부족한 무엇을 향해 흐른다. 빈자리를 채워서 중심을 잡아줄 무엇을 향해 쉬지 않고 흐른다. 알고도 모르는 척, 몰라서 깜짝깜짝 놀라면서 흘러간다. 그 와중에 무엇에 끌리고 누군가와 맹목적인 사랑에 빠지는 것이리라. 그리 착각하는 것이리라. 다가오는 가을에는 굵고 따뜻한 청록색 털실로 무릎덮개나 하나 짜야겠다. 시린 내 무릎도 덮고, 나의 황과 적도 달래고.

어떻게 보상하실 거예요

한경화
rahan927@hanmail.net

"꽝."

에어백이 모두 터지고 연기까지 난다. 잠깐 여기가 어디지 라는 생각이 든다. 달리던 내 차 앞에 피할 겨를도 없이 갑자기 나타난 차를 내가 들이받았다. 4차선 도로에서의 사고다. 모든 에어백이 다 터졌지만, 오른쪽 정강이뼈에서 피가 났다. 연기가 나니 상대 차 주인이 놀라 나보고 차에서 내리라고 한다. 난 정신적 충격으로 전혀 움직이지 못하겠는데… 내 다리의 피를 보고 그는 놀라는 눈치다. 난 그 피의 양보다 훨씬 더 많이 놀랐는데.

내가 말했다. 내 차를 못 봤냐고. 좌회전 차선 세 번째에 있어서 내 차가 앞의 차들에 가려 못 봤다고 한다.

경찰이 왔다. 내 차 블랙박스를 확인하더니, 노란불에 지나간 100% 내 잘못이란다. 약속시간 때문에 속도를 내다보니 멈출 수 없어 지나갔는데, 하필 내 차를 발견 못한 차가 초록 불로 바뀌자마자 유턴을 해 버린 거다.

상대편 차는 폐차 직전이 되었다. 다행히 운전자가 많이 다치지는 않았던 것 같다. 나는 상대 차를 발견하고 부딪치겠다고 생각하고 있었지만, 그 운전자는 모르는 상태였기에 아마 나보다 더 놀랐을 수도 있다.

수업 시간이 다 되어 주차장으로 들어가기 위해 끼어들기를 하려는데, 차 한 대가 양보는커녕 속도를 더 냈다. 기분이 좀 상했다. 그런 기분 탓이었을까. 주차하다가 다른 차에 흠집을 냈다. 천천히 주차해야 하는데 급한 마음에. "뿌직" 하는 소리가 그날따라 유난히 크게 들렸다. 차가 다 부서지는 소리 같은. 놀라서 가만히 있었다. 차에서 내려 확인하니 내 차의 흠집은 크고 상대 차는 가벼웠지만, 예전의 사고 트라우마가 남아있었기 때문인지 놀란 가슴이 쉽게 진정되지 않았다.

수업은 뒷전이고, 일단 상대방에게 전화를 걸었는데 계속 받지 않아 사고 메시지를 남기고, 상대 차 앞 유리에도 내 전화번호와 간단한 메모를 남겼다. 그런 후에도 자리를 쉽게 뜨지를 못했다. 새 차 같은데 운전자가 무조건 큰 소리로 화내면 어쩌지 하는 뒤엉킨 생각으로 있다가 집에서 연락을 기다리려고 시동을 거는데, 핸드폰이 울렸다.

목소리가 굵고 거친 느낌의 여자였다. 수업 중이어서 이제야 전화 받는다고, 본인 차에 흠집이 많이 났는지, 본인이 주차를 잘못 해놓았는지 라는 여러 가지 말들을 보낸 후, 주차장으로 내려온다고 했다. 기다리는 시간이 왜 그리 긴지. 차 밖으로 나와 기다렸다. 네 대의 엘리베이터가 다른 층을 표시하며 내려오고 있었다. 목소리로 봐서는 외모도 미루어 짐작이 가서인지 가슴이 두근거렸다. 드디어 차 주인으로 보이는 사람이 내려서 나를 본체만체 차로 직진한다. 차의 흠집을 보더니 대단하지 않다는 표정, 차를 뽑은 지 6개월밖에 안 됐다고 한다. 차를 수리하고 다시 연락을 달라고 했더니 고치려면 앞 범퍼 부분을 다 바꿔야 하는데 그렇게 되면 사고 차가 된다고 그냥 색을 칠해서 다니겠다고 한다. 새 차 같은데 나 같으면 깨끗하게 수리할 것 같은데.

목소리에서 느껴졌던 두려움은 휴식 중이 되었다. 죄송하다는 말을 연신 했다. 예전에 새로 뽑은 내 차에 흠집이 났을 때, 참담하고 어이없었던 그 기분을 알기에.

그런데 차는 됐고, 자기 기분이 엄청나게 안 좋은데 그것은 어떻게 보상할 거냐고. 뜨악했다. 기분을 어떻게 보상하지? '얼마면 돼'라는 드라마 대사가 떠올랐다. 휴식 중이던 두려움이 스멀스멀 올라왔다. 얼마 정도를 원하는지 물었다. "뿌직" 소리가 났을 때, 내가 받은 충격으로 가격은 대략 매겨져 있었다. 나보고 말하란다. 액수가 적으면 적다고 한다고. 내 충격 가격보다는 작게 말했다. 의외로 순순히 오케이 한다. 그러면서 좀 억울하게 들릴지 모르지만 차는 동생이 준 것이고, 그 후 남이 자기 차를 많이 망가뜨려 놓았다고 한다.

겉으로 보기에는 막 뽑은 새 차 같았는데, 액수를 정한 다음에 그런 이야기를 하는 이유가 궁금했다. 난 생각보다 적은 액수에 안도했었는데 갑자기 억울한 생각이 들었다. 뭐야 더 적은 금액을 부를 걸 그랬나. 그냥 그대로 가시지 내 기분을 미루어 짐작까지 하면서 말하는 이유는 뭘까. 뒤통수를 한 대 맞은 느낌이 이런 걸까. '저도 기분이 좀 나빠졌는데, 어떻게 보상하실 거예요.'

어쨌든 내 마음의 짐은 내려졌으니 금액에 상관없이 군더더기 생각은 떨쳐냈다.

일상에서 지나친 차 경보음이나 눈살을 찌푸리게 만드는 상황들에 기분 상하는 일이 한두 번이 아니다. 보이는 상처를 줬다면 보상이라도 받겠지만, 내가 느낀 기분은 보상받을 수가 없으니 더 답답하다. 일일이 따져 물을 수도 없어 지나치는 게 다반사다.

마음의 상처도 상처이지만 우선은 보이는 것에 중점을 둔다. 보이는 것은 계산이 되지만, 그렇지 않은 것은 계산이 불가능해서일까. 겉의 상처는 치료하면 아물지만, 기분 - 마음의 상처는 생각보다 오래간다. 보이는 것보다는 보이지 않은 상처의 값을 훨씬 더 크게 보상해야 하는데, 그 상처의 값은 잘 매기지 않고 대부분은 억울하지만 요구하지도 않는다.

　내가 사고를 냈던 차 주인 한 명에게는 보이는 차 수리비만, 다른 한 명에게는 보이지 않았던 기분 나쁨에 대한 보상만 했다. 차 수리비만 건넸던 차주에게 미안합니다, 죄송합니다, 한마디 못 한 것이 생각났다. 그 사람이 '기분 나쁨'에 대한 보상을 요구했었다면 그 액수는 상상할 수가 없다. 다행일까.

하산 길 2

한기정
thoth52@naver.com

산은 거기에 있다.

 시간은 우리에게 단벌신사가 옷을 아끼듯 살라든가 딱히 의미를 찾을 필요 없이 멋대로 뒹굴라든가, 하며 훈수를 두지 않는다. 그러나 자신의 일을 잊는 법은 없다. 누군가를 연민해 늦추는 법도 누군가를 증오해 서두르는 법도 없다. 뚜벅뚜벅 자기 길을 간다.

 산에서,
 밟히는 부드러운 흙과 벅차게 뿜어내는 숨 속에서 영혼을 흔드는 답을 얻기도 한다. 답은 느닷없이, 예리하게 육신을 뚫고 나와 정신을 명징하게 해 잠시 현인이 되게 한다.
 그것은 온전히 내 것이다.

시간 속에 산이 녹고 산 속에 사람이 녹아든 탓이다.

ⅰ
길게 누운 햇살은 선글라스도 소용없이
눈을 성가시게 해
발밑을 조심하게 하는구려
디딜 만한 돌이 어디 있는지 주춤거리게 하고
낙엽더미 속으로 이리저리 막대기를 찔러보게 하는구려.

정상에선
구름바다 속 멀리 가야산을 두고
소녀처럼 떠들고
소년처럼 농을 주고받으며
마냥 비슷해 보일 사진일지라도
찍고 또 찍고.

ⅱ
선암사에서 송광사에 이르는 산길,
둘레길이라기에는 벅찬
농익은 가을이 주렁주렁 달려있는
그 숲길은

새삼 땀을 닦게 하더이다
아직 끝나지 않았다, 하더이다
영락없이 굶게 생겼구나
체념이 피어오르며
요깃거리들을 주섬주섬 꺼내는데
영원으로 이어질 듯싶던 단아한 길이
툭! 끊겨
보리밥집으로 안내하는구려
찌그러진 양푼의 밥을 허겁지겁 퍼먹어도
이게 어디요
장작 타는 향내 속에서
뜨끈한 누룽지도 얻어먹는데.

iii
허기를 달래며 걷던 중
기도하는 법도 알려주더이다
오래도록 답을 얻지 못하고 머릿속을 어수선하게 하던
질문의 답을 말이오
오로지 일의 중심을 보라,
좋은 사람 연
점잖은 사람 연 하느라

맥을 빼지 말고
집중하라,
이르더이다.

iv
해가 가라앉을 무렵
산사의 찻집에서
피곤한 신발을 벗고
성급히 마시는 대추차가
입천장을 홀랑 벗길지라도
누군가의 큰 정성을 함께 마시니
산행의 마무리로는 더없을 호강이구려.

v
굽이굽이 능선을 걸으며 함께 한 시간만
기억합시다
내리막 계곡에서 무릎이 시큰거렸다느니
나뭇가지에 굴러 꼬리뼈에 멍이 들었다느니
다리로 쥐가 달려들었다느니
하는 것들은
웃음 사이에 끼워

비눗방울처럼 날려 보냅시다
이제 좋은 것만 기억합시다
벌써 어둠이 내려앉기 시작하잖소

곧
버스는
잠이 든 우리를 싣고
요람처럼 흔들어
왔던 곳
집,
그곳으로
데려다줄 거외다.

* 오병이어/ 예수의 기적 가운데 하나로, 예수가 한 소년으로부터 빵 다섯 개와 물고기 두 마리를 취하여 오천 명의 군중을 먹였다는 기적.

헝겊엄마

현정원
khyunjw44@hanmail.net

 강아지를 때려주었습니다. 14살이나 먹은 늙은 강아지를요. 어제 아침의 일이었어요. 안 그래도 바쁜데 녀석이 징징대더라고요. 저희 집이 복층이거든요. 녀석은 평소 2층에서 저와 함께 지내고요. 청소하랴, 빨래하랴, 1층에 내려와 바쁘게 일하고 있는데 녀석이 자기도 내려가겠다고 조르는 거예요. 약속이 있어 아들 녀석 밥까지 챙겨주고 나가려면 무진장 서둘러야 했거든요. 저희 집 강아지가 자기 스스로 계단을 내려오지 못하게 된 지는 꽤 됐어요. 늙어 다리가 떨리는 건지, 저 혼자 내려가다 미끄러지기라도 했는지, 계단 내려가기를 무서워하게 된 거예요. 저만 귀찮게 된 거지요.
 하던 일을 멈추고 2층에 올라가 녀석을 데리고 내려왔어요. 녀석을 마루에 내려놓자마자 다시 일을 시작했지요. 그런데 얼마 되지 않아 녀석이 또 조르는 거예요. 혼자 올라가기는 하는 녀석이 어느새 2층에 올라가 다시 내려달라 조르는 거였어요. 속에서 뭔가가 부글부글 끓어오르기 시작하더군요. 지그시 참고 녀석을 다시 데리고 내려왔습니다. 그런데 또….

끼기깅, 깨게겡, 꾸으웅.

여기서 밝혀둘 일이 있네요. 녀석의 졸라대는 소리는 정말이지 참기 어렵답니다. 오죽하면 제가 녀석의 낑낑대는 소리를 성聲고문이라 할까요. 아무튼, 빨래를 널다 말고 계단을 뛰어올라갔습니다. 올라가 녀석의 두 발을 왼손으로 잡고 오른손으로 녀석의 엉덩이를 세게 때렸지요.

한 대, 두 대, 세 대, 네 대.

녀석이 조심스럽게 윗입술을 올리더군요. 금방이라도 으르렁 성을 낼 판이었어요. 엄마인 내게 말이지요. 조금 전과는 다른 이유로 녀석을 두 대 더 때려주었습니다. 그리고 곧바로 계단을 내려왔지요.

쿵 쿵 쿵 쿵.

제 발소리가 계단을 울려대더군요. 슬며시 한 장면이 떠올랐습니다. 큰아들이 채 만 2살이 되지 않았을 때의 일이었을 거예요. 그날도 집안일에 바빴던 것 같습니다. 겨우 일을 마치고 방문을 열었을 때였어요. 기가 막혀서! 아들 녀석이 자기 몸에 바르는 파우더 통을 열어 온 방에 뿌려놓고 몸을 붓 삼아 방바닥에 그림을 그리고 있지 않겠어요. 방바닥에 엎드린 자세로 수영하듯 팔다리를 휘저어가면서요. 부글부글 속에서 뭔가가 끓어오르기 시작하더군요. 달려 들어가 하얗게 변해버린 TV 앞에서 아들 녀석의 두 손을 왼손으로 그러잡고 오른손으로 녀석의 엉덩이를 때렸어요.

한 대, 두 대, 세 대, 네 대.

녀석이 제 손을 뿌리치고 도망가더군요. 마루를 넘어 안방의 할머니 방으로 내뺀 거예요. 하얀 발자국을 찍어대면서요. 녀석을 쫓아갔습니다.

쿵 쿵 쿵 쿵.

제 발소리가 불안한 북소리가 되어 제 귀를 울려대고 있었습니다. 녀석은 그새 보료에 누워계신 할머니의 배 위로 올라가 있더군요. 보름달만큼이나 커진 눈동자를 끔뻑거리면서요. 녀석을 들어올려 그대로 성큼성큼 제 방에 왔습니다. 그리곤 녀석의 엉덩이를 두 대 더 때렸지요. 방밖에서 할머니의 혀 차는 소리가 들리더군요. 그 어린 것이 뭘 안다고 그러냐며. 그 조그만 것 어디 때릴 때가 있다고 그러냐며.

그날 아들을 안아 재우며 생각했습니다. 제가 왜 그렇게 화를 낸 걸까, 하고요. 아들을 눕혀놓고 함부로 찍힌 마루의 발자국들을 지우며 또 생각했습니다. 화를 낸 이유가 정말 아들 때문인 걸까, 하고요.

그날 녀석의 몸에 손을 댄 것은 제 울화를 참지 못해서겠지요.

지금은 생각나지 않지만 할머니 그러니까 시어머니와의 사이에 뭔가 좋지 않은 일이 있지 않았을까요. 하다못해 제가 일하는 시간만이라도 아들을 돌보아줬으면 하는 불만이라도 품었겠지요.

그렇다면 어제 강아지 녀석을 때린 것도 빗나간 감정폭발이었을까요? 늙어 후들거리는 강아지에게가 아닌, 누군가 다른 식구를 향한?

하긴 요즘 큰아들 녀석을 불안해하고 있기는 해요. 미래의 일을 지레짐작하며 안달을 부리고 있는 거지요. 그러고 보니 저란 사람 참 어이가 없네요. 녀석이 논문을 한 학기 미룰 정도로 힘들어할 때는 '논문이 다 뭐냐. 그저 건강하기만 해다오' 하던 사람이 논문을 마무리 지어가는 이즈음 뿌듯해하기보다 불끈대고 있으니 말이지요. 아, 작년에 아들에게 무슨 일이 있었느냐고요? 조금 아팠어요. 우울증을 심하게 앓았지요. 이유나 원인은 말하지 않을까 봐요. 특정하기도 어렵지만 아들 녀석에게 자기 일을 여기저기 떠벌린다고 한 소리 들을까 봐서요. 그래도 이런 말은 할 수 있을 것 같네요. 그 일을 통해 무엇이든 넘치면 좋지 않다는 것을 깨달았다는 거요. 자식에 대한 신뢰와 믿음조차 말이지요. 신뢰와 믿음, 그거 자칫하면 방임이 되기도 하더라고요. 자유가 방종이 되기도 하는 것처럼 말이지요.

그리고 오늘 아침, 방금 전의 일입니다. 일어나는 기척만 들리면

침대로 달려오던 강아지란 녀석이 불러도 오지 않는 거예요. 정말이지 이상한 일이었어요. 당장 거실로 나가보았지요. 녀석이 소파에 놓아둔 헝겊인형의 발치에 동그랗게 몸을 만 채 귀를 쫑긋대고 있더군요. 눈은 감은 채었어요. 녀석이 어제의 일을 기억하는 게 분명했어요. 갑자기 서글퍼졌습니다. 제가 철사엄마라도 된 기분이었어요. 왜 있잖아요. 해리 할로우의 원숭이 실험.

할로우는 새끼원숭이에게 두 종류의 엄마를 제공했대요. 가슴에 우유병을 달고 먹을 것을 주는 철사엄마와 먹을 것을 주지는 않지만 부드러운 감촉을 주는 헝겊엄마. 눈치 챘겠지만 새끼 원숭이는 대부분의 시간을 헝겊엄마와 보냈대요. 좀 더 자라 몸이 커졌을 때는 먹을 때조차 다리는 헝겊엄마에게 걸치고 입만 철사엄마의 우유병에 대고 있을 정도로요. 접촉위안의 중요성을 입증한 실험이었지요.

그런데 녀석, 몇 대 맞았기로, 이래도 되는 건가요? 그동안의 세월이 얼만데 이렇듯 쉽게 저를⋯. 인형의 발치에서 녀석을 끌어올려 안았습니다. 녀석이 끄으응 소리를 내며 저를 바라보더군요. 보름달만큼이나 커진 아들의 눈처럼 느릿느릿 눈망울을 끔벅대며⋯. 순간, 아들 녀석에게야말로 제가 철사엄마였다는 생각이 들었습니다. 아들을 안아준 게 언제였는지 기억도 나지 않으니까요. 작년, 그렇게나 힘들어 하던 때조차 안아주지는 않았으니까요. 이따 아들이 학교에 갈 때 녀석을 끌어안아 보리라 마음먹어봅니다. 현관이나 엘리베이터 앞에서 녀석이 놀랄 정도로 세게 말이지요.

 강아지가 제 품을 빠져나가려 다리를 휘저으며 몸을 솟구치네요. 녀석이 품을 떠나지 못하게 더욱 조여 안아봅니다. 마치 녀석이 아들이기라도 하듯 말이지요. 이런! 불현듯 엉뚱한 생각이 드네요. 설마 싶기는 하지만… 혹시 요 조그만 강아지 녀석이 그동안 제 형겊엄마였던 건 아니겠지요?

영화에세이

'굿 셰퍼드'에 나타난 신화적 코드와 국가주의

홍애자
culture0528@hanmail.net

영화 '굿 셰퍼드Good Shepherd, 2006'는 미국 정부 CIA 요원이었던 엥겔턴의 활동을 바탕으로 했다.

1961년 쿠바 피그만 사건에 실패한 미국은 내부 첩자로 인해 정보가 유출되었음을 알게 된다. CIA는 대통령의 지시로 내부 첩자를 비밀리에 조사한다. 그때 초창기부터 첩보 업무를 담당한 요원 에드워드 윌슨(맷 데이먼)에게 익명의 녹음테이프와 흑백사진이 도착한다. 첩자를 알아낼 수 있는 단서인 이 증거물의 정체를 밝혀나가면서 윌슨은 자신의 CIA 활동을 거슬러 올라간다.

1939년, 예일대 학생 에드워드 윌슨은 비밀 서클 해골단Skull and Bones에 가입하면서 첩보세계에 발을 들여놓는다. 그의 명석하고 냉철한 두뇌, 무엇보다 국가에 대한 흔들리지 않는 믿음은 정부 비밀요원이 되기에 최적의 요소였던 것. 결혼 직후 유럽으로 발령, 그곳에서 영국 첩보원들과 교류하며 점차 CIA요원으로 자리를 잡아간다. 최고의 요원이 될수록 그는 주변의 사람들, 가족조차도 불신하게 되고 이것은 결국 크나큰 희생을 불러오게 된다.

이 영화를 통해 우리가 몰랐던 새로운 진실들을 만날 수 있다. 영화 속 인물들의 특성에는 냉전시대의 암울하고 비밀스러운 활동이 담겨 있다. 당시 냉전의 새로운 지적 카테고리도 발견할 수 있다. 실재 사실과의 비교를 통해 진실을 검토해 나갈 수도 있다. 영화는 실재 전직 CIA요원의 20년 삶을 다양한 허구를 절묘하게 결합시켜 핵심 캐릭터를 창조한다.

이 영화는 신화 속 오디세우스(율리시스)의 이름을 딴 캐릭터를 등장시켜 내러티브적 요소들을 코드화(암호화)했다. 전쟁 영웅이기는 하지만 고국으로 돌아가는 길은 전쟁의 시기만큼이나 험난하다. 그곳에 아내와 자식, 부모, 그리고 그가 헌신해야 할 국가가 있기에 돌아가려는 것이다. 애국심, 가족과 부모에 대한 마음은 그를 칼립소, 키르케와 같은 미녀들의 유혹, 키클롭스의 공격, 세이렌의 방해에도 불구하고 끝내 고국 아티카로 돌아가게 한다. 자신의 국가를 위기에 빠트리고 있는 많은 적들을 궤멸시키고, 아내와 아들, 아버지와 행복한 국가(폴리스)를 만들어간다. 영화 '굿 셰퍼드'에는 신화 오디세이아에서 등장하는 다양한 인물들의 특징을 상당 부분 원용한 캐릭터가 나온다. 이 캐릭터와 그들의 활동 영역이나 바탕에 깔려 있는 이념적 궤적이 유사하다.

　신화의 율리시스(오디세우스)는 공동체를 위해 능력을 발휘하고, 발전할 수 있도록 헌신한다. 고대인의 자유를 충실히 수행하는 존재이다. 그는 현대인들이 추구하는 개인적 욕망에 기초한 행위를 뛰어넘는다. 자신이 속한 집단의 수호를 위한 헌신으로 주어진 책무를 충실히 수행한다. 그래서 열정적인 구성원으로서의 위상을 가진다. 10년을 끌어온 트로이 전쟁은 오디세우스의 영특한 꾀인 '트로이 목마' 작전으로 종결된다. 그 이후 포세이돈의 저주로 인해 간난신고를 겪으며 고국으로 돌아간다. 오디세우스의 모습은 결국에는 국가를 위해 모든 것을 헌신한다.

　이 영화에 캐릭터인 소련 율리시스와 미국 윌슨 첩보원은 이러한 측면에서 유사하다. 첩보원 윌슨과 율리시스는 실제로 동일한 수준, 균질의 존재임을 강조한다. 동일한 직업과 목표를 향해 활동하기 때문이다. 개인의 이익보다 국가의 이익을 우선시한다는 점이 더욱 유사하다. 동전의 양면처럼 서로 결합되어 있으며, 한쪽이 존재해야 다른 한쪽이 그 존재감을 갖게 되는, 적이면서 동시에 우군의 위상을 갖는다. 냉전 이후 율리시스와 윌슨은 총과 칼을 동원하지 않는 좌우이데올로기 전쟁에 동원되어 조국을 위해 봉사하는 것이다. 신화와 영화의 캐릭터들이 전쟁을 매개로 하여 편재되어 있다. 오디세우스의 귀환은 수많은 어려움을 곳곳에

포진시키고, 그것을 이겨내는 주인공을 보여주는 반면, 영화는 2차 세계대전 후 냉전시대로 접어들면서 많은 일들이 영화의 주된 공간이자 사건인 것이다. 그 시대에 모르고 있었던 피그만 침공이나 쿠바 미사일 사태와 같은 다양한 이야깃거리가 씨줄과 날줄로 엮어지면서 율리시스와 윌슨의 행위가 하나의 내러티브로 제시되고 있다.

지리적 공간으로 지중해와 카리브해가 등장한다. 지중해라는 공간은 오디세우스에게 뛰어넘을 수 없는 의식 세계를 의미한다. 당시 지중해를 넘어 다른 곳으로 간다는 것은 꿈도 꿀 수 없는 것이다. 지중해가 곧 세계 전체이고, 세계가 곧 지중해를 둘러싸고 있는 지역이었던 것이다. 그가 주로 활동하고 고난을 받은 곳도 바로 지중해이고, 어려움을 극복하고 귀환함으로써 조국을 위기에서 구할 영웅으로 인정을 받게 한 곳도 지중해다.

영화 '굿 셰퍼드'도 CIA가 전 세계에 활동하지만, 주된 공간은 역시 카리브해 지역이다. 쿠바 미사일 위기와 피그만 침공 등이 전개되면서 사건이 발생하는 지리적 공간 자체는 카리브해로 축소된다. 이곳에서의 문제 해결을 위해 모든 첩보력이 집중되고, 율리시스와 윌슨의 대결이 진행되는 것이다.

이념적 관점에서는 국가주의 입장이다. 고대 그리스의 도시국가인 폴리스에서 가장 중요한 삶은 공동체를 위하는 정치적인 영역에 헌신하는 삶이었다. 자신이 태어나고, 양육된 공간인 폴리스가 존재하지 않는다면 현재의 자유는 존재할 수 없다고 믿었다. 철학자 소크라테스는 젊은 시절 전쟁이 일어나 여러 차례 종군했다. 시민들이 곧 병사였던 것이다. 오디세우스는 고국으로 귀환하기 위해 20년간의 유리 방랑을 견뎌 낸다. 폴리스로서 도시 국가의 중요성은 자신의 생명보다, 자신의 안락보다 더 중요한 것이었기 때문이다.

  영화에 등장하는 율리시스와 윌슨 역시 고대 폴리스의 시민과 유사한 삶을 산다. 조국의 안위를 위해 자신의 모든 것을 포기한다. 윌슨은 아내와 가정조차도 뒤로하고 조국의 부름에 응한다. 아들이 위험에 처했을 때 그 아들을 위해 고민하고 괴로워하는 아버지가 되고, 여기서 가족의 소중함을 뒤늦게 깨닫게 된다. 그래서 가족과 조국을 지키기 위한 첩보활동에 더욱 헌신하게 된다.

  영화와 신화를 하나로 결합시키는 코드는 국가주의이다. 인간은 대체로 국가나 공동체의 안녕보다 자신의 이익을 먼저 생각한다. 그러나 국가가 자신의 삶과 앞날의 비전, 삶의 목적을 구현시킬 통로라면 기꺼이 국가를 위해 헌신한다. 국가주의라는 이념적 코드가 영화와 신화 속에 동시에 존재하는 것이다.

  영화는 로버트 드 니로 감독이 8년간 심혈을 기울여 준비한 작품이다. 감독은 신화적 영감을 차용하여 영화 속에 국가주의적 코드를 통해 개인의 삶과 집단적 활동 경계에 대해 고민하도록 한다. 개인적 삶이 우선인가, 자신이 속한 공동체의 번영에 헌신할 것인가. 선택은 어렵다. 우리는 어떤 삶을 선택할 것인가.

수필 향기